Ja

L'épithalame

ROMAN

*Texte de l'édition originale
revu par l'auteur*

Albin Michel

Collection «Bibliothèque Albin Michel»

© 1921 by Delamain, Boutelleau et Cie

Œuvres complètes et édition de poche :
Éditions Albin Michel
22, rue Huyghens, 75014 Paris

Tous droits réservés La loi du 11 mars 1957 interdit les copies ou reproduction destinées à une utilisation collective. Toute représentation ou reproduction intégrale ou partielle faite par quelque procédé que ce soit — photographie, photocopie, microfilm, bande magnétique, disque ou autre — sans le consentement de l'auteur et de l'éditeur, est illicite et constitue une contrefaçon sanctionnée par les Articles 425 et suivants du Code pénal.

ISBN 2-226-03209-6
ISSN 0298-2447

Jacques Boutelleau, qui prendra le pseudonyme de Jacques Chardonne, est né en 1884 à Barbezieux. Plutôt que de travailler dans l'affaire familiale — le cognac —, il monte à Paris suivre les cours de l'Ecole des sciences politiques. Atteint de tuberculose, il se soigne en Suisse, à Chardonne, un village du Vevey, d'où il tiendra son identité d'écrivain.

En 1910, il entre aux éditions Stock et en devient le copropriétaire avec Maurice Delamain. Il rencontre alors Mauriac, Morand, et écrit son premier roman, *L'Epithalame* (1921), qui reçoit le prix Femina. Il publie ensuite *le Chant du bienheureux* (1927), *les Varais* (1929), *Claire* (1931), *les Destinées sentimentales* (1934).

Il donne aussi des textes plus autobiographiques, *Attachements* (1942) et *le Bonheur de Barbezieux* (1938).

Inquiété à la Libération, il renonce au roman et écrit des livres de moraliste, amers et personnels : *Matinales* (1956), *Demi-jour* (1964), *Propos comme ça* (1966). Puis il se fixe à La Frette, près de Paris. De jeunes écrivains, Bernard Frank, Roger Nimier, lui rendent visite et lui écrivent, il entretient une longue correspondance avec Morand, à publier après l'an 2000, et meurt en 1968.

E<small>N</small> *1915 j'étais en Suisse, à Chardonne, où j'ai demeuré quatre ans. Je n'avais rien écrit encore, ni beaucoup lu, et je songeais à un roman qui serait le drame de l'amour dans la vie à deux. On n'avait guère écrit sur l'amour dans l'intimité. L'amour est différent à distance ou dans la maison. Il veut l'entière possession, mais on n'approche pas l'homme sans danger. C'est un être exigeant, plein de lui-même jusqu'à la stupidité, avec ses nerfs malades, une sorte d'égarement que l'on nomme pensée, sa nature insondable qui ne sera jamais civilisée. Rude entreprise que d'en faire un compagnon, auquel on ne s'habituera jamais, si on l'aime.*

J'ai écrit un long roman sur ce débat embrouillé, le composant d'une suite de tableaux, sans liens apparents, ni commentaires. Ce n'était pas l'usage, mais je n'avais pas conscience de ma singularité. S'il y a un peu d'originalité dans un ouvrage, l'auteur ne s'en aperçoit pas. Cette innocence, c'est la sincérité.

Charles Du Bos a désigné d'un mot la nouveauté de L'Épithalame *: « les personnages sont dans la chambre ». Il voulait dire : on ne les a pas présentés, le roman se développe de lui-même par sa propre vie interne.*

Edmond Jaloux appelait « organique » une construction où l'auteur ne semble pas intervenir.

Les conversations y tiennent une grande place. Elles ne ressemblent pas au dialogue du théâtre. Dans un roman, les paroles ne sont que feinte. Le véritable sens est dans les dessous du dialogue, les silences, tout ce qui est suggéré, et qui se développe et s'ordonne avec l'assistance d'un lecteur bien éveillé. Il recrée le roman.

Tout cela surprit à cette époque et la surprise accrut le succès. Parlant de L'Épithalame, *Charles Du Bos rappelait les noms de Tosltoï et de George Eliot; il croyait découvrir en France un romancier selon son goût, tel qu'il en existait à l'étranger.*

Il se trompait. Le romancier de la vie en mouvement et comme abandonnée à elle-même, va se dérober par des voies souterraines en direction opposée. Ce foisonnement, cette jeunesse de touche, ce goût un peu enivré du monde extérieur ne se retrouveront plus. L'Épithalame *restera unique dans mon œuvre, par une liberté qui a gardé je crois sa fraîcheur. Nous suivrons ce parcours à reculons, vers des sources dissimulées, et l'on verra que l'histoire d'un écrivain, dans son art le plus élaboré, dépend de ses rapports personnels avec la vie.*

Mais le style ne changera pas à travers ces métamorphoses. Il sera toujours un peu retenu, crainte d'en dire plus qu'il n'y a, fait de nuances dans les gris et d'une sévère attention au choix des mots les plus simples, à leur résonance; harmonies intimes qui exigent pour être entendues une oreille exercée, et qui sont intraduisibles dans une autre langue.

Depuis quatre siècles, des Français écrivent des romans, et jusqu'à l'heure présente, aucune innovation importante n'a marqué les procédés et la forme extérieure de l'art romanesque. Ce qui distingue un roman et fait sa valeur, son essence peut-être, c'est l'expression. Sur le style en prose, dignité incomparable de notre littérature, il faut relire les jugements de Marcel Arland : « L'harmonie de la prose se nourrit des mêmes mesures que celle des vers. Mais c'est le propre de ses possibilités et de sa loi que de varier ces mesures à l'infini, de sembler libre, encore que ses liens, moins apparents et moins courts que ceux de la poésie, soient plus nombreux, et qu'il suffise d'un changement de syllabe pour que cette harmonie soit ruinée. C'est beaucoup et cela n'est rien. Toute harmonie qui peut se réduire à un accord de son ne saurait nous satisfaire. Il n'est pas de véritable harmonie qui ne soit celle de l'âme. »

Le texte publié ici est celui de l'édition originale. J'y reviens, après une édition plus ramassée, qui me semble défectueuse. J'ai seulement corrigé quelques passages, comme il convient quand on se relit.

J. C.

LIVRE PREMIER

I

Berthe était une petite fille très gaie, mais elle aimait à raisonner. Lorsqu'elle voyait sa mère agitée, soucieuse et toujours occupée devant ses armoires, elle pensait que les gens étaient malheureux par faiblesse et par négligence. Elle se rappelait sa tante Christine qui avait des yeux calmes et jeunes, un air d'entrain, de jolies robes, et elle admirait dans cette vieille personne si attrayante l'image d'une existence heureuse et bien conduite. Un jour que Berthe pleurait parce qu'elle voulait suivre Emma à Fondebaud, sa tante la prit sur ses genoux et lui dit avec un regard énergique : « Maintenant, n'y pense plus ; si tu veux, tu n'y penseras plus », et elle lui passa sur les yeux un mouchoir doux comme une plume et qui sentait la verveine. Plus tard, se souvenant de cette expression de volonté, Berthe résolut de développer ce pouvoir sur elle-même, qu'elle savait si important. Elle s'obligeait à sauter du lit à sept heures et à étudier son piano dans le salon glacé.

Cet hiver-là fut très froid. Marie-Louise venait le jeudi, et les deux petites filles restaient dans la chambre de Berthe.

Pour le goûter, elles préparaient des rôties au bout d'une fourchette, contre les braises qui grillaient les doigts. La nuit arrivait de bonne heure. Marie-Louise, couchée aux pieds de son amie, devant la cheminée, regardait le feu; elles aimaient cette ombre, cette chaleur, cette intimité qui les transportaient loin de la maison médiocre dans un rêve de foyer, dans cette vie de plus tard, dont elles parlaient longtemps d'une voix sérieuse, chuchotante, sans sourire, pleines de considération pour leurs pensées et leur expérience. Puis Berthe allumait la lampe, et tout d'un coup ces graves personnes redevenaient des enfants.

Certains jours, Berthe, les petites Ducroquet, André et Marie-Louise Chaurant, se retrouvaient dans la grande maison des Bonifas. Alice avait beaucoup de jouets et on pouvait s'amuser dans toute la maison. André proposait une partie de cache-cache et emmenait toujours Yvonne Ducroquet dans un placard où ils restaient des heures blottis tout près l'un de l'autre; mais personne ne les cherchait. Les petites filles essayaient de faire des bonbons sur le fourneau d'Alice dans la superbe batterie de cuisine en vrai cuivre. Les joues rouges à force de souffler sur le feu dans la pièce remplie de fumée, elles se brûlaient la langue en goûtant trop tôt le sucre fondu, et cela finissait par un peu d'écœurement quand on avait bien raclé le fond des casseroles.

❦

A l'occasion de la fête d'Yvonne Ducroquet, Berthe obtint de sa mère une robe neuve en linon rose qu'elle désirait depuis longtemps.

— Elle est très jolie... Un peu longue peut-être... mais ne la raccourcissez pas, dit Berthe qui s'adressait à la couturière en se regardant dans la glace. L'échancrure va bien... Vous avez apporté le velours noir pour la ceinture ?

Elle parlait et se retournait sans quitter la glace des yeux; tout à coup, elle chercha un peigne, défit ses boucles le long des joues, rejeta en arrière la masse bouffante des cheveux qu'elle rassembla d'une main :

— Je voudrais un ruban de velours dans les cheveux, un joli nœud... Donnez-moi un bout de la ceinture, je ne l'abîmerai pas... Vous voyez, c'est beaucoup mieux, dit-elle, tenant toujours ses cheveux ramenés en arrière. J'ai l'air moins bébé... Les joues sont plus dégagées.

Mme Degouy accourut de son pas lourd et pressé et regarda le bas de la jupe.

— N'est-ce pas, la robe est ravissante ? dit Berthe. Je mettrai un nœud dans les cheveux pour rappeler la ceinture.

— Tu as défait tes boucles ! s'écria Mme Degouy avec stupeur.

— Tu comprends, ces boucles ne vont pas avec la robe, dit Berthe rapidement. Il faut une heure pour se coiffer ! Marie-Louise n'en porte plus...

L'air fâché, Mme Degouy admirait sa fille qui lui paraissait charmante, grandie, comme subitement jeune fille dans cette robe un peu longue et légèrement marquée à la taille; mais, songeant à la contrariété de son mari et toujours hésitante, elle dit :

— Nous verrons cela samedi...

M. Degouy dînait, lorsque Berthe revint de Fondebaud dans la voiture des Chaurant. Elle embrassa son père et se glissa vers sa chaise, très pâle, les yeux brillants, la tête bourdonnante de fatigue.

M. Degouy examina d'un coup d'œil la robe neuve et aperçut le changement de coiffure. Silencieux et affaissé, il continua à tourner la salade qu'il remuait longuement, mais une soudaine rougeur enfla ses joues.

Berthe essaya de distraire son père. Elle raconta son après-midi à Fondebaud; on avait dansé après la comédie.

Mme Degouy observait son mari.

— Tu es bien rouge, dit-elle.

Berthe savait que cette remarque agaçait son père. Elle

fit un signe de reproche à sa mère et dit avec gaieté, s'efforçant de manger pour faire plaisir à M. Degouy :

— Eh bien, monsieur papa, vous n'êtes pas aimable ce soir ! Justement on a parlé de votre beau cheval. M. Ducroquet vous a vu près du pont de l'Aiguille. Il paraît que vous aviez l'air d'un jeune homme.

M. Degouy regarda sa fille avec un sourire de bonté.

— Tu fumes trop, dit Mme Degouy qui ne cessait d'observer son mari malgré les coups d'œil de Berthe. Le médecin t'a défendu de fumer.

Après un silence, elle poursuivit, les yeux fixés sur son mari, tenant sa serviette plaquée contre sa forte poitrine :

— Je suis sûre que le vin te fait mal.

Rien n'ébranlait la patience de M. Degouy qui continuait à manger en silence, un coude sur la table, la tête appuyée à sa main.

Berthe monta se coucher avant la fin du dessert.

Mme Degouy ramassa autour de son assiette des bouts de pain qu'elle achevait de grignoter par une habitude d'enfance.

— Berthe ne porte plus de boucles ? dit M. Degouy d'un ton calme.

Il se leva de table et haletant, ses yeux clairs injectés de flammes, il cria :

— C'est une enfant !... Les enfants ont des boucles ! Tu la déguises en jeune fille ! Je sais où mènent ces façons !... Je ne veux pas que ma fille devienne une Marie Brun !... J'aimerais mieux qu'elle soit bête comme sa mère !

Il marchait à grands pas à travers la pièce, et Mme Degouy qui avait fermé toutes les portes, le suivait avec de petits gestes impérieux en le piquant au hasard d'une voix flûtée qui se perdait dans le vacarme.

— Ah ! Mme Brun ! tu la trouves jolie ! disait-elle. Veux-tu t'arrêter ! Les domestiques entendent. C'est le tabac qui te rend fou.

Il continuait, ébloui de colère :

— Les domestiques peuvent entendre !.... tout le monde peut entendre !

Rien ne le touchait plus, hormis la passion de sa violence. Il saisit une carafe, puis la posa sur le buffet. En se détournant, il la fit tomber. Il s'arrêta, regardant le parquet d'où s'exhalait une forte odeur vineuse et sortit de la pièce pour aller fumer dans son bureau.

Mme Degouy sonna le domestique et passa dans le salon encore éclairé par le soleil couchant. Elle s'assit près de la fenêtre ouverte, mit ses lunettes, et poursuivit sa tapisserie avec cette expression de sérénité que les rides avaient fixée sur son visage.

David entra dans le bureau obscurci de fumée et de crépuscule.

— Est-ce que monsieur veut monter à cheval demain matin, dimanche ?

M. Degouy comprit le désir du domestique et répondit très doucement :

— Non, David, je ne sortirai pas.

Lorsqu'il monta se coucher, M. Degouy ne se rappelait pas le motif de sa colère, effacé dans l'emportement dont il conservait une sensation gênante.

M. Degouy se levait tous les matins à cinq heures, mais il s'habillait lentement, flânait dans son cabinet de toilette, et, lorsque Hortense apportait le déjeuner de Mme Degouy, il était en robe de chambre. Ce dimanche, regardant le ciel bleu sur la campagne encore baignée d'ombres matinales, il regretta sa promenade à cheval.

Il prit une lourde canne, qu'il portait souvent de la main gauche pour exercer ses muscles, et se dirigea vers Noizic.

Il détourna la tête en apercevant le coiffeur Gélineau derrière sa porte vitrée.

M. Degouy marchait rapidement, d'un air absorbé, pour éviter des gens qu'il connaissait depuis son enfance. Même aujourd'hui, il ne rencontrait pas sans embarras le propriétaire de l'usine Chauveau qui l'avait persécuté jusqu'à l'âge de seize ans, criant derrière lui : « Gros Mémé ! » à tous les coins de rue.

Au pont de l'Aiguille, il ralentit le pas et regarda l'étendue des marais, verte et fauve. Les petits carrés d'eau, les viviers et les salines, miroitaient parmi les talus d'herbe. A cette heure, la rivière gonflée du flot remontant de la marée s'étalait sur les prairies. Il semblait que l'océan avait laissé sur cette campagne plate et détrempée une empreinte encore fraîche et l'immensité de son horizon.

※

André descendit de voiture pour aider Berthe à s'asseoir auprès de Marie-Louise, puis il regarda l'attelage d'un air soucieux.

En allant vers Fondebaud, on s'éloignait des marais. Un carré de vigne, quelques rangées de maïs et de topinambours, subsistaient parmi les champs moissonnés. Le cheval montait au pas la dernière côte. André se retourna vers Berthe.

— Vous n'êtes pas trop mal ? dit-il. Notre voiture est humiliante. Il paraît que Mme Brun est là.

L'attelage repartit au trot. Berthe serra son bras autour du dossier et toucha d'une main ses cheveux, songeant à Marie Brun, les yeux fixés sur la route fuyante. Elle ne rencontrait jamais Mme Brun à Noizic, mais se souvenait de l'avoir vue au bord de la mer, à Médis; elle se rappelait cette étrange et belle personne qu'on apercevait de loin sur la plage ou dans la forêt, toujours accompagnée du grand Essener.

La voiture roula doucement dans l'ombre d'une allée de chênes. Au milieu d'un groupe de dames, devant le château, Berthe reconnut tout de suite la silhouette de Marie Brun.

Mme Chaurant descendit de la voiture avec précaution.

— Emma n'est pas venue ?... Tu as une gentille robe, ma chérie, dit Mme Ducroquet en embrassant Berthe.

Elle ajouta avec vivacité, de sa voix enjouée mais impérieuse :

— La jeunesse est au tennis; allez mettre vos sandales, mes petites.

Dans le salon de Fondebaud, on sentait sous les boiseries et les tentures la masse un peu oppressante des murailles et comme le froid de la pierre. Marie-Louise cherchait ses sandales auprès de l'escalier dans le grand vestibule dallé. Berthe s'approcha d'une fenêtre et remarqua un jeune homme qui se promenait dans le parc avec M. Ducroquet.

Lorsqu'elle sortit du château, Berthe jeta les yeux vers Mme Brun. Elle causait avec le jeune homme que Berthe avait aperçu et regarda Berthe; presque aussitôt le jeune homme tourna la tête du même côté.

— Dépêchons-nous, dit Marie-Louise à voix basse.

— Vous habitez un beau pays, mademoiselle, dit le jeune homme qui se trouva subitement à côté de Berthe. J'aime surtout cette lumière. Je pense qu'un éclat si particulier provient du voisinage de la mer. Regardez cette eau, fit-il en s'arrêtant devant un massif de thuyas arrosés de jets scintillants. On dirait une poudre de soleil... Vous habitez Noizic ?

— Oui, monsieur, j'habite Noizic.

— C'est une ville charmante. Nous y venons l'été, depuis deux ans, mon père et moi. Nous avons loué La Picauderie. Je suis Albert Pacaris... C'est Mme Brun qui m'a amené ici aujourd'hui... Voulez-vous que nous allions vers le tennis ?... Je ne connais personne. Vous allez m'instruire. Je suppose que ces petites jeunes filles aux yeux bleus sont les filles de Mme Ducroquet. Il y en a une qui s'appelle Lila.

— Elle s'appelle Élisabeth, dit Berthe en riant. Mais on l'appelle Lila.

— Mme de Brigueil a dû être fort belle. Elle est encore majestueuse. J'ai parlé un instant avec sa fille. Elle a un joli front, mais son accent détruit tout son visage... Vous n'avez pas du tout l'accent de ce pays.

— Vous trouvez ? dit Berthe qui s'arrêta de marcher en même temps qu'Albert, et, comme il la regardait, elle tourna les yeux vers lui en souriant.

Surprise par ce ton de désinvolture et de familiarité qui

lui avait paru d'abord impertinent, elle répondait sans timidité, l'air rieur, avec une grande douceur dans la voix parce que c'était la première fois qu'on lui parlait comme à une jeune fille.

— Vous êtes allée à Médis ? dit Albert.
— Comment le savez-vous ?
— Ah ! j'ai mes informations...
— Je vous en prie ! dit-elle en le regardant encore dans les yeux sans cesser de sourire. Vous m'intriguez.
— C'est mon secret.
— Dites-le-moi ! fit-elle avec une impatience mutine.
— Eh bien ! voilà... C'est très simple. Lorsque vous êtes sortie de la maison, Mme Brun m'a dit : « J'ai vu cette jolie petite fille à Médis. » Mais d'abord... êtes-vous une petite fille ? fit-il en s'arrêtant tout à coup. Vous avez les yeux d'une grande personne... Je veux dire des yeux qui ont l'air de penser... et tout de même une apparence d'enfant, dit-il lentement en regardant ses cheveux, puis sa robe.
— J'ai quatorze ans.
— Ah !... quatorze ans... j'aurais cru davantage.
— Vous connaissez Mme Brun ? dit Berthe.
— Je l'ai rencontrée à Paris chez le peintre Blanchet... Pourquoi ? Cela vous étonne ? fit-il en l'observant. Est-ce que vous connaissez Lazare Essener ?

Elle regretta cette question irréfléchie; subitement gênée, elle hâta le pas vers le tennis où Marie-Louise attendait sans oser approcher.

Malgré ses cris, Mme Ducroquet ne parvenait pas à réunir la jeunesse pour le goûter. Albert retourna auprès de Berthe, et dit :

— M. Ducroquet me comble. Il m'offre son automobile. Il veut me voir tous les jours. Il ne me quitte pas. C'est trop. Est-ce que vous venez souvent à Fondebaud ?

— J'y viens presque tous les jeudis pendant l'été, dit Berthe.

— Je viendrai le jeudi, dit Albert en souriant.

— Je vous attends depuis deux heures... J'ai cru que vous ne viendriez pas aujourd'hui, dit Albert à voix basse en s'approchant de Berthe lorsque Marie-Louise s'éloigna pour chercher sa raquette. Cette route est longue; quand j'ai marché au soleil pour ne trouver que les petites Ducroquet, je rage au milieu de ces gamines... Je les appelle des gamines, dit-il en s'asseyant sur le banc, et pourtant elles sont plus âgées que vous. Mais vous semblez comprendre tout ce qu'on vous dit; vous avez des remarques si surprenantes, des yeux... A quel âge est-on un enfant ? Les enfants jouent comme les hommes travaillent. Ils ont un jugement sur tout, dès qu'ils pensent. Marie Brun me disait qu'elle était amoureuse à douze ans. Je lui ai demandé comment elle ressentait cet amour. Elle m'a répondu : « J'avais envie de poser ma tête contre son épaule. » Ce n'était pas une passion exigeante. Pourtant, il y avait déjà dans son cœur tout l'amour.

— Mme Brun est partie ? dit Berthe.

— Oui, elle est en Écosse... Je trouve que vous ressemblez un peu à Marie Brun.

— Elle est la cousine des Ducroquet.

— Je le sais, mais c'est vous qui avez l'air d'être sa cousine. Vous êtes moins blonde; mais, dans les yeux, la grâce... Ah ! c'est une femme bien étonnante... Et quelle vie magnifique ! D'abord, elle est amoureuse... et il faut vous dire que ce n'est pas une chose commune.

Il se pencha pour ramasser une balle sous le banc et la lança vers Laurent qui la reçut sur son visage hagard en rajustant son lorgnon.

— Essener lui apporte par surcroît les plaisirs de la richesse. Elle a gardé l'estime des gens de Noizic... Vous avez vu que le groupe des mères, comme dit votre ami André Chaurant, l'entourait de sourires, et pourtant elle vit avec un homme qui n'est pas son mari. Je vous ai demandé un jour si vous connaissiez Essener. Vous avez paru offensée. Cela m'intéresse. On prétend qu'il est un homme de valeur.

— Ma sœur le connaît, dit Berthe; je l'ai aperçu à Médis. C'est un homme très grand.

— Je vais vous raconter l'histoire de Mme Brun. Vous pouvez garder un secret ?... Il faut me le promettre... Vous ne le direz ni à André Chaurant, ni à sa sœur ?...

Berthe baissait les yeux, troublée, curieuse, le visage caché par le bord de son chapeau.

— Eh bien !... Mais approchez-vous de moi...; c'est cela... Regardons la partie... Il ne faut pas que j'aie l'air de vous raconter des choses trop intéressantes... Vous voyez, André fait des progrès... Bravo ! monsieur Ducroquet ! cria-t-il; puis il reprit en murmurant : Elle avait quinze ans. Sa maison donnait sur la cour du collège; ce détail a son importance...

La partie finissait et Berthe se leva brusquement. Albert la regardait marcher sur la pelouse, tenant Yvonne par le bras avec une tendresse et des rires enfantins. Elle lui parut soudain insignifiante, et il s'en alla du côté du château.

※

M. Degouy mangeait en silence, la tête souvent appuyée à sa main, avec cet air de tristesse qui lui était devenu habituel. Parfois, il fixait les yeux sur sa fille et l'observait longuement d'un regard obstiné.

Le soir, Berthe entendait à travers les murs cette horrible résonance de la colère qui l'épouvantait jadis, et qu'elle essayait aujourd'hui d'écarter de ses oreilles en commençant ses prières à voix haute. Elle comprit que son père reprochait à Mme Degouy les visites à Fondebaud; mais lorsque André venait la prendre avec Marie-Louise, elle changeait vite de robe et sautait dans la voiture.

Ce jour-là, Albert arriva tard à Fondebaud; André venait de commander la voiture pour le retour.

— Je pars la semaine prochaine, dit Albert rejoignant Berthe qui mettait son chapeau dans le vestibule. Je ne reviendrai plus... Paris est une triste ville... Je penserai souvent à vous. Quand je vous reverrai, vous serez une grande jeune fille et vous m'aurez oublié.

— Je ne vous oublierai pas, dit Berthe.

— Je suis venu aujourd'hui pour vous dire adieu... A présent, cela m'ennuie de vous quitter, peut-être pour toujours, au milieu de ces gens. Est-ce que vous ne sortez jamais seule ? Vous allez bien à Noizic quelquefois ? Marie-Louise va chez vous demain; à quelle heure part-elle ?

— Vers six heures.

— Écoutez, poursuivit Albert d'une voix rapide, l'air indifférent, en tournant la tête vers Mme Ducroquet. Accompagnez Marie-Louise jusqu'à la ferme Montembert. Dès que vous la quitterez, vous m'apercevrez; je sortirai de cette ferme. C'est tout naturel que je passe sur la route...

Berthe avait répondu aux questions d'Albert sans très bien comprendre ce qu'elles signifiaient. Le lendemain, lorsqu'elle ouvrit la grille pour accompagner Marie-Louise sur la route, comme d'habitude, elle se souvint des paroles d'Albert, mais sans y attacher d'importance, et elle marchait tranquillement sur cette route si connue où il semblait que rien de fâcheux ne pouvait survenir.

Elle embrassa son amie, un peu avant la ferme de Montembert et retourna sur ses pas. Elle ne put concevoir comment Albert surgit à ses côtés.

— Vous êtes gentille... Je vous attendais... Je craignais que vous n'eussiez peur de venir... C'est tout simple... D'ailleurs il n'y a personne sur la route.

Elle restait immobile, à la fois effrayée et intimidée par cet homme si respectueux qui lui parlait en ôtant son chapeau, et elle songea tout à coup à Nelly Passerat qu'on disait perdue de réputation. Sûrement, c'est ainsi qu'une jeune fille se perd, et elle sentait qu'elle avait commis un péché qui serait puni.

— Au revoir, mademoiselle Berthe, dit Albert, comme si devant cette enfant craintive et la paix de cette route une imagination bizarre se dissipait. Donnez-moi votre main, puisque je pars... Vos doigts d'enfant... C'est ainsi qu'on dit adieu aux petites Polonaises, fit-il en appuyant la main de Berthe à ses lèvres.

❧

Berthe se savait coupable, mais elle s'étonnait d'éprouver si peu de remords. Il est vrai, ce jeune homme avait trouvé naturel ce qu'elle se reprochait; et se rappelant certaines paroles d'Albert, elle s'apercevait que des personnes respectables excusaient la conduite de Marie Brun. On n'était pas d'accord sur les actes répréhensibles. Elle aurait voulu confier ses incertitudes à l'abbé Perpère, mais il l'interrompait dès qu'elle commençait à raisonner. Il demandait seulement qu'on regrettât et qu'on se repentît, et elle voulait discuter sur ces choses et qu'on les expliquât.

Un dimanche, après la messe, elle résolut de parler à sa mère, en revenant vers la maison. Mais Mme Degouy entra d'abord dans une boutique.

« Que maman est lente à choisir ! » se disait Berthe qui attendait devant la porte. Elle crut qu'on repartait enfin, mais Mme Degouy s'arrêta dans un autre magasin.

« Elle veut acheter tout ce qui fait plaisir à Édouard, songeait Berthe dont l'impatience se traduisait par une suite de remarques sur sa mère. Elle est bonne pour sa famille. Elle veut qu'Édouard lui dise : « Ma mère, vous me gâtez ! » Mais au fond elle n'a pas de véritable générosité. Comme elle est dure pour les pauvres... »

Sur la route, tenant ses paquets, son aimable figure en sueur, Mme Degouy trottinait en pensant à l'heure du déjeuner.

Berthe qui attendait ce moment pour parler, s'irritait de cette démarche pressée.

— On pourrait bien nous envoyer la voiture, le dimanche ! dit-elle.

— Non, ma fille.

— Tu compliques tout ! fit Berthe qui savait que sa

mère se privait par manie de certaines commodités, de même qu'elle économisait des bouts de pain et des boîtes d'allumettes sans se soucier des principales dépenses de la maison que Berthe soupçonnait excessives.

— Laisse-moi t'abriter, dit Berthe. Il fait chaud pour un jour d'octobre. Il paraît que Laurent ne retourne pas à Rochefort avec André. D'ailleurs, je me demande pourquoi on l'envoyait à Rochefort puisque ses parents habitent Tours l'hiver.

— Il avait commencé ses études à Rochefort.

— Je ne t'ai pas dit que j'avais rencontré Mme Brun chez les Ducroquet. Elle est partie pour l'Écosse, je crois. Ici, elle vient chez sa mère ? Elle ne reste pas longtemps.

Sans répondre, Mme Degouy se remit à marcher très vite; puis, ralentissant le pas, elle regarda sa fille :

— Tu as des mèches jusque dans les yeux. Tu aurais moins de mèches si tes cheveux n'étaient pas si bouffants.

— Et si nous ne courions pas sur cette route !

— Je ne veux pas arriver en retard. Édouard et Emma viennent déjeuner.

— Je le sais. Mais ce n'est pas une raison pour faire des commissions à la dernière minute.

Et elles continuèrent à se houspiller jusqu'à la maison.

« Maman a eu l'air de ne pas entendre, quand j'ai parlé de Marie Brun, parce que le sujet l'embarrassait, et que le seul nom de Marie Brun l'agace, songeait Berthe. Elle m'a répondu par un mot blessant pour se dérober et se cacher à elle-même son incapacité à raisonner. De même, avec papa, elle évite tous les sujets de discussion, par faiblesse, et se venge avec des pointes qui exaspèrent. »

Berthe renonçait à interroger des personnes dont elle voyait trop clairement les défauts. Elle se sentait isolée au milieu de gens inférieurs qui avaient perdu l'usage de la pensée; elle devait trouver du secours dans ses propres réflexions et sa volonté. Elle décida de travailler davantage, fit un plan d'études qu'elle épingla dans sa chambre, et se levait à six heures pour apprendre de nouveau ses cours de l'année dernière. Elle étudiait son piano pendant quatre heures tous les jours. Elle lut des livres que lui prêtait Mlle Picat, puis des romans qu'elle choisissait au hasard dans la bibliothèque de son père, et que Mme Degouy lui ôtait des mains lorsqu'elle jugeait le volume dangereux d'après le titre; elle ne recherchait pas les récits amoureux, mais des informations sur les hommes, le monde, la vie, dont elle était si curieuse et qui lui paraissait située hors de tout ce qu'elle connaissait.

Ces lectures la détournaient de son travail, mais tout à coup elle rédigeait un nouveau programme plus sévère que le précédent, et l'épinglait au-dessus de son petit bureau. Elle essaya d'apprendre l'histoire dans les nombreux volumes de Henri Martin qui garnissaient un rayon de la bibliothèque; mais, quand elle avait lu un moment, le soir, elle se sentait fatiguée, elle ne comprenait plus, une paresse rêveuse et un peu découragée la prenait; posant une main sur son livre, elle contemplait ses doigts qu'Albert avait regardés. Elle se demandait s'il les avait trouvés jolis ou laids, et elle arrangeait ses ongles.

※

M. Degouy cessa de monter à cheval, après une chute, et lui qui aimait autrefois tous les exercices du corps prit même la marche en aversion. Il allait rarement à sa maison de commerce et restait dans sa bibliothèque pour fumer en paix, quoiqu'il trouvât un goût désagréable à sa pipe. Il choisissait un volume dans sa belle collection de livres, touchait la reliure, feuilletait les images, ou contemplait un bijou antique, lourd au creux de la main. Lorsqu'on sonnait, il entr'ouvrait sa porte et regardait vers le couloir. Il défendait qu'on le dérangeât, mais il épiait tous les bruits de la maison. Quelquefois, il entrait dans le salon pendant que Mme Degouy recevait une visite et, sans remarquer l'embarras des dames, il s'asseyait pour écouter la conversation. Mme Chaurant s'adressait à M. Degouy en haussant la voix; d'un ton complaisant, comme elle eût questionné un enfant sur ses jouets, elle lui parlait de chevaux, de livres et d'exercices physiques. On ne soupçonnait pas que les fouilles de Grave et les travaux archéologiques de M. Degouy qu'on citait à Noizic comme des bizarreries étaient estimés de quelques savants.

M. Degouy s'animait un peu lorsque son gendre et Emma venaient dîner. Édouard, nouveau venu dans la famille, paraissait intéressé par ces récits que Berthe n'avait jamais écoutés parce qu'elle croyait les connaître.

Ce jour-là, il racontait la spéculation de Tarnaud, et se leva pour verser lui-même à ses hôtes un vin de choix.

— Je n'en veux pas, dit Mme Degouy pour marquer sa désapprobation.

— Vous m'en direz des nouvelles, fit M. Degouy qui s'assit en continuant à s'adresser à son gendre.

Il porta vivement son verre à ses lèvres, de sa main tremblante, et le vida très lentement, sans arrêt.

— Il est merveilleux, dit Édouard.

— N'est-ce pas ? dit M. Degouy. Et Tarnaud n'en a pas voulu. Je vois que vous commencez à vous y connaître. Eh bien ! il y a meilleur encore. C'est du bourgogne de 66. Il m'en reste encore quatre bouteilles d'un lot que j'ai partagé avec mon frère et qui nous venait de Larémijal.

— Tu ne vas pas descendre à la cave ? dit Mme Degouy... Édouard ! je vous en prie ! empêchez votre beau-père de descendre...

— Laisse-le donc, ça l'amuse ! dit Emma en regardant sa mère.

— Je vous assure, mes enfants, que je ne trouve pas cela prudent. Vous avez vu comme il a chaud... il s'excite en parlant....

— La cave n'est pas loin, dit Édouard.

— Vous ne connaissez pas l'escalier ! votre beau-père n'a plus la démarche d'un jeune homme. Il a des vertiges. Je m'en aperçois quand il s'appuie tout à coup à un meuble... On n'entendrait même pas s'il appelait.

— David pourrait aller voir, dit Emma, et elle se tourna vers le domestique qui se tenait immobile et somnolent au fond de la pièce dans la pénombre de l'abat-jour.

Le visage placide, David s'avança de son pas mou, lorsque M. Degouy apparut, et lui prit des mains sa bougie et la bouteille, accoutumé aux habitudes de son maître, jamais surpris de ce qui provenait de ces gens dont il surveillait les mouvements.

— Qu'est-ce que tu as ? dit Mme Degouy en regardant son mari.

— Je suis monté trop vite, dit-il. Ce n'est rien...

Il se retenait de parler et de respirer, mais son regard prit une expression songeuse pendant qu'il touchait sa poitrine. Il sentit tous les yeux fixés sur lui et se leva.

— Ce n'est rien, reprit-il en arrêtant sa femme du geste, tandis qu'Emma le suivait anxieusement des yeux. Je vais revenir.

— Ce n'est pas un essoufflement naturel, dit Emma.

— Il va revenir; c'est un petit étourdissement, dit Mme Degouy qui écartait toujours de son esprit les motifs d'inquiétude et s'obstinait à considérer sous un aspect favorable les événements qu'on redoutait.

— Avez-vous remarqué qu'il fût plus fatigué ces jours-ci ? dit Édouard d'une voix sérieuse, portant discrètement à ses lèvres son verre de bourgogne.

— Non. Il va très bien. Il a de l'appétit. Il ne se plaint plus de son bras.

— On a sonné ! dit Berthe tout à coup. Je vous assure qu'on a sonné.

— Je n'ai rien entendu, dit Mme Degouy. Avez-vous entendu sonner, David ?

Tous se turent en écoutant. Après un long silence, Édouard dit à Mme Degouy :

— Vous pourriez peut-être monter ?

— Moi, j'y vais ! dit Berthe.

— Non, ma fille, dit Mme Degouy qui se décidait à se lever.

Soudain, le timbre électrique vibra longuement dans l'office.

— Restez là ! fit Mme Degouy, retenant ses enfants qui voulaient la suivre.

Pendant qu'elle montait l'escalier, elle entendait du côté de sa chambre comme un ronflement précipité. Elle aperçut M. Degouy assis sur une chaise basse; sa tête se soulevait par saccades avec un halètement rauque.

— Qu'est-ce que tu as ? dit-elle en se penchant sur lui.

Elle comprenait le danger, mais, désorientée par l'effroi, elle répétait :

— Qu'est-ce que tu as ?

La voix presque éteinte dans un souffle déréglé, les yeux pleins de pensée et d'angoisse, il murmura :

— J'étouffe...

— C'est la digestion, dit Mme Degouy d'un ton affectueux; cela passera... Il faut te mettre sur ton lit.

Il se leva, s'arrêta devant la cheminée et se regarda dans la glace, puis s'étendit sur son lit avec une soumission d'enfant.

— C'est la digestion, répétait Mme Degouy, qui trouvait dans cette explication un appui pour son esprit pendant qu'elle versait des gouttes d'eau des Carmes. Tu vas voir... Tu te sentiras mieux tout de suite, dit-elle en lui soutenant la tête.

Il prit avidement le verre, mais il ne parvenait pas à le maintenir dans sa bouche, tout secoué par une respiration rude, sifflante, comme chargée d'eau. Il disait, cherchant de l'air :

— Plus haut... soulever...

Elle mit un coussin sous sa tête, ouvrit la petite armoire de la pharmacie, affolée par ces yeux qui suivaient ses gestes, ce bruit d'étouffement qui seul parlait. Elle ne voyait rien parmi ces petits flacons vides, et, songeant que peut-être elle avait sous la main le remède qu'il faudrait donner tout de suite, elle fut prise d'un sentiment d'impuissance, d'infini dénuement, devant la chose incompréhensible où cet homme sombrait avec un regard plein d'appel et d'épouvante.

Après la mort de son mari, Mme Degouy ne quitta plus sa chambre. Berthe essayait de l'entraîner au jardin, mais elle remontait tout de suite pour écrire des lettres, sans même s'arrêter dans la maison où on la voyait naguère toujours active et trottinante.

Assise auprès d'une armoire aux longues charnières, Berthe questionnait sa mère pour la distraire. Mme Degouy parlait souvent de ses années de jeune fille, de l'époque où M. Degouy venait le dimanche chez la mère de Christine. Berthe ne pouvait se figurer que Mme Degouy eût vécu à Paris, tant elle semblait mêlée à Noizic. Elle entendait avec surprise ces noms inconnus pour elle et tâchait de concevoir ce monde d'amitiés anciennes, de réjouissances, de souvenirs qui lui était fermé et que sa mère évoquait avec plaisir. Lorsque Berthe se couchait, Mme Degouy restait encore longtemps dans son fauteuil, comme incapable de se mettre au lit. Elle s'endormait, la tête appuyée au dossier, puis s'éveillait en sursaut, avec sa lampe allumée, sans comprendre tout de suite comment elle se trouvait seule dans la chambre.

Elle reçut des visites : Mme de Brigueil, qui n'avait jamais eu de contrariété, mais qui savait dire des paroles si touchantes et si justes; la malheureuse Mme Boraud, toujours en deuil de son mari et de ses deux filles, qui ne rendait visite qu'aux affligés, et que Mme Degouy vit entrer dans son salon avec un peu d'effroi; Mme Chaurant qui apportait son ouvrage et s'installait pour toute l'après-midi, parce qu'elle se considérait l'amie intime, et ne cessait de parler de sa voix sèche sur des sujets indifférents.

— Je crois, ma pauvre amie, que vous aurez une succession difficile, lui dit un jour Mme Chaurant avec brusquerie, tout en tricotant. Vous devriez en parler à mon mari. Louis achetait de beaux livres, mais ne s'occupait guère de sa maison de commerce. On dit que la liquidation ne laissera pas grand'chose.

Mme Chaurant alarmait son amie à chaque visite; le lendemain, Mme Degouy demandait une entrevue au notaire qu'elle interrogeait à sa façon, sans s'arrêter aux explications obscures. Contente de se sentir maîtresse de son argent et de sa maison, elle voulait s'occuper seule de ses affaires. Tout le jour elle regardait des comptes où elle s'embrouillait.

— J'ai une bonne lettre de Christine, dit-elle un soir en prenant une enveloppe dans sa table à ouvrage.

Elle ouvrit la lettre sous la lampe et la relut à voix haute avec un léger reniflement et les lèvres tremblantes, à mesure qu'elle approchait des dernières lignes.

— Moi aussi... J'aimerais bien l'embrasser, dit-elle en repliant la lettre.

— Après ton mariage, tante Christine est restée à Paris ? dit Berthe.

— Elle a épousé un avocat de Paris : M. Quatrefage. Nous avons vécu presque comme des sœurs, et je ne l'ai revue que deux fois depuis vingt ans. Je disais à ton père : « Tu as tort d'entrer dans le commerce, ce n'est pas ton goût », poursuivit Mme Degouy qui sautait constamment d'un sujet à l'autre dès qu'on lui donnait l'occasion de parler. Il a quitté l'armée par un coup de tête. Il a voulu revenir dans son pays.

Mme Degouy s'était difficilement accoutumée à Noizic au début de son mariage; maintenant, comme de nouveau étrangère dans cette maison trop grande, elle sentait qu'elle ne pourrait y vivre.

Tout d'abord, elle ne parla à personne d'une lettre de Mme Quatrefage qui lui conseillait de s'installer à Paris. Emma cherchait à détourner sa mère d'un projet si déraisonnable, et Mme Degouy paraissait y renoncer à la première objection, mais elle poursuivait son idée, très jalouse de sa récente autorité qu'elle entendait défendre contre ses enfants.

Un jour, elle dit à son gendre :

— Édouard, je vous donne ma maison ; vous me paierez un petit loyer. Vous êtes mal logés en ville;

ici il y aura de la place pour vos enfants et un beau jardin.

M. Chaurant causait constamment avec sa femme de la situation de fortune des Degouy. Il voyait dans la ruine des Bonifas, qui avaient quitté Noizic depuis deux ans, et dans la chute de la maison Degouy, une confirmation de sa propre sagesse. Malgré sa grande fortune, il vivait avec parcimonie, et il avait communiqué à sa femme son esprit inquiet et pratique.

Mme Chaurant obtint de son mari qu'il tentât de convaincre Mme Degouy.

— Tu étais l'ami de Louis. C'est ton devoir, disait-elle, de sa voix masculine et un peu caverneuse.

En apercevant dans son salon M. Chaurant, qui ne venait plus chez eux depuis une dispute avec son mari, Mme Degouy fut prise d'une crise de larmes. Lorsque M. Chaurant put parler des inconvénients d'une installation à Paris, Mme Degouy s'agita sur sa chaise d'un air aimable en acquiesçant; mais, depuis quinze jours, elle avait chargé sa cousine de lui retenir un appartement.

II

Madame Quatrefage avait choisi pour sa cousine un appartement neuf dans une avenue paisible, plantée d'arbres, et qui lui parut convenir à des provinciaux. Mme Degouy avait emporté quelques-uns de ses vieux meubles qui prenaient beaucoup de place dans les petites pièces. La fenêtre de la chambre de Berthe donnait sur un mur de lierre, des têtes d'arbres, un coin de ciel; parfois, dans le silence presque champêtre, on entendait le passage rapide d'une chose vibrante échappée aux régions de tumulte.

Mme Degouy refusait toutes les invitations, à cause de son deuil; après une première visite, elle ne retourna plus chez les Quatrefage. Elle redoutait les rues populeuses, si changées depuis sa jeunesse et restait dans son appartement où elle ne voyait personne.

Berthe déjeunait quelquefois chez les Quatrefage. Ce grand appartement, l'espèce d'emprisonnement et de servitude où vivait sa cousine Odette, le silence de M. Quatrefage, les impertinences de la petite Mercédès que tous admiraient et gâtaient, et jusqu'aux cheveux dorés de sa tante, oppressaient Berthe durant ces repas interminables, où l'on mangeait des choses délicieuses grâce à la direction d'Odette.

M. Quatrefage qui adressait rarement la parole à Berthe, lui dit un jour en découpant un poulet :

— Vous avez dû voir mon collègue Pacaris à Noizic ?

— Je connais son fils, dit Berthe à mi-voix.

— Il paraît qu'Albert a renoncé à la diplomatie; il devient secrétaire de son père, dit Odette.

— Qu'est-ce que vous dites ? fit M. Quatrefage, qui obligeait les personnes de son entourage à répéter chaque parole pour se dispenser d'écouter.

Berthe voulait parler d'Albert, mais elle attendait la fin du déjeuner pour questionner Odette.

— Ce sont des amis, dit Odette. Après la mort de Mme Pacaris, ils n'ont pas voulu retourner à Saint-Malo. Je crois que c'est maman qui leur a indiqué la propriété de Noizic.

Berthe recommandait à Hortense de venir la chercher de très bonne heure, lorsqu'elle déjeunait chez les Quatrefage, et elle passait le reste de la journée chez Alice Bonifas.

Ce fut une grande joie pour Berthe de retrouver son amie d'enfance à Paris. Elle ne pouvait imaginer Alice, si folle et si comblée dans les privations. Alice habitait la rue Lecourbe. Sa maison, l'escalier, les petites pièces où on se sentait à la fois écrasé par les plafonds et comme suspendu très haut dans une atmosphère de paix inquiétante, parurent à Berthe bien plus tristes qu'elle ne le supposait. Alice ne semblait pas s'en soucier. Elle avait un air content et tranquille, se préparait au Conservatoire, et ne songeait qu'à ses études. Mme Bonifas que Berthe avait connue si brillante, semblait une autre personne, plaintive et doucereuse. Seule, la grand'mère qui avait gardé ses belles bagues à ses doigts de morte, était restée toute semblable, très droite dans son fauteuil, accueillante avec sa voix affaiblie et curieuse de nouvelles.

Mme Degouy écoutait le piano, près de la fenêtre, sa tapisserie sur les genoux.

Berthe s'interrompit pour feuilleter ses cahiers de musique. Elle se rappelait son père qui s'approchait du piano quand elle jouait après le déjeuner; elle le sentait assis à côté d'elle, immobile, d'une consistance étrange, presque matérielle, mais comme pétrifié, lointain, et elle joua cette phrase de la *Périchole* qu'il semblait attendre... Elle voyait son regard content : « La jolie musique », disait-il... Mais c'était un regard d'autrefois, une ancienne parole, et elle ne pouvait plus toucher qu'à travers le passé ce fantôme enfermé dans les choses révolues. Alors le visage de la mort lui apparut, ce grand calme solitaire, cette gravité qui vous repousse, et tout à coup elle quitta le piano.

Elle s'avança vers la fenêtre, passant devant sa mère sans la regarder, bien qu'elle sût que Mme Degouy pleurait.

— Le calorifère est étouffant, dit-elle d'un ton brusque.

Elle ouvrit la fenêtre et respira une bouffée d'air frais.

— Tu ne trouves pas qu'il fait trop chaud ? dit Berthe. Tu as toujours froid parce que tu ne sors jamais. Vraiment ce n'est pas la peine d'être à Paris. Au moins, tu pourrais aller voir Mme Bonifas. Elle n'habite pas loin d'ici. Pourquoi ne vas-tu jamais voir Mme Bonifas ? Voilà des gens que tu as beaucoup connus à Noizic. Je suis sûre que tu leur fais de la peine.

— Oui, ma fille, dit Mme Degouy, avec de petits trémoussements nerveux, en reprenant sa tapisserie.

— Et tante Christine ! poursuivait Berthe. Elle nous a choisi cet appartement. Elle nous a donné des adresses, tu lui as écrit cent lettres de Noizic !... Tu ne peux sortir qu'à sept heures du matin pour aller à la messe !

— Je sais me conduire à mon âge, dit Mme Degouy. Travaille donc maintenant au lieu de veiller tous les soirs.

— Que veux-tu que je réponde à tante Christine, quand elle me dit sur un ton bizarre : « Ta mère va bien ? »

Mme Degouy se dirigea vers sa chambre en trottinant avec une allure effarouchée, comme naguère lorsqu'elle fuyait devant M. Degouy; mais Berthe la suivait :

— Je te préviens que je ne retournerai pas déjeuner chez eux...

※

— Trop sucré, fit Berthe avec une grimace en goûtant l'entremets.

Mme Degouy avait achevé son dîner; appuyée contre la table, un peu sommeillante, elle attendait le coup de sonnette de la concierge.

— Quelle heure est-il ? dit-elle levant les yeux vers Hortense qui se glissait péniblement entre la chaise de Berthe et l'énorme buffet.

— Je pense que nous aurons une lettre d'Emma, dit Berthe.

— Elle n'a pas écrit hier, dit Mme Degouy ramassant une miette de pain auprès de son assiette.

— Édouard est encore à Rochefort. Il devait y rester huit jours...

Berthe se résignait à ces propos. Pourtant, que de choses elle eût voulu dire sur la vie, sur ses pensées, sur des problèmes qui la préoccupaient ! « N'est-ce pas de cela surtout qu'on devrait parler avec ses parents ? songeait-elle. N'ont-ils donc rien à vous apprendre sur l'existence ? Le temps s'écoule en réprimandes futiles, en embrassades... Jamais une véritable parole du cœur, une pensée grave, importante. Maman voit que je réfléchis quand je me tais; mais elle ne me demande pas à quoi je pense. On dirait qu'elle redoute ma réponse. Elle se dérobe quand je veux parler... »

Mme Degouy connaissait l'esprit raisonneur de sa fille. Elle fuyait d'instinct comme d'inutiles tracas des controverses où d'ailleurs elle était bientôt embarrassée lorsqu'elle s'y risquait. Que pouvait-elle dire sur cette vie si incompréhensible et qui avait passé si vite ?

— Tu te lèves de trop bonne heure, dit Berthe qui observait avec impatience l'assoupissement de sa mère.

— Vas-tu lire encore ce soir ? dit Mme Degouy, subitement tirée de sa torpeur. Tu te couches à minuit et le matin on ne peut pas te réveiller.

— Pourquoi te lèves-tu si tôt puisque tu t'endors avant le dîner ? Est-ce bien nécessaire d'aller tous les matins à l'église à sept heures ?

Berthe rattachait aux habitudes religieuses de sa mère les réveils maussades imposés à la maison en pleine nuit, et aussi cette atmosphère de léthargie où finissait la soirée. Ces agacements quotidiens tournaient contre la religion son esprit d'analyse et elle ne laissait guère de répit aux croyances de Mme Degouy.

— Sais-tu pourquoi tu vas tous les matins à la messe ? Je vais te le dire : Tu y vas pour ton plaisir. Tu ne pourrais pas t'en passer. C'est devenu une habitude, mais dangereuse pour l'esprit qui s'endort dans la quiétude, alors qu'on ne vit que pour soi, pour ses satisfactions, dans un oubli effrayant de tous les devoirs humains vraiment sacrés...

Mme Degouy sentait que des influences inexplicables agissaient sur l'esprit de sa fille, et, sans répondre, elle lançait au hasard, contre ce monde obscur du dehors, un geste de défense qui retombait toujours sur Alice Bonifas.

— Alice..., disait-elle aigrement et comme essoufflée, est-ce qu'Alice est toujours capricieuse ?...

— Il ne s'agit pas d'Alice. Je me demandais ce qu'on nomme le bien...

✿

Lorsque Marguerite tomba malade, Solange Huguet prit sa place à côté de Berthe sur le second banc.

Berthe qui suivait difficilement la dictée du professeur se pencha vers sa nouvelle voisine.

— Je vous donnerai mon cahier ce soir. Vous me le rendrez lundi, dit Solange avec une expression rieuse dans ses yeux un peu retroussés.

Elles firent connaissance et s'aperçurent qu'elles avaient passé toutes deux, la même année, un été à Médis.

— Nous habitions la grande villa qui est au bord de la plage, à côté de la villa de Mme Brun, dit Solange.

Elle ajouta avec un accent de vénération au souvenir de Marie Brun :

— Que cette femme avait du chic !

Solange qui allait seule à son cours accompagnait Berthe jusqu'à la rue de Grenelle.

Mme Degouy promit à Berthe qu'à partir du mois prochain, anniversaire de ses seize ans, Hortense ne l'accompagnerait plus quand elle irait à son cours ou chez Alice.

— Mais je veux que tu sois rentrée avant la nuit ! dit Mme Degouy.

Parfois, Robert Huguet venait chercher sa sœur en promenant son chien Moustique. Dès que Solange l'apercevait, c'étaient des cris d'amour, des caresses sur les bondissements féroces de la petite bête.

Une après-midi, quand elle eut traversé la rue du Bac portant le chien dans ses bras, Solange dit à Berthe de sa voix chuchotante et pathétique :

— Vous savez que nous avons pour voisin le comte de May. C'est un jeune homme très chic... très beau... Il a une magnifique automobile... Il sort tous les jours avec son chien. Hier matin, je l'ai croisé dans la rue de Messine en me promenant avec Moustique. J'ai vu qu'il me reconnaissait... Il a souri. Plusieurs fois, je l'avais rencontré, justement à cet endroit. Il a dit en regardant Moustique : « Mignon, ce petit chien. Vous vous promenez seule, mademoiselle ? »

— Qu'est-ce que vous avez répondu ? dit Berthe.

— Rien. J'avais envie de rire... Il est parti.

— L'avez-vous revu ?

— Naturellement, puisque nous sommes voisins... Il regarde la maison quand il passe.

Berthe voyait dans ce jeune homme Albert Pacaris. Pour la première fois, elle songea qu'elle pouvait le rencontrer. Peut-être qu'il habitait tout près d'ici. Elle l'apercevrait un jour dans la foule... Il s'approcherait d'elle, étonné : « Comment ? Vous habitez Paris ! Passez-vous souvent dans cette rue ? Vous sortez seule ? Est-ce que je peux vous accompagner ? » Elle entendait un long dialogue, mais elle ne se souvenait plus du son de sa voix, excepté lorsqu'il disait : « Bonjour » très doucement. Elle cherchait à se rappeler son visage, mais elle distinguait seulement la grimace très nette d'un certain rire. Un instant, elle le revit appuyé à un banc pendant qu'il parlait à Mme de Brigueil; mais cette image se dissipa aussitôt et elle ne put la ressaisir.

※

Ce jour-là, Mme Vidar déjeunait chez les Quatrefage en même temps que Berthe.

— Vous ne connaissez pas le Panthéon ? dit Mme Vidar qui articulait avec un peu d'affectation, et, piquant de sa fourchette un brin de salade, les coudes serrés au corps, elle tourna vers Berthe son long nez pointu.

— Allez-y aujourd'hui, mes enfants, dit Mme Quatrefage.

Elle ajouta, s'adressant à son mari qui ne levait pas les yeux de son assiette les jours où Mme Vidar déjeunait :

— Avez-vous une objection contre le Panthéon ?

— Il y a de fort belles peintures, dit Mme Vidar pour flatter la manie de M. Quatrefage dont elle n'avait pu vaincre l'hostilité depuis six ans.

Mme Vidar qui avait perdu son mari, très jeune, enseignait la littérature et l'histoire à Odette. Deux fois par semaine, elle déjeunait chez les Quatrefage et passait une partie de l'après-midi avec son élève. Elle avait donné des leçons à toutes les petites Dubroca, à Yvonne Célerier, à Mme de Muralt jusqu'à son mariage; elle aidait Mme Heriard à diriger son œuvre de bienfaisance, et le marquis de Perpigna lui faisait rédiger sa correspondance. Elle était ponctuelle, énergique, inflexible sur la morale, se levait à l'aurore, et suivait un régime végétarien; mais de son regard froid et modeste elle croyait découvrir d'invraisemblables intrigues amoureuses dans les familles où elle entrait. Elle cachait ses remarques aux parents, mais à Odette qui était sa plus grande élève, elle montrait les hommes sous un jour odieux, et les termes voilés dont elle devait user avec une jeune fille achevaient d'épouvanter.

En approchant du boulevard Saint-Michel, Mme Vidar qui devinait chez tous les passants un génie du mal pressait les jeunes filles.

— Dépêchons-nous, disait-elle en surveillant Berthe qui regardait curieusement autour d'elle.

Berthe aurait voulu s'arrêter à chaque pas dans ce quartier où vivent les gens de pensée; elle voyait partout des artistes.

Plus tard, songeant à ce jardin du Luxembourg dont elles avaient longé les grilles si rapidement, Berthe se rappela une pâtisserie de la rue Médicis.

Alice était gourmande, et Berthe se dit que pour manger des gâteaux elle accepterait sûrement de l'accompagner dans une expédition vers ce quartier.

— Il paraît que c'est une pâtisserie extraordinaire, dit Berthe. Maman m'a donné de l'argent pour ma fête. Ce sera une petite partie très amusante.... Naturellement je n'en parlerai pas à maman... Je serai chez toi jeudi, à trois heures. Tu diras que nous allons chez Madeleine, comme la dernière fois.

Ce jeudi, il pleuvait. Les deux jeunes filles attendirent l'omnibus sous la toile d'un bazar. Berthe, très gaie, parlait beaucoup, comme pour réveiller chez la paisible Alice l'enfant mutine qui était autrefois boute-en-train.

La pluie venait de cesser quand elles entrèrent dans la pâtisserie.

— C'est très difficile de se faire servir, fit Berthe en apportant une assiette garnie de gâteaux.

Elle dit en riant, pendant qu'elle s'asseyait à la petite table :

— Te souviens-tu de nos caramels ?

Et elle ajouta, pour mieux savourer son escapade :

— Si on nous voyait !

Elle se tourna vers la rue; regardant entre les rayons de pâtisserie la foule qui longeait les vitres, elle crut reconnaître Pacaris.

— L'École de Droit n'est pas loin ? dit Berthe.

— Presque toutes les écoles sont dans ce quartier, dit Alice.

— Tu connais très bien Paris, toi, dit Berthe. Tu sors seule. Tu trouves tout naturel d'être ici. Pour moi c'est un événement...

Elle se retourna vers la porte; dans chaque personne qui entrait, elle s'attendait à voir Pacaris, et elle redoutait de le rencontrer ici, toute seule.

Sur le trottoir, en sortant de la boutique, Berthe et Alice furent arrêtées par une succession de voitures, puis elles traversèrent rapidement la chaussée. Berthe acheta deux bouquets de violettes, et elles entrèrent dans le jardin du Luxembourg. Le ciel s'éclairait au couchant. Elles suivaient une allée de marronniers dont le feuillage naissant, gorgé de pluie, formait une voûte diaphane d'un vert pâle et comme lumineux dans le crépuscule; la fraîcheur des feuillages emplissait le jardin sous un rayonnement doré. Alentour, derrière les grilles, où la nuit semblait tout à coup venue avec ses feux mouvants, passait un flot brutal, tout proche et infiniment éloigné.

— Il est tard, dit Alice qui tira de son cou une montre minuscule.

— Il fait si bon ! dit Berthe. Hortense ne vient jamais me chercher avant six heures.

Elle regardait des jeunes gens singuliers qui se promenaient lentement. Ils semblaient tous participer à la vie brûlante et libre qu'on voit dans les livres, et elle cherchait à découvrir le destin de chacun sur les visages maladifs. On sentait que ces hommes n'avaient pas le souci du retour et qu'ils resteraient ici pour goûter jusqu'à sa dernière lueur la soirée printanière.

— Allons jusqu'à ce massif rouge et nous partirons, dit Alice.

Un couple les précédait. La jeune fille s'écartait de l'homme comme pour s'éloigner, mais on la devinait retenue par des paroles murmurées.

Sûrement, Pacaris devait venir ici. Berthe le voyait marchant dans ces allées auprès d'une jeune fille; et la jeune fille qui est à côté de lui, dans ce couple qui vient de disparaître derrière le massif, c'est elle-même.

Berthe qui était partie si gaie, revenait pensive à la maison. Dans ce jardin, elle avait respiré un souffle de vie dont son cœur était plein; et puis, Alice l'avait heurtée avec ses jugements trop sages. « Elle ne pense qu'à son piano, à son travail, se disait Berthe; comment peut-on borner l'avenir à une existence si sèche ! »

Il semblait à Berthe qu'elle se gardait pour un sort plus riche, réservé en secret à celles qui savent sentir la promesse des choses.

※

A la première journée chaude, Mme Degouy regretta Noizic.

— Nous n'allons pas quitter Paris au mois de mai ! cria Berthe.

— Cette année ne compte pas pour toi... L'année prochaine nous viendrons pour le commencement de tes cours. Tu peux emporter tes livres. Mlle Picat te fera travailler.

Elle ajouta en soupirant :

— J'aimerais bien revoir ma petite Jeanne !

Depuis qu'elle avait l'idée de partir, Mme Degouy ne pouvait plus supporter Paris. Elle écrivait tous les jours à Emma, rangeait les effets d'hiver, et s'interrompait quand elle marchait dans l'appartement pour rêver à son ancienne maison, si grande et si fraîche. Elle harcelait la jeune bonne qui finit par s'en aller.

— Non ! Je ne veux pas chercher une autre bonne, dit Mme Degouy à Berthe. Nous partirons tout de suite. C'est plus simple. D'ailleurs tout est convenu avec Emma. Je prendrai la chambre bleue. Toi tu auras ta chambre.

Berthe se consola en songeant qu'elle reverrait Marie-Louise.

A Tonnay, on prenait le train pour Noizic. Il attendait au bout d'un quai retiré l'express de Paris, mais ne partait que bien plus tard, après beaucoup de manœuvres et de sifflements.

La campagne se déroulait un peu nue, parsemée de peupliers et de noyers, avec ses maisons blanches, ses petits champs de blé, de maïs, et de vigne, modeste et riante sous une belle lumière.

Berthe reconnaissait le nom des stations. A chaque arrêt, dans le compartiment voisin un bruit de voix saintongeaises devenait distinct à travers la cloison, et on entendait au dehors des pas sur le gravier.

Puis apparaissaient des plaines plus unies, les herbages aux saules isolés; Berthe, blottie près de la portière, le visage tendu à l'air vif, sentait approcher les marais et Noizic dans le dernier dénudement des terres avant l'océan.

Quand elles sortirent de la gare, le cocher de l'hôtel de la Boule d'Or les reconnut; Mme Degouy, retenant des objets autour d'elle, causait avec Emma, et Berthe monta dans l'omnibus. La grosse voiture, immobile contre le trottoir, trembla sous le choc des malles, puis roula avec de dures secousses, les glaces résonnantes. Berthe, assise auprès d'Hortense, regardait à travers la vitre trouble passer des rues presque oubliées, qui revivaient tout d'un coup.

A la maison, Berthe courut dans sa chambre. Le bruit de sa porte, le jour des fenêtres un peu obscurci par la vigne vierge, le lit, les murs, cette atmosphère retrouvée, lui serraient le cœur d'une joie étouffante comme une senteur trop forte. Elle ouvrit tous les tiroirs de son bureau ainsi que de précieuses cachettes, fouilla les recoins de l'armoire, puis monta sous le toit pour regarder dans une lucarne la vue du marais, descendit au jardin, visita l'épicéa, le kiosque, recueillant sur toutes choses un goût de souvenir vite effacé.

On entendait dans la maison les exclamations de Mme Degouy. La femme de chambre suivait Hortense en souriant; et le vieux Jean, qui avait porté les bagages, descendait l'escalier avec ses souliers à clous, d'un pas retenu.

❦

Un jeudi, Berthe se rendit à Fondebaud.
— Eh bien ! ma petite, dit Mme Ducroquet en faisant asseoir Berthe à côté d'elle, est-ce que tu t'amuses à Paris ? Je pense que tu suis des cours ? Ah ! il y a des professeurs si intéressants !

Avant que Berthe eût prononcé une parole, Mme Ducroquet s'était déjà tournée vers Mme de Brigueil avec la même vivacité souriante :

— Vous savez que les Degouy habitent Paris à présent.

Berthe s'approchait du tennis, puis retournait auprès de Mme Ducroquet, ou bien s'asseyait dans la bibliothèque et feuilletait des revues. Fondebaud, qu'elle trouvait si gai autrefois, lui paraissait morne. Elle s'apercevait qu'on la regardait davantage. Pourquoi ? Elle se sentait moins d'entrain. Elle eût aimé à causer, tranquillement. Mais Marie-Louise parlait peu, et Antoinette répondait seulement d'un mot sans écho, les yeux occupés par les joueurs.

— Je ne vous dérange pas ? fit-elle, un jour, en s'asseyant sur le banc près de la chaise longue de Lucie.

— Mais non, répondit Lucie, lentement, avec son petit ricanement doucereux; j'ai beaucoup de plaisir à vous voir.

Les mains sur les genoux, Berthe reprit :

— Je crois que Laurent arrive demain soir.

— Nous entrons dans la saison bruyante.

— Vous n'aimez pas le bruit ? fit Berthe.

Elle sourit, et, s'adossant au banc, regarda l'allée des

chênes; elle aperçut un jeune homme qui se dirigeait vers le château, et reconnut Albert Pacaris.

Avec un trouble subit, une envie de fuir, baissant la tête, elle toucha ses cheveux sous son chapeau, et dit très vite :

— Je pense qu'on ne jouera pas la comédie cette année, puisque M. Chambaraud est parti... Comment pourrait-on jouer la comédie sans M. Chambaraud ?...

Mme Ducroquet, suivie d'Albert, marchait devant la maison, et cherchait des yeux une de ses filles.

— C'est vous qui étiez sur ce banc ? fit Albert, qui s'adressa soudain à Berthe lorsque Mme Ducroquet se fut éloignée avec Lucie; je ne vous aurais pas reconnue...

Puis il dit lentement :

— Deux ans !... vous êtes devenue une jeune fille...

Berthe voulut parler sur un ton indifférent, mais l'air recueilli de Pacaris l'arrêta; levant les yeux vers lui, elle le regarda pour la première fois, et remarqua sa moustache plus longue et foncée qui changeait un peu sa physionomie.

— Il paraît que vous habitez Paris, dit Albert; vous y avez des parents ?

— Ma tante Quatrefage. Je sais que vous la connaissez.

— Mme Quatrefage ? Ah ! je crois bien ! comme c'est étrange ! Odette Quatrefage est votre cousine ? Autrefois, nous passions toujours l'été à Saint-Malo avec les Quatrefage. Odette est sympathique, n'est-ce pas ?

— Elle est très gentille. Je vous dirai que je l'ai trouvée un peu froide... un peu insignifiante...

— C'est une apparence, dit Albert. Lorsqu'elle était enfant on lui interdisait le moindre amusement. Sa mère lui répétait toujours : « La vie n'est pas un plaisir », et pourtant la chère dame a beaucoup demandé au plaisir. Je ne prétends pas que Mme Quatrefage ait mené une vie légère, mais très frivole. Odette a été élevée sévèrement. Vous êtes, je crois, la première amie qu'on lui permet. Sa nature s'est concentrée. Elle a des côtés très mûris. Vous savez qu'elle dirige le ménage ?... Je suis sûr qu'elle vous adore... Vous verrez... peut-être qu'elle n'est pas très intelligente...

Il parlait distraitement, les yeux fixés sur Berthe, et dit tout à coup :

— Je cherche votre visage d'autrefois... Vous aviez de jolis yeux...

Après un silence, il ajouta :

— Ils ont plus d'âme...

Il songeait à la petite fille si timide sur la route, et son regard se posa sur la main de Berthe appuyée au dossier du banc; elle retira sa main.

— Voici la voiture des Chaurant, dit Albert. On va vous appeler... Je veux vous dire adieu ici... Au revoir, mademoiselle Berthe; vous êtes une belle jeune fille...

Gardant la main de Berthe dans la sienne, il dit :

— Vous n'avez plus des doigts d'enfant... il me semble qu'ils sont moins peureux...

Elle n'avait pas de force pour dégager sa main de cette pression molle, où elle était comme tout entière saisie.

— Au revoir... j'espère que vous reviendrez bientôt...

Dans sa chambre, Berthe s'arrêta devant la glace et regarda ses yeux. Elle se rappelait les paroles d'Albert. On lui avait déjà dit qu'elle était jolie, mais elle ne le croyait pas; maintenant, elle prenait conscience de sa beauté comme d'une parure qui serait venue de lui, et, sous l'impression d'un vague événement heureux, elle descendit au salon en chantant.

※

André Chaurant jouait au tennis à côté de Thérèse de Brigueil. D'un geste confidentiel, en passant, il lui donnait une balle, murmurait une parole, puis bondissait vers le filet avec exubérance.

Il vint s'affaler sur le banc, à côté de Berthe.

— J'ai chaud ! fit-il.

— Que vous êtes rouge ! Vous avez toujours chaud !

dit Berthe en touchant la main maigre d'André. Laissez donc cette petite !

Mme de Brigueil s'approchait avec Albert. Elle dressait la tête comme pour retenir le dernier reflet de sa beauté fameuse qui effleurait encore l'extrême contour d'un profil empâté. Albert s'avança vers Antoinette, puis s'assit auprès de Berthe.

— Je vous observais, dit-il. Vous avez pris une grâce tranquille... une douceur de geste... Je vous fais toujours des compliments. Ils ne sont pas dangereux. Mais défiez-vous des hommes : Ils disent aux femmes tout ce qui peut les perdre. Écoutez-moi, je ne vous gâterai pas...

Il se tut.

Berthe était toujours silencieuse auprès d'Albert.

— Vous paraissez triste quelquefois, fit-elle sans lever les yeux, de cette voix étouffée qu'elle avait pour lui.

— Triste ? non. Je ne suis jamais triste.

Brusquement, il dit en regardant le massif de lauriers qui bordait un des côtés du tennis :

— Ces deux-là n'ont jamais fini de ramasser les balles !

On apercevait Thérèse dans les arbustes, la tête baissée, comme absorbée par ses recherches. André marchait autour d'elle, le regard sur le sol.

※

Albert rejoignit Berthe sous le marronnier et dit :

— Chaurant est un gentil garçon. Il est intelligent. Il a beaucoup de jeunesse pour son âge... Je veux dire beaucoup de gaieté, de vivacité...

Puis, s'asseyant à côté de Berthe :

— Dites-moi, fit-il, j'ai une idée... Cela m'amuserait que vous connaissiez notre maison. La propriété de Brisson est à vingt minutes de chez vous en voiture... Ce vieux château mérite une visite... Vous n'avez jamais vu la Picauderie... Nous causerons mieux... Depuis un mois, je n'ai pas pu vous parler... Tenez, voici encore Laurent qui s'approche. Et vraiment, je me sens ridicule ici. Laissez-moi organiser cette expédition avec Chaurant... Ce sera très simple... Un matin, vers onze heures, il viendra vous chercher avec sa sœur dans sa petite charrette anglaise, pour une promenade... Vous passerez devant la Picauderie... Je serai sur la route... Je vous épouvante ?... Je ne vous propose pas cette promenade pour demain. Plus tard... un jour de la semaine prochaine... Il y a de si belles matinées vers la fin de septembre !

Albert appela André Chaurant :

— Asseyez-vous là, fit Albert qui regardait toujours André en souriant. Puisque vous êtes audacieux, je vais vous donner l'occasion de vous distinguer.

— Vous m'effrayez, dit André en se rapprochant d'Albert pour faire place à Thérèse; je suis très peureux.

Marie-Louise rejoignait le groupe aux côtés de Laurent qui était constamment occupé à façonner de minutieux objets avec des bouts de branches.

— Sortez tous, dit André; M. Pacaris a quelque chose à me dire.

— Je vous le dirai plus tard.

— Alors ? que faisons-nous ici ? Venez-vous, Thérèse ? dit André en tirant la jeune fille par le bras. Une partie de tennis ! Et vous, Berthe ! vous ne dites rien ! Vous rêvez ?...

❧

Berthe mettait sa robe de linon mauve fraîchement repassée. Mme Degouy avait permis cette promenade, toujours prête à autoriser ce qui pouvait distraire sa fille qu'elle se reprochait d'attrister. Devant la glace, arrangeant ses cheveux sous cette capeline blanche qu'André admirait, Berthe songeait à l'amusement de l'équipée, curieuse d'approcher les choses qui entouraient Albert. Elle entendit un bruit de voiture, versa une goutte de verveine sur son mouchoir, et courut sur la route.

— Vous pouvez continuer tout droit, fit-elle en s'accrochant à la charrette anglaise pour atteindre le petit marchepied élevé. Marie-Louise n'est pas venue ?

— C'est une oie ! dit André qui tira sur les guides quand Berthe fut installée à côté de lui. Elle prétend qu'elle ne connaît pas ces gens... J'adore ce chapeau ! fit-il en regardant Berthe. Quel beau temps !

Un peu de brise caressait les visages, et Berthe se sentait emportée sur la route ensoleillée dans un mouvement berceur, une fuite joyeuse.

— Croyez-vous que nous verrons le père ? dit-elle.
— Je l'espère. Je veux le voir. J'aime beaucoup la tête des gens célèbres.
— C'est un avocat ?
— Ah ! un grand avocat !

L'idée qu'elle pourrait rencontrer M. Pacaris frappait subitement Berthe, et elle eût voulu revenir à la maison, arrêter cette course qui lui apparaissait tout à coup inconsidérée, grave peut-être, tandis qu'André, de sa main gantée d'un gros cuir usé par les guides, montrait la Picauderie dans un bouquet d'arbres.

A onze heures, M. Pacaris descendait dans le parc et attendait le courrier. Quoiqu'il eût l'appréhension de recevoir des lettres, il arpentait chaque matin les allées en guettant le facteur. Il ne sortait jamais du jardin durant l'été. Sa nuque avait engraissé, et le faux col, qu'il écartait d'un doigt en marchant, le gênait. Sa haute stature, sa face rasée, prenaient à la campagne une vigueur épaisse.

Albert s'approcha de son père; désignant Berthe et André, il murmura :

— Ce sont les amis dont je t'ai parlé... cousins des Quatrefage...

M. Pacaris regarda Berthe, et, le corps très droit, il tendit à André sa grosse main.

— Avez-vous vu le facteur, jeune homme ?
— Non, monsieur, dit André avec désinvolture, je n'ai pas vu le facteur. Mais il y a tant de traverses !... Il suffit d'un buisson...
— Non, dit M. Pacaris en fixant sur André son puissant regard, le facteur a un itinéraire précis. Il prend le chemin

du Pont-Sauvaitre jusqu'à Saint-Hilaire, et, à partir de Saint-Hilaire, il suit la route.

— Je me formais du facteur rural une image plus poétique, dit André en souriant. Quels beaux arbres !... Je ne suis jamais venu ici...

M. Pacaris, déconcerté par cet enfant qui lui parlait si librement, baissa les yeux sur sa rosette de la Légion d'honneur et regarda son vieux pantalon. Albert s'approcha de Berthe.

— Vous voyez, ce jardin manque de jardinier, dit-il; M. Brisson n'aime pas les dépenses. Mais il y a de jolis coins... Nous avons aussi notre tennis; seulement il ne reste que le grillage... Vous savez que je vous attendais hier matin, poursuivit Albert en s'éloignant avec Berthe. J'avais bien dit mercredi à André. J'ai supposé que l'orage vous avait effrayée... mais il n'a pas plu ici. Ce matin je suis retourné à mon poste... quand j'ai aperçu votre robe mauve dans la voiture !... Quelle chance que Marie-Louise ait boudé ! André a l'air de s'entendre très bien avec mon père... Regardez... ils vont se promener comme de vieux amis... Il est étonnant ce garçon !

— Votre père est très intimidant, dit Berthe. Vous croyez qu'il ne trouvera pas drôle que je sois venue ?

— C'est tout naturel... Je lui expliquerai...

— Il faut que nous partions à onze heures et demie, dit Berthe en se tournant du côté d'André. Quelle heure est-il ?

— Vous venez d'arriver !... Tenez... voici le potager. Il n'y pousse pas de légume depuis cinq ans, mais dans la saison ces bordures d'œillets blancs embaument... Aimez-vous les figues ? Il en reste deux ou trois au sommet de l'arbre. Je vais monter sur l'échelle de cette pauvre serre... Vous ne regrettez pas votre visite ?

— Mais non, c'est très amusant... Je crois qu'il faudrait rejoindre André, dit Berthe quand ils eurent dépassé un petit bois de chênes.

— Attendez, nous revenons par cette allée... Dans ces chemins, je me suis promené bien souvent en pensant à vous...

Albert s'arrêta :

— Laissez-moi vous regarder... Je vous aime beaucoup, fit-il en la rejoignant. C'est tout ce que je voulais vous dire.. Il ne faut pas vous en souvenir... On n'est jamais sûr de cela. Je vous trouve exquise... Voilà tout... J'avais pensé que si vous veniez ici nous pourrions causer... et, maintenant que nous sommes seuls, je n'ose plus vous parler...

Ils passaient sous une charmille. Berthe marchait les yeux fixés sur le sable où remuait par endroits l'ombre découpée du feuillage. Dans ce jardin inconnu, elle sentait une douce sécurité auprès d'Albert, une intimité de pensée qui les enveloppait, et elle aurait aimé à le suivre longtemps de cette démarche lente dont elle n'avait pas conscience, comme portée par cette voix tendre et sérieuse.

Ils arrivèrent derrière le château.

— Mon père et André sont sur le perron, fit Albert... Traversons la maison, voulez-vous ? Vous verrez la cheminée de la salle à manger...

— Voici, fit Albert qui prit un grain de raisin sur le buffet. C'est une belle cheminée. Je ne vous montre pas le salon; il est pareil à celui de Fondebaud... L'escalier est imposant, n'est-ce pas ?... Suivez-moi, dit-il en montant les marches...; ces couloirs sont interminables... Tout cela n'est pas très joli.... C'est immense... Ma chambre, dit Albert en poussant une porte qu'il ferma aussitôt. La chambre de mon père... La serrure est curieuse... toutes les portes sont très épaisses... Nous trouverons un escalier dans la tour...

Il s'assit sur un coffre.

— Reposons-nous, dit-il.

Il regarda Berthe comme s'il voulait parler, puis détourna les yeux timidement.

Ils reprirent leur course, montèrent sur la tour, suivaient d'autres corridors, ouvraient des portes, descendirent dans le sous-sol aux voûtes formidables, plein de ténèbres emmurées, et ils marchaient rapidement comme poussés par quelque chose qu'ils fuyaient.

— Vous croyez que nous sommes perdus ? dit Albert, mais cette lumière, c'est le vestibule... Vous n'avez pas eu froid en bas ?

— Non, fit Berthe à voix basse, nous ne sommes pas restés longtemps...

Albert s'arrêta et regarda Berthe; ils demeuraient immobiles tous les deux, avec un air d'attendre.

— Vraiment ? vous n'avez pas eu froid ? fit-il en prenant la main de Berthe.

Il toucha son bras.

— Cette étoffe est si légère....

Il baissa les yeux et dit d'une voix hésitante, changée :

— Si fine... Vous avez une jolie robe... laissez-moi vous embrasser...

Il avait passé son bras derrière l'épaule de Berthe. Elle ne bougeait pas. Transie d'émoi et de honte, elle était prise dans ce brusque mouvement, dans ce grand corps d'homme dont elle sentait la force, la brutalité et l'odeur; elle vit des yeux troubles se fermer sur ce baiser.

Puis, elle fut délivrée; et ils allèrent vers la sortie, côte à côte, tout le long du couloir, sans parler, très vite.

❦

Pour la fête d'Antoinette, les Ducroquet avaient invité beaucoup de monde à déjeuner. Il pleuvait, et la grande salle à manger avec ses fenêtres étroites, enfoncées dans la muraille, était fort sombre ce jour-là.

— Ah ! voici de la lumière ! dit M. Ducroquet quand on posa devant Antoinette le gâteau illuminé de vingt bougies.

— Le beau gâteau ! fit Mme Chaurant de sa voix virile.

Tous les convives fixaient les yeux sur la couronne de petites flammes qui éclairait le visage rose d'Antoinette.

Assis entre Emma et Lucie, Albert lançait discrètement un regard vers Berthe à travers la longue table; mais durant tout le repas elle ne semblait pas le voir.

M. Ducroquet passa dans le fumoir, suivi de Chappuis

et de Roger. Berthe entra dans la salle du billard et regarda les rayons de livres sur les murs.

Albert qui l'observait du petit salon la rejoignit.

— Je vois que vous ne me pardonnez pas, fit-il doucement. Écoutez... Il ne faut pas m'en vouloir... Je pars cette semaine. Nous quitterons-nous sur ce méchant adieu ?

Il s'approcha de Berthe et s'accouda au billard :

— Voulez-vous me faire cette peine ? Dites-moi que vous n'y pensez plus ? Répondez-moi ?... J'ai peur qu'on ne vienne ! dit-il en s'avançant brusquement vers la porte ouverte, puis il retourna auprès de Berthe :

— Eh bien ! sommes-nous des ennemis ?

Berthe sourit.

L'homme qu'elle détestait après la Picauderie avait disparu, et le souvenir d'un instant d'effroi s'effaçait parmi tant d'humble tendresse.

— Vous êtes gentille, fit-il en lui prenant la main.

Elle lui abandonnait ses doigts, surprise d'éprouver un attachement si doux pour cet homme qu'elle connaissait peu. « C'est mal », songea-t-elle en se rappelant soudain la Picauderie ; mais elle se dit qu'il allait partir et que ces choses étaient finies.

Albert jeta un coup d'œil par la porte ouverte ; Emma était toujours assise dans le petit salon avec Mme Ducroquet. Il revint vivement auprès de Berthe et lui reprit la main.

— Est-ce que nous ne pourrons pas nous revoir à Paris ?

— Non ! dit Berthe qui retira sa main avec une sorte de terreur.

— Pourquoi ? je ne vois pas souvent les Quatrefage... Raymond est un de mes amis, mais il n'est jamais chez lui...

— Non !

— Vous dites non, parce que vous me voyez ; mais lorsque je serai parti, vous regretterez peut-être...

— Non ! fit Berthe d'un mouvement de tête obstiné.

— Vous habitez au premier... Vous regardez bien quelquefois par la fenêtre ?... Je passerai à six heures...

— C'est le salon qui donne sur la rue... Je n'y suis jamais le soir...

— Rappelez-vous que je passerai à six heures.

Apercevant Laurent qui entrait, il reprit d'une voix forte en faisant rouler une boule sur le billard :

— Vous regarderez à six heures ! N'est-ce pas, Laurent, que le soleil se couche à six heures en octobre ?

III

A quelle heure arrive-t-on à Paris ? dit M. Pacaris.
— A six heures quarante, fit l'employé en touchant sa casquette, et il referma la porte du compartiment.
— Tu as pris les places pour le déjeuner ? dit M. Pacaris.
— Oui, fit Albert qui cherchait discrètement dans les poches de son veston.
— Quand on a un portefeuille, on ne regarde pas dans toutes ses poches.
— Veux-tu le journal ? dit Albert.
— Non, merci.
Tassé dans l'angle du compartiment, M. Pacaris lisait une brochure, le regard si fortement attaché à la page que les secousses du train ne semblaient pas l'ébranler.

Albert prit un des journaux épars sur la banquette; pour reposer ses yeux, il contempla un moment, au delà du proche défilé des poteaux et des arbres, la campagne doucement remuée.

Soudain, quelques gouttes de pluie s'éparpillèrent sur la vitre et l'inondèrent d'un ruissellement silencieux.

— Je crois que nous approchons d'Angoulême, fit Albert.

Sur la glace embuée d'un continuel jaillissement de gouttelettes passaient en ombres rapides la forme d'un bois ou d'une maison.

Le train s'arrêta. Albert s'avança dans le couloir.

Un porteur trempé de pluie hissait une valise.

— Là, vous serez seule, dit-il à une jeune dame qui le suivait. Le train part.

La jeune femme courut vers la portière et tâcha d'abaisser la glace.

— Elle est dure. Permettez, fit Albert en tirant à son tour sur la poignée.

Sans répondre, la jeune femme effaça fiévreusement la vapeur sur la vitre, jetant son regard de tout l'élan d'un adieu impossible vers des choses déjà enfuies; et elle demeura immobile dans le couloir, à cette même place, les yeux songeurs fixés sur la vitre où la buée gardait la trace claire de ses doigts.

Albert l'observait. Elle avait des yeux pâles et vifs qui semblaient comme décolorés dans un visage un peu bistré.

« Second service », cria le garçon qui longeait le couloir.

— C'est ici, dit Albert dans le wagon-restaurant, en s'arrêtant devant une table.

M. Pacaris examina le menu de son regard attentif.

— Il fait chaud, dit Albert à voix basse.

Il se tourna vers la vitre et regarda s'éloigner, dans le déroulement des prairies, une rivière figée en un gris d'étain.

Le train, comme pris de hâte devant une gare, obliqua en tressautant. Les gens groupés au hasard des petites tables se taisaient; seul, un homme à barbe noire, en face d'Albert, entretenait son voisin d'une voix forte qu'on entendait distinctement. Albert regarda le parleur et aperçut la jeune femme du couloir qui sembla le reconnaître.

— Est-ce que Vagnièze est prévenu ? dit Albert.

— Il est rentré depuis quinze jours, fit M. Pacaris que

les vantardises de l'homme loquace rendaient sombre.

Derrière l'homme à la barbe, apparaissait par intervalles le visage de la jeune femme, et chaque fois Albert rencontrait ses yeux.

Quand il retourna dans son compartiment, M. Pacaris reprit sa brochure et dit : « Allons ! ne perdons pas de temps. »

Albert marchait dans le couloir.

Il jeta un coup d'œil dans le compartiment de sa voisine; elle touchait un petit sac, et leva les yeux sur lui avec un air d'interrogation plein de douceur.

Il passa de nouveau devant elle, s'arrêta près de la porte comme s'il contemplait le paysage, et tourna la tête vers elle.

« Je ne connais pas le son de sa voix, se disait-il. Est-elle mariée ? Peut-être que je vais lui parler tout à l'heure, ou peut-être que je n'oserai pas, quoiqu'elle paraisse accommodante. »

Ils se frôlaient dans leurs regards mêlés, comme un peu grisés par une émanation forte et chaude.

Albert songeait : « Il est trompeur ce parfum de l'être qu'on croit respirer dans un regard; on le chercherait en vain sur la personne. Est-ce que cette femme ressemble à ses yeux ? J'en doute, la bouche est niaise et commune... Mais cet inconnu est charmant. Quand on est marié, et que l'avenir s'étale plat et découvert, quel ennui ! »

La jeune femme se leva, s'avança dans le couloir, puis s'arrêta. Albert se tenait debout à côté d'elle.

Devant la vitre, comme reprise par une image lointaine, elle ne semblait plus remarquer Albert. Il continuait à la regarder.

La plaine de Beauce s'obscurcissait sous un ciel pur, un peu rouge à l'horizon. Parmi les labours de velours brun, le train roulait maintenant avec un ronronnement sourd engouffré dans la nuit.

— Pardon, madame, fit Albert qui regagnait sa place.

Il s'assit en face de son père; fatigué par cette longue poursuite immobile, il ferma les yeux. « Singulière femme, se dit-il. Elle vient sans doute de quitter un amant. On voit qu'elle y pense. Elle regarde avec intérêt le premier venu, et puis elle ne le regarde plus. Que les femmes sont mystérieuses ! Étrange aussi cette petite Berthe. Que cache ce regard âgé qui m'a étonné la première fois ? Le baiser, dans le château, c'est une certaine expression de ses yeux qui l'a attiré sur nous, presque malgré moi, comme si elle le désirait. Elle en a été fâchée. Mais il a suffi d'un mot pour la reconquérir. N'est-ce pas inconscient mélange de deux natures ? Premier mouvement de la femme enveloppée dans l'enfant ? Je l'entraîne peut-être trop tôt dans sa voie. Mais quelles raisons me retiendraient ? Qui me dit que dans cette aventure je ne trouverai pas enfin l'amour ? Je peux craindre qu'elle ne s'enflamme trop vite. Mais l'amour n'est pas si prompt. C'est l'imagination qui est dangereuse. Je veillerai sur son esprit. Je ne lui mentirai pas. Je la dirigerai... »

※

Autrefois, pendant ses repas, M. Paçaris s'astreignait à manger lentement et se délassait avec les siens par une conversation insignifiante. Depuis la mort de sa femme, il ne parlait plus que pour presser Hugot; aussitôt après le déjeuner, il retournait dans son bureau.

— Je prendrai le café dans la bibliothèque, dit Albert en se levant de table.

Il sentait l'image de sa mère plus présente dans l'appartement après une absence, et il ouvrit la porte du grand salon; même dans cette pièce, ornée par Mme Pacaris avec tant de soins et de goût, les objets avaient pris insensiblement, sous la main du domestique, un air de nudité qu'on retrouvait partout dans cette habitation d'hommes.

Dans la bibliothèque, il regarda les murs tapissés de livres; il voulait étudier l'histoire de Napoléon. « Trop tard, se disait-il en parcourant les rangées de volumes. Je ne serai jamais savant. Et puis, que vous donne un livre quand on a peu de mémoire ! »

Il aperçut dans la boiserie la marque d'un clou. Lorsqu'il était enfant, il avait conduit jusqu'ici la ficelle d'un téléphone. Son père l'avait surpris pendant qu'il creusait le lambris. « A ce moment-là, je n'ai pas compris sa colère, et il ne connaissait pas mon innocence, songea Albert. Il ne pouvait concevoir l'importance de ce téléphone. Nous n'étions pas dans le même monde. »

Albert se rappela combien il avait de vie dans son enfance. Ensuite, la jeunesse vint comme un malaise plein de torpeur et d'angoisse. Ensénat, son plus cher ami, lui dit un jour : « Le gamin passionné et inventif que tu regrettes reparaîtra dans l'homme. Le jeune homme que tu es durant quelques années n'est qu'un étranger mal à son aise chez toi. » En se souvenant de cette phrase, Albert revit le regard de son ami.

— Ah! je vous attendais! fit Vagnièze, lorsque Albert entra dans son bureau. Votre père vous prie d'aller chez Poncin. Je n'ai pas eu le temps d'y passer... Il est nommé liquidateur de la banque Chardon. Vous lui direz que Frapin a des traites en dépôt. Je vous ai rédigé une note.

— Bon. Cela ne presse pas, dit Albert en s'asseyant. Vous avez vu que Léon est nommé conseiller d'État?

Albert considérait sans irritation la sottise de Vagnièze, parce qu'elle le dévoilait entièrement. Elle était comme la franchise ingénue d'une âme ouverte. On le perçait dans ses yeux brillants, ses petits doigts, son zèle de courtisan, sa vanité. D'un bon jugement dans les questions juridiques, il apportait ailleurs un esprit vétilleux et buté qui enrageait Albert lorsqu'ils discutaient. Parfois, comme pour s'exténuer dans un débridement de paroles, Albert ferraillait avec lui tout un jour.

Bien qu'Albert méprisât son contradicteur, il entendait le convaincre et il sortait de ces joutes, souvent vainqueur, mais humilié.

— Allons! je vais chez Poncin, dit Albert.

Il quitta Vagnièze l'esprit vide et la bouche agacée,

humant l'air frais, la solitude, le mouvement engourdissant des rues.

Sous les galeries de l'Odéon, devant un étalage de livres neufs, des passants stationnaient dans un courant d'air. Albert choisit un roman de Maurisset. Pendant qu'il tâchait de lire, une sorte de crampe lui montait des jambes, comme une envie de marcher et de jeter le livre.

Dans le jardin du Luxembourg, il se détourna pour éviter un groupe de jeunes gens. Ici, il se sentait trop près de l'École de Droit, trop près d'un âge qui ne connaît pas son mal.

Il continua sa route au hasard, puis s'assit à la terrasse d'un café. Il regardait la flamme d'un réverbère contre le ciel rouge, au bout de la rue assombrie, songeant : « Ce réverbère, avec quelle tristesse avide je l'aurais contemplé autrefois. Maintenant les choses ont résorbé leur nuance tragique. Elles ne me déchirent plus. Je ne suis plus triste, et je ne suis plus gai. Mais cette jeunesse torturée m'a donné une voix intérieure avec qui j'aime à m'entretenir. »

❦

En sortant de la boutique, Albert s'arrêta devant une glace et regarda encore son chapeau neuf.

Raymond Quatrefage lui toucha le bras et dit :

— Vous allez bien ?... Est-ce que vous déjeunez aux environs ?

— Non, je vais au Palais.

— En effet, vous mangez comme les boursiers... Si vous n'êtes pas pressé, accompagnez-moi jusqu'au café de la Paix. J'attends un financier à midi et demi.

Il reprit :

— Je suis content de vous rencontrer. Je voulais justement vous demander votre avis sur un point de droit; je n'aime pas à raconter mes affaires à mon père. Il s'agit d'un brevet...

— Mon père vous renseignerait mieux; je suis un ignorant.

— Regardez cette plaque, dit Quatrefage en s'approchant d'un kiosque. C'est de l'émail. L'émail conserve son brillant, mais s'écorne facilement; vous voyez, cette plaque est déjà endommagée. Combien pensez-vous qu'elle coûte ?... Elle n'est pas grande. Elle vaut au moins soixante francs.

Ils s'arrêtèrent devant le café de la Paix.

— Asseyons-nous dehors, dit Quatrefage; ici je pourrai guetter Sombart.

Il alluma une cigarette au bout de ses longs doigts un peu tremblants et se tourna vers Albert, le regard vif :

— Évidemment, il y a beaucoup de procédés. Mais il fallait imiter l'éclat de l'émail.

L'air réfléchi, il tira de sa poche deux petites plaques bleues qu'il posa sur la table.

— Vous pouvez regarder de près; vous ne trouverez pas de différence, dit-il sans quitter ces objets des yeux.

Il révélait le prix de revient et certains détails sur la fabrication, sachant que le premier venu peut être utile; et il jouissait de ses propres paroles qui remuaient de fortes senteurs de gain. Tout à coup, il se leva, prit par le bras un homme qui leur tournait le dos, et l'entraîna à l'intérieur du café avec des gestes caressants; puis il revint auprès d'Albert :

— Vous croyez que les affaires sont une morne comptabilité, ou un exploit de bandit ? Moi, j'ai vu surtout d'honnêtes gens. Les trompeurs ne vont pas loin. Les affaires, voyez-vous, c'est de la psychologie, de la ténacité, et le sens des grands courants de la vie... Quand vous proposez une affaire à un homme, ce n'est pas la valeur de l'entreprise qui le décide — souvent il n'y connaît rien — mais un hasard étrange où entrent certaines dispositions d'humeur et de tempérament, certains fluides...

— Et cette tuilerie dont vous m'aviez parlé ? dit Albert, intéressé par l'activité de Quatrefage.

— Ah ! la tuilerie de Monastir, dit-il en observant le défilé des passants; c'est ma première affaire... une très bonne affaire... Castagné y avait mis quarante mille francs.

Voulez-vous dîner avec moi ? fit-il soudain. Castagné viendra peut-être.

— Non, dit Albert. Je ne suis pas libre. Enségnat arrive aujourd'hui et nous dînons ensemble.

— Venez nous rejoindre au théâtre Antoine.

— Peut-être.

— Peut-être, dit Quatrefage en allumant une cigarette, sans quitter du regard, sur le trottoir, la procession emportée en son continuel renouvellement de foule ; je ne compte pas sur vous. Je vous dirai que je ne compte pas davantage sur les « peut-être » de Castagné. Mais lui est poète et amoureux. Je me doute que son Hélène lui donne des soucis. Elle est toujours jolie.

Il se leva, le visage grave, et murmura : « Voici Sombart... »

Albert monta lentement l'escalier du Palais de Justice.

Dans le grand vestibule, des personnages en robes noires circulaient, majestueux ou furtifs. On remarquait des têtes de marins étiolés, à favoris courts, des ébauches de physionomies puissantes, des faces glabres, des barbes qui surprenaient comme un masque ajusté à la robe. Çà et là, des bourgeois se mêlaient à cette figuration, visiteurs inquiets qu'on distinguait dans la foule des draperies sombres. Sur des marches, un groupe plus compact stationnait.

Albert traversa l'immense salle dallée, au jour pauvre, où le glissement des pas s'effaçait dans le murmure résonnant des voûtes.

Aux abords de la chambre des référés, dans un passage engorgé, chacun se pressait en entrant ou en sortant, la figure animée, le bras levé contre une porte battante poussée en tous sens. Dans la salle, des femmes et des hommes se tenaient debout, serrés en un cortège immobile devant l'estrade où le président Branchu, éclairé par une lampe, expédiait les sentences d'une voix tranchante, rapide et basse.

Albert devait attendre son tour pour remettre un papier,

et détournait les yeux de tous les visages, sans pouvoir éloigner de lui la pression et la puanteur de ce troupeau acculé. Son emploi de scribe et de commissionnaire lui pesait. Il pensait à Quatrefage, à une occupation qui réveillerait ses forces de vie. Il l'imaginait hors de tout ce qu'il connaissait; en Orient, peut-être... dans un labeur exubérant et primitif... Interrompant ce songe, il se dit, comme en souriant : « Je ressemble à ces gens qui dorment sur une mauvaise digestion, et rêvent de mangeailles. »

Vers six heures, avant de regagner son appartement, M. Pacaris s'arrêtait parfois dans le bureau de Vagnièze; on causait de politique ou de littérature. Vagnièze, sémillant et contracté, comme suspendu à M. Pacaris par ses yeux flatteurs, flairait de loin l'opinion du maître.

Lorsque M. Pacaris se fut éloigné, Vagnièze sortit et il continua de sourire en descendant l'escalier.

Albert resta assis devant sa table. Il essayait de lire, mais songeait à Ensénat, qu'il attendait ce soir.

Il se leva et passa dans la bibliothèque; il guettait ce bref coup de sonnette, à peine appuyé, qui tout à coup allait jaillir du silence.

Il entra dans la salle à manger, regarda la bouteille de vin qu'il avait placée sur le buffet depuis le matin, retourna dans la bibliothèque, traversa de nouveau la salle à manger, puis s'assit sur une chaise, comme s'il réfléchissait. Il écoutait, tendu vers l'instant qui venait, vers cet élancement de sonnette, imminent, différé, suspendu dans le silence.

Soudain, il entendit la voix de Hugot dans l'antichambre, ouvrit la porte, et aperçut Ensénat.

— Ça va ? dit-il en lui pressant doucement le bras.
Ensénat entra dans la bibliothèque de son pas discret.
— Mon train n'arrive qu'à cinq heures et demie, fit-il.
— Tu as été à Crouans ? dit Albert.
Cet accueil restait calme et presque muet, mais leurs yeux étaient contents.

Ils s'informèrent l'un et l'autre des événements de l'été, légèrement, comme pour les écarter, et atteindre plus vite le plaisir d'être ensemble.

— Ton père ne dîne pas avec nous ? fit Ensénat.

— Il dîne chez les Dubroca... Il sort beaucoup, tu sais... Ma mère lui tenait compagnie... Il n'a jamais pu rester seul...

Ensénat s'assit près de la lampe qui éclairait ses cheveux; il abritait son visage de ses doigts, et fixait sur Albert ses petits yeux affectueux. Il se tut par une sorte de pudeur. Mais les deux amis se comprenaient; les mêmes choses baignaient pour eux dans l'enfance infinie.

— Je n'ai pas revu Castagné, dit Albert, une main posée sur l'épaule d'Ensénat qu'il conduisit vers la salle à manger. On le dit toujours rongé d'amour. Je crois que tu connais son Hélène ?

— Non, mais Quatrefage m'en a parlé. C'est la fille d'un peintre ? Il l'a rencontrée en Allemagne.

— Te rappelles-tu notre arrivée à Francfort ?

— Ton porte-monnaie ! fit Ensénat qui mangeait toujours très lentement comme s'il n'avait pas faim.

Ils sourirent tous les deux à ce souvenir, en se regardant.

— Castagné n'était pas avec nous à Francfort; c'est à Bonn qu'il nous a rejoints, dit Albert en repoussant le plat que lui présentait Hugot sans quitter Ensénat des yeux. Nous ne le connaissions pas à ce moment ?

— C'est vrai, dit Ensénat, les années se mêlent vite. On devrait inscrire les dates. Les souvenirs n'ont pas d'âge.

— C'est du Haut-Brion-Larrivet, fit Albert en regardant Ensénat qui se servait d'un geste soigneux. Castagné avait bien du talent à dix-huit ans... Je n'ai rien lu de lui depuis longtemps. Je suppose qu'il se recueille... à moins qu'il ne pense trop à sa belle...

— Il avait du talent, mais il pourrait le perdre...

— Je crois que la volonté lui manquera. Il est trop riche.

— Quand la volonté manque, c'est autre chose qui fait défaut.

— Oui... fit Albert, autre chose...

Ils s'entendaient à demi-mot et ne cherchaient pas dans leurs propos un objet de discussion, mais le contact de leurs pensées.

— Mon petit, dit Ensénat en se levant de table, je vais aller me coucher. Une journée de train m'abrutit.

— Je t'accompagne, fit Albert vivement, tout à son ami, sans même s'apercevoir que sa soirée était gâtée.

Ils longeaient le boulevard Saint-Germain, désert et obscur. Une automobile en démarrant s'ébrouait avec des pétarades.

— J'ai l'intention de préparer l'agrégation de droit, dit Ensénat.

Albert prit le bras de son ami et le questionna. Mais Ensénat laissa tomber ce sujet, parce qu'il ne concernait que lui.

Ils se quittèrent sans se toucher la main.

⁂

Un reploiement douloureux du cœur, une sensibilité des nerfs qui s'éloignait même d'un ami, retint Albert enfermé chez lui durant trois semaines. Puis, une après-midi, il monta chez Ensénat.

Ensénat ne le questionna pas sur cette crise de solitude et l'accueillit seulement d'un regard plus attentif.

— Tu travailles ? dit Albert en s'asseyant. Je t'admire. Apprendre ! Moi, je ne veux même plus lire. La pensée des autres n'entre plus en moi. Je suis trop plein de moi-même. J'éprouve surtout le besoin de me dépenser. Je voudrais agir, mais avec les bras, avec une force plus intime que l'esprit. Être marchand, fermier...

— Cela passera, dit Ensénat. Je te parle en homme de trente ans. A cet âge, on recommence à aimer les livres...

Il vit une expression d'inquiétude dans les yeux d'Albert, et ajouta aussitôt :

— Peu importe, d'ailleurs. Il faut d'abord sentir vraiment, c'est-à-dire l'esprit ouvert...

Ensénat avait toujours eu confiance dans le destin d'Albert; il s'abandonnait à cette certitude divinatrice et ne cherchait qu'à raffermir son ami sans mesurer ses encouragements.

Albert attendait peu de lui-même. Sans croire aux paroles d'Ensénat dont il sentait l'excès, il était tout de même fortifié par cette estime qui les unissait tendrement.

— Eh bien ! nous verrons !

Il prit machinalement sur un code les *Pages choisies* de Pascal, ouvrit le petit livre scolaire qu'Ensénat avait conservé depuis son enfance, le referma, puis le posa sur la table avec recueillement.

Ensénat suivit des yeux le geste d'Albert, et son regard se porta sur le crucifix qui surmontait le modeste lit.

Albert connaissait ce regard instinctif jeté vers le mur comme une brève méditation. Il ne se demandait pas comment cette croyance pouvait s'accorder avec un esprit si logique. Ils se connaissaient l'un et l'autre par une vue profonde où tout était clair.

Albert rentra chez lui. Il résolut de consacrer chaque jour un moment à la lecture. Mais sitôt qu'il fut installé à sa table, devant le volume ouvert, il songea au flot sombre des rues dont le mouvement lui plaisait à cette heure et sortit.

Il crut apercevoir Mme de Solanet dans la boutique d'un horloger et revint sur ses pas; des pendules dans le magasin marquaient six heures. « La petite Berthe est peut-être à sa fenêtre », se dit-il.

La maison que les Degouy habitaient se détachait dans l'avenue obscure. Avec ses murs blancs, elle semblait isolée. On remarquait deux fenêtres éclairées au premier étage. « C'est le salon », se dit Albert.

Il pénétra dans le petit vestibule couvert de glaces. Apercevant la concierge dans sa chambre vitrée :

— Mme Degouy ? dit-il.
— Au premier au-dessus de l'entresol.
— Est-ce que mademoiselle est rentrée ?
— Elle vient de rentrer.

Il monta l'escalier et s'arrêta devant la porte de Mme Degouy.

Il écouta. On entendait les sons d'un piano sans distinguer s'ils venaient de cet appartement ou de plus haut. Deux personnes descendirent l'escalier en parlant et Albert s'éloigna.

Il se posta devant la maison et regarda la fenêtre. Berthe devait savoir qu'il était là. Elle allait apparaître sur le balcon, ou sortir par hasard, ou venir vers lui, simplement. Il remarqua une rue sombre et se dit : « Nous irons de ce côté. »

Il attendit. Il regardait une horloge au cadran illuminé sous un arbre. Il voulait partir. « A six heures et demie, je m'en irai. »

Il demeurait à cette place, rivé par une impatience, une lâcheté brûlante. Enfin, il s'éloigna. Il avait faim. Il acheta des pastilles dans une pharmacie et retourna devant la maison. Il regardait les deux fenêtres éclairées et mangeait ses pastilles rapidement avec une gloutonnerie rageuse. L'esprit comme vide par cette fébrilité bourdonnante, cette tension des nerfs qui le maintenait debout, enraciné, il ne pensait à rien, les yeux fixés sur la fenêtre en une fascination hébétée; ou bien il rêvait de fantastiques coïncidences : « Mme Degouy va dîner en ville. Berthe attend qu'elle sorte. »

Il aperçut une ombre derrière la vitre. La lumière s'éteignit. Une fenêtre s'éclaira un peu plus loin. « Elles dînent », songea-t-il.

Comme si ce reflet de forme humaine lui suffisait maintenant, il partit.

Plus tard, songeant à cette ombre, il se dit : « Je reviendrai. »

※

— Cette correspondance est curieuse, dit Castagné en continuant à parler pour retenir Albert. Les grands hommes d'action sont des passionnés.

— Je connais ces lettres, fit Albert qui sentait Castagné distrait. Je les trouve un peu puériles... Tu n'écris rien en ce moment ?

— Non.

Castagné se tut et regarda vers la porte.

— Tu attends peut-être une visite ? dit Albert en se levant.

— Reste ! fit Castagné vivement; je t'en prie. Elle ne viendra pas maintenant. Il est six heures et demie. D'ailleurs je ne comptais pas sur elle aujourd'hui.

Il s'interrompit, et, comme pour chasser une idée :

— Tu as passé tout l'été à Noizic ? dit-il.

— Oui. C'est un pays agréable. Mon père a loué pour cinq ans une propriété que les Quatrefage nous ont indiquée. Nous y retournons forcément. Je ne m'en plains pas.

Tout à coup, regardant Castagné, il dit d'une voix profonde, un peu basse :

— Tu es très amoureux...

— Ah ! mon ami ! fit Castagné dont le mince visage rasé se contracta. Tu vois, je l'attends. Je sais qu'elle ne viendra pas. J'essaie de me distraire. Je regarde ce livre. Mais rien n'a de goût, excepté attendre.

Albert l'interrogeait avec douceur, en l'observant, comme pour approcher ce cœur plein d'amour, toucher sur lui ce feu singulier.

— Est-ce que je ne la connaîtrai donc jamais ? dit-il. Tu m'as montré une fois sa photographie...

— Je n'ai rien, dit Castagné en ouvrant un tiroir. Je n'aime pas la photographie d'Hérios. Les yeux, peut-être...

Albert prit le carton des doigts de Castagné, avec précaution, comme une chose fragile.

— Oui, dit-il, des yeux admirables.

Il ajouta :

— Il me semble que j'ai vu cette figure. Est-ce qu'elle n'a pas des yeux très clairs... un teint brun... un air délicat ?

— Sa santé me préoccupe.

— Je l'aurai peut-être rencontrée en venant ici, dit Albert qui reconnaissait la dame du train.

Il regarda le portrait à nouveau, longuement, et le rendit à Castagné en disant d'une voix grave :

— Très belle.

— Ne pars pas encore ! dit Castagné avec inquiétude, lorsque Albert se leva.

— Je dîne chez les Bellanger. Il faut que je m'habille. Accompagne-moi.

— Je voudrais lire un moment avant le dîner.

— Tu liras après le dîner... Allons !... viens ! dit Albert qui savait Castagné entraînable.

— As-tu vu dernièrement les Quatrefage ? fit Albert, tandis qu'ils descendaient l'escalier, les pas amortis par le tapis très épais.

Ils longeaient le chemin de fer de Ceinture dont le sombre canal exhalait entre des grilles ses fumées souterraines.

— Raymond est toujours absent, dit Castagné en ralentissant sa marche à mesure qu'ils s'éloignaient de chez lui.

Il s'arrêta :

— Je préfère rentrer, dit-il ; j'ai une nouvelle cuisinière à qui je prêche la ponctualité.

— Eh bien ! va ! mon bon.

Albert se retourna et vit Castagné qui courait.

Il songeait au dîner des Bellanger, mais l'idée de revêtir une chemise en ce moment lui glaçait les chairs. Il avait envie d'être seul. Il entra dans un bureau de poste, expédia un message, sans se soucier des conséquences, et se dirigea vers le restaurant Carriou pour prendre un repas de choix.

— Une sole grillée... fit le garçon qui répétait les ordres d'Albert d'une voix brève.

— Après, nous verrons... Servez d'abord les huîtres.

Un homme vigoureux en tablier bleu, s'approcha de la table d'Albert, déboucha délicatement une bouteille, puis essuya sur les bords du goulot la poudre de cire.

La petite salle blanche au tapis rouge était garnie de dîneurs. Albert les observait avec une acuité amusée du regard.

Il but son plein verre de vin.

Avec un sentiment de bien-être et de légèreté, comme isolé par une vapeur bourdonnante, l'esprit vif, échauffé, il se disait à voix presque haute : « Pour comprendre l'amour, il faut que je me reporte à mon enfance. Quand j'apercevais seulement le domestique de cette grande fille, je suffoquais... J'ai voulu mourir de faim... Oui, j'ai connu l'amour... Au temps de la petite Quatrefage, j'avais déjà passé l'âge de la vraie passion. Elle m'intriguait quand elle venait le soir dans le jardin de Saint-Malo. Si sa terrible mère s'était doutée !... Mais les parents ne connaissent pas leurs enfants. Que sait-on de ceux qui nous entourent ! Toutes sont faibles, prêtes à tomber sous la main qu'il suffit de tendre : les petites filles... Mme Verneuil... cette femme aussi qui me regarde sous son chapeau. Une Américaine ? on le dirait : l'accent nasillard, le menton fort, le teint pâle. Son benêt de compagnon ne soupçonne même pas ce qu'ils demandent, ces yeux. Pauvre Castagné ! Il peut attendre son Hélène !

— Je voudrais une bécasse, fit Albert.

— Une bécasse à l'étouffée ?

Il but, et contemplait fixement un monsieur assis tout seul à sa table et qui regardait les gens.

« Maintenant, Odette est devenue une personne sage. Se souvient-elle seulement de ce passé ?... Non, sans doute. Elle ne saurait pas le voir. Et peut-être qu'elle a raison. Il y a tant d'innocence dans le péché ! »

Albert se leva et prit son chapeau sur des barres de cuivre.

L'air du dehors excita la sensation d'énergie que dégageait en lui ce dîner chaleureux, et il marcha par les rues rapidement.

IV

— Tu rentres trop tard ! dit Mme Degouy, avec cet air bourru qu'elle prenait soudain quand elle avait décidé de montrer plus d'autorité.

— Il n'est pas tard, dit Berthe.

— Il fait nuit. Je ne veux pas que tu sortes seule la nuit. Ces avenues sont trop sombres. Hortense ira te chercher.

— Je veux bien si elle a le temps. Mais il vaudrait mieux qu'elle ferme les contrevents.

— C'est inutile, nous n'avons pas de voisins en face.

Berthe, agacée de sentir que sa mère justifiait par faiblesse les négligences d'Hortense, dit aigrement en s'approchant des portes-fenêtres :

— Tiens ! les plantes sont encore sur le balcon... Est-ce qu'Hortense va les laisser là toute la nuit ?

On ne distinguait pas la pluie et on ne l'entendait plus. Dans une flaque, sous le réverbère, Berthe regardait bouger comme les multiples ronds d'insectes d'eau.

— Tu ne vas pas travailler ? fit Mme Degouy qui tricotait près de la lampe.

L'agilité des longues aiguilles contrastait avec son air un peu assoupi.

— J'y vois moins bien le soir, dit-elle après un silence et comme se parlant à elle-même. Louise n'est pas rentrée ? Je l'ai envoyée à la poste. Je crois qu'on peut donner les lettres jusqu'à six heures.

— Six heures et demie, fit Berthe en observant un homme sous le réverbère.

— Je ne suis pas contente de cette fille...

Qu'est-ce que c'est ! dit Mme Degouy, comme réveillée en sursaut par un courant d'air qui fit battre la porte.

— Je rentre la fougère, dit Berthe en posant la plante sur la cheminée, et elle alla s'asseoir dans le fond de la pièce comme si elle se cachait.

Elle venait de reconnaître Albert. Cet homme qu'elle croyait avoir oublié apparaissait tout à coup. Que voulait-il ? Dans la nuit, avec ce pardessus d'hiver, il avait l'air d'un passant inconnu.

Puis, elle se dit qu'il était peut-être venu tous les soirs; elle pensa à ce regard doux et chaud, à ce cœur constant.

❦

Le lendemain, Berthe était distraite à son cours. Elle avait comme une envie de finir cette leçon, d'user vite ces heures inutiles pour avancer vers le soir. A mesure que la journée s'écoulait, le souvenir d'Albert prenait plus de force; ce n'était plus cette image un peu vague que la pensée repousse, mais sa voix, son regard retrouvés, sa présence revenue.

Berthe noua les rubans du petit tablier qu'elle portait à la maison et ouvrit la porte de la cuisine où Louise repassait.

— Est-ce que madame est sortie depuis longtemps ?

— Madame vient de sortir avec Hortense, dit la bonne aux yeux langoureux, les joues très rouges, dirigeant son fer dans les plis d'une chemise de nuit.

Berthe entra dans le salon. Elle regarda l'heure par la fenêtre. Anxieuse, mais sans définir ce qu'elle attendait, elle marchait dans la pièce, alluma l'électricité, écarta une chaise qu'Hortense plaçait toujours trop près du canapé, puis rangea ses cahiers de musique sur le piano.

Elle traversa la salle à manger, prit sa serviette sur le buffet et posa dans sa chambre des livres recouverts d'un papier bleu. Apercevant son chapeau, elle se rappela qu'elle voulait le modifier; elle le mit sur sa tête et se regarda dans la glace. « Ce nœud est trop plat; il me donne un air fatigué », se dit-elle, étirant le nœud en hautes coques.

Soudain, comme si elle avait oublié l'heure, elle courut au salon et s'approcha de la fenêtre. Il était près de six heures. Une sorte de frayeur la saisit et elle recula vers le fond du salon.

Elle remarqua sur le dossier d'un fauteuil une dentelle défraîchie et l'emporta dans la cuisine.

— Il faudra laver cette dentelle.

Mais rapidement elle retourna dans le salon. Elle éteignit la lumière. Une lueur jaune du dehors éclairait les fenêtres et la cheminée.

Cachée dans l'ombre, les yeux contre la vitre, elle attendit. Elle regardait l'heure; il semblait que l'horloge réglait les événements et qu'Albert surgirait sous le réverbère à six heures.

Il ne vint pas. Elle attendit longtemps.

— Tu es là, Berthe ? fit Mme Degouy dont on distinguait dans l'ouverture de la porte la silhouette noire. Tu n'y vois pas.

※

Il venait quelquefois. Maintenant, Berthe se montrait hardiment derrière la vitre, et même elle souriait comme s'il pouvait distinguer son visage. Il demeurait un instant bien en vue sous le réverbère, s'éloignait vers la rue qui s'enfonçait entre des enclos, puis il reparaissait dans la lumière du réverbère. « Il veut que je descende, songeait Berthe. Quelle folie ! » Quand elle était seule dans le salon elle disait : non, d'un signe de tête.

Elle se sentait en sécurité, amusée par ce colloque muet; mais elle redoutait de le rencontrer dans la rue. Elle évitait de passer chez Alice après son cours de peur de le croiser devant la maison, et elle avait raconté à Odette une longue histoire, afin qu'elle renonçât au projet de les réunir.

❧

— Qu'est-ce que tu regardes donc toujours à cette fenêtre ? dit Mme Degouy.
— Rien. Je regarde la pluie.

Berthe savait qu'elle ne verrait pas Albert, mais elle ne pouvait détacher ses yeux de la rue.

Il n'était pas venu depuis un mois. Chaque soir, en quittant la fenêtre, elle se disait : « Je ne regarderai plus. » Elle voulait l'oublier. Il lui semblait que c'était facile. Mais le lendemain, quand les chambres commençaient à s'obscurcir, la nuit venait la reprendre et elle s'approchait de la fenêtre songeant : « Il est peut-être malade. »

— Je me demande si Brigitte n'aura pas peur du voyage, dit Mme Degouy.
— Il fallait attendre la réponse d'Emma avant de renvoyer Louise, dit Berthe.
— Non, je ne veux plus de ces filles de Paris ! Il faut surveiller leur travail, surveiller leurs sorties.

Une voiture s'arrêta devant la maison; Albert en descendit. Il s'approcha du réverbère et leva la tête vers la fenêtre. Berthe ne put retenir un geste d'accueil, le cœur bondissant vers cette ombre humaine dans la nuit sous un parapluie.

— Il me semble que tu négliges ton piano, fit Mme Degouy dont les lunettes étaient dirigées sur son ouvrage qu'elle ne regardait pas.

Elle reprit :
— Je suis sûre que Louise voulait partir. Je m'en suis

aperçue quand je l'ai renvoyée. Ces petites ne songent qu'à changer de maison quand elles sont dans une place. Elle cousait bien. Mais elle mentait autant que Nathalie. C'est inouï ce qu'elle pouvait inventer pour rester dehors une heure de plus.

Mme Degouy posa son ouvrage.

— La lampe éclaire mal ce soir.

Berthe vit qu'Albert entrait dans la maison. Elle sentait qu'il montait vers elle.

Elle s'assit au fond du salon dans un fauteuil tout près du mur, comme blottie contre Albert à travers des choses qui les séparaient à peine et qui semblaient vibrantes et brûlantes.

— Tu ne trouves pas que cette lampe éclaire mal? dit Mme Degouy en posant de nouveau son ouvrage.

— Tu devrais acheter une lampe électrique, dit Berthe avec effort.

— Où es-tu donc? fit Mme Degouy.

Éblouie par la flamme de la lampe qu'elle venait de regarder, elle chercha Berthe des yeux dans le fond obscur du salon.

— Je suis assise.

— A ton âge, je n'étais jamais assise. J'avais toujours une occupation.

— Eh bien! je me lève! Tu ne veux pas que je sois debout, tu ne veux pas que je sois assise.

Berthe s'avança dans le vestibule à pas silencieux, les yeux fixés sur la porte comme si elle le voyait.

— Berthe! Appelle Hortense!

Berthe regarda par la fenêtre. Elle aperçut Albert qui remontait dans la voiture.

L'atmosphère se glaça autour d'elle dans les murs éteints. Les paroles accoutumées, les silences, le visage de la vieillesse, les bruits connus, semblèrent plus mornes.

— Allons, va, ma fille!

— Tu veux qu'elle vienne! dit Berthe en s'éloignant d'une démarche alourdie. Mais pour quoi faire!

Quand elle eut fini de dîner, Mme Degouy posa son bras sur la table.

Berthe se leva brusquement. Elle avait besoin de parler. Elle entra dans sa chambre, s'installa à son petit bureau et écrivit à Marie-Louise.

« Je t'écris encore aujourd'hui et tu vas penser que l'on a beaucoup de temps à Paris pour écrire à ses amies. Et c'est vrai, on a beaucoup de temps, parce qu'on est souvent seule. Mes soirées se passent dans le tête-à-tête que tu connais. Et pourtant, il semble qu'on aurait tant de choses à dire à sa mère, si elle savait vous répondre. Mais les parents ne s'intéressent pas vraiment à leurs enfants. Ils ont fini leur vie et tout ce qui est vivant les ennuie un peu. Ce soir, à propos d'une phrase que je disais sur Emma, maman a répondu : « C'est la vie. » Ces mots résonnèrent comme une formule vide, enfantine, répétée par habitude du bout des lèvres. La vie est trop loin d'elle. Ce qui l'occupe, c'est un petit souci du moment, qui efface tout ce qu'elle a pu sentir dans une longue existence, parce qu'il est aujourd'hui. Moi aussi, je suis dans le présent, mais un présent plein de force et de pensée. Et je suis plus près de la vie, de ma vie — plus clairvoyante en cela, avec ma jeunesse — que ceux qui parlent d'expérience... »

Comme elle ne trouvait pas la fin de cette phrase, elle relut sa lettre.

✦

Berthe marchait dans le couloir. Elle s'arrêta pour écouter; on entendait la voix de Mme Degouy.

Berthe retourna dans le salon, puis passa de nouveau devant la chambre de sa mère.

« Elles parlent encore, se dit-elle. Je ne les inquiète donc pas ? Maman peut causer tranquillement. Elle ne sait pas ce qui pèse sur moi de grave; elle ne voit pas que je suis triste, agitée, muette. »

Elle ouvrit brusquement la porte de la chambre, comme pour jeter un cri d'alarme à travers cette conversation puérile. Mais elle regarda seulement Hortense qui recula vers le lit.

— Qu'est-ce que tu as ? fit Mme Degouy en voyant la figure boudeuse de Berthe.

— Rien.

Elle toucha un chandelier sur la cheminée.

— Il fait un temps affreux, dit-elle.

Elle sortit, entra dans le salon, et, machinalement, s'approcha des fenêtres. Il était cinq heures.

— Il pleut tous les jours ! se dit-elle à voix haute.

Elle aperçut Albert.

Jamais il n'était venu de si bonne heure. « Il a peut-être une chose importante à me dire, songea Berthe. Pourquoi ne descendrais-je pas ? A Noizic, je ne trouvais pas extraordinaire de lui parler ! »

Cette idée qu'elle avait écartée jusqu'à présent comme inimaginable lui apparut soudain toute simple. Elle courut mettre son chapeau, à pas étouffés, puis ouvrit sans bruit la porte d'entrée qu'elle tira doucement derrière elle sans la fermer.

Albert regardait vers la fenêtre, quand il aperçut Berthe près de lui. Il s'éloigna de la clarté du réverbère et se glissa sous le parapluie de Berthe.

— Approchons-nous du mur, dans ce coin noir. Enfin vous voilà ! Quelle pluie ! dit-il touchant la main mouillée de Berthe.

— Je ne peux pas rester, dit-elle.

Des ruissellements les environnaient comme une solitude sauvage. Serrée contre Albert, perdue dans cet abri, Berthe sentit son brusque baiser, rapide et doux, et elle disparut.

En rentrant, elle se dit : « Je lui parlerai demain. Il ne faut plus qu'il revienne. Je l'ai encouragé en me montrant à la fenêtre. Je lui dois une explication loyale. » Elle se répétait avec force : « Mon devoir est de lui parler. »

Par moments, sa pensée revenait à la caresse de ce baiser furtif imprégné d'air nocturne, mais elle ne s'y arrêtait pas.

Lorsque Albert aperçut Berthe, il contourna l'angle de la rue et l'attendit.

Il parla vite, à voix basse :

— Vous voyez, cette rue est tout à fait déserte. C'est ici que nous pourrions nous rencontrer. Ah ! j'ai pensé à tout ! J'ai eu le temps de réfléchir. J'étais sûr que vous auriez pitié de ce mendiant.

— Maman peut rentrer dans une minute.

— Certainement, nous sommes imprudents... Écoutez, fit-il en lui prenant le bras pendant qu'ils marchaient le long d'un enclos. Il faut que je vous retrouve un peu. Je ne vous reconnais plus avec ces fourrures.

Berthe sentait fuir dans son émotion les paroles qu'elle avait préparées et ressassées tout un soir.

— Cela vous ennuie peut-être de sortir à cette heure-ci ? Mais je suis occupé toute la journée. Je m'échapperais bien un moment dans l'après-midi, si j'étais certain de vous voir. Il faudrait convenir d'une heure. Avez-vous une amie dans ce quartier, tout près d'ici ? Naturellement, je ne songe pas à Odette. Je pense à une amie de cours. Je ne peux pas deviner ce qui est commode pour vous. Vous le savez, vous. C'est à vous de me le dire. Vous ne me dites rien. Allez-vous seule à votre cours ? Vous prenez bien des leçons en ville ? Enfin, vous sortez.

— Non, ce n'est pas possible.

Il insista; il proposait des plans et des itinéraires.

— Ce n'est pas possible, répétait Berthe.

— Je ne vous comprends pas, dit-il en retirant son bras, Je vous attends pendant trois mois; vous venez enfin, et puis vous repartez; tout cela n'est rien pour vous.

Berthe fut surprise par ce ton soudain froid, détaché, un peu brusque. Elle craignit de l'avoir peiné.

— Je vous verrai à Noizic.

— Je ne retournerai pas à Noizic si vous devez être, comme à présent, changeante, indécise. Mon rôle est ridicule. Si vous le désirez, ne nous voyons plus. Je ne retournerai pas à Noizic. Mon père s'y rendra seul. J'irai dans les Pyrénées.

— Mais naturellement, nous pourrons nous voir à Noizic...

— Comment l'entendez-vous ?

— Nous nous verrons comme autrefois.

— Sur le banc du tennis ? Entre Marie-Louise et Laurent ? Non. Je ne recommencerai plus ces visites chez les Ducroquet.

— Que voulez-vous alors ?

— Écoutez, fit-il d'un ton radouci en lui reprenant le bras, vous êtes très libre à Noizic. Après le déjeuner, votre beau-frère sort. Les autres dorment. Derrière votre jardin, il y a un chemin qui mène à la route de Saint-Hilaire...

V

Madame Degouy s'assit dans un fauteuil, appuya sa tête au dossier, et dit à son gendre :

— Je vous plains, Édouard, de sortir après le déjeuner par cette chaleur.

— Ah ! les affaires ! dit Chappuis qui collait un timbre sur une enveloppe, son chapeau de paille sous le bras.

Mme Degouy se tourna vers sa fille :

— J'espère que tu as fermé les contrevents dans ta chambre ?

— Oui, dit Berthe sans lever les yeux.

Elle avait un livre sur ses genoux et semblait captivée par sa lecture. Une sourde clarté blanche, un reflet amorti du dehors dans les persiennes closes rendaient plus sensibles l'ombre et la fraîcheur du salon.

Mme Degouy dissimula un bâillement sous le journal qu'elle tenait à la main. Elle se leva, comme préoccupée d'un souci domestique, traversa la salle à manger, puis monta dans sa chambre dont elle ferma doucement la porte.

Emma entra dans le salon. Elle remit son ouvrage dans la corbeille, prit sous son bras une robe du petit Louis qu'elle arrangeait avant le déjeuner et dit à Berthe qui gardait toujours les yeux baissés sur son livre :

— Tu ne feras pas de bruit en haut. Les enfants dorment. J'ai laissé leur porte ouverte pour qu'ils aient un peu d'air.

Elle remonta dans sa chambre. On entendit son pas au-dessus du salon et le silence se fit dans la maison.

Berthe posa son livre, attendit un moment, puis, effleurant le dallage du vestibule de ses pieds chaussés de légers souliers de toile, elle pénétra dans le billard très sombre. Devant la glace, elle mit son chapeau garni de marguerites, tira les pans un peu chiffonnés de sa ceinture, et s'approcha de l'escalier pour écouter. Tous dormaient. Du sous-sol montait la voix gasconne de Victorine et un tintement de couverts brassés.

Elle sortit par la porte du jardin. Dehors, après cette ombre, un éblouissement azuré l'aveugla. Elle fermait les yeux devant la blancheur de la route et sentait aux joues une chaleur de four. Elle prit le chemin de Saint-Hilaire entre les buissons, traversa un ruisseau tari, et suivit un sentier plus découvert, mais où elle était encore isolée dans le jour torride.

Elle gravit un monticule ombragé de quelques pins, s'assit auprès d'une haute touffe de genêts, et, frottant ses mains moites contre son mouchoir, elle ouvrit un livre qu'elle avait apporté.

Par moments, elle regardait la route, les champs, les arbres épanouis sous l'éclatante torpeur, une petite maison aux murs très blancs dans un jardin plein de feuillage et de grandes fleurs jaunes. Une femme travaillait devant la maison. Berthe savait que cette femme la voyait et ne la reconnaissait pas; et ce coin de campagne où elle n'allait jamais autrefois lui semblait une contrée lointaine.

Au tournant de la route, jetant les yeux vers les pins, Albert aperçut la robe blanche.

— Vous n'êtes pas rentrée trop tard ? dit-il en prenant

le bras de Berthe. Je suis sûr que vous auriez pu rester plus longtemps avant-hier...

Ils traversèrent un pré et atteignirent un bouquet d'arbres.

— Ici, nous serons très bien, dit Albert en s'asseyant. Si quelqu'un survenait je disparaîtrais par ces fourrés et vous continueriez à lire.

Il se souleva pour étendre une jambe et s'assit de nouveau auprès de Berthe.

— Cela vous ennuie que je touche vos mains, parce que vous avez chaud... Ça ne fait rien. J'aime beaucoup ce petit bracelet... Cette mince chaîne à votre cou... Ces gentils petits bijoux de rien... c'est un éléphant qui pend à votre bracelet, oui, un éléphant, une clochette, un sabot.

Il passa son bras autour de Berthe, la pressa contre lui, et ferma les yeux, longtemps; un grand silence brûlant les enveloppait.

Quand il écarta les bras, il vit les yeux de Berthe, ouverts et tranquilles, qui semblaient l'observer, et tout de suite elle se dégagea de lui et s'assit un peu plus loin.

— Quelle chaleur ! dit Albert en redressant une mèche de cheveux sur son front. Vous voyez que nous sommes en sécurité ici. Nous étions bien imprudents de nous poster en face d'une maison. J'y ai songé hier, subitement. J'ai pensé aussi que je retournerai à Fondebaud. Voilà près d'un mois que les Ducroquet ne nous voient plus. J'irai jeudi. Tâchez de venir. Pour la première fois, je ne m'occuperai pas de vous.

— Jeudi ? dit Berthe en regardant un insecte dans la mousse jaunie. Si les Chaurant vont à Fondebaud, je pourrai les accompagner.

— Marie-Louise ne vous a pas dit qu'on nous soupçonnait...

— Non, dit Berthe qui écartait les herbes où la bestiole cherchait à fuir. On ne fait aucune attention à nous.

— Les insectes vous intéressent beaucoup.

— C'est le carabe, dit Berthe.

— Le carabe ! que vous êtes savante !...

— Je sais le nom de quelques bêtes, parce que je suis une campagnarde et que mon beau-frère m'a instruite. Nous allons le délivrer. C'est un insecte très utile. Il mange les chenilles, dit Berthe en s'allongeant sur le sol.

— Que de carnage sous les herbes ! dit Albert. Si le carabe s'avisait d'être charitable, nous n'aurions plus de légumes. Que feraient les doux végétariens ? Je consulterai Mme Vidar sur la moralité de ce serviteur sanguinaire. Est-il bon ? Est-il méchant ?... Vous savez que Marie Brun est morte.

— Oui, Emma me l'a dit. Je crois qu'elle est morte subitement.

— Il paraît qu'Essener avait fait construire pour elle un château en Périgord. On venait de poser les tapis. Et elle est morte. Quelle jolie femme ! vous rappelez-vous ? Il faudra nous en souvenir quelquefois. C'est un devoir de se rappeler les beaux visages disparus. Après nous, on ne la verra plus. A quoi pensez-vous, petite songeuse ?...

— Je pense à ce que vous dites, fit Berthe en se rapprochant d'Albert qui lui tenait les mains. J'aime beaucoup penser à ce que vous dites.

Soudain, se serrant contre Albert d'un mouvement espiègle et câlin, elle toucha son gilet.

— Vous avez une quantité de poches ! dit-elle.

Elle tira la montre d'Albert, puis, fouillant dans une autre poche, elle en sortit un papier qu'elle déplia gravement.

— Que vous êtes enfant ! c'est un billet de tramway.

— Je croyais que vous les jetiez toujours trop tôt ?

— Ce jour-là, j'ai tâché de me perfectionner. Laissez ce vilain papier. Donnez-moi vos mains, charmante petite...

De nouveau, il entoura Berthe de ses bras comme pour la bercer, et son enlacement se resserra tout à coup. Effrayée, docile, sans force, mais l'esprit lucide, Berthe sentait sa coiffure glisser, son vêtement craquer, et la brûlure de son visage contre les joues rugueuses.

Affolée de honte, et détestant cet homme, elle se releva.

— Ne partez pas ! Vous restez encore moins longtemps aujourd'hui.

Les yeux baissés, sans une parole, elle avait déjà fui par la prairie. Elle marchait vite sur la route, entre les buissons blancs de poussière. Le souvenir qu'elle cherchait à rejeter de sa personne demeurait comme attaché à elle dans sa moiteur, ses joues en feu, une sensation de désordre. Il lui semblait qu'un passant allait surgir au tournant de la route et la questionner. Elle voyait la famille alarmée par son départ, sa mère marchant dans le jardin. Peut-être qu'on avait prévenu Édouard ?

Elle ouvrit la porte d'entrée, doucement, avec angoisse, mais tout de suite elle vit que rien n'avait bougé depuis son départ, et la maison l'accueillit dans son ombre paisible, son silence plein de fraîcheur et de mansuétude.

Elle monta l'escalier en arrangeant sa coiffure. Les enfants dormaient. Dans sa chambre, elle se laissa tomber sur une chaise, les yeux encore éblouis par le rayonnement de la route ; fatiguée, comme distraite, sans penser, elle touchait ses tempes un peu humides sous les cheveux. Elle se leva et, plongeant une éponge dans l'eau, elle rafraîchit son visage.

Elle entendit le bruit d'une voiture. Aussitôt Mme Degouy accourut de son pas saccadé et lourd.

— Voilà Mme Ducroquet ! fit-elle, sans regarder Berthe. Descends vite. Dis à Rose de préparer le thé. Donne le plum-cake et aussi les petits gâteaux.

Un grand bruit de voix et d'exclamations s'éleva dans le salon.

Avant le dîner, Berthe releva le store du perron. Malgré l'ombre, on respirait le soir un air plus étouffant qui montait du sol pénétré de chaleur. Berthe prit la petite Jeanne par la main et descendit au jardin.

— Tu vas te mouiller ! dit-elle en voyant Jeanne qui s'approchait d'un massif d'héliotropes environné de fines gerbes d'eau.

Elle se dirigea vers le potager. Le soleil jetait ses derniers rayons encore éblouissants sur cet espace plus découvert. Le vieux Jean portait des arrosoirs, les pieds nus et boueux dans ses sabots. Berthe remarqua des œillets près d'un carré d'artichauts, et elle se rappela une phrase d'Albert : « Dans la saison, ces bordures d'œillets blancs embaument. » Aussitôt, elle revit la Picauderie, le visage d'Albert, toute cette matinée si charmante, puis elle pensa à leur promenade dans ce chemin où il parlait avec tant de douceur. Elle se répétait les mots d'Albert qui lui plaisaient, et, lentement, comme s'il marchait à côté d'elle en ce moment, elle cueillit d'un geste un peu distrait les rares œillets encore fleuris dans les touffes vertes.

Mais pendant le dîner, silencieuse, très droite sur sa chaise, le visage éclairé par la lampe, elle eut soudain la vision de l'horrible enlacement. « Comment puis-je l'aimer ? » se dit-elle avec un frisson de honte.

Chappuis remarqua la figure sérieuse de sa belle-sœur.

— Berthe devient une grande jeune fille. Bientôt il faudra lui chercher un mari, dit-il, l'air taquin, essuyant son front qui se couvrait de sueur quand il mangeait.

— Pas encore, dit Berthe en souriant.

Après le dîner, elle monta dans sa chambre. Elle se déshabilla sans lumière, revêtit un peignoir blanc et s'assit devant la fenêtre. Sous une clarté d'étoiles où persistait comme un reste de jour, dans l'air chaud, les plates-bandes noires exhalaient un parfum de fleurs et de terre humide. On entendait le bruit des grillons comme un bourdonnement de fièvre dans l'oreille.

Berthe avait gardé ses cheveux épars, mais, les trouvant trop lourds et chauds à sa nuque, elle se leva pour les nouer. Passant devant la glace, elle vit dans la chambre obscure sa silhouette pâle et le petit bouquet d'œillets blancs sur la table.

« Que fait-il, maintenant ? » songeait-elle en s'asseyant près de la fenêtre. Il avait dit qu'il viendrait un soir dans le jardin, et elle regardait les bosquets sombres. Soudain, une petite flamme brilla dans l'allée, éclairant le visage d'Édouard qui allumait un cigare. « Peut-être qu'il est là », se dit-elle, se rappelant sa voix et tout ce qu'elle aimait en lui.

Accoudée au rebord de la fenêtre, elle laissait pendre une main, comme s'il la tenait; cette nuit qu'il contemplait aussi les rapprochait. Lentement, elle releva jusqu'à l'épaule la manche de son peignoir et regarda sur son bras nu, à la faible carté du ciel, une marque brune.

❦

Ce jour-là, ils continuèrent à suivre le sentier, vers Saint-Hilaire, puis traversèrent un champ de blé. Ils marchaient lentement, comme s'ils réfléchissaient, les yeux fixés sur les pailles rases couvertes de petites coquilles blanches qui craquaient sous les pas. A la place où ils posaient le pied, la striduleuse rumeur des grillons s'interrompait pour reprendre un peu plus loin, çà et là, avec une résonance de fil métallique dont la vibration s'accélère.

— Bientôt, je pense, dit Albert. Nous attendons une réponse de Vagnièze. Je ne peux pas laisser partir mon père seul; vous le comprenez bien. Je tâche de le persuader que cette affaire n'a pas d'importance, mais depuis quelque temps il s'inquiète pour peu de chose. Sûrement nous ne reviendrons pas cette année.

Ils s'arrêtèrent sous un noyer.

— N'est-ce pas ? reprit Albert, nous ne pouvons pas nous quitter si vite. Il me semble que nous n'avons pas parlé... que je vous connais mal... il faut nous écrire.

Il ajouta sur un ton négligent :

— Demandez à Marie-Louise qu'elle mette votre adresse sur des enveloppes et vous me les donnerez.

— Marie-Louise ?

— Je dis : Marie-Louise, parce qu'elle est ici, et vous la déciderez facilement. Il est vrai que la lettre portera le cachet de Paris. Est-ce que votre mère est très perspicace ?

— Maman ne regarde jamais une lettre qu'on m'envoie, même l'enveloppe.

— Sainte confiance ! cela me plaît. Il vaut mieux que les mères restent pures.

VI

Assis devant son bureau, Albert ouvrit un de ses anciens manuels de droit pour approfondir une question de doctrine. Retrouvant sur les pages des marques au crayon qui dataient de l'époque de ses études, il s'apercevait que ces théories prenaient un autre sens devant les faits. Il fallait tout apprendre de nouveau.

Il interrompit sa lecture pour répondre au téléphone.

« Je ne vous entends pas bien », dit-il, pressant l'appareil contre sa joue.

La voix de Quatrefage s'éteignit dans un grésillement et reprit plus distincte et comme rapprochée : « Hélène lui a écrit en juillet. Je m'y attendais. Je vous l'avais dit à Pâques. Une simple lettre. Le jour même elle partait très adroitement. Je vous expliquerai cela chez les Hériard. Le coup a été terrible. Il était le seul à ignorer que cette femme le trompait depuis deux ans.

— Le malheureux! dit Albert, étendant le bras pour prendre des papiers que lui apportait Vagnièze. Je lui avais écrit de Noizic. Il ne m'a pas répondu. Je comprends maintenant. Je vais chez lui tout de suite. »

— Je terminerai ceci dans l'après-midi, dit Albert en posant les mains sur la table. Je vais chez Castagné. Il est dix heures et demie. Je ne rentrerai pas avant le déjeuner. Si mon père me demande, vous lui direz que j'ai été obligé de partir. Cela ne vous dérange pas que je sorte ?

— Aucunement, mon cher, dit Vagnièze qui entra dans le bureau de M. Pacaris où il aimait à se tenir en l'absence du maître. Je recevrai Daviaud ici. C'est plus convenable.

Dans la rue, Albert marchait vite, l'air souriant. Il songeait : « Le voilà débarrassé d'Hélène. Comment pouvait-il l'aimer ? Lui qui est si fin, il ne voyait ni la sottise, ni les mensonges de cette femme volage. »

Mais, sur le luxueux palier de Castagné, Albert se représenta plus vivement la douleur de son ami. Pendant qu'il appuyait un doigt sur la sonnette, son visage prit une expression de recueillement sévère.

— Est-ce que M. Castagné est chez lui ? dit-il d'une voix faible au domestique qui ouvrait la porte brusquement.

Castagné parut en costume matinal à raies vertes, les pieds nus dans ses pantoufles.

— C'est toi ! fit-il avec entrain. J'ai reconnu ton coup de sonnette. Entrons dans mon cabinet; ma chambre est en désordre. C'est honteux, dit-il passant les mains sur ses cheveux; je ne suis pas habillé, pas rasé; la matinée fuit prodigieusement vite. Je me demande comment les gens trouvent le temps de travailler. Sérieusement, je me demande comment on peut étudier quoi que ce soit avec conscience et se laver tous les jours. Figure-toi que j'ai décidé d'apprendre l'anglais...

Albert, appuyé au bras d'un fauteuil en cuir, feuilletait une grammaire anglaise, évitant de regarder Castagné.

— J'ai travaillé depuis deux mois comme un écolier, dit Castagné en souriant. Je prends deux leçons par semaine. Quatrefage a voulu m'entraîner à Saint-Malo...

En prononçant le nom de Quatrefage, Castagné rencontra le regard d'Albert, et il se tut, le visage grave.

Il s'assit devant sa table. Après un silence, les yeux baissés, il dit :

— Naturellement, Quatrefage t'a raconté... C'est fini.

La voix douce, hésitante, Albert répondit :

— Je sais qu'elle t'a écrit...

— Oui... Elle m'a écrit une lettre très franche.

Le visage de Castagné parut s'amincir dans un brouillard, les yeux morts.

Il se tourna vers le fauteuil de cuir :

— Si on m'avait dit, il y a trois mois, que je serais à cette place, devant ce fauteuil et qu'elle ne viendrait plus jamais.

Il ramena son regard vers la table avec une expression de souffrance et se tut de nouveau.

Il reprit :

— Cette minute... Cette chose dont je n'aurais pas supporté l'idée si j'avais pu l'imaginer — entends-tu, dont je n'aurais pas supporté l'idée — je l'ai vécue et je suis là et je te parle. C'est étrange.

Albert le regardait attentivement avec un air de bonté, sans répondre.

— Il faut croire que la réalité nous réserve des adoucissements, dit Castagné. Quand Hélène m'a écrit, quand j'ai su... A ce moment, elle était pour moi une personne nouvelle. Je n'étais plus...

Il s'assit, le regard vif, et poursuivit :

— Eh bien, non. Au fond, cela n'est pas vrai. Ce qui est étrange, c'est la consolation qu'on se crée dans le malheur. L'ancienne femme, celle que j'avais aimée fidèle, survivait à l'évidence. Jusque dans sa lettre d'adieu, il y avait un ton de loyauté où je la reconnaissais tout entière, où je la retrouvais. Je me disais : « Qu'elle a dû souffrir ! »... Je relisais sa lettre, et je l'entendais; je la voyais toujours tendre, noble... Il me semblait qu'elle allait venir. J'ai compris, peu à peu... Mais, en même temps, cette disparition dans l'inconnu, cette nuit si soudaine, ce saisissement où le cœur se perd sans prises et qui reste comme vague... Cela me rappelle un mot de votre ami Natte. Il me disait : « La mort tarit la passion chez l'amant qui subsiste. Devant un cadavre, l'amour n'a plus d'aliments. »

— C'est peut-être exact pour un amour sensuel, dit Albert.

— Il n'y en a pas d'autre, mon ami. Il n'y a pas d'amour qui ne soit à base de sensualité. Oui, je sais : l'admiration, la tendresse, l'harmonie des âmes, on fabrique de l'amour avec cela. Mais c'est l'amour des cœurs desséchés.

— Ce n'est pas certain.

— Tais-toi donc, dit Castagné en souriant, tu n'y connais rien. Tu n'as pas de tempérament. N'est-ce pas vrai ? Tu es un glaçon.

— Il est vrai qu'une maîtresse exigeante me ferait peur.

Albert se leva et toucha l'épaule de Castagné.

— Je suis content de te retrouver, dit Albert en souriant... J'admire depuis un moment ta liberté d'esprit, et ce regard froid de psychologue sur tes propres sentiments... Tu n'étais pas fait pour être amoureux. Tu es trop intelligent.

— Tu te trompes, dit Castagné fronçant les sourcils pour réprimer un sourire de satisfaction qu'il sentait briller dans ses yeux.

Albert poursuivit :

— Quelquefois, je parlais de ta passion avec Quatrefage, qui n'est pas mon ami; mais avec toi, il fallait changer de langage. On te ménageait comme un infirme. C'était pénible.

— Que veux-tu dire ? fit Castagné.

— Je dis ce que tu n'ignores plus, ce que nous savions tous depuis longtemps. Tu aimais une femme qui ne le méritait pas. Je l'ai rencontrée... Un jour, tu croyais qu'elle revenait d'Aix. Eh bien ! nous avions voyagé dans le même train : elle était montée à Angoulême.

— Angoulême... dit Castagné à voix basse.

Le regard pensif tourné vers la fenêtre, les dents serrées,

il tenait le rebord de la table dans ses doigts comme pour surmonter une douleur en silence.

Il répéta :

— Angoulême...

Puis il dit :

— Non. Elle a été sincère. Elle ne m'a jamais trompé. Je le sais. Tu ne la connais pas. Elle a une fraîcheur d'âme, une droiture... Elle ne pouvait pas mentir. C'est pour cela qu'elle m'a quitté. Elle a rencontré un homme qui l'a troublée. Elle s'est crue perdue, elle a eu peur de mentir, et tout de suite elle est partie. Elle était trop libre. Elle sortait seule, elle n'avait pas de foyer. On ne doit pas laisser les femmes libres. Vois-tu, il faut épouser la femme qu'on aime, et la garder ! La garder de tous les passants, de tous les amis, de tous les yeux.

— Elle peut revenir, dit Albert, cherchant à adoucir le coup qu'il avait porté à son ami et qui restait comme marqué sur son visage. Elle a eu peur. Quand elle saura que tu as pardonné, elle reviendra ; vous oublierez.

— Je ne pense pas qu'elle revienne, dit Castagné.

— Sais-tu où elle est ?

— Non, dit Castagné qui demeurait silencieux et distrait.

❧

Sous prétexte que la petite Hériard avait l'âge de Mercédès et que le bal commençait par un concert, Mme Quatrefage permit à sa fillette d'aller à la soirée des Hériard. Odette fit son entrée dans le monde ce jour-là, quoiqu'elle eût neuf ans de plus que sa sœur.

Le concert était terminé et on retirait rapidement les chaises de la grande salle, tandis que les invités se répandaient dans les salons et vers le buffet, en attendant le bal. On entendait une valse derrière les portes fermées.

Odette se tenait à l'écart près d'un palmier, admirant de loin Mme Quatrefage dans une robe de velours, et Mercédès qui passait entre les groupes, très excitée, avec ses magnifiques cheveux blonds sur les épaules. Odette voyait sa jeune sœur grisée par cette fête qu'elle goûtait elle-même si tranquillement parce qu'elle y venait trop tard; et elle était surtout gênée par sa grande taille et inquiète de sa robe. Elle aperçut Albert.

Il se dirigeait à travers la foule vers l'aigrette de Mme Célerier, et heurta un vieillard à barbe noire qu'il prit pour Rosny et à qui il tendit la main. Il s'aperçut de sa méprise et allait s'excuser, lorsque le vieillard, croyant le connaître, lui dit :

— Quel est le monsieur qui parle à Cavalieri, près du buffet ?

— C'est Le Varlet, le directeur des Affaires étrangères, dit Albert qui sourit à Odette avec étonnement.

— Ah !... fit le vieillard en ouvrant largement la bouche. Le Varlet... Je me figurais que c'était Anatole France. On prétend qu'il est ici. Je vous dirai que c'est la première fois que je viens chez les Hériard. J'aime beaucoup ces salons où l'on rencontre des gens de tous les mondes.

Albert recula devant une dame qui protégeait d'un geste effaré sa traîne de dentelle, puis il s'approcha d'Odette.

— Eh bien ! fit-il en retenant dans ses doigts la main un peu large d'Odette. C'est votre première soirée...

— Je regardais Mercédès, dit Odette. Elle est ravissante ce soir.

— Comment ? cette gamine est ici !

Odette se tenait très droite, malgré sa haute stature, par une habitude d'enfance où on reconnaissait comme le signe d'une éducation rigide.

Il jeta les yeux sur les épaules d'Odette.

— C'est vous qui êtes belle ce soir.

— Ne regardez pas ma robe, elle va très mal. Je croyais que vous n'alliez plus dans le monde ?

— Au début de l'année, cela m'amuse de retrouver quelques Parisiens. Cette valse est jolie. Je sais peut-être encore danser. Voulez-vous ?

— Non, fit-elle vivement, je ne danse pas.

— Alors, ne restons pas près de cette porte. Nous gênons et nous sommes écrasés. Près du buffet, il y a plus d'espace.

— Avez-vous aperçu mon frère ? dit Odette; je le soupçonne d'être caché dans cette pièce où on joue aux cartes.

— J'ai entrevu votre père, qui jouait avec une superbe gravité. Je me demande comment on peut se distraire si sérieusement. Dès que je réfléchis sur une carte, il me prend des impatiences, un malaise. Je songe à toutes les choses importantes auxquelles je n'ai pas donné assez d'attention... Mais lorsque je vous parle négligemment, dans cette cohue — c'est la valse de Groze — je ne sens pas le prix du temps. Je vous regarde sans remords. Vous n'avez pas l'air de m'écouter, dit-il fixant son regard dans les yeux d'Odette, qui étaient d'un bleu sombre à la lumière.

— Je vous écoute très bien, dit Odette. Vous n'aimez pas les cartes. Mais je voulais vous dire que nous organisions un tennis pour cet hiver.

— Vous voulez jouer au tennis en hiver ?

— C'est Mercédès qui a eu cette idée. Avec les Roquebert, nous sommes cinq.

Mme Quatrefage s'approcha d'Albert, tenant des deux mains un éventail de plumes comme pour en menacer son interlocuteur.

— Vous ne dansez pas, Albert !

— Je ne peux pas le décider à jouer au tennis, fit Odette.

— Voyons ! Albert ! dit Mme Quatrefage sans regarder sa fille, vous viendrez bien quelquefois ?

— Hélas ! madame, quelquefois seulement. J'ai passé l'âge des jeux. Mais je propose mon ami Castagné.

— Ah ! Castagné ! il est très gentil. C'est un ami de Raymond. On dit qu'il a un appartement superbe.

— Oui, madame, cet orphelin est très bien logé.

— Une grosse fortune, je crois, dit Mme Quatrefage. Elle tourna la tête vers M. Pacaris qui s'avançait très droit, la poitrine large dans l'habit de soirée, le visage rasé de frais et reposé.

— Il paraît que votre fils est trop occupé pour jouer au tennis, dit-elle en souriant.

— Vraiment ! dit M. Pacaris, tendant la main à Odette. Je ne m'en aperçois pas.

Albert demeura un instant immobile et silencieux devant son père, puis s'éloigna comme si on l'appelait. Il s'approcha de la grande salle, écoutant une valse avec un léger balancement intérieur, et suivit des yeux la robe rose de Mlle Dubroca qui tournoyait avec aisance parmi les couples un peu sautillants et cahotés. Il se trouva face à face avec Dutrieux. Les deux hommes échangèrent de nouveau une poignée de main et se séparèrent sans prononcer une parole. Albert traversa le salon; apercevant par-dessus les têtes l'aigrette de Mme Célerier, il revint sur ses pas. Il remarqua Mme Roinart qui semblait se diriger vers lui, et il s'arrêta subitement en baissant les yeux, puis sortit par une porte qui donnait sur le vestibule où Talliens endossait rapidement son pardessus devant un sombre échafaudage de chapeaux.

Quand il rentra chez lui allumant l'électricité du vestibule, il jeta les yeux sur le plateau et reconnut à l'enveloppe une lettre de Berthe. Il l'ouvrit en hâte, son chapeau sur la tête, parcourut les pages d'un coup d'œil avec une impression de surprise et de plaisir, puis la glissa dans la poche de son habit et ôta tranquillement son pardessus.

Il entra dans sa chambre, ôta son habit, mit une veste de laine brune, puis, s'asseyant devant sa table, il rapprocha la lampe, prit la lettre de Berthe et la lut lentement. Chaque mot l'étonnait et l'enchantait; il entendait comme pour la première fois la voix de cette enfant silencieuse. Il découvrait une pensée, une grâce de langage, toute une femme qu'il ne soupçonnait pas.

❧

Castagné se laissa conduire par Albert au tennis des Quatrefage, quoiqu'il détestât prendre de l'exercice.

— Vous n'avez pas de raquette ! cria Odette sans interrompre sa partie.

— Aujourd'hui je ne jouerai pas, dit Albert. Je vous regarderai.

Il s'assit sur un banc, auprès d'une cabane où les joueurs déposaient leurs souliers, et se releva pour présenter Castagné à Berthe.

— Odette est inabordable. Et vous, mademoiselle, vous ne jouez pas ? dit Albert.

— Je me repose, dit Berthe.

— La petite Mercédès t'amusera, dit Albert à mi-voix en se tournant vers Castagné. Elle est très délurée.

S'adressant à Berthe sur un ton de cérémonie :

— Je vous demanderai de me présenter aux Roquebert, dit-il.

Avec la même attitude respectueuse, il ajouta dans un murmure :

— Vous m'avez écrit une lettre admirable.

Il fit le tour du tennis le long d'un haut grillage, puis s'approcha de Berthe, et dit en ramassant une balle qu'il jeta aux joueurs :

— C'est singulier de vous retrouver ici devant un tennis, comme à Fondebaud. Il me semble qu'il y a si longtemps que je vous connais. Quatre ans, je crois. Vous rappelez-vous la première fois que je vous ai vue ? Je me promenais avec M. Ducroquet...

Berthe qui s'apprêtait à jouer appuyait un pied contre le banc pour attacher sa sandale.

— Écoutez, dit Albert en s'asseyant sur le banc. Je ne veux plus revenir ici. Cette attitude d'étranger me gêne. J'attendrai Noizic. Je me contenterai de vos lettres. Mais c'est long, tous les jours de l'hiver, tous ceux du printemps...

Berthe tourna la tête vers Odette. Albert reprit :

— Il me semble que ce serait facile de nous voir comme je vous l'ai demandé.

Berthe regardait Castagné comme si elle n'entendait pas.

L'air détaché, elle dit à mi-voix distinctement :
— Venez dans le square, mardi à six heures.

❧

Albert attendait Berthe dans un carrefour de petites rues désertes. Il l'aperçut passant sous la clarté d'un réverbère.

— Il fait déjà froid, dit-il en la conduisant vers un banc.

Il défit une agrafe au poignet de Berthe et arracha doucement le gant de ses doigts.

— Vous n'avez pas froid ? dit-il en pressant la main qu'il tenait sous son manteau. L'hiver sera dur aux amoureux.

Il avait remarqué l'assurance de Berthe quand elle était arrivée et son air calme l'inquiéta. Il dit tout à coup :

— Nous sommes très coupables, ou plutôt, moi, je suis très coupable et je n'ai pas d'excuse. Il faudra nous quitter un jour. Vous devrez m'oublier. Peut-être que vous regretterez ces moments ?

— Que voulez-vous dire ?

— Je veux dire que plus tard, lorsqu'il faudra nous séparer, si vous m'aimez, je deviendrai une entrave à votre bonheur...

— Ne vous préoccupez pas de moi.

Il passa un bras derrière Berthe et la serra contre lui.

Un homme longea le trottoir et ils se turent blottis en une seule masse d'ombre.

— Il ne nous a pas vus, dit Albert.

Il reprit :

— Qu'avez-vous fait aujourd'hui ? Vous venez de chez Alice Bonifas ? Vous avez eu un cours cette après-midi ? et maintenant vous allez rentrer. Vous travaillerez avant le dîner dans votre chambre ? Je voudrais vous suivre chez vous. Racontez-moi votre soirée.

— Elle n'est pas intéressante. Maman me dira : « Tu rentres bien tard. » Je répondrai : « Je rentre comme d'habitude. » Nous dînerons.

— Vous m'avez écrit une bien jolie lettre sur votre mère. Je sais qu'il est difficile de vivre avec les siens. On les pénètre trop facilement; du moins on le croit. Il faudrait se retenir de les juger et les aimer un peu aveuglément de peur de se méprendre.
— Vous êtes bon...
— Non.
— Si, vous êtes bon, dit Berthe et elle lui pressa les doigts en cherchant à voir son visage dans l'obscurité.
— Croyez-moi, je ne suis pas bon. Si j'étais bon, au lieu de vous prêcher la piété filiale, je vous dirais de retourner bien vite chez vous et de ne plus revenir. Les hommes tâchent de cacher leurs faiblesses par des paroles. Ils troublent l'esprit et c'est leur plus grande faute. Il faut reconnaître maintenant que nous agissons mal. Tout à l'heure vous allez mentir, parce que nous croyons nous aimer; mais moi, qui n'ai jamais aimé personne, je ne vous aime pas comme vous pensez, et il demeure entre nous deux de subtils mensonges. Tout cela est laid. Il faut en convenir. Il faut garder un jugement droit. Une vue claire. C'est l'égarement de l'esprit qui est le mal irréparable... Vous avez un esprit que j'aime beaucoup. Je ne voudrais pas l'abîmer. Le reste ne compte guère. Je serai toujours sincère avec vous. Nous parlerons de la vie... Je vous apprendrai à la regarder. On ne parle jamais de la vie aux jeunes filles.

Vous avez froid, dit-il tout à coup; l'entourant de ses bras comme pour la réchauffer, il se pencha sur son visage.

Vivement, Berthe porta son mouchoir à sa bouche pour étouffer sur ses lèvres la sensation aiguë de ce baiser et se leva.

— Je vous accompagne jusqu'à votre avenue, dit Albert. Le long de ce mur, on ne peut pas vous reconnaître...

Il s'arrêta au bout de la rue et la regarda marcher dans l'ombre où elle disparut.

— C'est l'homme qui passe à six heures, dit Albert à mi-voix.

Ils se turent, serrés l'un contre l'autre dans l'obscurité.

— Êtes-vous allée au tennis ? dit Albert en s'écartant de Berthe.

— J'y vais toutes les semaines. On vous réclame chaque fois.

— J'irai un dimanche. Est-ce que Castagné n'a pas l'air de s'ennuyer ?

— Non. Il taquine Odette. Ma tante est venue nous chercher et nous a tous emmenés chez elle. Elle a beaucoup d'attentions pour Castagné. Que pensez-vous de ma tante Quatrefage ?

— Je pense qu'elle a dû être jolie.

— Croyez-vous que son mari l'ait aimée ? Ils paraissent si différents l'un de l'autre. Il est si vieux.

— Je me représente M. Quatrefage, à quarante ans, comme un très bel homme, avec ses grands yeux, sa barbiche blonde, ses airs nonchalants, sa cravate d'artiste. Il a rencontré une jeune fille : il a toujours aimé les gravures et les bibelots. Après trois mois, il était fatigué de son babillage, mais comme il est sage et bel esprit, il a supporté son ennui, et depuis vingt-cinq ans il se borne à regarder les femmes et d'abord la sienne avec mépris. Je suppose que Mᵐᵉ Quatrefage, avec sa cervelle d'oiseau, a tout de même jugé cet amateur d'art un peu sec. La rancune ouvre les yeux. Elle a vu le plus morne et le plus positif des vieillards. Elle s'est sentie dédaignée et incomprise, et elle a pris ses soupirs pour la révolte d'une grande âme. On ne le croirait pas : la frivole Mᵐᵉ Quatrefage a souffert de son âme méconnue. Elle s'est vengée par un air audacieux dans les salons. On prétend qu'elle a un amant, mais j'en doute. Ses façons évaporées ont éloigné d'elle l'homme sentimental qui pouvait lui plaire. On lui parlait toujours en riant. Dans le monde, on ne voit pas souvent les mêmes personnes et il ne faut pas se tromper de langage la première fois qu'on s'adresse à une femme.

— Vous découvrez tant de choses dans les gens !

— Voyez-vous, dit Albert en prenant sur le banc la serviette de Berthe, dont il retira un cahier, le mariage est un engagement sérieux : Méfiez-vous d'un mariage d'amour. Il est vrai qu'un mariage de raison est bien dangereux. On appelle raison l'opinion des parents, mais sur ce chapitre ils sont plus étourdis et aveugles que les enfants. Moi, par exemple, j'ai l'apparence d'un gendre accompli : jeune homme sérieux, de bonne famille, avec de la fortune. Eh bien ! je serais le pire des maris. Heureusement, je le sais... Les jeunes filles doivent se prononcer sur la vie avant de la connaître, et, dans cet instant si grave, leur jugement est bien troublé. Il faut qu'elles discernent dans leur inclination ce qui appartient à la faiblesse, aux illusions, à l'ennui, au dépit, à la vanité, ce qui passera et ce qui dure.

— Ne croyez-vous pas que le cœur devine ?

— Est-ce qu'il peut deviner à travers l'homme qu'on aime l'homme qu'on aimera, et qui n'est pas le même ? Ce n'est pas impossible. A tout prendre, je crois que le cœur a cet instinct lorsque la tête est bonne.

Il tira du cahier de Berthe un papier qu'il regarda à la clarté du réverbère.

— On vous a donné une mauvaise note, vous allez douter de mes avis. Vous avez tort de me consulter sur vos compositions françaises. J'ai été un élève médiocre. Je suis né pour être professeur. C'est votre tante qui vous a conseillé le cours de M. Piffeteau ? Ce n'est pas la peine de venir à Paris pour entendre des leçons aussi banales. Vous méritez beaucoup mieux. Vous devriez au moins suivre quelques cours à la Sorbonne.

— Est-ce permis ? dit Berthe.

— Certainement. C'est très facile. Vous arrivez à l'heure du cours, vous écoutez, vous prenez des notes. Je vous recommande le cours d'Hoffé sur Véronèse. Vous voyez des tableaux chez M. Quatrefage et dans les musées.

Vous apprendrez à les reconnaître. Vous vous intéresserez à la vie de l'artiste, à son époque, et vous pénétrerez ainsi dans l'histoire par une voie un peu capricieuse, personnelle, beaucoup plus profitable que les schémas de M. Piffeteau. Il faut partir de soi pour s'intéresser à l'univers. On s'en aperçoit trop tard et on s'ennuie à l'école. Le cours d'Hoffé est commencé depuis un mois. Je m'informerai des heures. Je vous renseignerai dans quelques jours. Mais, d'abord, il faut vous préparer à cette étude. Il existe un excellent petit manuel que vous lirez facilement et qui formera la meilleure introduction à ce cours. C'est un bon guide. Je le trouverai sûrement dans une librairie du boulevard. Nous avons le temps d'aller le chercher.

— Je rentre, dit Berthe.

— Je voudrais que vous ayez ce livre ce soir. Il vous intéressera beaucoup. Attendez-moi. Je ramène une automobile. Nous serons revenus dans vingt minutes.

— Il faut que je sois rentrée à six heures et demie. Il faut que je parte.

— Vous ne rentrerez pas trop tard. Attendez-moi. J'emporte votre serviette pour être sûr de vous retrouver.... Si... Je l'emporte... Nous avons l'air de nous disputer. On va nous remarquer. Restez là.

Albert partit en courant et revint dans une automobile dont il tenait la portière entr'ouverte. Sans descendre, il fit signe à Berthe de monter.

— C'est notre premier voyage. Il sera court, dit Albert en prenant la main de Berthe.

Elle regardait passer les lumières dans la vitre embuée.

— Votre chapeau est gênant, dit Albert.

Il retira son bras qu'il avait glissé derrière Berthe, l'aida à enlever son chapeau; penché sur elle, il retenait ses lèvres sous son baiser.

— Où sommes-nous ? dit-elle tout à coup.

Sortant d'une torpeur enivrée, elle voyait par la vitre un scintillement confus de lumières, des rues inconnues.

— Je ne sais pas..., dit Albert en la repoussant doucement vers le coin de la voiture.

Parfois l'automobile s'arrêtait, et Berthe levait la tête, inquiétée par une subite clarté qui passait sur eux.

— On ne peut pas nous voir, dit Albert. Je vous cache.

Après un long silence, il dit :

— Je crois que nous piétinons votre chapeau.

Il se baissa; tâtant sous leurs pieds, il toucha le nœud de velours. La voiture s'arrêta, puis repartit parmi l'étincellement des boutiques et des projections de lumières qui semblaient les découvrir.

Une après-midi grise de dimanche, Albert retourna au tennis des Quatrefage. Castagné marchait le long des grillages avec la fourrure d'Odette sur les épaules, un long pardessus boutonné sur son costume de flanelle blanche.

— Surtout ne parlez pas de nous à Odette, murmura Albert lorsque Berthe passa auprès de lui.

Il reprit à voix haute :

— On gèle ici. Vous ne jouez pas aujourd'hui ? votre tennis est morne.

— C'est Boufange qui nous manque ! dit Berthe.

— Qui est Boufange ?

— Ah ! voilà !... Vous ne venez jamais !

Elle se retourna vers Albert en riant pendant qu'Odette l'emmenait par le bras.

Albert s'assit à côté des Roquebert, les mains dans les poches de son manteau, et dit :

— Je crois qu'ils ne savent pas ce qu'ils attendent.

Il suivait Berthe des yeux. Au milieu des autres, évitant de regarder Albert, fuyante, rieuse, elle paraissait étrangement détachée de lui. Il ne retrouvait plus en elle ce qui lui plaisait tant lorsqu'elle l'écoutait le soir de tout son regard grave et baissé. Son air de malice l'agaçait. Il voulait partir. Ces sots batifolages l'humiliaient.

Albert suivit les quais à pied. Dans cette fin de journée terne et aigre, il songeait avec une sensation d'écœurement et de déchéance à ces bavardages, ces passe-temps enfantins où il se laissait entraîner. Il voulait aller chez Ensénat avant de rentrer chez lui; tout en marchant, il pensait à leur amitié. La qualité d'un sentiment si rare le réconfortait. Il se sentait rehaussé par l'idée qu'Ensénat se formait de lui. « Si Ensénat n'existait pas, je resterais au-dessous de moi-même », se dit-il.

Mais au lieu de se diriger vers la rue où habitait son ami, il prit la rue Solferino et rentra chez lui. La pensée d'Ensénat lui suffisait. Il ne désirait pas le voir. Que pourrait ajouter un moment d'entretien à un sentiment si profond et si complet ?

Il s'assit devant sa table, alluma sa lampe, tira d'une pile de cahiers une feuille blanche, prit sa plume, et regarda vers la fenêtre en écoutant en lui-même. Les yeux rêveurs, le cœur gonflé d'une sorte de détresse qui montait à ses lèvres comme un chant, il écrivit : « Ma chérie... »

Il entendit du bruit dans le vestibule. Interrompant sa lettre, il pensa : « C'est l'oncle Arthur. »

Arthur Pacaris quittait rarement sa ville natale; lorsqu'il venait à Paris, il se croyait obligé de rendre visite à son frère.

Dans le vestibule, il s'écartait de Hugot qui voulait l'aider à retirer son pardessus. Il passa une main sur ses cheveux, porta les doigts à l'ouverture de son faux col, et, toussant légèrement lorsque Hugot l'introduisit dans le salon, il baissa les yeux et remarqua ses bottines tachées de boue.

— Bonsoir, dit M. Pacaris en entrant par la porte de son cabinet. Tu dînes avec Natte ce soir. J'ai pensé que tu serais content de le voir.

— Ah ! ce bon Natte !... Je serai enchanté ! dit Arthur Pacaris en se frottant les mains avec une gaieté un peu nerveuse. J'avais peur d'être en retard, dit-il en tirant sa montre. Je sais que tu es ponctuel. Ce n'est pas facile de prendre un tramway à Clichy.

— Nous ne dînons qu'à huit heures, dit M. Pacaris, d'un ton un peu froid, remarquant la grosse tête de son frère, aux cheveux gris coupés très court.

M. Pacaris reprochait à Arthur ses déboires en affaires qu'il attribuait à la paresse, et son mariage avec la fille d'un paysan.

— Excuse-moi. J'ai un travail à terminer. Albert te tiendra compagnie.

— Je t'en prie ! ne te dérange pas pour moi !... Je sais ce que c'est. Ah ! voilà Albert. Eh bien ! mon garçon, tu peux embrasser ton oncle ! dit Arthur qui cherchait à vaincre par une jovialité bruyante la gêne qu'il éprouvait dans cette maison.

— Mon père a dû vous dire que vous dîniez avec Natte. Je ne savais pas que vous le connaissiez, dit Albert avec amabilité en s'asseyant.

Il se souvenait que sa mère avait de l'affection pour son oncle Arthur et il discernait une fine intelligence chez cet homme dédaigné.

— Comment ! si je connais Natte ! Nous avons été au lycée ensemble. Je l'ai perdu de vue dans la suite. Il a été médecin de campagne dans le Cher pendant vingt ans. Depuis qu'il est établi à Souing, je le vois chaque fois que je passe à Paris... Ton fils ne savait pas que je connaissais Natte, dit-il en s'adressant à M. Pacaris qui entrait dans le salon. Je lui raconte... ça me ramène à notre enfance. Tu te souviens du père Ganaud ?

— Oui, dit M. Pacaris sans regarder son frère. Natte est en retard... Il y a des gens qui ne sont jamais exacts.

Ce retard permettait à M. Pacaris de manifester par un air soucieux et un va-et-vient agité le léger agacement que lui causait la présence de son frère.

On se mit à table sans attendre Natte.

— Excellent potage ! bien chaud, dit Arthur avec entrain pendant qu'il aspirait prudemment une cuillerée brûlante en plissant son front. Tu as toujours bon appétit ?

— Je mange peu le soir.

— Voilà Segnitz ministre des Finances ! C'est un de tes amis, dit Arthur qui tâchait d'être agréable à son frère.

Mais M. Pacaris gardait une attitude pleine de réserve

chaque fois qu'un interlocuteur trop complaisant lui rappelait son importance.

Natte survint au milieu du repas.

— Excusez-moi ! ces trains de banlieue ! J'ai manqué le train de sept heures. Souing est à vingt minutes de Paris à la condition de trouver un train. Vous avez bien fait de ne pas m'attendre.

— Ne te presse pas, tu as tout le temps, dit M. Pacaris gravement.

Natte se fit servir tous les plats à la fois, sans changer d'assiette, malgré l'insistance de Hugot. Il mangeait très vite, assis sur le rebord de sa chaise, les jambes croisées, essuyant sa barbe grisonnante d'un coup rapide, sans cesser de parler, ses petits yeux vifs tournés vers Arthur.

— Ce cher Arthur ! dit Natte en ramassant sa serviette qu'il piétinait depuis un moment. C'est bon de causer !

Après le dîner, Arthur et Natte suivirent Albert au fumoir où la conversation reprit aussitôt sur les souvenirs de collège, les mœurs de campagne, la ville, des sujets de philosophie et de politique.

Natte fumait contre son habitude; son cigare le gênait pour parler, mais ajoutait à l'excitation de l'entretien. Il se tenait tout ramassé au fond d'un grand fauteuil, et ses yeux noirs pétillaient de jeunesse dans sa face de poils gris.

— Ah ! mes amis ! c'est beau, Paris ! dit-il en humant un verre de cognac dans son poing fermé; ici, on vit ! On pense ! De temps en temps, j'ai besoin de m'évader. Je ne peux plus rester à Souing. Il y a une senteur d'humanité bouillonnante et intelligente qu'on ne trouve qu'ici.

M. Pacaris s'approcha du groupe des causeurs, puis s'éloigna vers le salon.

— Mon père a l'air fatigué, dit Albert en se penchant vers Natte. Je vous dirai que sa santé m'inquiète depuis l'année dernière.

— Il a peut-être besoin de repos, mais ne vous tourmentez pas, il est solide. Nous sommes tous solides, fit-il en saisissant la bouteille de cognac dont il regarda l'étiquette, l'homme a tant de ressort ! On ne s'en doute pas.

Si vous saviez combien j'en ai vu revenir à la vie que j'avais cru perdus !

Natte voulait entretenir M. Pacaris d'un litige où toutes ses économies étaient engagées, mais il trouvait tant de plaisir à causer qu'il oublia ce souci, et à dix heures il se leva précipitamment pour prendre son train.

— Quel brave homme ! dit l'oncle Arthur en revenant au salon. J'espère que tu ne l'as pas tué avec tes liqueurs. Cette médecine ne lui vaut rien. Il a une maladie de cœur depuis son enfance. Il se grise d'optimisme ; au fond il n'est pas tranquille.

M. Pacaris accompagna son frère jusqu'au vestibule et lui tendit son chapeau. Puis il retourna dans le salon pour chercher un volume qu'il voulait lire dans son lit.

— Tu te fatigues trop, dit Albert. Natte ne te trouve pas bonne mine. Tu devrais le consulter.

M. Pacaris éteignit la lumière du salon. Dans la soudaine obscurité, il trébucha avec une sensation d'étourdissement et s'appuya contre un fauteuil.

— Fatigué ? dit-il en sortant du salon. Je ne suis pas fatigué. Il n'y a que les paresseux qui soient fatigués.

❧

Le cours d'Hoffé finissait lorsque Berthe aperçut Albert auprès de la porte de l'amphithéâtre ; elle chercha à l'éviter et à se cacher dans la foule des élèves qui sortaient devant elle. Il l'arrêta en disant :

— C'est tout naturel, je suis un cousin, un frère qui vient vous prendre. Je passais devant le Luxembourg, cette après-midi ; j'ai songé que c'était l'heure de votre cours et j'ai eu envie de vous amener au Louvre. Je voudrais vous montrer les tableaux que j'aime.

Elle résista, puis se laissa conduire par lui, acceptant ce qui l'effrayait d'abord et qui paraissait possible dès qu'il en parlait. Elle monta dans une voiture qui les attendait dans une rue voisine et se sentit rassurée dès quelle fut assise à côté de lui.

La voiture s'arrêta. Albert descendit rapidement, jeta les yeux vers le jardin des Tuileries et pénétra dans le musée; puis il fit signe à Berthe de le rejoindre.

— J'ai peur de rencontrer Mme Quatrefage, dit Berthe pendant qu'ils gravissaient les marches d'un escalier de pierre.

— Ne vous inquiétez pas, elle ne vient jamais ici. Nous allons regarder un seul tableau et nous partirons; autrement, on se fatigue, on ne voit rien.

Il baissa la voix en entrant dans une salle très haute au jour plus sombre et comme recueilli.

— Celui-ci, dit Albert.

Il toucha le bras de Berthe et s'approcha d'un tableau, marchant doucement sur le parquet où les pas résonnaient.

Il s'intéressait peu à la peinture, mais il prenait plaisir à lui montrer ce tableau qu'elle regardait longuement avec un sourire de bonheur, un sentiment de plénitude et d'élévation intérieure, émue par la découverte de cet art et la communion de leurs pensées dans une atmosphère de pureté et de beauté.

Albert soutenait le bras de Berthe, et ils s'éloignèrent d'un même pas lent, sans délier leurs doigts, unis encore par le souvenir des choses qu'ils avaient contemplées ensemble; et elle baissait les yeux sans chercher à voir le visage d'Albert, parce qu'elle sentait sa tendresse dans sa voix et l'accord de leur marche pensive. Ils croisèrent des visiteurs. Elle ne songeait pas à s'écarter de lui, comme s'ils voyageaient tous deux dans un pays lointain au milieu d'inconnus.

Ils traversèrent une galerie et jetèrent un coup d'œil, par la fenêtre, sur une perspective de palais et de jardins, immobile comme une peinture, mais vivante par sa lumière grise et les petites formes humaines, mouvantes et sombres, éparpillées sur le sol.

— Je vous disais qu'il faut apprendre à voir, à comprendre. Il n'existe pas d'autre bonheur, dit Albert s'asseyant sur une banquette devant un assemblage de meubles entourés d'une corde. Je viens de prononcer un mot dangereux qui a perdu beaucoup de femmes : bonheur. Rappelez-vous ceci : il ne faut jamais demander le bonheur à personne. Je ne suis même pas sûr qu'on le trouve en soi : nous sommes faits de trop de choses.

Il avança la tête pour regarder le gardien et reprit :

— On atteint à une espèce de bonheur avec l'âge. Il vient comme un apaisement, un appauvrissement. Il ressemble à l'oubli, à l'indifférence, à la satiété. Quelquefois, à la folie. Je me méfie des gens heureux.

Il se tut, le regard distrait par un tableau. Il dit tout à coup :

— Avez-vous remarqué que j'éprouve le besoin de vous dire exactement ce que je pense ? Je voudrais vous rendre sage.

Berthe l'écoutait, la tête penchée sous son chapeau, mais elle percevait seulement dans ce langage un murmure, une caresse, un accent d'intimité et de confiance qui les rapprochait mieux que des baisers.

Lorsqu'elle rentra chez elle, Berthe trouva Mme Quatrefage avec sa mère dans le salon. Elle s'assit, ôta ses gants, qu'elle mit dans son manchon, et, gracieuse, vive, parlant beaucoup, elle s'adressait à Mme Quatrefage avec gaieté et assurance. Mme Degouy suivait du regard tous les mouvements de sa fille.

— Tu reviens de ton cours ? dit Mme Quatrefage en observant Berthe. Tu travailles ?

— Elle se fatigue trop, dit Mme Degouy, sans détacher de sa fille son regard admiratif et souriant. Elle ne mange rien.

— Je me porte très bien, dit Berthe en se levant.

Dans sa chambre, elle s'arrêta devant la glace, remarqua sa pâleur, ses yeux agrandis et fiévreux, et, longtemps, comme pour l'interroger, elle contempla cette image d'elle-même qu'elle ne reconnaissait pas complètement.

Elle s'approcha de la table, prit la lampe et la posa sur la commode, s'assit sur un petit fauteuil près de la cheminée, puis ôta son chapeau qu'elle garda un moment sur ses genoux, songeant à Albert; elle entendait sa voix et se sentait heureuse. Que la vie était légère et simple avec lui ! Que cette heure serait douce s'il était là ! Elle aimerait encore à l'entendre et elle savait qu'il aurait toujours à lui parler.

※

Berthe voyait souvent Odette dans ce mois de décembre où elles travaillaient ensemble pour l'arbre de Noël de Mme Vidar. On prenait le thé dans la salle à manger en collant des guirlandes qui s'entassaient sur le tapis. Lorsque Blanche Célerier ou Yvonne Dubroca arrivaient à quatre heures, elles interrompaient le plus souvent une conversation animée.

Un jour que Blanche répétait une réflexion de Mme de Solanet sur Albert, Odette dit :

— Albert est un homme orgueilleux et sec. Il n'a aucune indulgence, aucune bonté, et il manque quelquefois de tact comme tous ceux qui ont peu de sensibilité. Qu'en penses-tu, Berthe ?

— Je ne sais pas, répondit Berthe sans lever les yeux, appliquant du papier doré sur une coque de noix. Je trouve qu'il a l'air moqueur.

Elle sourit, les yeux baissés, heureuse de sentir qu'elle était seule à connaître la vraie nature d'Albert, justement si généreuse, si noble, si vibrante.

Durant plusieurs jours de grand froid, Berthe alla au patinage avec Blanche Célerier. Elle s'apercevait qu'on la recherchait; on s'occupait d'elle, on l'admirait. Elle voyait dans le succès et les compliments des hommes un sourire de la vie, une sorte de confirmation de son amour qui rendait plus sensibles les louanges qu'Albert lui adressait en secret et qu'elle sentait ensuite comme briller sur elle.

Une conversation avec des indifférents, une toilette nouvelle, les rues, un livre, tout l'intéressait maintenant par un certain rapport à son cœur. Le souvenir d'Albert, mêlé à son existence, ramenait à leur amour tout ce qu'elle rencontrait. Dans la maison vide, elle retrouvait sa compagnie quand elle relisait ses lettres, ou songeait, les mains distraites sur le clavier. Mais sa mère l'attristait. Elle tâchait de donner davantage à cette passion maternelle qui se contentait de si peu.

Elle voulait se dépenser pour le bonheur des autres. Chez les Bonifas, elle causait longtemps avec la grand'mère, sortait avec Alice, toujours privée de plaisir, l'emmenait à la promenade, au musée, aux expositions, et la journée se terminait par un goûter dans la chambre de Berthe qui préparait le thé dans sa petite théière, bavardant avec exubérance et drôlerie.

Par moments, elle parlait à la façon d'Albert, et Alice remarquait chez son amie, sans en deviner le motif, un geste de décision ou un ton un peu sentencieux qu'elle attribuait à une légère affectation.

Berthe dissimulait à tous ses relations avec Albert, sans se reprocher sa conduite, ni même s'apercevoir de ses mensonges. Comment eût-elle jugé répréhensible une cause de force et de bonheur, suspecté cet amour d'où lui venaient le goût de la vie et l'éclat de sa jeunesse.

※

Berthe longeait le mur d'un enclos. Remarquant l'aspect inaccoutumé de cette petite rue, elle s'aperçut que les réverbères n'étaient pas encore allumés. Elle jeta les yeux vers un banc sous des arbres, contourna le square, suivit une ruelle, revint sur ses pas. Il était encore en retard. Cette attente l'humiliait : « Quelle honte d'errer ainsi, comme une coupable. Je ne reviendrai plus », se dit-elle. Elle retourna vers le square, énervée à la fois par l'impatience de le voir et la volonté de partir.

— Pardon, dit Albert en lui prenant le bras. Mon père m'a retenu; vous ne vous doutez pas que je suis un homme qui travaille.

— C'est trop dangereux de vous attendre ici, dit

Berthe. Bientôt il fera jour à six heures. Nous sommes trop près de la maison. A l'instant, j'ai cru reconnaître notre papetière. Elle peut très bien passer dans cette rue.

— Écoutez, dit Albert en la conduisant vers le banc. Il m'est venu une idée. C'est vrai, nous sommes très mal ici. J'ai trouvé beaucoup mieux. Nous pourrons nous voir chez Castagné.

— Chez Castagné ? Quelle folie !

— Attendez. Ne vous effrayez pas. J'ai demandé à Castagné de m'abandonner son salon, de temps en temps, une heure. Il ne restera pas chez lui, naturellement. D'habitude, il sort à quatre heures. Je lui ai dit que je voulais recevoir une dame farouche. Je lui ai raconté une histoire extraordinaire. C'est très simple, je vous assure. Il renverra ses domestiques ce jour-là. Cette idée l'amuse. Il est romanesque. Vous traversez l'entrée, sans rien demander. On ignore où vous allez. Vous prenez l'ascenseur. Non. Vous montez l'escalier. Il y a deux étages. Je serai là. Vous n'aurez même pas besoin de sonner.

Il ajouta pour la rassurer :

— Naturellement, nous ne pourrons pas nous voir bien souvent.

« Puisque je vous assure que Castagné ne saura jamais que vous êtes venue ! dit Albert un peu impatienté par l'objection persistante de Berthe. Vous pouvez me croire. Vous n'êtes pas gentille aujourd'hui. Il paraît que vous étiez exquise chez les Prévot. Ça vous amuse de danser ? Vous êtes entourée de jeunes nigauds. »

Il prit un volume que Berthe avait posé sur le banc.

— Castagné a une bibliothèque splendide... Vous lisez là un roman que je n'aime pas, dit-il en passant les doigts sur la gaine de cuir. C'est vous qui avez fabriqué cette couverture ?

— C'est un cadeau de Blanche.

— Vilain style, pauvre psychologie. C'est avec ces misères qu'on enflamme les cerveaux. Je voudrais vous donner quelques livres de mon goût. Des livres vrais.

Il ajouta :

— Je n'ose pas vous les envoyer. Je pourrais les apporter chez Castagné.

Il revint à son projet :

— Vous comprenez, si nous essayons de nous voir, même à l'autre bout de Paris, quand il fera jour, votre papetière peut nous rencontrer...

※

Albert ne put convaincre Berthe; ils se retrouvèrent au même endroit le samedi suivant.

Dans la matinée, elle avait couru les magasins avec sa mère, et, plus nerveuse ce jour-là, elle ne parvint pas à contenir sa mauvaise humeur devant l'air indécis de Mme Degouy, ses façons lentes, son faux esprit pratique.

Elle se sentait fatiguée et insatisfaite d'elle-même.

— Je voudrais m'asseoir, dit-elle à Albert.

Mais une légère bruine mouillait les bancs et ils continuèrent leur promenade le long de la clôture, entre des espaces noirs. Berthe s'appuyait avec lassitude au bras d'Albert; elle sentait sa petite fourrure humide autour de son cou. La tristesse de la maison où il faudrait revenir, le dégoût de ces rues, une sorte de remords et d'inquiétude la pénétraient avec le froid de la nuit et lui donnaient envie de pleurer, quoiqu'elle fût contente d'être avec Albert. Ils arrivèrent à la rue Lecourbe, pleine de fracas et de populace.

— Ce quartier est lugubre, dit Albert. Nous ne pouvons pas continuer une existence de vagabonds. Vous êtes fatiguée, il va pleuvoir. Allons chez Castagné. Je sais qu'il est sorti. Il m'a donné sa clef.

Elle se laissa emmener comme sans penser, avec un sentiment d'abdication et de vague indifférence à toute chose; dans la voiture, elle appuyait sa tête contre l'épaule d'Albert, silencieuse et les yeux fermés.

— Je monterai d'abord, dit Albert en se penchant vers la vitre pour regarder la rue. Vous attendrez cinq minutes, puis vous entrerez hardiment. Si par hasard vous rencontrez le concierge, mais j'en doute, dites que vous allez chez Mme Dauzac.

Albert se tenait sur le palier de Castagné. Lorsque Berthe fut entrée, il ferma la porte sans bruit et l'aida à ôter son manteau.

— Asseyez-vous là, dit-il avec douceur en arrangeant des coussins autour d'elle. Étendez-vous... êtes-vous bien ? Il faut vous reposer. Je vais préparer le thé.

Il alluma la bouilloire, porta une tasse tout près d'elle sur une petite table, poussa la lampe et arrangea encore un coussin.

— Êtes-vous bien ? disait-il tendrement, revenant sans cesse auprès d'elle.

Puis il chercha des biscuits, des raisins, mit une bûche dans le feu qui flambait en susurrant, versa le thé, rapprocha la table, et ses gestes attentifs avaient l'air de caresses autour de Berthe. Oui, elle était bien dans ce salon dont ils habitaient un petit coin, éclairés d'une lumière douce, enveloppés de cette atmosphère de jolies choses et d'intimité qu'ils n'avaient jamais connue ensemble.

— J'ai des livres pour vous, dit Albert en prenant la tasse des mains de Berthe.

Il se dirigea vers un meuble, et revint s'asseoir auprès de Berthe avec plusieurs volumes sur les genoux.

— *L'Éducation des Filles*... Fénelon, dit Albert, regardant un des volumes qu'il posa sur une chaise. Vous remarquerez le style ; c'est bien pensé et c'est écrit. *De l'Amour*, Stendhal ; j'ai pris ce livre pour quelques pages sur la femme à la fin du volume ; j'ai mis une marque. Je vous trouverai une autre édition de La Rochefoucauld, une jolie reliure. Il faut lire ce petit livre avec vénération ; nous serions moins Français sans lui... J'ai choisi ces livres sans ordre... Il en manque beaucoup, poursuivit Albert en retournant vers le fond du salon.

Il continuait à regarder les titres, debout devant le meuble.

— Vigny... très bien, Vigny. Ah ! *Guerre et Paix*, saluons : un monde. *Adolphe*. *Méditations sur l'Évangile*. Quel écrivain ! *Le Désert*. Oui, j'ai mis quelques modernes pour vous distraire. Les *Comédies* de Musset — c'est un sage délicieux... Je vous en apporterai d'autres, dit-il en se rapprochant de Berthe ; il faudra relire tout cela quand vous aurez trente ans.

Il s'assit sur le bord du divan où Berthe était étendue dans sa robe foncée, avec son petit chapeau brun qui lui couvrait le front, le visage légèrement vieilli par la fatigue, mais les yeux très lumineux sous la clarté de la lampe, le regard pensif, profond, avec un air de bonté et de bonheur presque grave, comme déjà mûrie par la vie, mûrie par lui.

Il la contemplait avec une expression de tendresse émue et dit en lui caressant la main :

— Vous ne trouverez pas dans ces ouvrages une doctrine morale précise. Je n'ai pas de doctrine, ni de vérité absolue à vous proposer... Et pourtant vous suivrez une doctrine. La vôtre. Elle vaudra ce que vous valez... Vous trouverez dans ces livres, que j'appelle les bons livres, des vues sincères et à peu près exactes sur l'homme. Vous apprendrez à aimer le style qui est aussi de l'exactitude et de la sincérité. Vous reporterez sur vous-même et sur les autres un regard exercé, plus net, plus difficile. Vous saurez mieux évaluer les sentiments. Je n'ai pas peur d'assombrir votre imagination. Vous conserverez celle qu'il faut pour voir profondément la réalité, la beauté des choses nécessaires, comme dit Maurisset. Au moins, j'aurai éloigné de vous les corrupteurs : je crois que l'affinement de l'esprit est une bonne sauvegarde.

Il se tut en gardant la main de Berthe dans la sienne.

— Maintenant, il faut partir, dit-il.

Elle ne songeait plus au retour. Pourquoi un moment si délicieux devait-il finir ?

— Il pleut, dit Albert en lui apportant son manteau. La voiture vous attend. On vous mènera rue d'Audenge. C'est tout près de chez vous.

Elle retourna chez elle, emportant comme une image toujours présente l'impression de ce salon paisible et des yeux d'Albert si tendrement fixés sur elle.

Elle ôta son chapeau devant la glace ; regardant son visage, elle pensa avec émotion qu'il l'avait aimée encore davantage, bien qu'elle fût laide aujourd'hui.

※

Après le dîner, Albert emporta sa tasse de verveine dans la bibliothèque. Il ouvrit un volume de poésie et remarqua la tête de son père qui ressemblait à celle de l'oncle Arthur, quand il venait de se faire couper les cheveux.

M. Pacaris se leva. « Il retourne dans son bureau. Il ne peut même plus lire son journal. Le calme lui est insupportable. Il y a une lâcheté, une recherche d'aveuglement dans cette force... Que je le vois bien ! Il ne se doute pas de ce regard de fils qui le perce, lui qui me connaît si mal ! » songeait Albert qui baissa les yeux et dénoua ses jambes croisées lorsque son père passa devant lui.

Albert lut une poésie, posa le volume pour boire une gorgée de verveine et se dit : « Je déteste ces pleurards. Ils parleraient moins de leurs peines s'ils avaient connu la tristesse. Maintenant je ne sais plus si la vie est triste... Est-elle même sérieuse ?... Cette jeune fille m'appartiendra quand je le voudrai. Quel crime, quand on y réfléchit ! Mais, pour voir ce crime, il faut réfléchir. A moi qui ai vécu chaque instant de cette aventure, elle apparaît comme naturelle ! En réalité tout cela n'a aucune importance ; il suffira que j'aie assez d'adresse et de mesure. Cette enfant est délicieuse. Je ne sais si je l'aime, mais elle m'enchante. Quelle douceur !... Cette verveine n'est pas mauvaise. J'en prendrai tous les soirs. J'ai presque le sentiment d'être heureux... »

Une parole d'Ensénat lui revenait à l'esprit. Elle éveillait en lui quantité d'objections qu'il formulait en marchant dans la pièce, comme s'il s'adressait à son ami.

Il devinait dans cette opinion qu'il n'avait pas voulu combattre l'autre jour l'esprit mystique de son ami. Pour la première fois, cette croyance religieuse l'irrita chez Ensénat.

Il regarda sa montre, prit sa clef et dit à Hugot :

— Ne mettez pas le verrou : je reviendrai dans une heure.

Ensénat ouvrit la porte de la loge de la concierge.

— Est-ce qu'il y a des lettres pour moi ? dit-il en regardant la jeune fille.

Elle s'approcha de lui :

— Non, dit-elle.

Il parut réfléchir, regarda de nouveau la jeune fille avec un sourire timide, puis s'éloigna.

Il monta lentement l'escalier, s'arrêta comme s'il voulait redescendre, et brusquement gravit les dernières marches et entra dans sa chambre. Il alluma sa petite lampe. L'atmosphère pauvre de cette pièce lui plaisait comme une excitation au travail. Il s'assit devant sa table; songeant de nouveau à la fille de la concierge, il ouvrit le volume des *Pages choisies* de Pascal. Il relisait souvent les phrases où Pascal cherche à raffermir sa foi hésitante et se reproche « l'usage délicieux et criminel du monde ».

Il tressaillit en entendant frapper, mais reconnut aussitôt Albert à la façon de pousser la porte.

— Tu travailles ? dit Albert.

— J'allais travailler, mais j'ai le temps. Je prépare ma conférence pour la fin de la semaine.

— Je dors mal quand je travaille le soir, dit Albert.

Brusquement, après quelques mots prononcés d'un air distrait, il en vint à l'idée qui le préoccupait.

Ensénat détourna les yeux vers la table, l'air gêné, lorsqu'il comprit qu'Albert abordait un sujet dont ils avaient toujours évité de parler ensemble. Il passait le bout de ses doigts sur ses joues rasées, comme pour effacer les contractions de son visage, tout en remarquant le ton embarrassé, mais volubile et résolu d'Albert.

Lorsque Albert se tut, Ensénat dit avec lenteur, tâchant de surmonter sa nervosité :

— Tu prétends qu'un homme normal trouve dans sa propre nature, dans la vie bien comprise, des motifs suffisants pour agir avec noblesse. D'abord, j'écarterai ton exemple du jeune homme et de la jeune fille. J'ignore l'origine des scrupules du jeune homme. Je peux supposer qu'il respecte, comme tu dis, l'esprit de la demoiselle, pour des raisons très basses. J'ignore s'il ne cherche pas à la façonner selon son goût, pour ses propres commodités, sa tranquillité de futur possesseur. Il l'épousera peut-être. Donc, j'écarte ton exemple. Non, dit Ensénat, parlant tout à coup plus vite et avec animation, on ne trouve en soi qu'un complice et un flatteur. La vie nous corrompt insensiblement, quand on ne s'appuie à rien de ferme. Tous les commerçants... Mallet (Lestapis nous le disait chez toi), Mallet qui a détourné des fonds et mérité cent fois la correctionnelle avec sa belle figure honnête et ses discours d'apôtre, se juge le meilleur des hommes, une victime... Mon cousin Bourdel ! — le docteur Bourdel — enfin un nom dans la science, est mort d'un cancer. Mon cher, un étudiant lui aurait dit le nom de sa maladie. Il ne s'est pas douté qu'il avait un cancer ! Il disait : « C'est de la tuberculose. C'est une question de temps. » La nature embrumait ce cerveau lucide d'homme de science pour lui donner la force de vivre quelques jours. Tu cherches un principe de conduite dans la vie ! Mais la vie est une eau fuyante qui reflète ce que l'on veut. Mais, mon pauvre ami ! la vie est si vaine qu'on ne peut pas la regarder. Le penseur, le marchand, l'artiste, tous les hommes agissent, c'est-à-dire qu'ils tâchent de s'oublier.

Il reprit d'une voix émue et basse avec une subite pâleur sous ses yeux :

— Mais il existe une vérité...

— Oui, je sais, murmura Albert en se levant.

Il ne voulait pas répondre et regarda attentivement une photographie sur le mur ; mais il dit, comme malgré lui :

— Tu critiques la vie en pessimiste heureux, parce que

tu crois la juger des hauteurs d'un autre monde, mais tu ne sors pas de la vie. Elle a formé même ton rêve.

Soudain, sachant qu'il blessait son ami d'un coup irréparable, il dit, la voix acerbe, le cœur serré :

— Ta peinture des misères de l'homme n'est pas complète. Tu oublies sa principale infirmité. Je vais te dire sa vraie misère : on l'endort facilement. Il suffit de contempler avec obstination un point qui brille, sans penser à autre chose...

« Quelle stupidité ! mais pourquoi ? » se disait Albert en rentrant chez lui. Il revoyait ce mouvement d'animosité contre son ami, le visage attristé d'Ensénat, son silence, son air déçu, mais tranquille et comme résigné. « Je sais que j'ai voulu lui faire mal », se répétait Albert. Il tâchait de se rappeler son raisonnement pour trouver une excuse dans l'évidente vérité de son opinion et l'erreur d'Ensénat. Mais c'est pendant la discussion seulement que ses raisons lui paraissaient fortes. A présent, il n'y croyait plus, et il ne savait même pas ce qu'il avait dit.

※

Lorsque Berthe n'avait pas de leçon l'après-midi, excepté ce cours qui lui permettait de sortir pour rejoindre Albert, elle restait à la maison sans rien faire, trop vibrante pour penser à lui. Elle s'installait dans sa chambre et entreprenait un ouvrage; cette attitude de recueillement, cet effort d'attention, concentraient son esprit sur Albert dans une sorte de somnolence ardente. Soudain, elle relevait la tête, surprise par l'heure, et il fallait qu'elle se dépêchât pour s'habiller.

Dans le tramway, bercée par le mouvement de la voiture, elle regardait la rue, les gens autour d'elle, sans même savoir où elle allait.

Il l'attendait derrière la porte entr'ouverte; quand elle arrivait, il reculait dans le vestibule, les bras tendus vers elle, et il lui prenait les mains d'un geste qui la tenait un peu éloignée, pour l'accueillir d'abord avec son regard émerveillé qui se posait sur chaque détail de sa toilette et l'enveloppait tout entière; puis il ôtait sa jaquette, rapidement, les doigts embarrassés dans les agrafes et la recevait avec cérémonie : « Du thé... Non ?... comme vos mains sont froides. »

Elle avait toujours froid aux mains en arrivant, froid dans son corps, comme si tout son sang refluait à son cœur qui battait très fort. « Dans ce fauteuil, vous serez bien », disait-il avec douceur d'une voix éteinte par l'émotion.

Elle s'abandonnait à son baiser, puis elle retirait sa bouche comme tout de suite rassasiée, étourdie, étouffée par un flot trop violent, se contractant pour résister à l'envahissement de quelque chose qui l'effrayait. « Ne bougez pas », disait-il en la retenant sous son baiser, où elle restait enfin attachée, tandis qu'il la caressait lentement d'une main, comme pour faire descendre sur elle tout le long de son corps la volupté des lèvres.

Brusquement, il se relevait et marchait dans la pièce. Puis il revenait auprès d'elle, s'agenouillait à ses pieds, prenait sa main et regardait ses yeux brillants qui semblaient alors âgés, pleins de chaleur et d'expérience. Ils demeuraient ainsi, tous deux confondus, perdus dans ce regard immense, et lorsqu'ils détournaient enfin la tête, ils se taisaient, ou bien prononçaient une petite phrase insignifiante par une sorte de timidité.

Plus tard, Berthe s'apercevait qu'elle n'avait pas parlé ce jour-là; auprès de lui, elle ne trouvait rien à dire; toute parole semblait inutile devant ce grand sentiment d'amour, cette fusion parfaite des pensées, et elle cherchait seulement à se serrer davantage contre lui.

A petits coups discrets, il effleurait des lèvres ses paupières tièdes, son front, ses doigts, puis l'étreignait dans un baiser. Il s'arrachait d'elle brusquement pour marcher encore dans le salon, revenait plus calme, et, de nouveau, plongeait son regard dans les yeux brillants et profonds, cerclés d'ombre. Il l'interrogeait doucement en lui tenant la main : « C'est si étrange une jeune fille ! » disait-il. Mais elle ne répondait pas, toute renfermée dans un monde impénétrable, seulement plus pâle dans ses bras, plus glacée, les mains sans vie.

Elle rentrait chez elle épuisée, maintenant brûlante et fiévreuse, l'esprit tendu et pourtant vide, comme fatiguée d'avoir trop pensé, et de longs bâillements la soulageaient. Elle se couchait aussitôt après le dîner, et sentait la joue d'Albert, ses bras, tout son corps contre le sien ; elle aurait voulu prolonger cette impression, ressusciter l'heure passée, mais dès qu'elle avait songé à lui, un instant, avec effort, elle tombait dans un sommeil lourd qui la gardait toute la nuit.

Le matin, en chemise, elle allait devant la glace, pâle mais fraîche, les yeux doux et grands, avec un air reposé, pur, un peu enfantin, et qui était comme la clarté de son cœur heureux et jeune.

❦

Debout devant sa commode, Berthe examinait ses blouses une à une, et jetait sur le lit celles qui paraissaient défraîchies. Elle retrouva le corsage de linon qu'elle portait la semaine dernière. « Il n'y a rien à faire, l'étoffe est déchirée », se dit-elle en regardant un accroc dans la mousseline. Elle remit le corsage tout au fond du tiroir, et songeant à Albert avec un sentiment de révolte, elle se dit : « Je n'irai plus chez Castagné. » Elle perdait sa fierté, son indépendance ; elle se dégradait par cette soumission. Et puis, Albert avait changé. Maintenant elle retrouvait en lui l'homme qu'elle détestait quelquefois à Noizic : un être brutal, avide, et tout plein d'une rage bizarre. « Je n'irai pas chez Castagné ce soir », se dit-elle de nouveau, et elle cessa de penser à Albert.

Comme délivrée d'un souci, contente, alerte, elle mit son armoire en ordre, étudia son piano et relut un de ses cours.

A quatre heures, quand elle rentra à la maison, elle prit

ses cahiers de musique pour réparer des pages déchirées depuis plusieurs mois. Elle étendit un journal sur la table du salon et découpa un bout de papier avec les ciseaux d'or de Mme Degouy, sans hâte, comme si elle avait beaucoup de temps pour achever ce travail; mais tout à coup elle sentit qu'Albert l'attendait. Elle sortit du salon, mit rapidement son chapeau et dit en passant devant Hortense : « Je vais chez les Bonifas. »

Elle marcha vite jusqu'à la rue Pérey. L'omnibus venait de partir. Un cocher lui fit signe et elle monta dans la voiture : « Je lui parlerai; il comprendra qu'il se méprend sur moi », se disait-elle, regardant l'heure à chaque horloge par la portière. Elle imaginait un long discours digne et sévère, dont elle se répétait sans cesse les premières phrases avec emportement. Elle se représentait le fauteuil où elle serait assise, ses gestes, son attitude en face d'Albert.

Lorsque Albert ouvrit la porte de l'appartement de Castagné, elle remarqua aussitôt son regard soucieux.

— Vous m'attendiez, dit-elle un peu inquiète en cherchant à deviner sa pensée.

Il ne semblait pas s'apercevoir de son retard. L'air songeur mais calme, avec une réserve inaccoutumée, comme gêné, il entra au salon avec elle sans l'embrasser.

— Vous n'avez pas eu trop de difficultés en chemin ? dit-il. Il fait chaud ici...

Il ouvrit la fenêtre, puis la referma.

— Ce bruit est désagréable, dit-il. Votre sœur ne viendra pas cette année ? C'est vrai, elle attend un bébé. C'est pour septembre. Irez-vous à Noizic au mois de juillet ?

— Mais non, dit Berthe s'apercevant qu'Albert songeait à autre chose. Je vous ai dit que maman voulait passer l'été au bord de la mer.

Elle se tut, embarrassée à son tour par l'air distrait d'Albert.

— Écoutez, fit-il soudain. Je voulais vous dire...

Il s'approcha de Berthe en souriant :

— Vous doutez-vous que vous êtes en danger ?

Il ajouta avec gravité, après un long silence :

— Je ne sais pas si vous comprenez ce danger ?

Il s'assit et, se tenant un peu éloigné de Berthe, sans lever les yeux sur elle, il dit d'une voix hésitante :

— On ne prépare jamais les jeunes filles... Il est vrai qu'elles sont en général moins exposées que vous. Pourtant, on devrait les instruire de bonne heure sur les côtés physiques de l'amour... la nature... Vous qui suivez une voie un peu particulière, vous ne devez pas ignorer... Mais peut-être savez-vous déjà. Je ne m'en rends pas bien compte. Il y a une région de votre pensée tout à fait obscure pour moi.

Il la regarda avec tendresse.

— Soyez plus confiante. Vous m'apparaissez tantôt comme une femme, tantôt comme une enfant. C'est très nouveau pour moi une jeune fille. Je voudrais voir plus clair en vous...

Il prit un livre sur la table, l'ouvrit à une page qu'il avait marquée, et le tendit à Berthe en restant debout près de sa chaise.

— C'est *le Rouge et le Noir*, dit-il. Lisez ces lignes. Seulement ces trois lignes que j'ai soulignées. Dites-moi ce qu'elles signifient, exactement ? D'abord, ont-elles un sens pour vous ?... Je vous en supplie, dit-il avec douceur, répondez-moi. Dites simplement : oui, ou non. Ou plutôt faites un signe de tête. Un signe de tête qui voudra dire : Oui, je comprends parfaitement.

Il se pencha pour regarder Berthe qui demeurait comme indifférente.

— Vous ne voulez pas me répondre ? Pas un mot ? Pas un signe ? Que vous êtes obstinée ! Eh bien ! venez ici, fit-il en s'asseyant près de la table. Je vais vous parler comme si vous ne saviez rien. Asseyez-vous là, dit-il avec une grande douceur dans la voix. Regardez ce papier. Vous voyez, je suis beaucoup plus intimidé que vous, fit-il en reprenant sa respiration. Ne vous effrayez pas. Je vais d'abord vous parler des fleurs.

Elle voulait crier : « Je sais ! » pour qu'il se tût et de peur de savoir. Elle restait accoudée à la table, les yeux fixés sur la petite pendule d'écaille, sans bouger, impassible, comme pour s'enfermer davantage en elle-même, s'écarter d'Albert, se retenir d'entendre, épouvantée par la vie, par ces choses qu'elle croyait vaguement savoir sans jamais y penser; et qui lui paraissaient, surtout en ce moment, si abaissantes et si inutiles.

Mais il exigeait qu'elle écoutât; sans doute que c'était nécessaire, puisqu'il parlait d'une façon si sérieuse, et, parmi tant de dégoût et d'effroi, elle entendait sa voix apaisante, elle sentait sa tendresse, sa douceur, comme une protection plus chère.

❧

Berthe avait ce jour-là une nouvelle robe, longue et droite, couleur de sable. Elle se tenait debout près de la cheminée, une tasse de thé à la main.

— Vos petits gâteaux sont excellents. Mais répondez-moi ! dit-elle en souriant, et, de sa main libre, avec un geste taquin, elle passa les doigts devant les yeux d'Albert pour détourner ce regard enthousiaste qu'il fixait sur elle depuis un moment.

— J'admire votre joli corps souple.

— A combien de femmes avez-vous dit la même chose ? fit Berthe, les yeux baissés sur le bout de son soulier vernis.

Elle avait prononcé ces mots distraitement, tout à coup, avec un sourire malicieux, pour cacher un peu d'embarras, mais sans penser qu'il pouvait aimer d'autres femmes.

— Je veux vous répondre avec sincérité, dit Albert en se levant. Depuis l'âge de douze ans je n'ai aimé personne.

Il s'assit aux pieds de Berthe et poursuivit en lui caressant la cheville :

— Voyez-vous, il me semble que je dois vous dire toute la vérité sur moi. Une vérité absolue, minutieuse... Ah ! il y a longtemps ! j'avais vingt-trois ans, j'ai eu — ce fut la seule fois de ma vie — comment dire ?... le mot est bien gros pour quelques jours — disons : une liaison de quelques jours.

Il songeait à la fleuriste de la rue Vaneau, mais il substitua à cette image le souvenir de Mme Verneuil.

— C'était une dame que j'avais connue à Saint-Malo. Je l'ai retrouvée par hasard, à Paris, au théâtre...

Il regarda Berthe, craignant de la blesser par un aveu trop brusque. Il s'attendait à des questions inquiètes et pressantes, mais elle conservait un air calme, un peu intimidé, et il semblait que cette conversation l'ennuyait. Elle ne paraissait pas comprendre. Pour lui faire sentir plus exactement ce qu'il voulait dire, il exagéra ses torts.

— Cela dura un hiver, dit-il.

Abandonnant ce sujet, il se releva, et dit :

— En somme, tout cela n'est pas grave et vous voyez que ma confession tient en peu de mots. Pourtant, ne me jugez pas trop favorablement. Je n'ai aimé personne, mais je ne vaux pas cher. Au moins je vous l'avoue, dit-il, et, s'agenouillant auprès de Berthe, il lui prit la main. Oui... J'ai perdu trop de temps auprès des femmes à croire qu'elles me plaisaient. On peut me distraire facilement. C'est toujours ce qui m'a effrayé dans le mariage...

Elle aimait ces moments où il parlait sur un ton de confidence et de sincérité, avec la caresse si profonde de ses mains dans les siennes. L'air songeur, regardant le tapis, elle dit :

— Pourquoi faire du mariage une espèce de tyrannie ?... Il me semble que chacun doit se donner en conservant sa liberté, sa personnalité...

Albert écoutait avec plaisir ces paroles de Berthe, remarquant que depuis quelque temps elle pensait souvent comme lui.

VII

Madame Degouy avait décidé de passer l'été au bord de la mer avec les enfants d'Emma. Berthe accepta l'idée de partir et de ne pas revoir Albert cet été, comme si elle était contente de se délivrer un moment de lui, de revenir à elle-même, de réfléchir, de reprendre haleine dans un trop grand bonheur.

A Médis, devant ce monde nouveau de la mer, elle éprouva d'abord un sentiment de paix; elle oubliait la ville, l'attente fiévreuse, cette espèce d'étouffement de l'amour.

Elle se baignait le matin; avant d'entrer dans l'eau, elle s'étendait sur la plage tiède. Elle enfonçait ses mains dans le sable qu'elle ramenait sur ses jambes nues, pailletées d'une poudre brillante; ce jeu lui rappelait une sensation d'enfance et elle retrouvait, un instant, son cœur léger d'autrefois. Puis elle pensait à Albert, et se relevait avec un petit soupir.

Quelquefois, après le dîner, Mme Degouy emmenait les enfants sur les rochers. On distinguait à peine la mer sous une lueur d'étoiles, au bord des rochers noirs. Berthe marchait lentement, à l'écart; dans cette nuit, elle sentait Albert à côté d'elle, comme s'ils se promenaient ensemble sans parler.

A onze heures, le matin, elle se trouvait toujours dans le jardin. Au tintement de certaines clochettes, elle ouvrait le portail. Le facteur traversait l'avenue, s'arrêtait devant une villa; elle s'approchait le long d'une haie de tamaris, la gorge serrée d'impatience.

— Vous n'avez rien pour nous ?

Elle emportait sa lettre qu'elle lisait d'abord très vite, d'un regard à peine posé sur les mots, pour ne pas épuiser ce plaisir tout de suite; elle se dirigeait du côté de la campagne, à travers la forêt de pins, et marchait longtemps avant de reprendre sa lettre.

Elle lui écrivait le soir, dans sa chambre, à la lumière d'une bougie; les paroles montaient à ses lèvres, et elle murmurait d'une voix ardente et rentrée qui l'épuisait comme des cris.

Solange arriva à la fin du mois; Berthe allait la rejoindre quelquefois sous la tente des Bercher.

Berthe, joyeuse par ce beau temps, fermait son ombrelle en approchant de la tente, et jetait un coup d'œil malicieux sur le livre de Gardera ou les superbes souliers de Bets. Mais sa pensée se détachait de ces conversations, et elle retombait dans sa rêverie, les yeux distraits, l'air prostré. Tout à coup elle répondait à Gardera; elle parlait comme si Albert pouvait l'entendre, sans geste, parce qu'il aimait sa réserve. C'est à cause de lui, inconsciemment, qu'elle s'habillait avec tant de soin, et elle avait plaisir à mettre encore les robes qu'il préférait. En parlant, elle laissait pendre son bras derrière la chaise; elle sentait la main d'Albert lui saisir les doigts d'un frôlement rapide et dissimulé, comme à Fondebaud au milieu d'un groupe.

— Allons sur la pointe ! disait Berthe subitement.

Tous se levaient. Berthe marchait en avant. Elle semblait entreprendre une longue promenade et gravissait la falaise d'un pas décidé; mais bientôt elle rentrait à la maison et montait dans sa chambre, comme si Albert était plus près d'elle dans la solitude. S'il venait maintenant, de quel baiser jamais donné encore elle se suspendrait à lui ! Elle s'asseyait au bord du lit, puis s'approchant de l'armoire à glace, les bras tendus vers cette forme vivante, elle appuyait son front contre la surface froide.

Un jour, aussitôt après le déjeuner, à l'heure brûlante où la plage est déserte, Berthe emporta un des livres que lui avait donnés Albert et se dirigea vers la mer. En chemin, la paroi blanche du môle, le sable éclatant, un fourmillement d'étincelles sur l'eau l'enveloppaient de soleil; mais l'air était léger, et la mer montante poussait ses flots enroulés avec un frais vacarme. Elle s'assit sous une tente et ouvrit son livre dans l'ombre étroite où la lumière d'alentour éblouissait.

Elle savait qu'Albert aimait ce livre et elle y cherchait une trace de sa pensée. Elle croyait deviner les passages qu'il préférait; elle les relisait pour goûter cet accord de leur esprit et entendait sa voix dans certaines phrases.

Vers le soir, une marchande de gâteaux s'approcha de Berthe. Levant les yeux, elle aperçut la petite Mathilde Bercher avec sa gouvernante.

— Tu vas manger un gâteau, dit-elle en prenant l'enfant par la main. Où sont tes petites amies ?... La marée monte très haut ce soir. Nous allons bâtir un fort. Je vais chercher Carlo... Tu l'aimes bien Carlo...

Une équipe de bambins fut vite en train, mais la petite Thérèse avait perdu sa pelle.

— Eh bien ! nous allons jouer toutes les deux ! dit Berthe. Tâche de m'attraper !

Elle s'enfuit, poursuivie par Thérèse, riait en se dérobant, s'arrêtait derrière une tente, puis courait plus loin avec une agilité d'enfant.

Un homme l'observait. Il était grand, les cheveux gris, le visage rasé, et fixait sur elle ses yeux noirs d'un air obstiné. Elle s'arrêta, gênée, songeuse tout à coup, et retourna sous la tente.

※

« Solange trouve que j'ai changé... Ce n'est pas de ma faute. Je l'aime... Comment est-ce arrivé ? Que fallait-il faire ? Est-ce qu'on refuse sa vie ? La vie vous apporte ce qu'elle veut. D'autres sont calmes. Moi, je l'aime. Et pourtant, on dit que j'ai l'air triste. C'est l'amour qui tend le cœur comme si on avait de la peine, comme un bonheur trop lourd. »

Berthe songeait ainsi, marchant le long de la mer. On était à la fin de septembre et rien n'indiquait l'automne dans les herbes rares et toujours flétries, les ronces, les chênes verts entassés jusqu'au bord des rochers en petits bois touffus dont le feuillage rebroussé garde la forme du vent; mais une rougeur plus intense s'amassait au couchant et colorait le jour diminué d'un rayonnement triste.

Sortant d'un sous-bois déjà sombre, Berthe s'assit au bord d'une conche où flottaient de lumineuses dorures.

Quand elle était enfant, ces fouillis de branches lui paraissaient immenses, effrayants, et pleins de retraites sauvages. Elle apercevait quelquefois Essener et Marie Brun qui passaient à cheval, au loin, ou bien remontaient par ce sentier vers la ville.

Maintenant, elle comprenait cet amour insouciant, cette force souveraine qui ne veut que son expansion et ses ravissements.

Elle rentra par les bois de chênes verts, baissant la tête sous les branches, entre des fourrés sombres, et, dans la nuit feuillue, son pas éveillait par moments un court battement d'ailes comme un émoi de l'ombre.

※

Albert rejoignit son père à Noizic à la fin de septembre. Il n'avait pas averti Berthe de son arrivée pour la surprendre, et il lui écrivit qu'il irait la voir le lendemain à Médis.

Elle allait vers l'endroit indiqué et marchait sans hâte en frottant contre son mouchoir ses mains glacées et moites; tout à coup, elle aperçut Albert sur la route. Elle remarqua le pardessus qu'il portait à son bras. Elle était si émue qu'elle sentait son visage sans expression, et elle dut faire effort pour sourire.

— Vous avez emporté votre manteau, dit-elle d'une voix faible, et, levant les yeux vers lui, elle chercha l'homme qu'elle se représentait en lisant ses dernières lettres; elle avait un peu oublié sa figure.

— Il fait chaud, mais ce matin, à Noizic, j'ai eu peur de la pluie, dit Albert.

Il jeta son pardessus sur le bord de la route.

— Chérie ! que tu es jolie dans tout ce blanc !

Il prit les mains de Berthe qu'il embrassa l'une après l'autre en l'attirant vers lui, et ils se regardaient, leurs visages très rapprochés, avec de petits rires.

— Tu as bruni... Cela te va bien...

— Allons vers la mer, dit Berthe qui parlait vite, tandis qu'Albert lui tenait la main. J'aimerais te montrer la côte où je me promène tous les soirs, mais j'ai peur de rencontrer les Bercher. Nous irons par là jusqu'à la plage de Talmyre.

La poussière de l'été, épaisse sur un côté de la route, couvrait les buissons. Au delà des champs moissonnés et plus flétris sous le soleil, surgissait par intervalles le bleu frémissement de la mer.

Ils arrivèrent à un bois. Pour éviter le sentier, ils s'enfoncèrent dans des fourrés de hautes fougères, si liés par leurs bras, si unis dans leur démarche qu'ils traversaient les broussailles sans se séparer.

— Nous pouvons nous arrêter ici, dit Albert.

— Marchons encore, dit Berthe d'une voix troublée.

Ils longèrent un champ de vigne, puis un bois de pins.

— Maintenant je m'arrête, dit Albert en lui saisissant les bras qu'il serra avec une légère crispation des doigts.

Elle détourna la tête comme effrayée par le silence de leurs baisers et continua à marcher.

Ils se rapprochèrent de la mer. Sur un promontoire de rochers éventés et brûlants, ils dominaient un long rivage ensablé d'une blancheur tendre et un peu rosée; l'Océan s'étalait vers la côte en nappes inertes à peine distinctes du bord de sable clair.

Ils descendirent sur la plage. Berthe tira Albert par la main et courut à l'assaut d'un haut rempart de dunes. Ils franchirent d'autres monticules de sable, plus tassés, semés de touffes de chardons, d'immortelles, de morceaux de bois mort qui semblaient à demi brûlés. Au creux des petits vallons blancs, on n'entendait pas la mer, on ne sentait pas la brise; on respirait une chaleur enclose, dormante, un arome sucré comme une odeur de soleil.

Ils arrivèrent à la forêt de pins. Berthe s'arrêta. Elle ne savait plus où aller. Elle s'assit, comme lasse d'une course inutile, comme vaincue, captive enfin de cette puissance qu'elle voulait fuir et qui l'entourait maintenant de trop de solitude. Elle ferma les yeux et Albert se pencha sur elle.

VIII

Lorsque Berthe revint à Paris, Castagné voyageait en Italie et elle ne pouvait plus rencontrer Albert chez son ami comme l'année précédente. Ils se voyaient un moment en voiture, dans un jardin.

De ces embrassements courts et violents dont elle s'arrachait encore frémissante, elle conservait la sensation toujours vive. Loin d'Albert, elle demeurait sous l'impression d'un songe ardent, sans pouvoir se déprendre de ses caresses. Elle voulait le revoir. Elle avait besoin de lui parler; mais quand ils se retrouvaient, elle se taisait dans l'abattement des longs baisers inépuisables, et elle le quittait plus altérée et plus inquiète.

La nuit, sans dormir, elle se retournait dans son lit, cherchant une place fraîche; elle se levait, marchait pieds nus sur le parquet, d'après le conseil de Mme Vidar, buvait un verre d'eau, allait s'asseoir dans la salle à manger, puis retournait dans son lit quand un frisson la prenait.

— Quoi! Qu'est-ce que c'est? fit Mme Degouy une nuit, réveillée en sursaut par la lumière électrique.

— C'est moi, dit Berthe, je voudrais ton eau de fleurs d'oranger.

— Tu ne dors pas ? dit Mme Degouy qui se souleva sur un coude, les yeux un peu égarés, ses mèches blanches et clairsemées aplaties contre la tête. Attends, va te coucher. Je te l'apporterai.

Vêtue d'un jupon, un châle sur ses épaules, Mme Degouy entra dans la chambre de Berthe tournant la cuillère dans un verre d'eau sucrée.

— Il faut dormir, ma chérie, dit-elle en arrangeant le lit lorsque Berthe eut fini de boire. Il faut dormir. Tu penses trop, tu te préoccupes, je le vois bien.

Berthe écoutait, surprise; est-ce que sa mère savait ? Elle avait l'air de comprendre. Jamais Berthe ne l'avait entendue parler ainsi. Elle disait des mots délicats, intimes, pleins de vérité profonde, et qui paraissaient se rapporter à l'amour, à sa fille, à elle-même, comme si l'ébranlement d'un réveil ébloui avait ranimé tout à coup une intelligence engourdie et des souvenirs qu'on n'eût pas soupçonnés chez elle. Elle parlait avec tendresse et d'une façon si voilée que Berthe n'osait pas l'interrompre, de peur de se trahir, et elle se laissait apaiser par cette voix si bonne; elle ferma les yeux comme un enfant bercé et s'endormit d'un sommeil calme et purifié.

❦

Un matin, sortant de l'étude Malaval, Albert rencontra Mme Quatrefage.

— Je viens d'acheter un remède pour Castagné, dit-elle, tirant un paquet de son manchon. C'est un remède étonnant pour la gorge.

— Castagné est donc à Paris ?

— Comment, vous ne le savez pas ? Il est rentré depuis huit jours avec une angine effroyable. Il va mieux maintenant. Je l'ai vu hier. Le pauvre garçon est à plaindre, tout seul, avec des domestiques.

— Je vais le voir, dit Albert remettant son chapeau

sur la tête. Voulez-vous que je lui apporte votre remède ?

— Non ! Je tiens à le lui donner moi-même. Ce remède est un secret de Mercanton. Vous pourriez le tuer.

« Étrange sollicitude ! se dit Albert en montant dans le tramway qui le conduisait boulevard Flandrin. Évidemment Castagné est un gendre enviable. Il y a longtemps qu'elle le choie. Après tout, pourquoi n'épouserait-il pas Odette ? »

— Eh bien ! mon pauvre ami, ça ne va pas ? dit Albert en entrant dans la chambre de Castagné.

— Une angine, dit Castagné d'une voix éteinte et rauque.

Il se redressa sur son lit pour accueillir Albert.

— Ne te découvre pas, dit Albert en s'asseyant. Tu aurais dû me prévenir. Je vois que tu ne manques pas de boisson. C'est excellent. Beaucoup boire. Tu as demandé Natte ?

— Non, dit Castagné à voix basse en touchant le col de sa chemise de nuit. Il habite trop loin. J'ai pris Mercanton. J'aurais dû me soigner plus tôt, mais j'étais pressé de rentrer.

— Tu as tort de parler. Je vais te laisser.

— Reste, dit Castagné d'une voix plus claire. Je vais mieux. Je me lèverai après-demain.

— Tu étais pressé de rentrer, et pourquoi ?

— J'avais envie de revenir chez moi. En voyage, dans une ville, je songe toujours à la prochaine ville. Je suis resté cinq jours à Palerme, trois jours à Naples, deux jours à Rome. Au moins, ici, je suis fixé.

— Ici, tu es encore à l'hôtel. Sais-tu ce que je pensais en revenant ? Tu devrais te marier.

— Oh ! fit Castagné en agitant la main, tandis qu'il avalait avec effort, en grimaçant.

— Oui, te marier, justement parce que tu es Philippe Castagné. Tu as beaucoup de talent, mais tu es un paresseux. Il te faut une attache. Tu as le malheur d'être riche. Il te reste le salut par le mariage, la bonne gêne familiale...

Il se penchait vers Castagné l'air animé, prenant plaisir à agir sur cet esprit impressionnable.

— La liberté qui conduit aux aventures et à la flânerie ne vaut rien pour l'artiste. Un bourgeois peut se permettre une vie accidentée.

— Je n'aimerai plus, dit Castagné. Je ne peux pas oublier Hélène... A Bâle, figure-toi, j'ai cru l'apercevoir de mon compartiment dans le train qui était à côté de nous. Je suis descendu, j'ai laissé partir mon train. J'ai couru dans le wagon où il m'avait semblé la voir; j'ai couru, comme un pauvre chien qui cherche son maître.

— Tu n'aimeras plus, répondit Albert en baissant le ton sous l'influence de la voix enrouée de Castagné, mais tu peux épouser une jeune fille qui te plaise, une jeune fille attrayante, par exemple Odette Quatrefage. Elle est très belle, elle t'admire. Ce sera la meilleure des femmes. Une éducation ! As-tu remarqué comme elle a de jolies mains ?

— Elle est déconcertante. On dirait qu'elle ne comprend pas les plaisanteries.

— C'est une enthousiaste, une idéaliste ! elle cherche un sens sérieux et sublime dans tes moindres paroles.

— Elle est très grande... dit Castagné le regard indécis, se rappelant le visage d'Odette certain soir où elle souriait adossée au coffre à bois du vestibule. J'aime beaucoup les femmes grandes...

— Vous avez des souvenirs en commun presque anciens; c'est un commencement d'intimité.

— Eh bien ! je t'avouerai que j'ai déjà songé au mariage, dit Castagné en se soulevant contre son oreiller. Il est nécessaire qu'un écrivain se marie. J'ai connu l'amour, certes ! mais on ne connaît la vie que dans le mariage. Tant que cette expérience vous manque, on ne sait rien et on écrit des sornettes.

— Certainement, dit Albert sans écouter Castagné, il faut que tu l'épouses ! Mais hâtons-nous. On veut la marier.

— Tu abuses de ma faiblesse.

— Laisse-moi faire. Je te sauve de la turpitude.

Albert s'était levé pour partir, mais il poursuivit avec passion, marchant dans la chambre :

— Il faut que tu sois guéri dans trois jours. J'arrangerai tout. Tu me remercieras plus tard. Tu ne trouveras jamais une pareille femme. Elle est bonne, charmante...

❦

Albert se proposait de rendre visite aux Quatrefage dans deux jours, mais le lendemain matin il ne cessait de penser à la surprise de Mme Quatrefage lorsqu'elle apprendrait que son vœu secret se réalisait par miracle. Il était curieux de voir l'attitude d'Odette. « Quel bouleversement dans cette âme paisible ! » se disait-il en écoutant M. Lardit, qu'il suivait dans le bureau de Vagnièze. Brusquement, il quitta son cabinet et courut chez les Quatrefage.

Il monta l'escalier par grandes enjambées, sans attendre l'ascenseur.

— Mon père est à Rouen, dit Odette qui s'avança dans le vestibule en reconnaissant la voix d'Albert.

— Et votre mère ?

— Elle a été chercher Mercédès à son cours. Elle revient tout à l'heure.

Albert entra dans le salon.

— Alors, vous êtes seule ? dit-il. Je voulais vous parler. Ne serons-nous pas dérangés ici ? Si nous allions dans le bureau de votre père ?

— Dans le petit salon, voulez-vous ? dit Odette l'air sérieux, regardant Albert pour deviner sa pensée. C'est donc bien grave ?

Albert approcha une chaise du canapé où Odette s'était assise.

— Oui, fit-il comprimant un léger essoufflement. J'ai une chose importante à vous dire.

Il regarda les grands yeux d'Odette qui se fixaient sur lui avec anxiété, et reprit :

— Avez-vous songé qu'un jeune homme que vous

rencontrez quelquefois, un ami de votre famille, que vous connaissez depuis longtemps, avez-vous songé que vous l'aimiez peut-être ? Je vous épouvante. On se méprend souvent sur l'amour. On croit qu'il s'annonce par des impressions étranges. Non. Quand on pense à une personne souvent, quand on la retrouve avec plaisir...

Il baissa les yeux sur les mains d'Odette et reprit :

— Lorsque cet homme est estimé par vos parents et qu'il a de la fortune, de l'esprit, de la jeunesse, il ne faut pas attendre qu'une passion inouïe se déclare. Elle ne se produira jamais et on peut laisser perdre la seule chance de bonheur qui s'est présentée un jour à votre portée. Je vous parle comme un vieil ami, poursuivit Albert touchant du bout des doigts la main d'Odette. Vous me trouvez brutal ?...

— Je ne comprends pas du tout ce que vous voulez dire, fit Odette d'une voix étranglée.

Albert se tut, puis il dit, comme à regret :

— Je vous parle de Castagné.

Odette parut subitement rassurée.

— Connaissez-vous donc ses sentiments ?

— Vous supposez bien qu'il m'a autorisé à vous parler. Peut-être que j'ai devancé les mots que vous n'osiez pas prononcer l'un et l'autre.

Il s'interrompit soudain et se retourna vers la porte du salon.

— Je crois que j'entends votre mère. Restez ici. Je veux lui parler seul.

Mme Quatrefage entrait dans la salle à manger lorsqu'elle aperçut Albert.

— Quelle surprise ! dit-elle.

— Madame, je vais vous surprendre davantage...

Il la regarda en souriant :

— Je vous propose Castagné comme gendre.

— Qu'est-ce que vous dites ? dit-elle en dégrafant nerveusement son manteau de fourrure. Castagné ! Mais c'est un gamin !

— Ah ! madame...

— Il a parlé à Odette ?
— Non. Il est trop galant homme...
— Mon Dieu ! dit Mme Quatrefage avec un air de détresse, sans regarder Albert, ces enfants ! Qu'est-ce qu'ils ont fait !
— Excusez-moi, madame, j'avais cru comprendre. Excusez-moi. Je voulais vous consulter. J'ai dit à Odette. J'étais persuadé que vous m'approuveriez.

Mercédès ouvrit la porte.

— Laisse-nous, dit Mme Quatrefage ôtant ses gants rapidement, le visage consterné.
— Je suis désolé, madame, mais c'est réparable.
— Asseyez-vous, Albert. Non, je ne vous reproche rien. C'est une émotion, vous savez ! On se figure que nos enfants sont toujours des bébés. Tout à coup, j'ai vu Odette sortant de l'église. Que la vie passe vite, mon pauvre ami ! Il me semble que je viens de me marier !... Je vois encore mon père dans ma chambre...

Elle se tut et soupira, puis reprit :

— Je lui souhaite plus de bonheur !... J'aime beaucoup Philippe. C'est un fils pour moi. Quand je l'ai soigné l'autre jour, il était si mignon dans son lit que je l'ai embrassé ! Mon mari rentre après-demain. Venez le voir un matin vers onze heures. Je ne lui dirai pas que vous m'avez parlé. Il sera enchanté, j'en suis sûre. Mais s'il pense que la chose a été complotée en dehors de lui, que j'y suis mêlée, il est si baroque...

Albert regarda la pendule.

— Oui, madame, mais je veux d'abord revoir Philippe.
— Il va mieux... ce n'est rien...

Elle reprit à voix basse dans le vestibule :

— Alors, venez jeudi matin. Parlez-lui tout bonnement comme vous m'avez parlé.

Mme Quatrefage traversa le salon, appela Odette, et entra dans sa chambre.

Debout en face de la psyché, elle retirait une à une les épingles de son chapeau, pendant qu'Odette s'avançait avec une attitude de coupable.

— Ferme la porte, dit Mme Quatrefage, sans se retourner, passant un peigne sur ses cheveux. Albert m'a dit... je sais...

Elle regarda Odette :

— Vous ferez ce que vous voudrez ! dit-elle d'une voix brisée, s'asseyant tout à coup sur la chaise longue.

Devant l'émotion de sa mère, Odette éclata en pleurs, et, s'agenouillant avec un élan passionné, elle s'accrocha au cou de Mme Quatrefage.

— Maman ! Je savais bien que cela vous ferait de la peine ! C'est Albert. Je ne veux pas !

— Non, ma chérie, je suis seulement émue, c'est bien naturel. Mais je suis contente, au contraire. Tu resteras près de nous. Je suis sûre que tu seras heureuse avec Philippe. On trouvera peut-être qu'il est trop jeune. Mon Dieu, ce n'est pas moi qui lui reprocherais son âge ! J'ai bien plus peur de ces hommes desséchés, égoïstes, sans idéal qui vous écrasent ! Il te comprendra, parce qu'il est jeune. Il n'aura pas que mépris pour tout ce qui est délicat, noble, vibrant dans un cœur de femme. Quand je me suis mariée, j'avais dix-sept ans. Ton père...

Mercédès avança dans l'ouverture de la porte sa chevelure ébouriffée et blonde surmontée d'un grand nœud noir.

— Vous ne déjeunez pas ? dit-elle.

— Mets-toi à table ! cria Mme Quatrefage en l'éloignant du geste.

Elle poursuivit, exaltée et tout attendrie par ses réminiscences :

— Quand je me suis mariée, ton père était déjà vieux. J'allais tous les étés à Saint-Malo avec mes parents...

Odette, à genoux, les bras pendus à Mme Quatrefage, les yeux brillants de larmes et de ferveur filiale, recevait dans un embrassement extasié ces paroles de confidence et d'abandon qui lui ouvraient le cœur maternel. En ce moment, elle ne songeait qu'au bonheur d'une intimité si nouvelle.

Mme Quatrefage s'approcha de la cheminée, et, relevant légèrement sa jupe, elle tendit au feu sa fine bottine.

— Nous étions une troupe de jeunes filles...

❧

— Vous connaissez son oncle, M. de Germinet, l'ancien gouverneur de Madagascar qui vient d'être nommé administrateur de la Compagnie du Nord.

Albert s'interrompit de nouveau, guettant un signe d'acquiescement dans le regard éteint de M. Quatrefage, puis il reprit en élevant la voix :

— Bien entendu, c'est M. de Germinet qui vous adressera une demande officielle. J'ai tenu à vous en parler d'abord, comme ami de Castagné. J'ai pensé que nous causerions plus librement. Tenez, j'ai inscrit ici — c'est très incomplet — quelques indications. Vous y trouverez à peu près les éléments de sa fortune.

M. Quatrefage mit son lorgnon et prit la feuille que lui présentait Albert. Son regard, voilé et pâle avant le déjeuner, se fixa sur le document avec une expression subitement aiguë. Puis il posa la feuille sur son bureau, négligemment, et, comme s'il n'avait retenu que ce détail :

— Batangara, dit-il en désignant un mot sur le papier, du bout de son lorgnon. J'ai huit titres de Batangara depuis plus de quarante ans. Je les garde comme souvenir... Comme fétiche. C'est pendant ma plaidoirie pour Batangara que Favre m'a remarqué... J'avais vingt-sept ans. Batangara était alors une bien petite société...

D'un mouvement approbatif et respectueux, Albert hochait la tête à chaque parole de M. Quatrefage.

— Castagné, dit-il enfin pour ramener le vieillard au sujet de cet entretien.

M. Quatrefage ramassa une poignée de copeaux qu'il jeta sur les bûches, et, se courbant vers le feu, il étendit contre la flamme ses longues mains jaunâtres.

— Vous me dites que ces jeunes gens se plaisent, fit-il avec lenteur; j'aimerais mieux que ce garçon eût un métier. Il est riche, mais il faut une occupation. Un refuge honorable. On croit qu'une femme peut remplir la vie...

Il se redressa en souriant avec cette expression de finesse naguère charmante et qui maintenant grimaçait dans ses rides.

— On le croit quelques jours. Ainsi moi qui suis un paresseux...

Il regarda Albert du fond de ses sourcils broussailleux pour jouir de la surprise de son interlocuteur.

— Oui, je suis un paresseux. Cela ne m'a pas empêché de plaider quelquefois, n'est-ce pas ? Eh bien ! moi ! je ne regrette pas les obligations que m'a imposées mon métier. Une triste cuisine pourtant.

— Il est écrivain.

— Oui ! la littérature ! Dans ce tiroir j'ai trois cahiers de poésies. Barboux m'a souvent dit : « Vous devriez les publier. » Pourquoi publier ? Les arts sont la distraction de la vie. Aujourd'hui on ne songe qu'à se pousser. On travaille bêtement. On ne sait plus vivre. Moi, je suis un original...

Il se tourna vers le mur.

— Regardez ce portrait de femme. Est-ce beau ! J'ai placé cette toile dans mon bureau pour la voir souvent. Quand je m'ennuie, je la regarde...

— Eh bien, M. de Germinet pourra se présenter ?

— Je déteste les cérémonies. Que Castagné vienne me voir tout simplement; il restera dîner avec nous.

M. Quatrefage retint la main d'Albert dans la sienne et dit en souriant avec une expression naïve et rêveuse :

— J'ai été un prodigue, vous savez. J'ai ma fortune sur les murs. Je ne donnerai pas grand'chose, et puis j'ai une autre fille.

— Certainement, dit Albert qui détourna les yeux pendant qu'il reculait vers la porte.

Castagné avait l'habitude de chantonner dans son cabinet de toilette très sonore. Ce soir-là, en se rasant, il fredonnait d'une voix profonde, sans remuer les lèvres :

> *Il était un roi de Thulé*
> *Qui, jusqu'à la tombe fut fidèle.*

Il posa son rasoir et, inclinant la tête sur la cuvette, il se baigna la face dans l'eau brûlante. Puis il tapota doucement ses joues avec une serviette, en chantant :

> *Margot ! Margot !*
> *Lève ton sabot,*
> *La danse commence...*

Il traversa la chambre et choisit dans l'armoire une cravate noire, suivi de son domestique qui attachait ses bretelles.

Quand il fut habillé, son pardessus boutonné, il prit sa canne, retourna devant la glace pour arranger le foulard qui encadrait son visage légèrement poudré, et il considéra un instant dans l'ombre du chapeau ses yeux agrandis par quelques jours de maladie.

Il se rendait chez les Quatrefage pour la première fois depuis que son mariage était décidé. Il acceptait volontiers cet événement, quoiqu'il n'eût pas songé à le provoquer. Lorsqu'il se remémorait les moindres circonstances de sa vie, il y trouvait un bienfait d'abord méconnu, mais qui se révélait plus tard. Il semblait que le hasard s'intéressât au développement de sa personnalité et ne lui fournît que des accidents utiles. Il se laissait mener par les choses avec orgueil.

Son existence prenait un tour curieux. Il dînait ce soir avec une jeune fille qui lui permettrait quelques libertés. « Elle est vraiment très bien », se disait-il en se rappelant l'enthousiasme d'Albert.

— Le voilà ! dit Mme Quatrefage qui s'élança vers le vestibule tandis qu'Odette se réfugiait dans le petit salon.

— Je veux voir Odette, dit Castagné quand il put se dégager des embrassements de Mme Quatrefage. Elle m'intéresse beaucoup ce soir... Odette, fit-il en l'apercevant dans le petit salon. Pardonnez-moi. Je crois que j'aurais dû apporter des fleurs. Je suis un fiancé sans usage.

Il prit la main d'Odette et lui parla avec douceur ; elle le regardait en souriant, comme pour le remercier d'être simple et amical, ainsi qu'elle désirait le retrouver.

— Albert ne vous a pas dit tous mes défauts, poursuivit Castagné ; mais il sait que je suis docile. Vous me conduirez.

Odette sortit pour parler à Mercédès. Elle rencontra M. Quatrefage dans le couloir. Il passait par la lingerie pour éviter de traverser le salon.

— Bonne odeur ! dit-il traînant le pas. Nous avons des foies de canard ?

Odette entra dans la salle à manger, jeta un regard sur la table selon son habitude quand il y avait des invités, redressa une fleur dans la corbeille et retourna au salon.

Sa mère était assise dans le fauteuil qu'elle occupait tous les soirs. Castagné et Raymond causaient près du piano.

Soudain, devant ces personnes tranquilles et qui ne semblaient pas comprendre ce qui survenait de grave dans sa vie, Odette sentit comme l'effleurement d'une sorte d'angoisse. Mais Castagné leva les yeux vers elle avec un sourire si confiant que cette impression disparut tout de suite.

— Que racontez-vous donc ? dit-elle en s'approchant des jeunes gens.

※

— Nos fiançailles seront très courtes, dit Odette, qui causait avec Berthe dans le salon de Mme Degouy. Nous pensons nous marier au mois de mars. Je ne t'ai pas montré ma bague ?

Elle retira l'anneau de son doigt et le tendit à Berthe d'un geste modeste.

— Je ne devrais pas la porter encore. Nous ne serons officiellement fiancés que mercredi. Justement, je voulais te demander de venir dîner avec ta mère, mercredi.

— Je serai ravie, dit Berthe. Maman va rentrer tout à l'heure. J'ai peur que l'idée d'un grand dîner ne l'effraie. Elle n'a pas accepté d'invitation depuis la mort de papa.

— Nous la déciderons. Ma chérie ! dit Odette touchant le bras de Berthe. Crois-tu ? Lorsque nous étions chez Fortuny, je ne pensais pas que la prochaine fois que je te verrai, je t'annoncerais mes fiançailles. C'est Albert... Nous nous aimions depuis longtemps. Je me rappelle très bien... Il y a trois ans — on découvre ces choses-là plus tard — lorsque Philippe est venu à la maison après le tennis, un jour de brouillard, j'ai eu l'intuition...

En écoutant Odette, Berthe pensait à Albert dont elle sentait encore les baisers sur elle. Est-ce qu'elle se souvenait, elle, du premier jour de leur amour ! Cet amour a grandi avec elle. Il n'a pas eu de commencement. Elle n'a pas de souvenirs et comme pas d'existence hors de lui. Et ces dîners, ces visites, ces cadeaux, cette affluence banale d'étrangers qu'elle ne pourrait supporter autour d'eux, elle comprenait que tout cela c'était le mariage ; elle n'épouserait jamais qu'un homme qui lui serait indifférent.

M. Pacaris assistait à ce dîner comme à tant d'autres, parce qu'il acceptait toutes les invitations, sans distinguer le plaisir ou l'ennui que lui causaient ces distractions. Il répétait à de nouvelles voisines les phrases qu'il avait dites la veille sur les mêmes sujets. A force d'énoncer les mêmes opinions, il les sentait comme vides ; mais si on abordait devant lui un sujet touchant à l'ordre social et en particulier aux questions ouvrières ou religieuses, il s'exprimait avec passion, pâlissait tout à coup, et sa parole, d'ordinaire si calme, devenait embrouillée.

— Connaissez-vous la pièce de Sicard ? dit Mme Quatrefage, regardant l'assiette de M. Pacaris.

— Oui, madame, je trouve que c'est un scandale. On nous déshonore devant l'étranger qui juge nos femmes sur de telles peintures. J'ignore votre opinion sur la littérature contemporaine. Moi, j'aime Balzac...

Il prit son verre et but une gorgée, jetant les yeux vers la jeune fille en blanc qui était assise à côté de son fils.

M. Quatrefage tendait l'oreille aux propos de M. Pacaris, sans le regarder. Il s'adressait à Mme Célerier, mais ne parlait que pour être entendu de M. Pacaris, et, par chacun de ses mots, cherchait à piquer ce collègue puissant qu'il ne pouvait souffrir.

— Je vais rarement au théâtre, dit-il sur un ton de supériorité indolente, mais j'ai eu grand plaisir à voir la pièce de Sicard. On a murmuré dans la salle.

Il regarda M. de Germinet :

— N'êtes-vous pas de mon avis, mon cher Gouverneur général ?

Mme Degouy se tourna vers le plateau chargé de fruits qu'on lui présentait; prenant les ciseaux d'argent, elle contempla sa fille à la dérobée, avec un sentiment de tendresse et d'admiration mêlé à la sensation de solitude qu'elle éprouvait devant cette longue table brillante.

Berthe était placée à côté d'Albert. Elle apercevait les fiancés à l'autre extrémité de la table, entre les lumières du candélabre et la corbeille de fleurs.

— Le bleu lui va bien, dit-elle.

— Vous aussi, vous êtes belle, ce soir, dit Albert à mi-voix. Il me semble que Raymond s'en aperçoit.

— Raymond est très gentil, dit Berthe qui souriait malgré elle, un peu surexcitée par cette abondance de vie, cette joie chaude qui emplissaient son cœur.

Albert se tut, l'air hargneux; puis il murmura d'une

voix bourdonnante où Berthe seule pouvait distinguer une parole :

— Nous ne pourrons plus nous voir chez Castagné.

Berthe attendit que la rumeur des voix s'élevât de nouveau, et dit :

— Croyez-vous qu'il se doute ?
— Non.

Albert regarda du côté des fiancés, mais il n'apercevait que le bras d'Odette.

— Quelle chose sinistre, un mariage !
— Tout ce que mange M. Quatrefage est appétissant ! dit Berthe, sans cesser de sourire. Regardez-le. Vous ne trouvez pas que cette poire qu'il palpe dans ses longs doigts a l'air délicieuse ?

— C'est un vieux gourmand, dit Albert. Il pose pour l'amateur de tableaux, mais il n'a jamais aimé sincèrement que les bons plats.

Mme Quatrefage appuya le bout de ses mains sur la nappe, inclina la tête en regardant fixement son mari, et se leva tandis que le domestique retirait sa chaise.

Raymond offrit le bras à Mme Hoëter qu'il accompagna dans le salon.

M. Pacaris qui refusait de s'asseoir, se tenait très droit auprès du fauteuil de M. Quatrefage. Albert voulait parler à Mme Degouy, mais il se tourna vers M. Quatrefage.

— Vous étiez un grand fumeur autrefois ? dit-il.
— Autrefois, mais à mon âge il faut se ménager. Je ne pourrais pas rester debout comme votre père. Je suis vieux.

— Il me semble que vous portez vaillamment votre âge, dit Mme Degouy d'un air aimable, rapprochant son fauteuil.

— Je suis vieux tout de même, dit M. Quatrefage qui se penchait vers Mme Degouy, mais de telle façon que M. Pacaris pût l'entendre. Je ne m'en plains pas, d'ailleurs. Il faut savoir vieillir tout bonnement.

Il appuya sa tête au dossier du fauteuil avec une expression de bien-être, ses petits yeux étrangement aigus et brillants après le champagne.

— Il faut devenir tout menu, tout ratatiné, tout sec. Se faire petit devant la mort, et elle vous oublie.

M. de Germinet s'éloigna vers le fond du salon regardant les tableaux. Accoutumé à régner depuis sa première sous-préfecture, il ressentait maintenant des froissements secrets dans les salons de Paris où s'effaçait sa personnalité d'estrade et de présidence.

Dans le petit salon, les dames regardaient les cadeaux. Odette ouvrit une vitrine pour montrer à Suzanne Dubroca un vase offert par M. de Germinet et qui provenait du palais de l'empereur de Chine.

Berthe qui observait Albert par la porte ouverte se dégagea insensiblement du groupe et s'avança vers lui. Sa robe de gaze blanche qui paraissait tout unie s'animait lorsqu'elle marchait de petits volants superposés où scintillaient discrètement de menues perles, comme une rosée brillante.

Albert la regardait venir, blanche et gracieuse, élancée, avec sa coiffure un peu plus haute que de coutume.

— Vous avez l'air malheureux, dit-elle.

— Je n'aime pas mon prochain, dit Albert en reculant d'un pas derrière le pied d'une haute lampe. Dans ces réunions, je me sens sauvage, épineux, inhumain. Je trouve ces gens laids et sots, parce qu'ils me blessent sans le savoir. J'ai envie de fuir. Vous ne me connaissez pas. Vous ne savez pas combien j'ai pu souffrir lorsque j'étais enfant.

Elle jeta sur lui un regard éclatant et tendre, puis baissa les yeux.

— Vous n'êtes pas si mauvais, dit-elle.

Il serra les dents avec une sorte de reniflement amer.

Elle le regarda encore et son expression d'assurance radieuse voulait dire : « Je sais tout ce que vous croyez me cacher. Vous ne pourrez pas m'effrayer. Je vous connais. » Mais, apercevant M*me* Hoëter, elle se détourna vers la lampe et toucha l'abat-jour, comme distraitement, de son petit éventail de tulle pailleté, puis murmura sans regarder Albert :

— Moi qui t'aime tant ce soir !...
— C'est un fruit excellent, reprit M. de Germinet qui parlait d'une voix toujours très douce depuis la mort de sa femme.

Raymond l'écoutait en s'avançant vers la porte du bureau, mais évitait de lui répondre.

— Excusez-moi, dit-il, je vais fumer un autre cigare.

En entrant dans le bureau illuminé par deux candélabres, il n'aperçut pas tout de suite Castagné et Odette assis sur le divan de cuir, derrière une grande gerbe de fleurs.

— Ne vous sauvez pas, dit Castagné, nous sommes des fiancés très sociables... Eh bien ! vous avez vu mon oncle. Il vous a surpris ?

— Que voulez-vous dire ?
— Vous l'avez trouvé stupide ?
— Vous êtes scandaleux ! dit Odette en couvrant de ses doigts la bouche de Castagné.

Albert entra dans le bureau et ressortit aussitôt pour se placer dans l'embrasure de la porte. Il observait Berthe qui se tenait auprès de sa mère, dans le salon. Elle parut sentir l'appel de ce regard fixe, s'éloigna de Mme Degouy, s'arrêta un instant devant le piano, puis s'approcha d'Albert.

— J'ai envie de t'embrasser, fit-il d'une voix sourde.
— Devant vingt personnes ? dit Berthe en souriant de loin à Odette qu'elle apercevait derrière la gerbe de fleurs.

— Tu vas sortir par la porte qui est derrière moi, comme pour aller dans la chambre où sont les manteaux; je serai dans la pièce à côté.

Albert retourna dans le salon et entra dans la salle à manger. On préparait les plateaux de rafraîchissements. Il traversa le vestibule.

— Ici ! fit-il à mi-voix, apercevant Berthe qui se regardait dans une glace.

— Non... c'est trop dangereux ! dit-elle.
— Il n'y a personne... j'ai fermé la porte, fit-il en la saisissant avec violence.

M. Pacaris et Albert rentraient à pied par le boulevard Saint-Germain.
— Il fait froid, dit Albert remarquant la démarche mal assurée de son père. Veux-tu que nous prenions une voiture ?
— Le froid est très sain, dit M. Pacaris en se raidissant contre une sensation de vertige.
Après un silence, il dit :
— Quelle est donc cette jeune fille que tu as l'air de connaître ?
— Berthe Degouy ?
— La jeune fille qui était auprès de toi à table.
— Oui, c'est Mlle Degouy. Tu l'as vue à Noizic. Elle est venue un matin à la Picauderie, il y a cinq ans, avec le jeune Chaurant. Tu ne te rappelles pas Chaurant ? Un garçon qui t'avait plu.
— C'est elle ? Vraiment ? Je me souviens d'une fillette. Quelle transformation ! Cinq ans !
— Natte viendra te parler cette semaine. Il a des ennuis avec Grosjean.
— Cinq ans ! reprit M. Pacaris d'un air soucieux; comme on change en peu d'années !

※

Ce matin-là quand il se plongea dans sa baignoire d'eau froide, M. Pacaris fut pris d'étouffements. Il sortit aussitôt de la baignoire et se frotta le corps rapidement, comme pour effacer cette sensation d'angoisse. Il voyait dans la glace sa figure très rouge; ses dents claquaient. Il se remit au lit, et bientôt ce malaise disparut.
Il descendit tard à son bureau, et se montra plus irritable que d'ordinaire. Vagnièze se garda bien de s'informer de sa santé, mais la connaissance qu'il avait acquise

du caractère de M. Pacaris ne suffisait plus à lui épargner les bourrades.

M. Pacaris s'inquiétait en secret de sa santé et ne s'en plaignait jamais. Il disait que la volonté et l'acharnement au travail sont les meilleurs remèdes pour l'homme énergique.

Cependant il profita de la visite de Natte pour le consulter, comme si un ami de collège qu'il tutoyait ne pouvait rien découvrir en lui de redoutable.

— J'éprouve cette gêne surtout lorsque j'ai parlé, fit-il d'une voix altérée, son large torse à nu, le cœur battant très fort, tandis qu'il sentait l'oreille fraîche de Natte appliquée contre sa peau.

Il ajouta d'un air humble, comme pour influencer le médecin en sa faveur :

— C'est tout naturel.

Albert était descendu sur le trottoir et marchait devant la maison pour interroger Natte plus librement lorsqu'il sortirait.

— Comment le trouvez-vous ? dit-il en rejoignant Natte au moment où il montait en voiture.

— La circulation n'est pas excellente !... dit Natte. Le cœur est un peu fatigué. Il se plaint de vertiges. Ce n'est rien. Il a besoin de repos. Manger peu. Pas de vin. Je lui ai conseillé d'aller passer un mois à Cannes.

— Nous ne le déciderons jamais à quitter Paris en ce moment, fit Albert.

— J'ai proposé Cannes, parce qu'il s'ennuiera moins dans un joli pays, mais il peut aller aussi bien à Fontainebleau. Il suffit qu'il oublie ses affaires quelque temps.

M. Pacaris résolut de quitter Paris immédiatement. Il voulait partir pour Cannes, et ne paraissait plus s'intéresser à ses occupations. Craignant une fantaisie, Albert lui conseillait de s'installer aux environs de Paris; mais c'est à Cannes que M. Pacaris entendait se rendre, comme si la ville désignée par le docteur possédait une vertu magique.

Albert travaillait beaucoup depuis le départ de son père et allait souvent à Cannes.

Berthe ne comprenait pas ces raisons. Comment pouvait-il rester si longtemps sans la voir ? Elle aurait voulu montrer à son tour un peu d'indifférence. Elle se reprochait de lui écrire trop souvent, mais tout ce qu'elle entreprenait pour se distraire semblait ranimer son amour bourdonnant dans sa tête, enflammé dans sa chair, et comme tout répandu sur elle.

Elle songeait à sa robe pour le mariage d'Odette, indécise sur la teinte et sur l'étoffe, et elle multipliait les occasions de sortir, courant çà et là, ardente et fatiguée, s'épuisant avec une sorte d'âpre prodigalité, comme pour consumer des forces inusables. Elle souffrait de la tête chaque soir et ne dormait plus.

Une après-midi, elle demeura étendue sur le canapé du salon, les yeux fermés, sans bouger. Il semblait que le repos dilatait sa souffrance, mais elle ne pouvait remuer. « Si j'étais malade ! » se dit-elle en pensant aux lettres d'Albert. Elle souleva sa tête, comme inondée de douleurs par ce mouvement, et, sans rien voir, à pas lents, avec l'air de porter un fardeau délicat, elle se dirigea vers sa chambre, ouvrit un tiroir de sa commode et jeta deux paquets de lettres dans la cheminée.

Elle se baissa pour remuer les papiers qui brûlaient difficilement et se redressa avec un afflux de souffrances dans la nuque.

. . . .

Berthe ouvrit les yeux et regarda ce grand feu tout près d'elle. Deux femmes en blanc parlaient à voix basse dans un coin de la chambre. C'était bien sa chambre, mais elle paraissait plus vide et les meubles étaient rangés dans un ordre bizarre. Sans remuer, le cœur battant à grands coups, la tête très lasse, elle cherchait à comprendre. Son esprit luttait avec des objets de songe. Mais tout cela était bien réel. Elle ne rêvait pas. Elle était comme ligotée devant ce brasier et sentait des gouttes de sueur sur son visage. Elle se dit : « C'est l'enfer. C'est dans cette chambre que j'ai vécu sur terre. Là, j'ai jeté ses lettres. Maintenant c'est un feu qui ne s'éteint plus et qui va me brûler toujours, sans que je bouge, parce que j'ai péché. Ces femmes là-bas me gardent... »

Elle voulait dire qu'elle souffrait, mais elle craignait de parler, et ces femmes semblaient l'observer avec méfiance.

. . . . , ...

Elle entendit la voix de Mme Degouy et se crut délivrée d'un cauchemar, mais elle ne reconnaissait pas tout à fait sa mère dans cette personne qui lui parlait avec gaieté. « Maman était bonne et sensible; elle saurait ce que j'éprouve. Ce n'est pas elle. On ajoute cette souffrance à mon supplice. Je verrai son image, je lui parlerai et elle me répondra comme une étrangère. »

. . . .

Parfois, quand elle s'éveillait, elle retardait le moment d'ouvrir les yeux, songeant que peut-être elle allait retrouver sa chambre comme au temps où le lit était placé en face de la fenêtre. Mais une main saisissait son poignet : « Allons », disait une voix qui retentissait durement dans sa tête; et elle comprenait que sa torture continuait, devant la fournaise, entre ces deux femmes méchantes.

. . . .

— On va vous lever aujourd'hui, dit une des femmes.
Elle apporta une cuvette pleine d'eau tiède et plaça un coussin sous le dos de Berthe.

Pendant qu'on nattait ses cheveux, Berthe fatiguée par cette toilette regardait d'un air résigné, au milieu de la chambre, le vieux châle de Mme Degouy posé sur une chaise longue. Brusquement on découvrit le lit, on rejeta les couvertures qui avaient si longtemps pesé sur ses jambes, et elle sentit un souffle frais sur ses pieds nus, étrangement petits et blancs à la lumière. Elle entoura de son bras le cou de la femme et se laissa porter sur la chaise longue, la tête pendante.

Mme Degouy entra dans la chambre avec un essoufflement joyeux :

— Eh bien ! tu es contente ! ma chérie !... Te voilà levée !

Elle s'assit auprès de Berthe, tenant un flacon qu'elle voulait faire respirer à sa fille.

— C'est de l'eau de Cologne, disait-elle de son air plein d'entrain. Tu aimes l'eau de Cologne ? Couvre-toi. N'est-ce pas que ce châle est doux ?

Berthe regardait fixement la porte. Elle se disait : « Tout à l'heure je m'enfuirai par là. Je saurai bien si je suis encore dans notre maison. Peut-être que je verrai Hortense et je lui parlerai. »

Avec précaution, épiant la femme qui changeait les draps, Berthe glissa une jambe sur le côté de la chaise longue, puis se dressa tout à coup avec un grand élan vers la porte et fit un pas chancelant. Elle aperçut dans la glace un visage de morte et retomba sur la chaise longue à demi évanouie.

Elle entendit la femme qui disait en la portant dans son lit : « Vous avez fait peur à votre mère, mauvaise fille ! On ne peut pas vous laisser une minute ! »

« Pourquoi a-t-elle eu peur ? » se disait Berthe. Alors elle se souvint de la glace. Elle ressemblait à la fille de Robert Passera. « Je comprends, se dit-elle, je suis poitrinaire comme la fille de Robert Passera, et je vais mourir. »

Maintenant, toujours silencieuse, grave, elle se laissait soigner docilement et des larmes coulaient sur ses joues. « C'est dommage, j'aurais voulu savoir ce que la vie me réservait, se disait-elle ; mais je n'ai pas peur de mourir. Pourquoi maman ne pense-t-elle qu'à me distraire ? Je voudrais qu'elle reste auprès de moi, et la retrouver avec son vrai cœur, sa voix sérieuse. Ils n'ont pas l'air de comprendre. Nous sommes déjà séparés. Je vois ses yeux gais, ses soins futiles... »

Puis elle songeait à Albert, et elle chassait aussitôt cette image.

. . . .

Mme Degouy s'approcha du lit de Berthe :

— C'est Odette qui est là. Elle voudrait te voir.

La porte s'ouvrit doucement et Berthe aperçut avec surprise la grande taille d'Odette. Elle portait une fourrure que Berthe ne connaissait pas et un chapeau couvert d'aigrettes blanches.

— Eh bien ! ma chérie, dit Odette à mi-voix, en se penchant sur le lit. Tu vas mieux.

Berthe contemplait son amie d'un regard enfantin, extasié, sans comprendre comment elle se trouvait ici.

— Il y a longtemps que je ne t'ai vue, dit Odette qui souriait en se mouchant, les yeux voilés de larmes.

— J'ai eu la fièvre typhoïde.

— Mais tu es guérie, dit Odette jetant un coup d'œil vers la garde.

Berthe était touchée de cet air de compassion qu'elle voyait dans le visage d'Odette et qui était si nouveau et si doux pour elle. Mais elle n'osait rien dire et elle contemplait le joli chapeau d'aigrettes dont elle ne pouvait détacher ses yeux.

— Tu as changé ta coiffure, dit-elle avec un faible sourire.

— Ah ! tu l'as remarqué ! dit Odette en portant la main à sa nuque. Oui, c'est Philippe qui aime mieux ce chignon bas. Tu sais que nous sommes mariés. Adieu, chérie. Je ne veux pas rester longtemps aujourd'hui. Je t'ai apporté quelques fleurs, des œillets.

— Adieu, dit Berthe.

Elle se répétait : « Odette... Philippe... » sans très bien définir encore comment Odette avait pu venir. Elle prit les fleurs et les respira machinalement; leur forte senteur piquante lui rappela les chaudes journées de Noizic et le souvenir qu'elle voulait oublier l'envahit tout à coup.

Odette rejoignit Mme Degouy dans le vestibule.

— Elle est changée, n'est-ce pas? dit Mme Degouy en entrant dans le salon.

— Oui, dit Odette. On voit qu'elle a été très malade. Est-ce qu'elle a beaucoup souffert?

— Au début, surtout... la tête... Elle a eu le délire très longtemps et une agitation terrible. On ne pouvait pas la maintenir dans son lit.

— Vous avez été très inquiète? dit Odette en remarquant le visage fatigué de sa tante.

— Ah! ma chérie! dit Mme Degouy avec un tremblement des lèvres, ses yeux ternes remplis de larmes.

Elle s'assit en s'appuyant à la table.

— Tu ne peux pas t'imaginer par quelles angoisses j'ai passé! Une nuit, on est venu me chercher. Elle était toute froide. On ne pouvait pas la réchauffer. Je l'appelais : « Berthe! Berthe! » et elle ne m'entendait pas! Ta mère est venue le lendemain; elle a dû te l'écrire. Nous l'avons crue perdue.

— Oui, dit Odette à mi-voix regardant Mme Degouy avec consternation.

— Plus tard, c'est surtout sa tristesse qui préoccupait le docteur. On tâchait de la distraire. Il fallait éviter surtout qu'elle se doutât. On m'empêchait de rester. Elle s'agitait facilement. Je ne la voyais qu'un instant. Elle avait toujours sa pauvre figure pâle, si triste, si grave.

— Elle sait maintenant qu'elle a eu la fièvre typhoïde; elle me l'a dit.

— Elle a dû le deviner. Ça ne fait rien. Elle est sauvée.

— Pensez-vous rester à Paris pour sa convalescence?

— Nous irons à Noizic dès qu'elle pourra supporter

le voyage. Il lui faut beaucoup de calme maintenant, un bon air. Elle se lèvera dans quelques jours. Nous partirons à la fin de mars. Et comment va Philippe ? Vous êtes revenus de voyage.

— Nous allons nous installer, dit Odette en se levant. L'appartement n'est pas prêt encore; nous sommes descendus à l'hôtel.

Elle ajouta en se retournant avec une expression souriante et affectueuse :

— Je reviendrai bientôt.

※

A Noizic, Berthe reprenait des forces. Les jours de soleil, elle s'asseyait sur la terrasse, enveloppée d'un châle, et marchait un moment au bras de sa mère ou d'Emma; il lui semblait qu'elle entrait dans une vie inconnue où elle goûtait pour la première fois les merveilles de la lumière. Naguère, quand elle revenait à Noizic, elle y cherchait le souvenir de ses impressions d'enfant; à présent, l'âme rafraîchie et légère, elle découvrait avec ivresse une beauté nouvelle dans les choses.

Elle oubliait Albert, et le mauvais passé de fièvre et de migraines.

IX

Le jardin perdait ses contours de feuillage. De la chambre de Berthe, on apercevait les branchages des vergers voisins, le moulin de Grave, un horizon nouveau de peupliers et de lointains. Quand il pleuvait, les dames restaient auprès du feu; mais, à la première éclaircie, revenait dans l'échancrure d'un nuage le bleu chaud de l'été.

Ce jour-là, après le déjeuner, assise au soleil sur une marche du perron, Berthe regardait le dessin d'un triton à crête que lui montrait son beau-frère.

— Allons ! je pars, mes enfants ! dit Chappuis qui saisit Claire aux pieds d'Emma et l'éleva d'un bond au-dessus de sa tête de toute la hauteur de ses grands bras.

Berthe s'avança jusqu'au potager et s'arrêta devant une plate-bande pour cueillir des violettes; elle les groupait une à une en un bouquet égal et serré qu'elle respirait à tous moments.

C'était l'heure où Emma avait un peu de répit; elle s'assit sur un banc au soleil.

— On ne dirait pas que nous sommes en décembre, fit Berthe qui revenait auprès de sa sœur. Tu as des cheveux blancs, ma chère...

— Tu ne les vois pas tous, dit Emma en relevant une mèche, avec un sourire un peu endormi et une légère grimace devant l'éclat de la lumière.

— Je t'envie d'habiter ici, reprit Berthe après un silence. J'avais oublié combien la campagne est agréable, même en hiver; il y a plus de beaux jours qu'on ne croit.

C'était une surprise pour Berthe, le plaisir que lui donnait chaque heure jamais vide et cette saveur toujours nouvelle du dehors. Elle aidait Emma dans la maison, au jardin, faisait travailler les enfants, étudiait son piano, et ces calmes travaux l'occupaient sans l'absorber complètement, sans interrompre l'activité de sa pensée, plus réfléchie et plus mûre.

Lorsque Édouard rentrait de bonne heure, Emma et Berthe l'accompagnaient dans sa promenade vers le bois de Grave où les étourneaux, rassemblés d'abord en nuées tourbillonnantes au-dessus de la prairie, allaient s'abattre à la nuit.

En chemin, Berthe questionnait Édouard sur ce peuple des oiseaux qu'il observait constamment.

— Presque tous les oiseaux vivent en troupe l'hiver, dit Édouard. Au printemps, la tribu se disperse et ils s'en vont par couples.

— Ils s'en vont toujours par couples ?

— Toujours. La troupe ne se désagrège pas subitement. En mai, j'ai aperçu encore de petites bandes persistantes. Il y a un conflit curieux entre l'instinct de société et la tendance du couple à s'isoler.

Il se tut brusquement; d'un signe il arrêta Emma et Berthe qui restèrent sans bouger contre le buisson, tandis qu'il avançait à pas prudents, sa lorgnette à la main.

Il avait renoncé à la chasse et abandonné ses volières, mais, à travers champs, ramassant une plante au passage, en arrêt dans un petit bois de pins, blotti sous des roseaux à l'aurore, il épiait un martin-pêcheur, une assemblée de pies, une mésange, et participait de sa place à la grande interrogation humaine.

Emma et Berthe sortirent du chemin en apercevant Édouard qui revenait vers elles. Une traînée de nuages immobiles, au ras de l'horizon, éteignait le couchant. Emma prit le bras de son mari. Le long d'un champ, ils suivaient un sentier, invisible dans l'ombre roussâtre.

Édouard poursuivit :

— On ne pourra répondre aux plus simples questions avant beaucoup d'études. Pourquoi est-ce que le rouge-gorge chante en hiver, alors que la plupart des oiseaux ne chantent qu'au printemps, à l'époque des noces ? Le couple des rouges-gorges ne se dissout pas complètement à l'automne; il ne se mêle pas à une troupe, comme les autres oiseaux, pendant l'hiver. Le rouge-gorge reste cantonné aux environs de sa compagne; peut-être faut-il voir dans cette particularité la cause de son chant, dit Édouard qui voilait ses explications pour la jeune fille, quoique d'ordinaire il parlât librement devant elle des choses de la nature.

Songeant à ses impressions d'enfant dans ce pays, Berthe se rappelait des parfums, des floraisons, des heures du soir et du matin qu'elle ne retrouvait plus. La nature semblait moins enivrante, plus démunie, même en sa belle saison. Mais Berthe découvrait d'autres sortes de plaisirs dans son esprit plus conscient et qui savait comprendre le charme d'un paysage d'hiver.

Souvent, elle allait sur les routes, enveloppée dans sa mante avec son béret rouge. Au chemin de Saint-Hilaire, une nuée de moineaux s'échappaient à son approche d'un grand buisson de ronces, et ils se rassemblaient un peu plus loin dans un noyer, pour fuir encore devant elle jusqu'à l'arbre prochain. Elle regardait l'eau trouble dans un fossé, l'éclat froid de l'inondation dans les prairies basses, un carré de labour, les fines ramures d'un taillis transparent. Dans ce paysage en grisaille, silencieux, appauvri, mais plus ouvert, plus recueilli, elle se sentait plus détachée de l'ancien et coupable bonheur.

Le soir, elle marchait quelquefois jusqu'à la Seudre, du côté des marais qui reverdissent sous les pluies d'hiver. Quand le reflux limoneux gonflait la rivière, des barques rentraient, les voiles tendues, entre les rives d'herbe, et l'eau montante se répandait dans les terres par un réseau de fossés, emplissant au loin les viviers et les salines avec de faibles clapotis, des senteurs marines, une sorte de plénitude féconde. Le ciel était rouge au couchant; et parmi les tertres obscurcis, la surface d'une pièce d'eau s'illuminait un moment.

En revenant vers la maison, dès qu'elle distinguait la silhouette du facteur, dans la nuit, Berthe pressait le pas pour le rejoindre, subitement anxieuse, comme si elle attendait toujours une lettre.

— Vous n'avez rien pour nous? dit-elle un soir en arrêtant le facteur sur la route.

Elle ne voyait que ses mains éclairées par une petite lanterne dans la boîte où il cherchait le courrier des Chappuis.

Il lui tendit la grande enveloppe d'une lettre de faire-part. Elle l'ouvrit et s'approcha du réverbère qui surmontait la grille de l'usine à gaz. On annonçait la mort de M. Pacaris. Elle reconnut l'écriture d'Albert sur l'enveloppe.

« M. Pacaris est mort », se répétait Berthe, marchant très vite comme si elle avait hâte d'annoncer une nouvelle si incroyable. Mais, à la maison, elle monta tout droit dans sa chambre. Elle relut :

« M. Albert Pacaris, M. Arthur Pacaris, M. et Mme Bosc... Les familles Dutastat, Pitavis... »; ses yeux revenaient sur le nom d'Albert et elle regardait longuement son écriture sur l'enveloppe.

Elle décida de lui écrire tout simplement, comme une amie qui comprenait sa douleur.

Elle s'assit à son bureau. C'était là, devant cette rangée de petits tiroirs, qu'elle avait écrit sa première lettre à Albert, intimidée, inquiète des pas qui s'approchaient. Elle se souvenait de cette lettre et le visage d'Albert qu'elle voyait autrefois revenait maintenant devant ses yeux. Mais ce n'était plus à cet homme qu'elle voulait écrire. Il avait disparu de sa vie. Et puis il avait dû changer depuis un an. Peut-être qu'il ne se souvenait plus d'elle. A présent il était malheureux, il ne pensait qu'à son père, il portait un costume noir. Elle tâchait d'imaginer un visage qu'elle ne lui connaissait pas : préoccupé, sombre, froid, mais elle ne trouvait rien à dire.

❦

La tempête éveilla Berthe au milieu de la nuit. Le vent bondissait contre la maison avec des coups sourds et des sifflements, puis s'apaisait par intervalles, et on entendait alors dans le vieux logis des rumeurs gémissantes, étranges, comme la vibration d'une porte qu'on secoue, un bruit léger de pas craquant dans l'escalier, le passage furtif d'une robe de soie.

Le lendemain matin, de lourdes nuées qui semblaient près de fondre en pluie passaient rapidement. Berthe sortit dans le jardin pour relever un rosier détaché de son tuteur; le vent soufflait dans sa robe et ses cheveux et lui glaçait les mains. Elle retourna en courant au salon.

Une porte se ferma avec violence. A travers le plafond, on entendait un bruit de pas pressés et la voix irritée d'Emma qui dominait les cris pleurants d'un enfant. « Le vent les énerve, se dit Berthe. Ils sont tous désespérés ce matin. »

Mme Degouy entra dans le salon d'une démarche plus saccadée et trottinante que de coutume et s'assit auprès de Berthe. Elle se plaignait de Rose qui cherchait querelle à Hortense; puis elle parla de la petite Claire qu'on nourrissait mal, des enfants qui la fatiguaient, de son appartement de Paris certainement rempli de poussière, et elle passait d'un sujet à l'autre avec un air soucieux et une grande volubilité.

— Est-ce que tu veux revenir à Paris ? dit Berthe.

— Ils font beaucoup d'économies, dit Mme Degouy regardant par la fenêtre avec un léger froncement de sourcils, comme si elle poursuivait son idée sans entendre la question de Berthe. Ils ont tort de garder Jean. Le jardin leur coûte très cher. Je m'en souviens des comptes du potager !

Berthe évita de renouveler sa question.

Elle venait de se coucher lorsque Mme Degouy entra dans la chambre, une bougie à la main. Elle s'assit auprès de sa fille et déplia un papier.

— J'envoie encore sept cents francs à notre propriétaire.

— Ici, tu ne paies pas de loyer. Que nous restions à Noizic ou que nous habitions Paris, tu n'éviteras pas cette dépense pendant deux ans.

— Nous avons tout laissé en désordre.

— Tu ne réponds pas à ma question ! fit Berthe avec impatience.

— Il fait froid dans cette maison.

— Réponds-moi ! dit Berthe en se redressant sur son lit, tandis que Mme Degouy se dérobait et regagnait sa chambre.

Berthe devinait, sous les prétextes que donnait Mme Degouy pour revenir à Paris, les véritables motifs de cette détermination qui tenait à des traits de caractère souvent observés. Mme Degouy ne se plaisait jamais longtemps à la même place et elle se laissait influencer par Hortense qui avait envie de partir. Lorsque Berthe se représentait ainsi les manies de sa mère, le retour à la vie ancienne dans leur appartement de Paris lui paraissait plus accablant, et elle sentait l'impossibilité de recommencer cette servitude où il fallait toujours se débattre contre un esprit déraisonnable et irritant.

— Pourtant maman est restée trente ans à Noizic, dit Berthe qui cherchait un appui auprès de sa sœur.

Emma répondait :

— Autrefois maman était chez elle à Noizic; c'est tout naturel qu'elle désire revoir son appartement après un an; plus tard vous pourrez vous installer ici. J'irai vous voir à Paris à l'automne prochain.

Berthe comprenait les explications d'Emma; dès qu'elle songeait aux raisons qui poussaient sa mère à partir, elle trouvait cette décision insensée.

X

Quelques jours après son arrivée à Paris, Berthe fut invitée à déjeuner par les Castagné.

— Tu as bonne mine, ma chérie ! dit Odette en l'embrassant. Tu nous as effrayés ! Cette affreuse maladie.

— Je vais très bien maintenant, dit Berthe en regardant autour d'elle. Laisse-moi admirer. C'est beau chez toi !

— J'aime beaucoup la vue sur la Seine, dit Odette en s'approchant de la fenêtre. Je ne te montre pas le cabinet de Philippe. Il travaille encore. Un abominable piano nous a persécutés pendant les premiers mois. J'en souffrais pour Philippe.

Elle s'assit, et Berthe remarqua ses yeux qui paraissaient agrandis dans son visage plus allongé.

— Ta convalescence a été courte, dit Odette en pâlissant subitement, sans cesser de sourire. Tu te rappelles ma visite ? Tu n'avais pas l'air de me reconnaître.

— Je m'en souviens très bien. Tu étais la première personne que je voyais.

— La cuisinière est encore en retard, dit Odette qui fixait avec effort son regard trouble sur la pendule. C'est la faute de Philippe. Il sort toujours au moment du déjeuner.

Je me plaignais de vous, dit Odette avec une expression caressante, lorsque Philippe entra dans le salon.

— Je ne suis pas en retard aujourd'hui, dit-il en se tournant vers Odette. J'ai le respect de mes hôtes. D'abord, je ne suis jamais en retard. Ma cousine, vous avez une mine charmante.

Pendant le déjeuner, portant à ses lèvres un petit verre de vin blanc très sucré, Berthe observait les jolis objets qui couvraient la table, les attentions de Philippe pour sa femme, l'atmosphère de bonheur et d'élégance qui les environnait. Le malaise d'Odette paraissait dissipé. Philippe montrait beaucoup d'entrain, et ils parlaient l'un et l'autre avec une animation et une amabilité inaccoutumées quand ils s'adressaient à Berthe.

Après le déjeuner, on passa dans le petit salon.

— Berthe vous excusera, dit Odette en regardant son mari lorsqu'il posa sa tasse de café sur la cheminée, et elle entraîna Berthe sur un canapé comme pour causer plus intimement.

Elle reprit :

— C'est nécessaire pour lui de sortir un moment avant de se remettre au travail. As-tu lu le roman de Bouillerie ?

— Je suis une campagnarde. Il ne faut pas m'interroger sur mes lectures.

— Emma va bien ? dit Odette. Elle a une autre fille. Oui, qui doit avoir un an. Je crois que je n'ai pas vu Emma depuis dix ans.

— Elle viendra peut-être à Paris à l'automne prochain.

— Ah ! quel bonheur ! dit Odette en se levant pour sonner le domestique. Vous êtes restées longtemps à Noizic ? Et cette existence te plaisait ?

— Mais oui, dit Berthe.

Elle se rapprocha d'Odette et dit vivement :

— Vois-tu, j'ai découvert de grandes joies à la campagne. J'ai appris à me passer des autres, à me connaître mieux.

Malgré son air attentif et ses gestes affectueux, Odette semblait distraite par ses propres pensées, et Berthe sentit que leurs vies étaient maintenant différentes.

Elle songeait à partir, mais prolongea encore sa visite.

— J'ai appris la mort de M. Pacaris, dit-elle tout à coup en se levant.

— Il avait une maladie de cœur. Mais il allait mieux. Il est mort subitement d'une attaque.

Berthe arrangeait son chapeau devant la glace du vestibule.

Odette tenait d'une main le petit manchon de Berthe dont elle caressait la fourrure, et dit :

— Nous voyons rarement Albert. Il est très occupé maintenant.

Avant de rentrer chez elle, Berthe suivit la Seine, longtemps, jusqu'à des quais de banlieue; elle éprouvait le besoin de marcher et de sentir sa liberté.

Elle songeait : « Odette attend un enfant. Ce sera un bébé blond et rose. Son mari est parfait. Ils vont prendre le thé tout à l'heure. Un thé très bien servi. Et puis ils sortiront ensemble. »

Ce bonheur si accompli lui paraissait froid. L'amour qu'elle voyait chez les autres ne répondait jamais à son idée de l'amour qui ne pouvait tenir dans aucun cadre connu.

※

— Du ventre, mon cher, dit Castagné en regardant Albert. Hein ? la trentaine ! Tu es coupable. Il faut faire vingt minutes d'exercice le matin, tous les jours. Voici le meilleur mouvement.

Il s'étendit par terre sur le tapis.

— Touche mon ventre. Tu sens les muscles qui se contractent. C'est la ceinture des muscles.

Castagné se leva, le sang au visage, tirant son gilet.

— Vingt minutes, ce n'est pas long, dit-il.
Albert gardait les yeux baissés sur sa montre.
— C'est curieux comme tu ressembles à ton père, dit Castagné.
— Il faut que je rentre; j'ai un rendez-vous à six heures.
— Tu viens d'arriver. Depuis quatre mois, tu n'es pas venu me voir. Chez toi, on ne peut plus te parler.
— J'ai une lourde charge sur les épaules, dit Albert.
Il se tut, puis reprit, marchant dans le cabinet de Castagné :
— Vingt minutes, ce n'est pas long; mais, tous les jours !
Machinalement, il sortit un livre d'un rayon de la bibliothèque et le remit soigneusement à sa place.
— Tu es bien ici pour travailler.
— Très bien. Cet hiver j'entendais un piano au-dessus de l'appartement. Je ne pouvais pas me retenir de l'écouter. Les gens sont partis. Maintenant le silence m'inquiète, me gêne.. Je m'y perds. Odette veille sur mon travail avec une exquise sévérité. Je n'ai pas le droit de sortir avant cinq heures. C'est-à-dire que si je sortais je détruirais la bonne opinion qu'elle a de mon talent.
Il s'assit sur le bord de la table.
— Il m'est venu une idée de pièce...
L'obscurité envahissait la chambre. Seule, une baie vitrée sans rideaux restait claire dans son cadre d'ombre, et la fine tête de Castagné se découpait en sombre sur ce carré de jour.
— Voilà, dit-il en se penchant vers un fil électrique. J'imagine un homme dans la force de l'âge, avec une femme qu'il aime, des enfants, riche, bien portant...
Un brusque éclat de lumière fit tressaillir Albert, mais sans rien dire il tritura sa montre dans le fond de son gousset et s'assit pour écouter Castagné en le regardant fixement dans les yeux.
— Tu vois la scène ?
— Oui, fit Albert lentement, les yeux toujours fixés sur Castagné. C'est très curieux... vraiment... étonnant.

— Ce n'est pas mal, je crois. J'y réfléchirai encore. J'écrirai cela vers soixante ans. On ne sait rien avant d'être vieux.

Il marcha vers le fond de la pièce. Tout à coup il dit en se retournant :

— Écoute, mon cher, je vais te dire une chose qui te scandalisera : Tu devrais te marier.

— Moi ?

— Te voilà mûr, posé. Il faut te marier.

— Non, dit Albert qui s'assit en regardant Castagné d'un air intrigué, je ne me marierai pas.

— J'entends. Tu as peur de la chaîne. C'est un vieux préjugé. Justement c'est dans le mariage, dans ce milieu paisible que l'homme est libre, c'est-à-dire véritablement lui-même. Ce sont les pauvres célibataires qui vivent dans la servitude. Ils sont continuellement dans les transes et l'agitation de sentiments trop vifs. Il est vrai que j'ai épousé une femme exceptionnelle, délicieuse, dévouée.

— Non, mon ami, je ne me marierai pas.

— Tu as répété cela pendant dix ans et tu continues par habitude. Mais notre être évolue plus vite que nos pensées. Si je t'avais annoncé, il y a deux ans, que tu deviendrais un avocat éperdu d'activité et qu'un ami parviendrait difficilement à te retenir dix minutes, tu m'aurais jugé stupide. Je vais te révéler le fond de ta pensée. Tu te figures que tu es un solitaire, parce que tu n'aimes pas le monde. Eh bien ! tu es un faux solitaire, comme presque tous les solitaires. Tu as besoin d'être distrait. Ton métier...

— Est-ce une raison ? dit Albert.

Il se tut, l'air sévère, et reprit en souriant :

— J'ai trop de plaisir à regarder les passantes.

— Allons donc ! tu m'amuses. Tu n'as jamais eu de maîtresse. Tu te crois un débauché parce que tu es flottant en amour. Quand tu seras marié, tu ne songeras plus aux passantes.

— Il est vrai, j'ai peu de succès auprès des femmes. L'été dernier, à Dolonne, j'ai rencontré une aimable personne qui me plaisait. Elle n'était pas farouche et je le savais. Le premier freluquet venu l'aurait facilement conquise. J'ai échoué. A vingt ans, pareille mésaventure m'est arrivée avec Mme Verneuil. L'une de ces dames était trop fine, l'autre trop sotte. Il m'a manqué cet air de passion qu'il faut pour réussir une misérable aventure de ville d'eaux, et tu voudrais que je tente cette grande aventure du mariage ?

— Mais cette personne que tu voyais chez moi, autrefois ?

— Ah ! fit Albert en riant. C'était tout différent ! Je te raconterai cela un jour, l'histoire est jolie. C'était une jeune fille... Une enfant. Ne t'inquiète pas. Tu te trompes. L'histoire est très pure. C'était une enfant délicieuse. Je l'ai élevée avec amour. Je n'ai jamais pensé que je l'épouserais. Ce n'était pas possible. J'ai toujours eu le sentiment que je l'élevais pour un autre qui aurait mes goûts.

— Il ne faut pas tant raisonner, dit Castagné suivant Albert dans le vestibule. Je t'accompagne... Il faut se jeter dans les expériences nouvelles. Elles nous révèlent souvent notre véritable personnalité. C'est pour cela que les audacieux et même les étourdis nous devancent.

— Les étourdis raisonnent, dit Albert pendant qu'il descendait rapidement l'escalier, regardant par-dessus la rampe une dame qui prenait l'ascenseur. Mais ils raisonnent mal.

※

Albert se levait toujours de bonne heure. Quand il s'asseyait devant sa table, bien en ordre, longtemps avant l'arrivée de Vagnièze, il se disait : « Comme on se sent vigoureux le matin ! » Il regardait son carnet, et, à cette heure calme, dans cette fraîcheur d'aube un peu aigre et comme excitante, l'esprit dispos, il éprouvait une sorte de jouissance à considérer les multiples occupations qui avaient peine à tenir dans sa journée.

Il retenait longtemps dans son bureau les clients qui

venaient le voir, parlait beaucoup, revenait sur un point déjà examiné comme pour racheter son air de jeunesse et son défaut d'expérience par la grâce d'une conversation aimable et une grande attention à chaque affaire. Il se reprochait ensuite cette loquacité qui le fatiguait inutilement, et courait à un rendez-vous, au Palais, tourmenté par l'heure, toujours pressé, mais incapable d'abréger un entretien.

Sa parole, si agréable dans la conversation, était encore défectueuse dans un discours suivi. Avant sa plaidoirie, il avait des appréhensions bizarres et torturantes, qui augmentaient jusqu'au moment où il se levait pour plaider, l'air résolu, la voix d'abord forte et ferme, puis un peu tremblante. Cette inquiétude développait chez lui une tendance à raffiner sur la précision, à pousser trop loin ses recherches, à peser sans cesse les arguments, et il était surchargé de travail, quoiqu'il n'eût plaidé que cinq fois depuis le commencement de l'année.

— Vous vous noyez dans un verre d'eau ! lui disait Vagnièze qui adoptait les façons tranquilles et assurées de M. Pacaris.

Albert avait gardé Vagnièze auprès de lui. Il s'étonnait autrefois que son père pût supporter un collaborateur aussi déplaisant. Mais, aujourd'hui, il aimait à s'appuyer sur les usages établis par M. Pacaris. Il hésitait à changer même ce qu'il avait naguère le plus critiqué, et, lorsqu'il s'y décidait, il cherchait inconsciemment l'approbation de son père. D'ailleurs, il ne pouvait se passer de Vagnièze qui était accoutumé depuis longtemps aux affaires de M. Pacaris et très versé dans la procédure. Il souffrait avec impatience son air de discrète supériorité qu'il tâchait de combattre par un ton froid. Mais sensible surtout aux ennuis, alarmé à la première difficulté, plein de doute sur ses travaux, il revenait chercher du réconfort dans les yeux souriants de Vagnièze.

Un soir, chez Mme de Solanet, le président Branchu dit à Albert : « Mon vieil ami Rousse m'a parlé de vous. On vous apprécie au Palais. Votre père serait content. Voulez-vous dîner à la maison la semaine prochaine... Jeudi... nous avons quelques amis... »

Albert regardait Branchu, souriant avec une légère inflexion de respect dans tout le corps, lorsque Mme de Solanet s'approcha de lui.

— Monsieur le Président, venez à mon secours, dit-elle, le visage épanoui, la tête rejetée en arrière, son long cou garni d'un large collier. Voici un jeune homme qui ne veut pas se marier. Est-ce raisonnable ? Il laisse mourir d'amour la plus ravissante jeune fille.

— Madame... madame..., disait Albert, sans cesser de sourire.

— Voyons, Albert, dit Mme de Solanet, qui recula vers la cheminée.

Elle baissa le ton, en articulant avec soin pour surmonter un léger blésement.

— Vous ne trouvez pas Mlle Allaret tout à fait charmante ? Elle est intelligente, elle a une voix superbe...

— Mais je ne la connais pas ! dit Albert, les deux mains tendues vers Mme de Solanet.

— Elle vous a vu, pourtant, je le sais. Écoutez, vous viendrez à la soirée des Darcourt. Je ne lui dirai rien...

Albert alla beaucoup dans le monde cet hiver. Chez lui, il dînait vite, les gestes distraits et nerveux, bousculant le service de Hugot; puis il passait dans le salon, se laissait tomber dans un fauteuil et fermait les yeux, le corps douloureux comme s'il avait marché tout le jour. Il voulait se coucher de bonne heure, mais songeait à une réunion où on l'attendait. Cette assemblée ne l'attirait guère. Il se relevait pourtant, allumait une lampe dans sa chambre et se rasait. Après cette toilette, il se sentait reposé. Il regrettait de dépenser si futilement des forces nouvelles, et parfois il s'installait à son bureau, en habit de soirée, et ouvrait un livre.

Il avait parcouru par hasard un roman qu'il croyait connaître depuis longtemps. Il se dit : « La vraie qualité de cet ouvrage, je ne la comprenais pas, et j'y trouvais des beautés qu'il n'a point. » Il aurait voulu relire tout ce qu'il avait lu auparavant. Même la philosophie qui lui paraissait naguère si vaine, l'attirait. Il désirait connaître l'italien. « Je l'apprendrai en trois mois ; c'est à mon âge seulement qu'on sait travailler », se dit-il. Dans la journée, pendant ses occupations forcées, il avait des soifs de lecture, il formait des plans d'étude. Il se promettait d'y consacrer ses soirées. Mais, après le dîner, le silence de l'appartement le poussait dehors. Il avait besoin encore de bruit, de mouvement, de paroles.

❦

Ensénat devait passer quelques jours à Paris et Albert se réjouissait à l'idée de revoir son ami. Albert se sentait emporté dans un tourbillon d'activité qui lui plaisait et qui semblait convenir à sa nature : « J'ai donc bien changé, se disait-il. Est-ce une crise de maturité, un besoin d'expansion nécessaire à mon développement ? Au fond, ne suis-je pas le même ? » Il travaillait, il sortait, il parlait, toujours en mouvement, attendant de revoir Ensénat pour prendre conscience de lui-même et réfléchir avec son ami sur la signification, le péril ou les profits de cette existence étrange.

Il s'arrêta de dicter une lettre, lorsqu'il reconnut la voix d'Ensénat dans le bureau de Vagnièze.

— Je suis content, dit-il pressant le bras d'Ensénat avec un long sourire. Sortons. Nous causerons en marchant. Puisque tu n'as pas vu Paris depuis deux ans, nous allons le regarder. Nous dînerons au restaurant.

Alors, tu vas retourner à Aix ? Allons vers les Champs-Élysées, dit Albert passant derrière Ensénat pour marcher à sa droite.

— J'espère être nommé à Paris. Cela dépend de Mongours. Je sais qu'il est bien disposé pour moi.

— Quelle chance si tu revenais à Paris ! Tu n'étais pas mal à Aix. Cette vieille Faculté. En somme, tu as beaucoup de liberté. Il y a du vent dans ce pays ?

— J'ai trois cours par semaine.

— Ah ! c'est bien agréable un métier qui vous laisse un peu de liberté. Est-ce beau cette perspective ! dit-il s'arrêtant sur le pont pour retenir Ensénat qui allait d'un pas rapide et gênant pour l'entretien.

Il ajouta :

— Tu sais que ma vie a bien changé.

Mais Ensénat ne semblait pas entendre ces mots, et Albert remarqua le visage vieilli de son ami, et cet air plus concentré sur soi et plus indifférent.

Albert se dit qu'ils causeraient mieux tout à l'heure en dînant, et ils continuèrent leur course en silence, comme absorbés par cette marche pressée et sans but.

Fatigué par cette allure hâtive, Albert proposa de dîner.

Ils entrèrent dans un restaurant et s'installèrent auprès d'une baie ouverte sur le trottoir.

— Le melon n'a plus de goût en cette saison, dit Albert.

Il écarta son assiette, but une gorgée, et, regardant Ensénat :

— Vois-tu, je regrette mes loisirs. L'activité est une sorte de distraction brûlante.

— Il paraît que tu deviens mondain, dit Ensénat.

Albert comprenait qu'Ensénat ne voyait que frivolité dans son existence, et cette fortifiante confiance de l'amitié qui se retirait de lui, cette secrète réprobation marquée d'un air de légère ironie et de détachement, le pénétraient d'un sentiment de froid, d'appauvrissement subit, d'incertitude sur lui-même; mais il parlait avec une excitation verbeuse sur tous les sujets qui lui traversaient l'esprit pour s'évader d'une atmosphère de gêne, à la fois pesante et trop limpide, où le silence était si pénible et les paroles sonnaient faux, parce qu'ils se connaissaient intimement.

Il devait quitter Ensénat à neuf heures, et il songeait avec plaisir qu'il rencontrerait ce soir le charmant Louis de La Martinie, qu'il avait vu une fois à Versailles, chez les Malau.

Albert dormait toujours profondément et oubliait ses rêves, mais un matin en s'éveillant il s'aperçut qu'il venait de rêver à Berthe. Tout imprégné d'un arome d'autrefois, il pensait à elle et la revoyait, comme dans son sommeil, avec un air de grande douceur et d'amour, silencieuse, les yeux baissés pendant qu'il parlait.

En allant chez Castagné pour demander des nouvelles d'Odette, il se rappela une conversation avec Philippe et se dit : « Je redoute le mariage parce que je pense à une étrangère, mais elle, je la connais; je lui ai parlé pendant des années. Inconsciemment, je l'ai élevée pour moi. Elle me connaît et elle m'aime. Je ne serai ni tourmenté ni gêné, puisqu'elle m'aime tel que je suis. »

Puis il écarta ces idées, comme s'il avait écouté un moment avec complaisance des propos inutiles.

— Tout s'est très bien passé, dit Castagné en versant dans son verre le fond d'une bouteille de bière laissée par le docteur. Elle a souffert une heure. Et vraiment elle a peu souffert.

— Vous l'appelez Michel?

— Michel, oui. C'est un beau garçon. Je ne te le présente pas encore; il est dans notre chambre. Odette est étonnante. Elle cause maintenant avec Emma Chappuis.

La porte s'ouvrit et Emma fit un signe à Castagné, quand elle eut répondu au salut d'Albert par une légère inclination de tête d'une froideur voulue.

— Tu m'excuseras, dit Castagné en suivant Emma.

Après le déjeuner, Albert se dirigeait vers l'esplanade des Invalides, d'un pas de flânerie. La rue de Grenelle menait dans le quartier où Berthe habitait. Il semblait à Albert qu'elle devait surgir parmi les passants en ce moment même où il pensait à elle, et tout à coup il l'aperçut. Gêné, hésitant, il prit un air distrait et marcha très vite, comme s'il ne l'avait pas vue; brusquement il traversa la chaussée :

— Pardon, je ne vous reconnaissais pas, dit-il. J'ai rencontré votre sœur chez les Castagné. Vous savez qu'ils ont un fils.

— Oui, Emma est venue nous voir, dit Berthe d'une voix précipitée et un peu tremblante.

Elle voulait dire une phrase sur la mort de M. Pacaris, mais prolongeait ses explications au sujet d'Emma.

Son chapeau à la main, Albert parlait aussi avec rapidité; pendant ce dialogue confus, il remarquait avec une étrange netteté, et pour la première fois, certains détails du visage de Berthe, le son de sa voix, sa taille qui lui parut grande.

Soudain, avec un air de bonté, sur un ton différent, un peu bas, et qu'on sentait troublé non plus par la surprise, mais par le cœur, il dit :

— Vous avez été malade.

Il ajouta :

— Voulez-vous que nous marchions dans ce petit jardin ?

Il semblait à Berthe que la maladie dont il parlait, et le temps qui avait suivi, et tout ce qu'elle avait pensé et qu'elle croyait si important, se détachaient de sa vie comme un songe effacé; il ne subsistait de réel et de continu que l'émotion ancienne tout à coup retrouvée.

— J'ai voulu vous écrire, dit Albert regardant la bordure d'un massif. Je n'ai pas osé. Vous étiez partie.

Il cherchait seulement à savoir si elle avait pensé à lui, mais il sentait que ses paroles, échappant à sa volonté, prenaient un sens grave qui liait sa vie.

— J'ai appris... dit Berthe.

— Oui... Il est mort subitement, dit Albert qui devinait sa pensée. Je regrette qu'il ne vous ait pas connue.

Les yeux baissés, il reprit :

— C'est étrange, dans cette rue j'étais sûr que j'allais vous voir. Odette prétend que vous êtes transformée; je ne sais pas ce qu'elle veut dire.

Il la regarda en souriant.

— Je ne vous trouve pas changée. Il n'y a que moi qui vous connaisse.

Ils s'assirent sur un banc; Albert remuait le sable du bout de sa canne.

— Berthe, dit-il tout à coup, allons-nous vivre séparés maintenant ?

Lorsqu'ils quittèrent le jardin, ils étaient fiancés, et cela paraissait à Berthe une chose naturelle, comme décidée depuis longtemps, depuis qu'ils se connaissaient, et elle n'imaginait pas qu'elle pût vivre à présent loin de lui. Même ces formalités, ces présentations, ces nouvelles relations de famille qu'elle ne concevait pas autrefois comme possibles, semblaient toutes simples.

Elle ne dit rien à sa mère avant la visite de M. Quatrefage, mais confia sa décision à sa sœur.

Emma l'écoutait sans paraître étonnée, mais s'anima dès qu'elle se mit à parler.

— Je sais que vous vous connaissez, dit Emma avec une surexcitation qui faisait étinceler ses yeux noirs. Je l'ai rencontré à Fondebaud. On m'a parlé de lui. Tu devrais réfléchir. Je te fais peut-être de la peine, mais j'ai l'impression... Je dois te dire qu'il m'a l'air d'un homme léger. C'est ton existence que tu engages. Tu agiras comme tu voudras. On peut souffrir beaucoup par un homme. Celui-là m'inquiéterait.

Elle avait essayé de modérer ses paroles en parlant à Berthe, mais quand elle écrivit à son mari pour lui raconter l'événement qui se préparait, elle sentit avec plus de force que ce mariage serait un malheur pour Berthe. Elle ne démêlait pas ses raisons, mais elle voyait l'erreur de sa sœur avec un sentiment d'évidence, échauffé par une secrète aversion pour l'homme dont elle avait deviné les rendez-vous avec Berthe.

En entrant dans la chambre de sa mère, Berthe interrompit une conversation entre Emma et Mme Degouy.

— Que veux-tu, ma fille, dit Mme Degouy qui poursuivait l'entretien malgré la présence de Berthe. Puisqu'ils s'aiment, laissons-les décider. Nous ne savons rien... Que la Providence les garde !

Berthe jeta ses bras autour du cou de sa mère et la serra

contre elle pour cette parole divinatrice qu'elle puisait dans sa vieille foi, pour son pur amour maternel qui n'avait jamais soupçonné le mal et qui semblait aujourd'hui laver les torts et bénir.

Berthe pardonnait à Emma son obstination et sa méfiance. Sans chercher à convaincre sa sœur, sans répondre, elle l'écoutait avec un léger sourire de fierté. Elle savait qu'Emma ne pouvait comprendre cette certitude tranquille.

Mais parfois elle se disait : « Peut-être qu'il ne me voit pas comme je suis. Si j'allais le décevoir ? Si je n'apportais pas tout ce qu'il faut à cette union que je veux si belle et que tant d'amour a préparée ! » Et une sorte de peur de la vie et d'elle-même l'effleurait comme un frisson rapide. Cette impression fut plus durable, un jour qu'Albert lui montrait l'appartement de M. Pacaris où ils devaient habiter. Mais au retour, causant avec Albert dans la rue, suivie de Mme Degouy, elle n'y pensa plus.

LIVRE DEUXIÈME

A LBERT écrivit, dans le cahier où il notait ses pensées et le résumé de ses lectures, une phrase d'un livre récent qui lui parut répondre à ses préoccupations du moment. « On parvient à l'être en maîtrisant ses penchants, en subordonnant leur diversité à la logique d'une volonté fidèle à la même pensée. Nous n'existons pas tant que le caractère n'est que notre tempérament. »

Il avait voulu que le mariage lui apportât une discipline. Il fixait d'avance l'emploi de chaque heure pour agir selon sa volonté, et non plus d'après l'entraînement et les caprices de l'excitation nerveuse. Il écrivait ses lettres personnelles le dimanche matin; il interrompait les réceptions et les conversations à l'heure prescrite; il ne se rendait au Palais qu'en cas de nécessité reelle; il cessait toute occupation à six heures et demie. On disait que le mariage dispose à la nonchalance; comme pour se garantir contre ce danger, il s'astreignait à un travail incessant. Lorsqu'il se sentait fatigué, il redoublait d'énergie, songeant à Maresté qui prétendait guérir ses migraines en se plongeant dans des calculs.

A déjeuner, encore pénétré par le feu du travail, les gestes distraits, il ne pouvait vaincre cet air tendu et pressé qu'il sentait dans sa personne. Berthe comprit qu'il ne fallait pas chercher à le distraire en ce moment, ni à retenir sur elle ce regard absorbé dans des affaires d'homme, et elle souriait de ses efforts visibles pour paraître attentif.

— Adieu, chéri, ne te fatigue pas trop, disait-elle pendant qu'il l'embrassait en tirant sa montre.

Elle savait que son heure viendrait bientôt, ces heures du soir, naguère si vides, et maintenant les plus douces. Elle les attendait dans la maison, où elle restait souvent tout le jour, goûtant le bonheur d'être chez eux. Parfois, l'après-midi, elle entendait ce bruit encore inaccoutumé d'un pas d'homme dans le vestibule, mais elle se retenait de l'appeler, parce qu'il allait à son travail, contente de ce petit sacrifice clairvoyant qu'elle s'imposait pour lui.

Elle s'habillait de bonne heure pour le dîner, et mettait une de ses robes d'été de jeune fille, ou une robe toute noire et simple qui lui donnait un air un peu farouche, ou bien une de ses robes de femme, très décolletées et ornées.

Lorsque Albert entrait dans le salon, le visage sérieux et pâle, s'appuyant au loquet de la porte, elle refrénait d'instinct son élan, sachant qu'il fallait attendre encore, et que peu à peu, dans le fauteuil où il fermait les yeux, après ce vertige de fatigue, il lui reviendrait.

— Ne parle pas. Repose-toi, disait-elle en s'asseyant au bord du fauteuil.

Elle passait légèrement les doigts sur ses tempes, dans ses cheveux; le frôlement de cette caresse semblait effacer les plis du front, l'amertume du jour au coin des lèvres serrées, et elle aimait à le voir d'abord faible, épuisé, et renaître par elle, sous ses doigts, avec un sourire détendu et plus jeune.

— Qu'est-ce que tu as fait aujourd'hui ? disait-il en ouvrant les yeux.

Elle trouvait beaucoup de choses à raconter gaiement. Il écoutait, l'esprit engourdi, avec une expression béate et amusée. Ces mines drôles, ce langage pittoresque et facile lui rafraîchissaient l'esprit comme les caresses sur son front. Il ne se lassait pas de ce bavardage, cherchait de nouveaux prétextes à plaisanteries, prenait Berthe sur ses genoux et lui répondait par de petits mots zézayants du bout de ses grosses lèvres épanouies, puis brusquement l'étouffait dans un baiser nerveux.

Ce rire d'Albert, encore nouveau pour elle, la déconcertait un peu.

— Qu'est-ce que tu as fait aujourd'hui ? dit Albert, ce soir-là, appliquant contre son front l'ivoire froid du coupe-papier.

— J'ai été chez Alice après le déjeuner. Je n'y suis pas restée longtemps parce que Odette m'attendait à trois heures. Je n'avais pas vu Alice depuis deux mois. Je ne veux pas la délaisser maintenant que je suis mariée. J'étais sa seule amie d'enfance à Paris. Elle me fait un peu de peine. On ne sait pas au juste ce qu'elle pense. Elle est si courageuse.

— Et M. Ramage ? dit Albert qui se disposait à sourire.

— Il était là. J'ai découvert le secret de sa gravité. Il ne rit jamais, parce qu'il n'a pas de dents. Aujourd'hui, il a ri une fois. Quand il rit, il met son mouchoir devant sa bouche, comme cela...

Assise sur les genoux d'Albert, elle fouilla dans une de ses poches.

— Tu n'as pas de mouchoir encore. Cela me rappelle... Autrefois, dit-elle touchant son gilet, toutes ces petites poches m'intriguaient. Tu t'en souviens ?

— Et pourquoi a-t-il ri, M. Ramage ?

— Tu n'aimes pas les souvenirs.

— Si, je les aime, mais je les connais. Tandis que je ne sais pas pourquoi M. Ramage riait.

Berthe alla s'asseoir dans un fauteuil, l'air songeur et reprit :

— Odette est venue aujourd'hui. Elle a été tout à fait gentille, comme autrefois... Depuis son mariage, elle a changé ; et puis, chez elle, je ne la reconnais pas. Elle est absorbée par son enfant, distraite. On dirait presque qu'on la gêne. Mais aujourd'hui nous avons causé très librement. Nous avons bavardé sans fin. Tu sais ces papotages de jeune fille que tu trouves si ridicules. Mais c'est ainsi que les femmes parlent. Il leur faut beaucoup de mots, une longue journée. Alors on sent qu'on a tout dit, on a vidé sa tête. C'est reposant.

— Et qu'avez-vous raconté ?

— Elle m'a parlé de Philippe. Sais-tu qu'ils sont allés en Bretagne pour leur voyage de noces ? Il paraît que la Bretagne est merveilleuse au printemps.

Elle se laissa glisser sur le tapis, aux pieds d'Albert, et, la tête appuyée contre ses genoux :

— Tu n'aimerais pas à voyager ! Ce n'est pas le voyage qui me tente, tu comprends, ce n'est pas la Bretagne. Quelques jours me suffiraient, n'importe où. Il me semble que je te verrais mieux, tout un jour, sans préoccupations.

— Je ne peux pas quitter Paris maintenant ! dit Albert en se levant, l'air soucieux comme si on l'appelait. J'ai un travail ! Tu ne t'en doutes pas. Je plaide demain, une petite affaire, c'est vrai, mais je n'ai même pas eu le temps d'y réfléchir une heure. Et demain matin, j'ai six rendez-vous. Il faudra que je travaille ce soir.

Il s'assit comme calmé, puis il dit :

— Je ne suis pas fâché que nous ayons échappé au fatal voyage de noces. Je n'aime pas ce qui nous rapproche du mariage de tout le monde.

Elle savait qu'il poussait cette délicatesse jusqu'à se garder d'un mouvement trop expansif qui rappellerait la phase habituelle des débuts d'amour; il voulait que leurs sentiments fussent tout de suite établis sous la forme durable et paisible d'une intimité ancienne. Elle comprenait ce raffinement qui plaçait si haut leur union, et elle tâchait de comprimer ce qu'elle sentait encore en elle d'un peu enfantin et d'étonné.

— Cet été, nous pourrons aller en Bretagne, dit Albert.

— Ah ! j'ai parlé de la Bretagne parce qu'Odette m'avait donné l'envie de la mer avec ses descriptions.

— Il faudra que nous les invitions à dîner; et Ensénat ? On ne le voit jamais.

— Odette est vraiment bonne. On dit que les femmes mariées n'ont plus d'amies. Cela dépend. Les femmes se comprennent sur une quantité de petites choses. Elles n'ont pas peur de se montrer entre elles trop bavardes, trop futiles. Vois-tu, les femmes...

— Je serais content que tu connaisses Ensénat. Tu n'as pas pu le juger sur une courte visite. C'est un caractère très curieux. Nous l'inviterons avec les Castagné.

— Je le croyais malade.

— Il est guéri. Il m'a écrit qu'il avait repris ses conférences. Je suppose qu'il a peur de nous déranger.

Berthe ne pouvait amener dans la conversation le sujet qui la préoccupait, et il semblait qu'Albert soupçonnant sa pensée détournait sans cesse l'entretien. « Qu'il est difficile de dire ce qu'on veut », songeait Berthe.

Soudain Albert se tut. Berthe avait déjà remarqué ce silence. Elle comprenait bien le mutisme de l'abattement qu'elle savait guérir, mais non pas ce silence étrange où il s'enfermait loin d'elle, les yeux pétillants de réflexion, inerte, et pourtant animé d'une pensée inconnue; ce silence subit et dense, rempli d'un être mystérieux, si prolongé, si inquiétant qu'elle n'osait pas l'interrompre.

Il se leva et lui serrant gaiement le bras :

— Avec tout cela, je ne sais pas pourquoi M. Ramage riait !

※

— On joue encore *la Proie.* Est-ce que cela t'amuserait de voir *la Proie ?*

— Comme tu voudras, dit Berthe.

— Je crois que cela ne vaut pas la peine de nous déranger, dit Albert continuant à parcourir la liste des spectacles.

Il posa le journal.

— Mais je ne voudrais pas te condamner à une vie

trop maussade. Nous pourrions retourner chez les Darcourt, vendredi.

— Si tu veux sortir pour moi, j'aime mieux *la Proie*.

— Je te dirai que je n'ai pas perdu ma soirée chez les Darcourt, la semaine dernière. J'y ai rencontré Rochard, par hasard. Je suis persuadé que Rochard se préparait à me reprendre son dossier. Il n'était pas revenu depuis la mort de mon père. Eh bien ! un bout de conversation au coin d'un salon, une parole cordiale, et mon lascar est repris, parce qu'il m'a vu...

Oui ! poursuivit Albert, marchant à travers le salon, le théâtre... Passe encore une bouffonnerie ou quelque drame bien terrible, mais ces pièces qu'on donne pour sérieuses, quelle misère ! On est dupe un instant. Parbleu ! lorsque des personnages gesticulent sur la scène, habillés comme vous, ils ont l'air de vivre. Je t'assure que nous sommes plus intéressants lorsque nous causons ici, tout bonnement, avec Castagné ou Ensénat.

Il se rapprocha de Berthe et reprit :

— Autrefois, Quatrefage avait monté une société. Je crois bien que c'était sa première affaire. Il en parlait constamment. D'ailleurs l'idée était merveilleuse. Du moins elle semblait merveilleuse, car ce fut un fiasco. Un fiasco... Eh oui ! la réalité a encore son mot à dire, après les prévisions et les discussions. C'est quelquefois un mot très spirituel. En tout cas un mot profond. Évidemment, c'est un mot profond.

Il s'assit, les mains dans les poches, se coucha contre le dossier du fauteuil, et poursuivit :

— Il s'agissait d'un téléphone qui vous reliait au théâtre. Après le dîner, sans se déranger, au coin de son feu...

Berthe, courbée sur un ouvrage de broderie qu'elle soutenait d'un geste appliqué, levait par moments les yeux vers Albert.

— Je croyais que tu ne savais pas broder ?

— Tu vois, dit-elle en souriant, je ne suis pas très habile. J'ai commencé cet ouvrage pour que tu ne t'occupes pas de moi. Il me semble que tu es plus libre ainsi.

Tu parles quand tu veux. Je t'écoute. Je t'assure que je n'ai pas besoin de théâtre, ni du téléphone de Raymond. Tu es une distraction exquise.

Elle posa son ouvrage sur la table et, se rapprochant d'Albert, elle lui prit les mains :

— Dis-moi que je ne te pèse jamais, même à cette heure où tu étais seul autrefois ? Que faisais-tu après le dîner ? Je ne voudrais pas que tu saches que je suis là; je voudrais que tu sentes seulement la maison moins triste.

Elle mit ses doigts sur les yeux d'Albert.

— Voilà, tu es seul.

Il ôta la main de Berthe et la retint dans la sienne en souriant. Elle avait dit : « Tu es une distraction exquise », et il se répétait cette phrase en regardant les beaux yeux éclairés par la lampe.

Puis il s'enfonça de nouveau dans son fauteuil, ouvrit le journal et lut une annonce.

Il s'interrompit et songea : « Pourquoi ai-je pris ce journal ? J'ai eu comme un mouvement instinctif pour me dérober au plaisir que j'éprouvais. On dirait que ma nature a conservé le pli de la tristesse; elle se contracte devant le bonheur et le refuse. »

— A quoi penses-tu ? fit Berthe doucement.

Il sourit d'un air réfléchi et la regarda.

— Je pensais que nous étions très heureux, dit-il.

— Tu songeais à ton bonheur avec des yeux bien graves.

Sans répondre, il continua de fixer sur elle un regard méditatif et un peu ému; il lui semblait qu'elle connaissait sa pensée.

— Pourquoi me regardes-tu comme cela, sans parler ? dit Berthe.

Elle saisit les mains d'Albert avec un geste d'anxieuse tendresse :

— Écoute, chéri, tu m'effraies quelquefois. Quand tu ne dis rien, il me semble que je te perds. Mais pourquoi ? Explique-moi, toi qui m'as expliqué tant de choses. Autrefois, je voyais mieux dans tes yeux, je te comprenais toujours. Tu ne parles jamais de toi, tu te caches. C'est toujours moi qui parle de nous... Tiens ! En ce moment, je sens que tu t'éloignes. Tu ne réponds rien. Est-ce que tu veux m'inquiéter ? Pourquoi me regardes-tu avec des yeux si froids ?

Albert songeait : « Cette pensée qui m'est venue du plus profond de moi, elle ne l'a pas devinée. Il faudrait que je la dise comme à une étrangère », et il abaissa les yeux vers son journal.

— Comme tu voudras, dit Berthe en se relevant.

Elle se dirigea vers la salle à manger pour chasser une impression pénible, et appela Hugot. Il sortit de la cuisine en lissant ses cheveux. La petite Marceline à qui on défendait de marcher dans le couloir le suivit d'un air sournois et peureux.

— Votre fille devrait dormir, Hugot, à cette heure-ci.

— Veux-tu rentrer dans la cuisine ! fit Hugot d'une grosse voix chuchotante, en retournant vers sa fille. Ces enfants ! dit-il éploré avec son accent de Gascon doucereux.

— Vous ferez attention aux objets que j'ai laissés dans la caisse, dit Berthe sans l'écouter. Il faut les rendre à Mme Degouy. Vous direz à ma mère que je viendrai vers six heures. Je lui expliquerai. Vous pourrez porter les livres en même temps.

Albert avait quitté le salon lorsque Berthe y retourna. Elle s'assit pour continuer son ouvrage et songea : « Qu'est-ce qu'il y a donc eu entre nous ? Mais rien, en somme. Un de ces silences obscurs qui passent sur notre bonheur comme une ombre. Peut-être que je suis maladroite. Il a paru fâché. Pourquoi ? Catherine disait : « Dans les premiers temps du mariage, la vie n'est pas toujours facile. » C'est cela, la vie n'est pas toujours facile. »

Elle trouvait un soulagement à se répéter cette phrase d'une autre femme.

« Nous sommes toutes les mêmes ! » se disait-elle.

Il la croyait différente des autres, déjà formée pour le mariage, accoutumée à lui, vieille par l'expérience du cœur. Elle en avait l'air, mais en se contraignant un peu pour lui plaire. Elle voudrait qu'on l'écoute encore, qu'on l'interroge, qu'on l'aide à démêler bien des sentiments nouveaux. Ainsi, les baisers de la nuit remuaient en elle des impressions tenaces qui l'occupaient trop longtemps. C'est à lui seulement qu'elle pourrait en parler.

« Il me trouverait puérile, se disait-elle. N'est-ce pas étrange qu'il faille lui dissimuler justement ma pensée la plus intime ? Il n'a pas l'air de s'en douter. Pourtant, comme il savait me dérober autrefois ce que je voulais garder de mon cœur ! »

— Qu'est-ce que tu as mis sur la cheminée ? dit Albert en entrant dans le salon.

— Ah ! rien ! des bibelots que j'avais autrefois dans ma chambre. Je les ai trouvés dans la caisse. Mais tu les as vus ce matin. Tu te rappelles bien ? Tu as même touché les petits chevaux ?

— Non. Je ne m'en souviens pas. Je crois que si j'avais vu ces chevaux, ils m'auraient frappé : ils sont affreux. Ce qui me plaît dans cette cheminée, c'est justement la nudité du marbre avec cette pendule massive. Une merveille d'ailleurs cette pendule. Ma mère l'avait achetée chez Jouot.

Albert ne s'intéressait jamais à l'arrangement de la maison. Berthe sentit qu'elle avait heurté, non pas son goût personnel, mais un de ces principes d'esthétique qu'il tenait de sa mère ou de M. Filipon. Elle reconnut l'irritante influence étrangère et voulut y opposer son idée, une idée quelconque, irréfléchie, mais qui affirmât son droit de dominer aussi. Elle déclara d'un ton résolu :

— Tu te trompes, ces bibelots sont jolis et je trouve qu'ils réchauffent...

— Non ! cria Albert. Non ! un objet laid est un objet laid. Il ne réchauffe rien du tout !

Elle répondit avec autorité :

— Ces bibelots ne sont pas laids. Je ne dis pas qu'ils aient une grande valeur, mais ils ne sont pas laids. Dans l'ensemble, la cheminée y gagne. Elle est moins nue.

— Ils ne sont pas laids ? fit Albert.

Il courut dans la chambre à coucher, prit sur la cheminée le chien de porcelaine, le minuscule bouddha, les petits chevaux aux pattes tordues, la coupe de cristal et retourna dans le salon.

— Ils ne sont pas laids ! dit-il en alignant les objets sous la lampe d'un geste fébrile. Tu ne soutiendras pas que ce chien... Est-ce un chien d'abord ?

— Je ne défends pas spécialement ce chien.

— Oui, fit Albert d'une voix vibrante et martelée, tu ne défends pas ce chien. Tu défends l'ensemble. Tu as cette horreur de toute surface libre qui a engendré les faux Tanagras, les cache-pot, la végétation des cristaux, le peuple des bronzes ! Connais-tu seulement l'abjection des maisons françaises ? Le papier des murs, le simple papier d'un bon salon bourgeois...

Berthe s'était réfugiée dans sa chambre, et elle s'assit sur une chaise, comme épuisée par cette voix ardente et impérieuse. Pourquoi tout ce bruit, ces regards durs d'un éclat presque haineux ? « Dans cette maison, rien ne m'appartient, se disait-elle ; ce coin me rappelait ma chambre. On pourrait bien me laisser ces pauvres objets. Mon Dieu ! les chevaux ne sont pas en argent ! Ils ont les pattes tordues. Ce petit bouddha, c'est le premier bibelot qu'on m'a donné, je m'en souviens, c'était après ma scarlatine... » Et Berthe sentit les larmes monter à ses yeux, comme si elle était redevenue petite, faible, abandonnée. Elle, si fière et qui ne pleurait jamais autrefois, elle était facilement en larmes maintenant.

Elle entendit Albert. Passant dans le cabinet de toilette, elle ouvrit l'armoire de la pharmacie pour cacher son visage.

Albert se pencha hors du lit et regarda sa montre.
— J'éteins.
Dans la nuit, la pendule du salon jeta lentement ses petits coups lointains, graves et doux.
Il se blottit sous la couverture, glissant son bras sous l'épaule de Berthe.

Après un silence, il dit :

— Je crois que je les entends marcher, là-haut. Est-ce qu'ils sont revenus ?

— Je l'ai vu ce matin.

— Tu sais, dit Albert doucement, les yeux fermés, caressant un bras nu, la tête appuyée contre le corps tiède sous la fine batiste, tu sais... Tu peux arranger ta cheminée comme tu voudras. Je t'ai taquinée méchamment. Je vais te dire. J'étais agacé, parce que tu n'avais pas compris...

Il expliquait la pensée que Berthe avait tant cherchée dans son silence; à présent, elle ne s'en souvenait plus. Toute inquiétude avait disparu dans la tendresse limpide qui les unissait.

Ils se turent.

On entendit au loin la corne d'une automobile. Dans la rue silencieuse passa le grêle tintement d'un grelot.

— Est-ce que tu dors ? fit Albert.

Puis il dit :

— J'ai invité Maurisset à dîner, pour jeudi. On pourrait demander aussi aux Julien.

— Maurisset ? tu crois ?

— Mais oui, il est très simple. Il venait souvent dîner ici autrefois.

Berthe sentait Albert à côté d'elle dans cette voix aimée tout contre son oreille, mais elle ne reconnaissait pas encore le contact de ce corps d'homme dont elle se rapprochait avec un peu de crainte, comme s'il n'appartenait pas au visage qu'elle devinait dans la nuit, mais à la rudesse d'un sexe étranger.

⁂

— Tu nous délaisses, dit Albert en faisant asseoir Ensénat dans le grand fauteuil de cuir. Nous t'attendions tous les soirs. Nous sommes toujours à la maison après le dîner.

— J'ai été souffrant au début de l'hiver; je n'ai repris mes conférences que le mois dernier.

— Vous paraissiez encore fatigué l'autre jour, dit Berthe l'air aimable, songeant qu'elle avait oublié de s'informer de sa santé quand il était venu dîner.

— Eh bien ? tu connais Maurisset ! dit Albert.

Il s'aperçut qu'il interrompait une phrase de Berthe et se tourna vers elle en souriant.

— Ma femme a beaucoup de sympathie pour lui. Il ne faut pas le juger sur le personnage que tu as vu. C'est un pauvre individu celui-là qui ne peut s'arracher de Paris et qui dîne n'importe où pour passer la soirée.

— Pourquoi veux-tu l'envoyer à la campagne ? dit Enségnat en se redressant par petites secousses pour échapper à l'absorption du vaste fauteuil. Il faut être jardinier, moine ou chasseur pour supporter la solitude. Crois-tu que la pensée contente le penseur beaucoup plus que l'imbécile ? L'écrivain a besoin de repos après son travail. Le monde est un bon refuge, un divertissement puissant. Au milieu de trois personnes, on ne s'appartient plus.

— Tu as raison, dit Albert sans réfléchir à ce qu'il disait, mais cherchant à ramener entre eux la libre intimité des entretiens d'autrefois.

Enségnat se leva pour parler à son aise. Après une objection d'Albert, il s'écria en marchant vers lui :

— Mais, mon pauvre ami !

Il vit le regard d'Albert se diriger vers Berthe et comprit que son impétuosité les faisait sourire.

Il s'assit et dit à mi-voix :

— En tout cas, j'aime beaucoup son premier livre.

Après un silence, il dit :

— Tiens ! vous avez un piano. Il n'y avait pas de piano dans ce coin ?

— Ce piano se trouvait dans le petit salon.

— Est-ce que vous jouez du piano, madame ?

— J'en jouais autrefois, mais j'ai sûrement tout oublié.

— Elle joue très bien. Tu devrais t'y remettre.

— Ah ! madame, les doigts se perdent vite ! Les plus grands virtuoses font des gammes tous les jours comme leurs élèves. On ne possède rien longtemps.

— C'est la vie, dit Albert. La vie mouvante.
— C'est la vie, reprit Ensénat.
Il parlait distraitement; son regard se fixait avec insistance tantôt sur Berthe, tantôt sur Albert.
— Tu es injuste pour le talent de Maurisset, reprit Albert tout à coup. Nos pères ont perdu beaucoup de temps en discussions littéraires. L'objet de l'écrivain est toujours de reproduire la réalité, la plus haute réalité. Mais où réside cette réalité et comment l'atteindre ? C'est un problème.
Berthe, les yeux fixés sur une revue, se rapprocha de la table par un geste discret de jeune fille qui n'a pas coutume de participer à la conversation des hommes.
— Je crois que tu es de mon avis ? dit Albert en se tournant vers Berthe.
Surprise par cette question, Berthe répondit un peu étourdiment. Elle sentait sa pensée se déformer dans ses paroles; sa voix même lui parut changée, comme si une sotte petite fille s'exprimait à sa place, tandis qu'Albert l'encourageait d'un regard plein de déférence.
— Tu vois, dit Albert en s'adressant à Ensénat, c'est aussi son opinion.
Ensénat se tut. Il paraissait détaché de cet entretien quoiqu'il ne cessât d'observer Berthe et Albert.
— Tu retournes par le boulevard Saint-Germain ? dit Albert. Je vais terminer une lettre que je te demanderai de jeter à la poste.
— Voyons ! Albert. Nous avons une boîte aux lettres à côté de la porte. Hugot peut descendre.
— Non, dit-il en s'éloignant, je ne suis pas sûr des levées après neuf heures.
— Qu'il est méfiant ! dit Ensénat en riant. Avez-vous remarqué, madame, combien il est méfiant ?
— Je ne m'en suis pas aperçue.
Elle ajouta :
— Il est bien indiscret. J'espère que cela ne vous gêne pas de porter cette lettre ?
Cette intervention cérémonieuse entre son ami et lui

parut singulière à Ensénat. Il regarda la robe de Berthe et le ruban de ses cheveux.

— Vous allez souvent au théâtre ? dit-il continuant d'observer Berthe.

— Non, fit-elle avec précipitation. Pourtant nous devons y retourner jeudi. Nous allons voir la nouvelle pièce de Nicollier. Elle n'est pas nouvelle pour vous ? sans doute. Mais Albert ne se décide jamais avant la centième. Aussi la salle est misérable... Je suis sûre que nous serons entourés de concierges.

Elle parlait avec une exubérance aimable et un peu compassée. Elle aurait voulu plaire à cet ami d'Albert, mais elle sentait qu'il avait d'elle une idée fausse et que les mots qu'elle disait involontairement fortifiaient cette impression.

— Vous sortez souvent ?

— Mais non, je vous assure. Nous sommes très casaniers. Albert déteste le monde.

— Albert déteste le monde, dit Ensénat en redressant une branche de mimosa. Que ce mimosa est joli dans ce vase bleu ! On dirait des grappes de pollen. Vous pensez qu'Albert déteste le monde ?

Elle crut deviner une nuance d'ironie dans la phrase d'Ensénat et songea qu'il avait connu Albert durant sa jeunesse et dans un monde qu'elle ignorait.

Ensénat remarqua le visage de Berthe qui parut soudain amaigri par une expression soucieuse. Pour rompre le silence, il dit :

— Albert travaille trop. Dans l'action, on ne mesure jamais la dépense. Surtout Albert qui est si passionné. On prétend que les hommes ne pensent qu'à leur intérêt, mais je ne vois partout que des gens qui se tuent.

Berthe restait distraite. Ensénat se leva lorsque Albert entra dans le salon, une lettre à la main.

❦

— C'est commencé ? dit Albert en ôtant rapidement son pardessus.

Ils pénétrèrent dans la salle obscure toute remplie entre ses dorures éteintes par la vague pâleur des visages.

— Avance ! dit Albert à mi-voix tandis que Berthe demeurait immobile le regard captivé par la scène lumineuse et proche.

Elle s'assit auprès d'Albert sans quitter la scène des yeux. Un vif éclairage faisait ressortir le fard et les costumes des personnages. Dans la salle, on entendait encore l'agitation comprimée, la toux, le souffle de la foule qui remuait comme dans la gêne d'un mauvais sommeil.

— Ils parlent trop vite, dit Berthe.

Elle regarda Albert enfoncé dans son fauteuil.

— Tu ne regrettes pas d'être venu ? dit-elle.

— Non. Écoute donc la pièce.

Cessant de remarquer un détail du décor, le son des voix, l'animation étrange de ces êtres à la fois réels et factices; peu à peu intéressée, puis émue, toute secouée par ces douleurs qu'elle savait si bien comprendre, Berthe participait maintenant à la passion des personnages. Devant cette tourmente de sentiments, ce monde obscur des hommes et des femmes qu'elle ne connaissait pas encore, et comme perdue dans ses larmes, effrayée par l'angoisse de son cœur qu'elle sentait trop sensible aux souffrances de l'amour, elle glissa son bras sur les genoux d'Albert et lui prit la main pour se rapprocher de lui et se rassurer.

Attentif à la pièce, il gardait distraitement la main de Berthe dans la sienne.

Elle retira sa main et aperçut dans l'enfoncement d'une loge un homme penché vers une jeune femme. Elle se rappelait qu'Albert l'avait emmenée dans ce même théâtre, une après-midi, quand elle avait dix-huit ans. Ils étaient restés blottis dans l'ombre d'une loge, et, tout le temps, elle avait senti ses yeux fixés sur son visage.

— Te souviens-tu ? dit-elle à mi-voix.

— Mais ne parle pas ! C'est impossible d'écouter !

En entendant cette voix irritée qui la blessait à l'instant où son cœur était si sensible, elle fut prise d'une sorte de frayeur.

Elle se leva et se glissa contre les genoux d'une dame.

— C'est insupportable ! dit un vieux monsieur qui rabaissa son strapontin en la suivant des yeux.

Elle rencontra une ouvreuse et dit sur un ton tranquille :

— Il fait chaud dans cette salle !

Albert apparut. Elle vit la colère dans son regard, monta rapidement l'escalier, suivit un couloir, et s'arrêta devant une porte vitrée.

— Qu'est-ce que tu as ! cria Albert en la rejoignant. Est-ce de la folie ?

Berthe essayait d'ouvrir la porte. Elle ne savait plus pourquoi elle était sortie. Elle entendait cette voix violente.

— Mais laisse donc cette porte ! dit-il en lui saisissant les mains.

On applaudissait dans la salle.

— Veux-tu m'expliquer ? dit-il d'une voix plus basse.

Apercevant des gens qui marchaient dans le couloir d'un air calme, Berthe fit un effort sur elle-même comme pour s'éveiller d'un cauchemar.

— Réponds-moi ? dit Albert. Tu vois bien que nous sommes ridicules.

— Ce n'est rien. Une impression. Je t'expliquerai tout à l'heure. Ce n'est rien.

Lorsqu'ils sortirent du théâtre, Albert prit le bras de Berthe.

— Marchons. L'air est agréable. Ces salles de spectacle sont empoisonnées.

Il ajouta avec douceur :

— Explique-moi pourquoi tu as quitté ta place. Tu peux bien me le dire, à présent.

— Je ne m'en souviens plus. C'était de la fatigue. N'y pensons plus.

— On ne doit pas céder à ces impulsions bizarres, dit Albert d'une voix lente et profonde. Les maladies nerveuses ont souvent pour origine une mauvaise habitude d'esprit. Il faut se dominer.

Il s'arrêta en tournant la tête vers un groupe d'hommes qui les dépassèrent, et reprit le geste énergique :

— On peut toujours se dominer. On fait provision de force morale comme d'oxygène. Autrefois, je traversais les rues avec une appréhension stupide qui me jetait sous les voitures. Je me suis imposé une démarche tranquille. A présent, je passe d'un trottoir à l'autre sans m'en douter. Je me souviens qu'après cette petite victoire sur ma nervosité, j'ai pu me retenir de répondre trop vite et avec humeur à une lettre irritante, ce qui est très nuisible. A cette époque, dans une circonstance grave, j'ai montré le courage que l'événement demandait, parce que j'étais « en forme », comme disent les gens de sport... J'ai constaté que tu es souvent nerveuse. Oui, chez les Begouin, je ne t'en ai pas reparlé, cette petite pique. Hier soir encore. Ce sont de fâcheux indices. Autrefois, tu avais un caractère égal. Je me souviens combien ton calme et ta douceur me plaisaient.

Ils marchaient, accompagnés d'une foule qui rentrait des théâtres le long des boutiques closes et sombres. Sur le boulevard éclairé par les hauts globes électriques, les automobiles vibraient avec une subite reprise de fièvre.

Berthe écoutait cette voix sage d'une belle sonorité. Elle ne songeait pas à se défendre. Elle connaissait bien cette étrange susceptibilité qui lui paraissait maintenant redoutable parce qu'il s'en apercevait. Si ce mal allait grandir; si elle était vraiment faible, irritable, fantasque, peut-être qu'il ne l'aimerait plus ?

Albert sentit que ses paroles touchaient Berthe. Il en fut content; mais elle semblait soucieuse, et il voulait la voir gaie, parce qu'il était subitement joyeux.

Il s'arrêta devant un restaurant dont les vitres tapissées à l'intérieur de stores soyeux et de palmes s'éclairaient faiblement.

— Allons prendre une tasse de chocolat, dit-il.

Un mouvement d'attention parcourut le groupe de valets debout devant un étalage de victuailles. Albert passa rapidement entre les tables comme s'il savait exactement la place qu'il désirait.

Berthe s'assit sur la banquette et se retourna vers la glace, touchant ses cheveux.

— Crois-tu qu'on puisse demander du chocolat ? dit-elle à voix basse.

Trois personnes soupaient à la table voisine.

— Il y a peu de monde encore. J'ai vu souvent ce restaurant plein à minuit, dit Albert.

— L'orchestre n'est pas mauvais, dit Berthe qui écoutait la conversation des trois dîneurs.

Elle ajouta à voix basse :

— Je crois que c'est un avocat. Le connais-tu ?

— Non, je ne le connais pas, dit Albert attentif malgré lui aux propos de ses voisins.

Pour détourner son esprit de l'irritante conversation dont elle ne pouvait s'empêcher d'écouter chaque mot, Berthe regarda vers la porte. Des femmes entraient avec de longs manteaux clairs, un voile sur les cheveux.

— Voilà Maurisset, dit Albert.

On vit un petit homme boutonné dans son pardessus que la porte tournante jetait à la lumière. Maurisset aperçut Albert qui lui faisait signe et s'approcha.

— Non ! dit Maurisset en se débattant entre les bras d'Albert. Je garde mon pardessus. Je cherche Capus.

— Vous le trouverez tout à l'heure. Asseyez-vous une minute.

— Oui, madame, dit Maurisset s'asseyant auprès de Berthe. Les vieux comme moi se couchent de bonne heure.

— Je suis sûr que vous dormez mal, dit Albert qui se pencha vers Maurisset avec un regard affectueux.

— Très mal.

— Paris est mauvais pour vous.

— C'est Nicollier qui est là-bas, dit Maurisset parcourant des yeux la salle. Derrière le pilier.

— Nicollier ? vraiment ? fit Albert.

Il se tourna vers Berthe.

— Tiens, regarde, là-bas. Derrière ce pilier, c'est Nicollier.

Revenant vivement vers Maurisset :

— Vous connaissez les deux femmes ?

— Il est avec sa maîtresse, Valentine Michel. Elle lui a donné la substance de ses drames. Et maintenant ! C'est la petite Bernis qui soupe avec eux. Mettez-vous là, vous verrez mieux. Elle est délicieuse cette enfant. On la fait passer pour la nièce de Valentine. C'est plus commode.

Maurisset baissa la voix, mais ces mots parvenaient distinctement à Berthe.

Elle eut un petit mouvement de recul et, comme gênée, détourna son regard.

— Pas la petite ! bien sûr ! dit Maurisset à voix haute, dans le rude reniflement de son rire.

Albert lui répondait d'un air amusé et tranquille. Berthe songeait : « Sans doute qu'il est endurci à ce langage; nous n'avons pas eu la même jeunesse », et son regard errait dans cette salle de plaisir où la douce lumière des abat-jour éclairait des gorges nues et scintillantes. Elle voyait auprès d'elle un homme au teint brun, assis auprès d'une femme. Elle se rappelait ce qu'on enseignait aux jeunes filles sur la tenue d'une femme, la dignité sacrée de la femme, et elle s'apercevait que les plus belles et les plus parées sont au service des hommes.

— Je vous laisse, dit Maurisset en se levant.

Un garçon emporta les tasses, couvrit la table d'une nappe fraîche, et posa devant Berthe une petite caisse de fraises.

Albert regarda les fraises.

— Attends, dit-il. Je fumerai encore une cigarette. Si nous prenions du champagne. Un champagne rose, un peu sucré. Et une petite côtelette ? Ils ont ici de petites côtelettes exquises.

— Garçon ! fit Albert en levant un doigt.

Par un passage encombré de tables, Nicollier se glissait inaperçu, à pas discrets et comme étouffés dans le sillage des deux femmes qui le précédaient fièrement.

— Ce champagne est excellent, n'est-ce pas ? dit Albert. J'ai pensé que tu l'aimerais mieux sucré.

Il se renversa sur sa chaise au bercement d'une valse, but une gorgée de champagne, et songea à sa plaidoirie pour Chavannes. Il se sentait l'esprit net et vif dans cette atmosphère engourdie de musique, où toutes les femmes avaient l'air un moment d'être jolies, et il se répétait avec plaisir les premières phrases de son discours.

Il se pencha vers Berthe.

— Tu vois, ce petit homme qui écrit une lettre près de la porte ; c'est Arton. Tu n'as pas l'air de t'amuser ? Goûte ces fraises. Elles sont belles et fades comme les femmes d'ici.

— Je m'amuse beaucoup.

Un musicien en veste rouge, son violon sous le bras, s'arrêta devant leur table avec un salut mystérieux.

— Voudrais-tu une pêche ? Qu'est-ce qui te ferait plaisir ? Tu penses à quelque chose que tu ne veux pas me dire. Je le sais.

— Non, je t'assure... Je suis très contente...

— Dis-le-moi.

— Ce n'est rien. Tu te moquerais.

— Dis-le-moi tout bas, fit-il toujours penché vers elle en la regardant avec tendresse.

— Ce n'est rien. Un souvenir...

Elle aurait voulu s'exprimer sur un ton léger, indifférent, mais sa voix s'altéra tout à coup, et elle dit gravement :

— Je pensais à cette dame que tu as connue... Cette dame dont tu m'as parlé autrefois chez Castagné.

— Quelle idée ! dit Albert.

— C'était une amie de ta famille, je crois. Tu l'avais rencontrée à Saint-Malo.

— Non ! Mais quelle idée ! reprit Albert en passant sa main devant ses yeux.

— En somme, tu m'en as très peu parlé.

— Mais, diable ! Est-ce le moment de déterrer une histoire vieille de quinze ans ? Une histoire qui n'a même jamais existé ! et c'est pour cela que tu es triste depuis une heure ?

— Je ne suis pas triste. Mais pourquoi dis-tu que cette histoire n'a jamais existé, puisque tu me l'as racontée autrefois ?

— Je t'ai raconté, il y a cinq ans, six ans, une aventure insignifiante. Je me rappelle qu'elle a produit si peu d'impression sur toi que je l'ai colorée pour n'avoir pas l'air d'un nigaud, et elle te revient à l'esprit, tout à coup, ce soir. Mais pourquoi, ce soir !

— Je sais bien que cette histoire n'est pas grave, mais un hiver, tout un hiver, cela compte !

— Je t'ai dit un hiver ? En réalité, cela n'a pas duré huit jours. Mais pourquoi revenir sur cet incident, sans intérêt, chimérique, je dis chimérique, justement ce soir ?

— Tu ne comprends pas, dit Berthe d'un ton posé. Je n'attache aucune importance à ce souvenir. Je me demande seulement pourquoi tu refuses d'en parler.

Albert s'obstinait dans un mutisme crispé, observant un pli sur le front de Berthe.

— Je n'ai rien à raconter parce qu'il ne s'est rien passé !

— Tu es drôle, dit Berthe cherchant à dominer la nervosité qu'elle sentait paraître sur son visage. Pourquoi veux-tu cacher maintenant une histoire que tu m'as racontée autrefois ; pourquoi dire que tu as exagéré, qu'elle est inventée ?

— Toujours ! fit-il en serrant les poings. Toujours, quand nous sortons, il te vient en tête une idée saugrenue ! Garçon ! cria-t-il.

— Tu t'animes. Tu vois bien que c'est toi qui mets la discorde entre nous.

— Je suis très calme, dit-il en se levant. Je demande nos manteaux.

❦

Berthe se souvenait bien que cette confidence ne l'avait pas inquiétée autrefois, mais il aurait fallu des paroles nouvelles pour apaiser un sentiment qui la touchait à présent jusque dans sa chair plus éveillée; et pourtant elle ne le questionna plus, comme si elle craignait de souffrir.

Naguère, Albert lui apparaissait hors du monde et tout concentré sur elle; voici qu'elle découvrait l'univers fascinant où il avait vécu loin d'elle. Elle se souvenait du jeune homme qui lui semblait si fougueux dans le désir. Maintenant, il était calme et sans passion. Peut-être qu'il avait déjà épuisé sa jeunesse ? Elle évitait de l'interroger sur son passé, mais parfois elle lui parlait de son enfance. Il répondait avec un air de malaise : « C'est à présent que je suis jeune. »

Selon les jours, dans le silence ou la gaieté, le sommeil ou la colère, il prenait un visage différent. Elle avait cru l'approcher davantage, s'unir à lui dans la vie commune; au contraire, il lui échappait en multiples aspects inconnus. Elle voyait se disperser et se dissoudre l'image où si longtemps s'était fixé son amour.

II

— Voici de gentils neveux ! fit Mme Quatrefage, traversant le salon les mains tendues vers Albert et Berthe.

Elle s'assit auprès d'Albert sur le canapé et ouvrit une bonbonnière.

— Prenez un chocolat. Vous étiez très gourmand autrefois. Mon gendre m'a beaucoup gâtée cette année.

— Est-ce que Philippe va bien ? dit Albert en s'adressant à Odette.

Elle regardait son fils qui traînait un jouet sous le canapé.

— Je pense qu'il va venir tout à l'heure, dit Odette sans quitter des yeux son enfant.

— Qu'est-ce qu'il tient dans la main ? dit Berthe en s'agenouillant auprès de Michel. Un soldat ? Tu as de beaux jouets...

— Eh bien ! Michel, as-tu montré tes jouets à ta tante Berthe ? Les jouets du père Noël.

Le petit garçon rentra sous le canapé et poussa un grognement.

M. Quatrefage entra dans le salon et s'assit en silence.

— Nous admirions votre petit-fils, dit Albert d'une voix forte.

— Il est gros, trop gros, fit le vieillard avec lenteur.

— Je suis toujours surpris que les enfants acceptent si tranquillement le prodige du père Noël, dit Albert cherchant à retenir l'attention d'Odette. On leur annonce que le bonhomme apportera des jouets par la cheminée et le miracle se produit.

Comme Odette ne cessait d'épier son fils, Albert se tourna vers M. Quatrefage :

— Il est vrai qu'ils ont l'habitude du merveilleux. Ils vivent dans l'extraordinaire. Cette simple couleur d'un beau rouge les étonne davantage, dit-il ramassant un soldat.

Le petit Michel qui avait rampé hors de sa retraite s'empara d'une jambe d'Albert sous le regard de sa mère.

— Et ceci doit nous rendre indulgents pour leurs mensonges, poursuivit Albert qui repoussa doucement l'enfant. Qu'est-ce au juste que la réalité dans un monde si fabuleux ? Il faut beaucoup d'années et d'expérience pour la discerner, et encore les hommes se méprennent souvent.

M. Quatrefage avait pris l'habitude depuis si longtemps de ne pas écouter la conversation des siens qu'il semblait sourd. Il approuvait en silence, un sourire continuel répandu dans ses rides, le regard malin, comme s'il apercevait un mot d'esprit qui ne venait pas jusqu'à sa bouche fatiguée, mais dont le reflet brillait dans son lorgnon.

Albert causait avec un certaine coquetterie de langage; ses façons dans le monde rappelaient à Berthe le jeune homme qu'elle rencontrait autrefois chez les Ducroquet, et, aujourd'hui encore, elle sentait que les autres ne savaient pas goûter les paroles d'Albert et qu'elle était seule à l'entendre.

En quittant la maison des Quatrefage, elle prit le bras d'Albert.

— Odette est une mère obsédée. J'ai été la voir, avant-hier. On ne peut lui parler que de son enfant.
— Oui, une mère obsédante...
Berthe remarqua l'air distrait et comme éteint d'Albert.
— Veux-tu que nous passions par les Tuileries ? dit-elle.
Albert pressa le pas.
— Il est six heures; Ensénat m'attend à la maison.
— Un dimanche ?
— Il n'est pas libre tous les jours. J'avais besoin d'un renseignement; il peut m'éviter beaucoup de recherches.
Albert trouva Ensénat dans son bureau.
— Prends mon fauteuil, dit-il en approchant une chaise de la table ornementée de dorures.
Il s'assit auprès d'Ensénat, ouvrit un code, et fronça les sourcils.
Une heure s'était écoulée.
— On étouffe ici, dit Albert. Le dimanche est un jour claustral. Allons marcher avant le dîner. Tu dînes avec nous. Si, c'est convenu avec Berthe. Tu pourras rejoindre Morin à neuf heures.
Il entra dans le salon où Berthe l'attendait.
— J'ai demandé à Ensénat de dîner avec nous, dit-il à voix basse.
— Ce soir ! fit Berthe d'un air déçu.
— Il partira à neuf heures, dit Albert qui s'approcha de Berthe pour l'embrasser.
— Nous n'avons rien pour le dîner, dit-elle en souriant à cause de l'air content d'Albert.

Les deux amis se promenaient devant la maison. La foule passait sous les réverbères en groupes familiaux.
Albert sentait qu'un secret demeurait entre son ami et lui et gênait leur intimité parce qu'il n'avait jamais parlé de Berthe librement depuis son mariage.
— Vois-tu, mon vieux, dit-il prenant le bras d'Ensénat, il y a des mariages délicieux. Le tort des amoureux est de se lier étourdiment. Je n'ai jamais été amoureux. J'ai aimé

une jeune fille pour ses vrais mérites. Le temps n'a de prise que sur les illusions. Berthe est une merveille. Tu ne peux pas la juger encore. Sa beauté n'est pas frappante. N'est-ce pas ? Elle n'est pas de ces femmes dont on dit : « La belle Mme Pacaris. » Pourtant, sous certaines lumières, dans notre salon surtout, peut-on rêver d'un visage plus charmant ?... Son esprit, je dirai plutôt son âme, a besoin aussi pour apparaître du jour discret, de l'abandon d'une causerie intime...

Il voulait montrer à Ensénat qu'il ne craignait pas de lui parler avec sincérité et ajouta :

— Elle est peut-être un peu nerveuse.

Il poursuivit à voix basse, montant l'escalier :

— Les femmes ont besoin de s'accoutumer au mariage. Elles appellent sensibilité, une inquiétude qui gâte bien des heures. Elles ont trop de loisirs. Heureuses les pauvres ! As-tu remarqué le sort étrange que nous imposons à la femme ? On développe en elle l'imagination, la sentimentalité, on la prépare exclusivement pour l'amour comme si elle ne devait pas connaître la vie...

Ensénat recula sa chaise pour s'asseoir à table, suivant des yeux les mouvements de Berthe.

— Avez-vous vu Castagné ces jours-ci ? dit-il.

— Cette après-midi nous avons fait une visite à ses beaux-parents, dit Albert.

— Il voit beaucoup les Lamorlette. Connaissez-vous Mme Lamorlette ? dit Ensénat en s'adressant à Berthe.

— C'est une femme stupide, dit Albert vivement. J'aimais beaucoup son premier mari. Je crois que Lamorlette a divorcé de son côté pour l'épouser. Il paraît que le nouveau ménage est très heureux. Je le conçois, poursuivit Albert en se versant du vin. Quand on se met en ménage pour la seconde fois, on veille sur son bonheur. C'est une question d'amour-propre.

— Je ne comprends pas qu'on épouse un ami d'enfance. Lamorlette et sa femme ont grandi ensemble. Ils étaient nos voisins à Surgère, dit Ensénat.

— Je serais plus tolérant, dit Albert en songeant à

Odette. Il faut peu de chose pour transformer le compagnon d'enfance en un personnage plein de mystère et on croit le connaître...

— Quel sceptique ! fit Ensénat devinant que Berthe approuvait son ton de reproche.

— Ceci me rappelle une histoire curieuse, dit Albert lorsque le domestique se fut éloigné. Tu te souviens de Mme Degalzin ? Son mari avait pris comme secrétaire le jeune Pardo, un cousin, je crois. A propos d'une affaire quelconque (certain contrat de vente dont on discutait devant Mme Degalzin), la moralité très délicate du jeune homme... il faut ajouter les petites circonstances obscures, habituelles à ces sortes de fièvres — remarque bien qu'il s'agit d'une femme irréprochable; bref, Mme Degalzin s'enflamma pour le petit Pardo. J'étais son confident. Je lui dis qu'elle était parfaitement heureuse jusqu'ici sans le petit Pardo; je lui montrai la honte, le scandale, ses enfants. La mère de Pardo accourut. Mme Degalzin pleurait tout le jour; elle reconnaissait son infamie, mais elle voulait partir avec Pardo. J'ai pu constater que les raisons qui ont tant de force en théorie : intérêt, religion, société, honneur, famille, ne pèsent guère dans un cœur exalté. Le mari qui était un homme pondéré accorda quinze jours à sa femme pour oublier sa passion ou quitter le logis à jamais.

— Il me semble que cette dame n'aimait pas son mari; c'est le fond d'une histoire aussi baroque, dit Ensénat qui cherchait des yeux l'acquiescement de Berthe.

— C'est-à-dire que c'est une monstruosité ! dit Berthe déplaçant sa fourchette d'un geste nerveux. Est-ce qu'on regarde une autre personne quand on aime !

— C'est un fait, poursuivit Albert, sans prendre garde à l'interruption de Berthe. Elle aimait son mari. En peu de temps, cet amour devint une gêne... Donc, le mari avait fixé un délai de quinze jours. Mme Degalzin se retira chez sa mère. Je tentai les suprêmes efforts. Mme Pardo s'accrochait à son fils. Nous avions échoué; le départ était résolu. Un jour, dans la matinée, Pardo, retenu je ne sais où, téléphona à Mme Degalzin. J'arrivai à ce moment. Je vois encore Mme Degalzin dans le vestibule pendant qu'elle parlait au téléphone. Je lui dis : « Alors, je n'ai plus d'espoir ? » Elle me fit signe de la suivre dans la salle à manger, sans me répondre tout de suite; puis elle me dit... d'un air... (C'est étrange combien les gens dans les minutes les plus graves de leur existence ressemblent à ce qu'ils sont tous les jours), elle me dit, simplement : « Je viens de réfléchir pendant que je parlais à Pardo. Je resterai. » Le téléphone l'avait dégrisée.

— Ce n'était qu'une fantaisie, fit Ensénat.

— Une fantaisie, dis-tu, parce qu'elle est restée. Si tu avais appris que Mme Degalzin s'était enfuie avec le petit Pardo, tu aurais pensé : « Quelle passion ! » Est-ce donc le scandale qui fait la passion ? Un scandale tient le plus souvent à un hasard, une étourderie, une petite lâcheté. J'ai songé depuis à cet entretien au téléphone, qui eut tant de conséquences, et j'ai cru comprendre que dans le son changé que l'appareil donnait à la voix de Pardo Mme Degalzin avait pressenti l'inconnu d'un monde... C'était une femme vraiment sensible. La sensibilité après un peu d'égarement la ramenait à la raison. Je crois qu'il vaut mieux posséder un certain discernement, un certain tact de l'âme que beaucoup de principes dans la tête.

— C'est une thèse dangereuse, dit Ensénat. Il n'y a que les femmes intelligentes qui seraient fidèles.

— Je m'en contenterais. Est-ce bien nécessaire que toutes les femmes soient fidèles ?

— Je suis persuadé que les Lamorlette se jugent très intelligents.

— Après tout, ils ont peut-être raison. Que disions-nous donc avant mon histoire ? Ah ! oui ! Castagné... Nous avons vu sa femme aujourd'hui.

Lorsque Ensénat fut parti, Albert revint au salon et s'assit dans un fauteuil. Berthe le regarda un moment, puis elle dit :

— Te voilà silencieux.

— Oui, je suis fatigué. J'ai trop parlé.

— As-tu remarqué un contraste ? A table, avec ton ami, tu parles sans arrêt. Dès qu'il a fermé la porte, tu t'assieds, tu es muet. Avec moi, tu n'as rien à dire.

Albert prit la main de Berthe, gardant sa tête appuyée au dossier du fauteuil.

— Sans doute, fit-il doucement, je cause avec les autres. C'est amusant de causer. On dit n'importe quoi. Des idées vous traversent la tête, qui vous surprennent. Elles viennent peut-être du voisin; demain on les contredira. De quoi est faite une opinion, même sérieuse ? Un reflet momentané de la sensibilité, un degré instable de nos connaissances, et deux gouttes de vanité. C'est vrai, avec toi j'ai envie de me taire. Dans ce silence que tu me reproches, et où je me replie, ne sens-tu pas que je retourne à moi-même ?

— Je croyais le sentir autrefois. Alors, j'allais sur tes genoux, comme pour dormir, et il me semblait que nous pensions ensemble. Maintenant, quand je t'ai entendu parler avec d'autres, quand je réfléchis à certaines choses, il me semble que c'est un être que j'ignore qui est enfermé dans ton silence. J'aurais besoin que tu me parles toujours. Tu es si compliqué...

— Mais non, ma petite, je suis tellement simple !

— Je ne sais pas ! L'homme qu'on aime n'est jamais simple.

— C'est toi qui compliques, dit Albert. Tu examines tes sentiments, tu t'inquiètes. Sois confiante, calme comme autrefois, et tu seras heureuse. Toute la différence est dans ta petite tête en travail. Mauvais travail ! Nous nous aimons, n'est-ce pas ? Eh bien ! n'y pensons plus. Les avares se croient pauvres à force de méditer sur leur fortune. Il ne faut pas tourmenter son bonheur de doutes, d'interrogations...

— C'est en parlant tout de même qu'on se comprend mieux. Tu veux que je sois calme, mais toi seul tu pourrais m'apaiser ! Quand j'étais enfant, je pensais : « Que peut-on bien se dire, après deux ans de mariage ? » Mon Dieu ! que de choses on aurait à dire !

— Eh bien ! parlons, dit Albert en se levant avec un geste d'impatience. Je t'écoute.

Inconsciemment, Berthe était remuée par la conversation qu'on avait tenue durant le dîner. Lorsqu'on parlait devant elle sur l'amour, la vie, les hommes, elle se sentait sans expérience et le monde l'inquiétait.

— Parlons ! reprit Albert.

Mais ces vagues impressions s'effacèrent devant la brusque question d'Albert.

— J'écoute.

Elle dit, ne sachant que répondre :

— Qui est cette Mme Degalzin ?

— Ah ! voilà, fit Albert, exaspéré par cette jalousie bizarre qu'il croyait deviner chez elle. Voilà le fond de ton anxiété. Mme Degalzin te préoccupe ! L'histoire que j'ai racontée a peu d'intérêt en soi... Les femmes n'aperçoivent que le côté anecdotique, insignifiant d'un récit. A propos de Mme Degalzin, j'ai dit un mot... charmant ! T'en souviens-tu ? Pourrais-tu le répéter ?

Non ! poursuivait Albert marchant à travers la pièce. Tu ne l'as pas entendu ! J'ai déjà observé que lorsque je parle devant toi à d'autres personnes, tu n'écoutes pas ce que je dis. Mais une petite histoire bien banale, tu l'as retenue ! Tu n'oublieras pas Mme Degalzin. Tu ne serais pas fâchée de la connaître. Mais il ne faut pas te demander le sens de cette aventure, le mot admirable — oui, je peux dire admirable — que j'ai ajouté !

— Je t'assure que ma phrase ne signifie rien... J'ai dit n'importe quoi.

— Et il n'y a pas longtemps ! il n'y a pas une heure !... Ah ! tu peux me demander de parler !

« Non, taisons-nous ! » aurait voulu crier Berthe. Elle se tenait sur une chaise sans bouger, comme prostrée, écoutant cet accent de mépris, ces reproches qui semblaient depuis longtemps contenus, accumulés contre elle en silence, et qui s'échappaient dans la sincérité de la colère; et elle sentait des larmes couler de ses yeux, sans chercher à les dissimuler ni à détourner la tête, comme s'il n'importait plus maintenant qu'il s'aperçût de cette faiblesse, puisqu'il était si mécontent.

— Allons ! fit-il d'une voix radoucie. Tu pleures ! Ce n'est pas la peine !

Il la prit sur ses genoux.

— Un rien te bouleverse. Tu es une enfant trop impressionnable... Mais qu'est-ce que tu as ?

— Je ne sais pas, dit-elle pleurant plus fort et se blottissant contre Albert qui devait consoler, comprendre et tout éclairer.

※

Deux ans après le mariage de Berthe, sans consulter ses filles, Mme Degouy décida de prendre un appartement plus modeste. Hortense avait conseillé certain immeuble de la rue Saint-Jacques. Mme Degouy s'installa dans son nouveau logement sans même remarquer où elle habitait. Lorsque Berthe traversait la porte cochère obstruée par les marchandises d'un imprimeur, elle apercevait au fond de la cour la haute maison de briques rouges dont il fallait encore gravir l'escalier raide et pauvre; et, sous le regard de la concierge qui épiait la visiteuse élégante, elle passait vite, comme troublée par un contraste injuste, une sorte de cruauté dont elle eût été coupable.

Mme Degouy assise auprès de son feu gardait une certaine élégance dans les robes qu'Hortense lui confectionnait comme autrefois. Sous la misère des cloisons, dans ces débris de luxe, la table à ouvrage, la grosse théière d'argent, le tapis bleu, Berthe retrouvait Noizic et son enfance. Mme Degouy devinait un sentiment de gêne chez sa fille; tout de suite, elle vantait son habitation.

— En été, j'aurai de beaux arbres devant mes fenêtres. Quand on se penche, on peut voir le Luxembourg.

Elle entraînait Berthe dans la cuisine pour lui montrer quelques perfectionnements.

— Comme c'est propre ! disait Berthe, chaque fois, connaissant l'effet de ce compliment.

— Et ma chambre ! disait Mme Degouy dans le couloir sombre.

Et il fallait admirer de nouveaux rideaux, un cadre à photographies, un petit poêle à gaz au souffle cracheur et haletant.

— Ah ! je suis très bien ici ! répétait Mme Degouy en s'asseyant auprès de son feu; et elle soulevait la théière de sa main fine sous le poignet de dentelle.

Est-ce que tu as des amis à dîner ? disait Mme Degouy pour ramener l'entretien sur un sujet dont sa fille aurait plaisir à parler.

Berthe racontait ce qui pouvait distraire sa mère.

— Et ton mari ?

— Il va bien. Il est très occupé ces jours-ci par un procès important. Tu n'as pas lu l'affaire Rodrigue ?

— Ah ! M. Rodrigue, dit Mme Degouy avec un air d'admiration vague.

Elle mit ses lunettes et, penchée vers Berthe, immobile, elle regarda attentivement le visage de sa fille.

Berthe aurait eu beaucoup à dire sur Albert et sur elle-même; mais il fallait cacher ces choses, à sa mère surtout, et elle remplissait l'entretien de petits récits qui ne touchaient pas à sa vie.

On entendit un bruit de voix dans l'appartement voisin, à travers la cloison.

— Pourquoi ne vas-tu pas à Noizic ? dit Berthe. Cette maison est si triste !

— Mais non, ma fille, je suis très bien ici. Tu viens me voir...

— A Noizic, tu habiterais ta maison. Tu verrais tes petits-enfants, Emma, Mme Chaurant, Mme Ducroquet.

Berthe voulait se persuader que Mme Degouy serait heureuse à Noizic; constatant encore une fois que sa mère se condamnait par sa propre faute à une existence solitaire, elle se leva comme soulagée d'un scrupule, et dit :

—‛ Il faut que je passe chez Odette.

Elle s'assit.

— Mais je peux rester un moment encore.

— Tu seras en retard, dit Mme Degouy qui renvoyait sa fille de peur qu'elle ne s'ennuyât. Je voudrais finir une lettre pour Emma. Tu vois, elle est commencée.

Lorsque Berthe descendit l'escalier, elle s'aperçut qu'elle était restée peu de temps et qu'elle avait cédé bien vite à l'idée de partir. Elle songea à remonter chez sa mère; puis elle continua sa route. Berthe ne se trompait pas sur le visage gai que Mme Degouy prenait pour la recevoir, et elle savait que l'une et l'autre cachaient leurs tristesses. Lorsqu'elle pensait à sa mère, elle découvrait dans ce caractère qui autrefois l'irritait des ressemblances avec sa propre nature, comme si l'âge la ramenait à ses origines, et elle emportait de sa visite, avec tendresse et un peu de pitié sur toutes deux, l'image de ces choses liées dans la chair.

— Mme Pacaris est venue aujourd'hui, dit Mme Degouy lorsque Hortense entra dans le salon; et elle retomba dans un silence souriant, plein de songe.

※

— Tu me trouves changée ? fit Berthe jetant les yeux vers la glace. Dis-le-moi franchement. Tu me trouves un peu changée ?

— Je parlais de ta robe, dit Alice Bonifas passant sur ses cheveux légers sa main très blanche piquée de taches de rousseur.

— Tu es bien ici. Quel calme ! en plein Paris... Es-tu contente ? Tu ne te sens pas isolée ? poursuivit Berthe qui cherchait à définir l'intérêt de cette vie recluse et laborieuse. Je te demandais si tu ne me trouvais pas changée, dit-elle tout à coup. C'est vrai, quand on est une jeune fille tout le monde vous parle de votre mine, de votre visage. Autrefois, je connaissais si bien ma figure que je savais le matin par un coup d'œil dans la glace quelle robe je devais mettre. A présent, je ne me vois plus...

— Non, tu n'es pas changée... Tu es aussi jolie... Tu es plus... peut-être que tu as moins de vie.

— Que veux-tu dire ? fit Berthe baissant les yeux.

— Il me semble que tu es plus indifférente. Tu me disais avant ton mariage : « Nous irons souvent ensemble à des concerts, à des conférences. » Ah ! poursuivit Alice touchant le bracelet de son amie, je trouve cela très naturel... Tu es très gentille de penser encore à venir me voir.

— La première année de son mariage, on est si occupée ! Mais je suis plus libre maintenant. Justement, je voulais retourner au Louvre. Je viendrai te prendre mardi, à deux heures. Non... Mardi, je ne peux pas... Je t'écrirai...

— Ta mère m'a dit que tu allais beaucoup dans le monde. Tu as une vie charmante.

— Mais non, dit Berthe qui cherchait par un ton de simplicité et un air un peu mélancolique à se rapprocher d'Alice, je reste beaucoup à la maison. Je t'assure qu'un ménage donne des ennuis ! Je ne veux pas renvoyer des domestiques paresseux, installés à la maison depuis vingt ans. C'est à peine si j'ose les commander, et, naturellement, je suis responsable de toutes leurs négligences.

« Ah ! tu verras ! dit Berthe en se levant avec un sourire, un mari n'est pas toujours commode !

Chez elle, Berthe fit allumer du feu dans le salon.

Accroupi devant le foyer, Hugot assemblait des brindilles selon un rite qu'il expliquait à Berthe.

— C'est à Marmande, disait-il, appuyant sur des liaisons qu'il introduisait entre tous les mots, chez M. le marquis de Casteljac, que j'ai appris à faire des feux...

Pour échapper à ce colloque, Berthe ouvrit un livre. Elle interrompit sa lecture et songea : « Peut-être qu'Alice a raison. J'ai moins de curiosité pour certaines choses. Les romans m'ennuient... Autrefois Albert m'apportait des livres, il me questionnait, il admirait mon goût. Est-ce qu'il s'en soucie aujourd'hui ? »

Et comme chaque fois qu'elle pensait à Albert, elle dévida la même suite de réflexions où elle s'étouffait :

« Je l'ai déçu peut-être. Il me l'a dit dans ses moments de colère. C'est le secret de son silence et de cet air fermé. Moi-même, je ne me reconnais plus. Je suis indécise, faible, irritable, quelquefois violente. Je suis peut-être laide. On dirait que tout ce qui était mauvais en moi et que je ne voulais pas voir m'envahit et me domine. Je n'ai plus la force d'être ce qu'il voudrait. Je suis seulement moi-même, comme tombée au fond de moi-même. »

Elle tâchait de lire mais absorbée par sa propre vie elle revenait à la méditation, au tourment de son amour.

— Comment pouvez-vous lire à présent, il fait nuit, dit Albert en ouvrant l'électricité.

Il apportait des fleurs.

— Te voilà ! dit-elle. Déjà !... tu vas rester !... Et des fleurs ! Je suis si contente de te voir !... Tu ne sais pas combien je suis contente.

La sombre rêverie s'était dissipée. Elle prit le bouquet et le respira d'un long souffle, d'un long baiser muet sur la pensée qu'il avait eue loin d'elle, puis, approchant un fauteuil du feu :

— Tu seras bien, ici, dit-elle gaiement. Il ne fait pas froid, mais ce feu est joli. C'est un feu de Marmande ! Tu n'as plus rien à faire, j'espère ?

— Non. Je devais aller chez Massicot à six heures. Mais je me suis dit : « Tant pis, j'irai demain. » On peut bien s'accorder une heure de répit.

— Une heure ! fit Berthe en lui prenant la main. Comme c'est bon, une heure à nous !

— C'est délicieux, dit Albert, la tête appuyée au dossier du fauteuil. C'est délicieux de se reposer... d'oublier... Il paraît qu'Ensénat m'a demandé aujourd'hui ; qu'est-ce qu'il voulait ? Il n'a pas laissé un mot ?

— Il ne voulait rien ! dit Berthe, pour écarter d'eux tout sujet de préoccupation. Que veux-tu que ce soit ?

— J'irai chez lui demain, dit Albert en se levant. Justement je passe rue des Grands-Augustins à quatre heures.

Il toucha un objet sur la cheminée et se regarda dans la glace.

— Assieds-toi, fit Berthe. Tu ne peux pas rester assis.

Il s'installa de nouveau dans le fauteuil.

— Si. On est bien, assis.

Après un silence, il dit :

— Sais-tu à quoi je pensais ? Je me répétais mot pour mot, de la première ligne jusqu'au veuillez agréer, cher monsieur, une lettre que j'ai écrite ce matin, une lettre insignifiante. Le cerveau est une pauvre machine.

— C'est de la fatigue. Mais pourquoi travailler jusqu'à cet épuisement radoteur ? Nous sommes riches, il me semble. Et quand même nous serions pauvres ! Tu veux être célèbre ? Cela t'amuse tant que cela ?

— Ah ! non ! grand Dieu ! La célébrité ne m'amuse pas ! Je l'ai vue chez mon père, chez nos amis. Mais les choses vous mènent... Un exemple, tiens : Je ne suis pas allé chez Massicot ce soir; il m'a écrit qu'il viendrait demain. Il s'est donné la peine de m'écrire... Je ne peux pas le recevoir. Il faut pourtant que je lui réponde. Tu ne voudrais pas que cet homme de soixante-cinq ans se dérangeât, quand il suffit d'une lettre... Il faut même qu'elle parte ce soir...

Il entra dans son bureau et écrivit sa lettre. Un journal qu'il avait achevé de lire en venant se trouvait sur sa table. Il l'ouvrit tout de même et le regarda.

Puis il traversa la salle à manger et tira sa montre.

— Eh bien ! Louise, qu'est-ce que vous nous préparez de bon ? dit-il en entrant dans la cuisine, comme impatient de dîner, quoiqu'il n'eût pas faim.

Il retourna au salon et s'assit dans son fauteuil.

Berthe s'approcha d'Albert et lui prit les mains, comme pour le maîtriser sous un regard impérieux, une pression calme de ses doigts.

— Là ! dit-elle. Ne bouge pas.

Ils se turent, puis Albert dit :

— C'est très difficile de se reposer. Le soir, mon père lisait. Moi, j'ai les yeux fatigués. Je comprends maintenant la photographie, les patiences, les collections de timbres. Cela repose...

Berthe mit sa main sur le visage d'Albert et dit doucement :

— Ne pense à rien.

Elle se serra contre lui, l'air grave, les yeux fermés. Cet homme qui ranimait la maison en arrivant, cette heure qu'ils voulaient passer ensemble, il semblait à Berthe qu'elle ne parvenait pas à les saisir, à les goûter, et que tout se dissipait en mots inutiles, en instants rapides et vides.

※

Vagnièze posa un dossier sur le bureau d'Albert :
— Gentillau vient à trois heures, dit-il écartant une feuille de papier qui couvrait la petite pendule.
Hugot annonça M. Pictet.
— Pictet ? fit Albert. Je ne peux pas le recevoir. Qu'il revienne demain matin ! Qu'est-ce qu'il veut ? Il a l'air pressé ?... Eh bien ! faites-le entrer !
M. Pictet passa rapidement devant Hugot, l'air animé et résolu.
— Je ne supporterai plus ces lenteurs, monsieur ! fit-il en pâlissant. Le séquestre dort ! Ma fortune se perd ! Ah ! l'administrateur n'y pense guère ! Il reçoit les comptes, il les range dans son tiroir. Croyez-vous qu'il les regarde ? Cette fripouille de Valéri tient encore la caisse ! « Je n'ai pas de pouvoirs. » Voilà sa réponse ! Il n'a reçu de pouvoirs que pour dormir !
— Comment cela ! fit Albert regardant le nez un peu écrasé et dévié de Pictet; cet homme est impardonnable ! La loi est formelle; il est administrateur judiciaire, il a tous les pouvoirs.
Albert se leva pour prendre un Code, mais Pictet l'arrêta.
— Je n'en doute pas ! monsieur. Vous n'avez pas besoin de me convaincre. C'est à notre administrateur qu'il faut parler !
— Voyons, fit Albert en s'asseyant sans détacher son regard de ce nez tordu qui dominait la physionomie anxieuse de Pictet. Si je vous ai bien compris...
Il tenait de son père l'art de réduire en formules claires

l'exposé de ses clients. Il gagnait ainsi un instant de réflexion, et parfois l'interlocuteur s'apaisait devant cette présentation satisfaisante de sa pensée.

— Oui, monsieur, vous m'avez très bien compris ! Ce n'est pas difficile à comprendre. Vous avez reçu ma lettre. On vole mes marchandises. Maintenant, j'exige une solution ! J'exige une solution rapide ! Vous m'entendez bien : je ne retournerai pas chez Nérou !

Albert marchait dans son cabinet en écoutant Pictet avec attention. Il ne songeait pas à la situation réelle de cet homme, mais au moyen de le tranquilliser. Il semblait que sa mission se bornât à trouver un remède immédiat et calmant pour l'esprit.

Albert s'assit à sa table, tritura son visage dans ses doigts; soudain, il regarda Pictet :

— Eh bien ! il faut agir, dit-il. Vous avez la preuve du détournement de Salmon. Déposons une plainte; l'administrateur sera mis en cause. Il faut d'abord vous assurer du témoignage de Castel. Notre plainte, ne l'oubliez pas, repose sur ses dires. Demandez-lui de vous écrire une lettre. Qu'il raconte tout bonnement ce qu'il a vu...

— Une lettre ? dit Pictet d'un air hésitant.

— Avec cet écrit en mains, nous poursuivrons.

— Une lettre, c'est difficile à obtenir.

— Je connais les témoins en face du tribunal, poursuivit Albert, comme s'il n'entendait pas l'objection de Pictet. Ce jour-là, ils ont perdu la mémoire. Mais nous tiendrons Castel avec sa lettre.

— Une lettre ?... reprit Pictet l'air songeur. Castel est un brave homme. Ce qu'il m'a raconté, il le répétera devant le juge d'instruction, j'en suis sûr. Mais il est de cette race d'employés qui ont la terreur de leur signature.

— Croyez-moi, monsieur Pictet, c'est la meilleure voie, simple et directe.

— Ce n'est pas facile à demander, une lettre, dit Pictet avec lenteur, passant ses doigts sur son menton.

— Réfléchissez à tout ceci, monsieur Pictet, dit Albert en se levant. Mon conseil est bon. Revenez me voir. Vous me trouverez toujours ici, le matin. En attendant, je vais écrire à Nérou; ça le réveillera.

— Oui, c'est cela, écrivez à Nérou, dit Pictet dont les résolutions combatives avaient fondu devant l'idée d'une action précise.

— Nérou n'est pas malhonnête, fit Albert avec bonhomie, accompagnant Pictet qui se dirigeait vers la porte, silencieux et pensif. Il est, comme ses pareils, temporisateur... Il faut de la patience...

Hugot introduisit M. Gentillau dans le cabinet d'Albert. Il entra à pas discrets et sautillants, avec une multiplicité de petits gestes empressés qui cherchaient à effacer sa personne.

— Je vous demande pardon, dit-il de sa voix fluette. Vous m'avez attendu. J'ai un nouveau chauffeur. Non ! Je ne veux pas m'asseoir ! fit-il en pressant son chapeau contre sa poitrine. Je sais que vous êtes très occupé. Je ne reste qu'un instant.

— Monsieur Gentillau, dit Albert ouvrant le dossier Dieudonné, maître Guichard m'a remis les pièces de notre adversaire. Je les ai reçues ce matin seulement. Maître Guichard s'en est excusé. Il faut les rendre demain soir. Vous savez que nous passons mercredi.

Vous permettez ? dit Albert s'asseyant devant son bureau où l'appelait le téléphone.

L'appareil fixé à sa joue, il regarda une chaise d'un air attentif et lointain. « C'est lui-même... » fit-il de sa belle voix distincte et profonde.

Pendant qu'Albert parlait devant le téléphone, Gentillau songeait en se trémoussant qu'il arriverait en retard chez Cavaroc. Il regarda sa montre et s'approcha de la porte.

— Je puis vous emmener dans ma voiture, si vous sortez, dit Gentillau.

— Volontiers. Je vais voir un ami rue des Grands-Augustins.

Dans son automobile, Gentillau évita de parler de son procès.

— J'admire que vous puissiez mener de front tant d'affaires, dit-il sans quitter des yeux son chauffeur.

— C'est plus simple que vous ne pensez. Un peu de méthode suffit.

— Sans doute, dit Gentillau en sursautant.

Penché en avant, il épiait par la vitre les obstacles que la rue jetait sur eux.

— Enfin, vous pensez que nous avons quelques chances de succès ?

— Je crois que nous avons des chances sérieuses, dit Albert qui se laissait bercer au mouvement de la voiture en se regardant dans une étroite glace au-dessus d'un bouquet d'œillets.

Brusquement l'automobile s'arrêta.

— Qu'est-ce qu'il y a ? fit Gentillau qui se dressa d'un bond.

— Ce n'est rien, dit Albert. Un tramway est arrêté ! On dirait qu'il y a eu un accident. Si vous le permettez, je descendrai ici; ma rue est à deux pas.

Il ferma la portière, salua de nouveau Gentillau à travers la vitre et s'approcha d'une foule attroupée autour d'un tramway vide.

— C'est une femme ? Est-elle morte ? dit Albert à son voisin.

Il aperçut Ensénat et lui toucha le bras du bout de sa canne.

Ensénat se dégagea de la foule et rejoignit Albert.

— C'est horrible, dit Ensénat à mi-voix. Elle traversait la rue...

Ils marchèrent un moment en silence. Albert pensait à Berthe. Il se rappela qu'elle n'était pas rentrée.

— J'allais justement chez toi, dit Albert. Tu voulais me parler ?

— Oui, dit Ensénat, le regard encore absorbé par la vision de mort. Hier matin, j'ai rencontré Castagné. Il m'a dit une chose bien surprenante. Il a une maîtresse.

— Castagné ! fit Albert en se rapprochant d'Ensénat. Castagné ?

— Il t'en parlera. Sa femme est avertie. C'est un drame navrant.

— Castagné ! fit Albert.

— Tu connais peut-être la personne : Mme de Boistelle. Elle va beaucoup chez les Camescasse. Ils se sont rencontrés chez Mme Lamorlette.

— Ah ! l'animal ! dit Albert. En voilà une affaire !

Il retint Enségnat par le bras en apercevant une automobile qui les effleurait, et reprit :

— Je me rends compte à présent qu'il s'ennuyait chez lui. Il avait épousé une femme trop parfaite.

— As-tu remarqué que sa femme ne lui faisait jamais de compliments ? dit Enségnat qui aimait à observer les jeunes ménages. Il a une vanité candide. Il a suffi qu'une dame lui dise : « Vous avez de jolis yeux », pour lui tourner la tête.

— Il était trop sûr d'Odette. Avant son mariage, il avait aimé dans les tourments; il s'est senti délaissé auprès d'une femme qui ne lui donnait pas d'inquiétude.

Albert se tut. Il avait hâte d'apprendre cet événement à Berthe et se représentait sa surprise.

— Est-ce que tu m'accompagnes ? dit-il pressant le pas.

— Non. Je vais te quitter.

Albert monta rapidement son escalier. Hugot qui traversait l'antichambre reconnut le pas de son maître et ouvrit la porte.

— Est-ce que madame est rentrée ?

— Oui ! cria Berthe accourant avec un élan de joie, madame est rentrée !

Albert prit une lettre sur le plateau et dit en regardant Berthe avec curiosité :

— Je vais bien t'étonner. Castagné a une maîtresse. Odette le sait.

Berthe songea : « Il n'est monté si vite que pour m'annoncer une nouvelle. »

— Ça n'a pas l'air de t'intéresser ?

— Mais si, fit Berthe, cherchant à donner un air de consternation à son regard qu'elle sentait distrait. C'est épouvantable... Raconte...

— C'est tout, dit Albert abaissant les yeux sur la lettre qu'il tenait à la main.

— Je t'en prie ! Raconte ! Cette histoire est inouïe.

— Je n'en sais pas davantage. Il faut que je réponde à cette lettre.

— Tu as toujours des lettres à écrire, dit Berthe avec impatience. Nous allons dîner.

Quand Albert retourna dans le salon, Hugot ouvrit la porte de la salle à manger.

— When I saw her Monday I had an idea of that, dit Berthe, pendant que Hugot retirait son assiette à soupe.

— You always have such idea when things happen, dit Albert.

— Il suffisait de les voir, dit Berthe en suivant des yeux le domestique. She was not a woman for him.

Lorsque Hugot eut quitté la salle à manger, Berthe reprit :

— Il a besoin d'amour, ce garçon. Il n'en trouvait pas chez lui. C'est bien simple.

— Je ne comprends pas.

— Odette est une femme parfaite, je ne le conteste pas. Elle s'occupe de sa maison, de son enfant, de son mari, mais elle s'occupe de son mari comme de sa maison. Philippe est un être tendre, sensible...

Elle essuya sa bouche d'un geste nerveux.

— Je ne comprends pas. Tu supposes que Philippe reproche à Odette une nature trop froide, mais justement il appréciait surtout ses belles qualités de pondération. Je le sais, parce que c'est moi qui ai fait le mariage. Je crois qu'il faut voir dans cet événement inattendu que nous connaissons d'ailleurs fort mal, une aberration momentanée. Odette estimait Philippe. Elle ne le gênait pas...

— Il avait besoin d'être gêné ! fit Berthe avec emportement, sans se soucier des allées et venues du domestique. Il lui fallait la tyrannie, si tu veux, mais tout l'attachement d'une femme vraiment amoureuse.

Albert se tut et se hâta d'achever le dîner. Il devinait que sous prétexte de justifier Castagné, Berthe se plaignait de son propre abandon. Il ne voyait dans ses paroles que les signes d'un sentiment de révolte, et chaque mot qu'elle prononçait lui semblait insensé parce qu'il en était irrité.

Quand ils eurent passé dans le salon, Albert ferma violemment la porte et reprit :

— Ce que je dis est clair ! Je sais que les femmes ont horreur d'un raisonnement, mais celui-là n'est pas difficile. Je dis qu'il a épousé Odette parce qu'il aimait sa nature pondérée. Ce n'est donc pas pour ce motif qu'il l'abandonne.

— Il était malheureux. Je la connais. C'est une femme de glace.

— Tu réponds toujours à côté de la question ! cria Albert. Je dis qu'il a épousé Odette parce qu'il aimait sa nature pondérée; ce n'est donc pas pour ce motif qu'il la quitte.

Berthe marchait dans le salon, et il la suivait pas à pas; puis il l'accompagna dans la chambre, où elle ouvrit l'armoire à glace.

— Un enfant me comprendrait ! Je dis qu'il a épousé Odette...

Berthe retourna dans le salon, s'assit sur le canapé, se releva, puis revint dans la chambre; et Albert marchait derrière elle.

— Es-tu incapable de raisonner ? Pendant tout le dîner, tu as parlé en dehors de la question. Je dis qu'il a épousé Odette parce qu'il aimait sa nature pondérée. Donc il ne l'abandonne pas pour ce motif.

Berthe prit un coffret sur la table et s'assit.

Albert, les gestes crispés et pressants poursuivait :

— Je dis... Écoute bien... c'est un exercice de logique... Je dis...

Le cerveau assourdi, comme accablé de coups, Berthe ne pouvait plus penser lorsqu'elle entendait cette voix saccadée et stridente, et Albert continuait à l'envelopper d'un bourdonnement impérieux pour l'étourdir, la blesser dans le désarroi de son esprit humilié, écraser en elle quelque chose qu'il détestait.

— Tu n'as peut-être pas entendu : Je dis qu'il a épousé Odette parce qu'il aimait sa nature pondérée. Veux-tu me répondre ?

Berthe, penchée sur le coffret, paraissait attentive à démêler des brins de soie. Elle était vaincue, acculée dans les aspérités d'une argumentation inconcevable, et, pour se dégager de cette injuste puissance, elle cria le regard plein de haine :

— Laisse-moi tranquille !

Ces mots lui semblèrent trop faibles; elle regarda sur la coiffeuse un flacon de cristal et tout à coup lança le coffret vers Albert. Elle voulait le frapper à l'épaule, mais son bras dirigea l'objet malgré elle du côté de la cheminée.

Albert se tut, comme si leur discussion ne l'intéressait plus, et il passa dans le salon.

Il prit sur la table un livre de Tarde. Il avait calculé qu'en lisant chaque soir une demi-heure, il achèverait cette lecture en trois mois. Il vérifia une fois encore le nombre de pages, puis s'adossant au fauteuil près de la lampe, il lut : « Y a-t-il lieu à une science, ou seulement à « une histoire, et tout au plus à une philosophie des faits « sociaux ? La question est toujours pendante, bien que, « à vrai dire, ces faits, si l'on y regarde de près et sous un « certain angle, soient susceptibles, tout comme les autres, « de se résoudre en séries de petits faits similaires ou en « formules nommées lois qui résument ces séries. Pour- « quoi donc la science sociale est-elle encore à naître ? »

Il suivait le texte du regard, avec difficulté, et revoyait le mouvement de démence, le petit coffret, le visage de Berthe, songeant : « Je voulais causer avec elle ce soir... J'ai quitté EnSénat très vite pour la voir... C'est avec elle seulement que j'aime à parler. Mais toujours je me heurte à son humeur récriminante. Elle n'a parlé que pour se plaindre. Tout la ramène à ses stupides griefs. Que lui faut-il donc pour être heureuse ? Où allons-nous ? Pourtant j'ai besoin de toutes mes forces... »

La tête lasse, le cœur serré, il reprit sa lecture en y

appliquant son regard trouble, avec le sentiment de remplir une tâche auguste, nécessaire à tous, où il ne faiblirait pas, malgré l'heure, la fatigue, les entraves d'une femme déraisonnable.

« Quand les choses semblables sont les parties d'un
« même tout ou jugées telles comme les molécules d'un
« même volume d'hydrogène ou les cellules ligneuses
« d'un même arbre... »

Dans la chambre, Berthe défaisait ses cheveux. Elle s'interrompit pour regarder un flacon de cristal ancien. Elle se rappela qu'elle avait voulu le lancer contre Albert. Elle s'était retenue parce qu'il était fragile et précieux. Mais elle savait que la prochaine fois ce serait ce flacon qu'elle briserait.

« Que je suis facilement exaspérée ! se dit-elle s'asseyant sur une chaise basse. Et c'est devant lui que me vient cette violence que je ne me connaissais pas ! »

Elle cherchait à se rappeler la phrase d'Albert : « Je dis... Que disait-il donc ?... Mon esprit se brouille tout de suite, je ne comprends rien quand on m'agite. C'est ce qui l'exaspère. Il aurait dû parler plus doucement. Mais quelle colère ! Quel méchant regard ! »

Elle se sentait meurtrie et lasse, humiliée de cette faiblesse des nerfs, malheureuse d'être si différente de ce qu'il voulait et de ce qu'elle eût voulu.

« Pourquoi ne vient-il pas maintenant ? Qu'est-ce qu'il fait ? Il me laisse seule quand j'ai tant de peine... »

Elle s'assit, songeuse, puis se dit tout à coup, comme en s'éveillant :

« Mais qu'est-ce qu'il fait ? »

Elle sortit par la porte de la salle de bain, traversa le vestibule, et entra sans bruit dans la salle à manger obscure où un tremblement léger de cristal répondit à son pas. Par la porte vitrée, à travers les rideaux de tulle, elle vit Albert qui lisait dans le salon.

« Il peut lire tranquillement ! se dit Berthe en revenant dans sa chambre, il peut lire quand il m'a piétinée toute une soirée ! Il m'a pourchassée, affolée avec ses hurlements, par plaisir, parce qu'il me déteste, et maintenant il lit, satisfait, calme, repu. »

Elle fit tomber vivement sa robe. « Je vais me coucher tout de suite ; je dormirai quand il viendra. C'est abaissant de souffrir pour un pareil homme ! Je regrette mes larmes, mes scrupules, mon amour. Mais je ne l'aimerai plus bientôt. Rien ne me touchera plus ! Je dormirai quand il viendra. »

Elle s'assit sur une chaise et regarda le lit. Elle était sans force pour achever de se déshabiller et resta assise longtemps avec un air d'attendre, puis tourna la tête vers la porte du salon. Maintenant, elle avait envie d'ouvrir cette porte...

Elle se regarda dans la glace. Quoi ? Elle paraîtrait dans ce salon à demi déshabillée, humble, elle qui disait autrefois qu'il fallait se montrer toujours fière et coquette devant son mari ? Mais cette porte l'attirait. Elle ne savait pas ce qu'elle dirait. Elle ne savait pas si elle avait quelque chose à dire. Elle sentait qu'il fallait ouvrir cette porte.

Albert garda un instant ses yeux baissés sur le livre en entendant Berthe qui entrait. Elle s'assit sans parler. Les cheveux dénoués, immobile sur sa chaise, elle avait un air timide.

« Elle est bonne ! » pensa Albert avec un attendrissement soudain ; mais il n'osait pas la regarder, comme s'il était gêné par son émotion, et il dit doucement posant son livre :

— Je crois qu'il est tard. Il faut nous coucher. Nous allons demain chez les Camescasse.

Il la tenait dans ses bras en s'endormant ; contre lui, dans ce commencement de sommeil qui les enveloppait, elle sentait les tourments s'évanouir, comme si elle redevenait enfant, confiante, presque sans pensées, avec un sentiment d'abandon de soi, de diffusion en lui, de repos bienheureux.

Berthe s'habillait dans sa chambre très éclairée. Elle revint devant la glace, posa un rang de perles sur ses cheveux, puis l'ôta et le remit de nouveau.

— Il est dix heures; nous serons en retard, dit Albert qui achevait de se raser dans le cabinet de toilette.

— Aimes-tu ces perles ? dit Berthe remettant le bandeau sur ses cheveux, les yeux fixés sur la glace, lorsque Albert entra dans la chambre.

— Non.

— Pourquoi ? Tu me réponds sans regarder.

— Je n'aime pas ce bandeau.

— Les hommes n'y connaissent rien. Je voudrais que tu me laisses; mon pauvre ami, tu me gênes bien dans cette chambre.

— Je t'attends au salon; nous arriverons encore à minuit chez les Camescasse.

Berthe plaça de nouveau le rang de perles sur ses cheveux. Elle sentait que cet ornement déplaisait à Albert parce qu'il donnait trop d'éclat au visage. « Il a peur qu'on me remarque. Il aimerait mieux me rendre laide. »

A présent, elle trouvait plus de douceur à sa physionomie, lorsqu'elle enlevait le rang de perles. Mais peut-être que le goût d'Albert l'influençait. « Un mari vous plie à son idée. On perd le jugement. On ne sait même plus s'habiller. »

— Cette robe n'ira jamais avec ma coiffure ! dit-elle brusquement, l'air soucieux et agité, se tournant vers la femme de chambre. Apportez-moi ma robe de satin.

Albert s'assit sur le canapé. Un peu raide dans son habit de soirée, il tenait un journal devant ses yeux et regarda sa main aux ongles fraîchement polis.

La porte du salon s'ouvrit et Berthe s'avança d'un mouvement tranquille, un peu lent et recueilli, avec le bruissement soyeux et la majesté de sa toilette soudain épanouie sur elle.

— Je veux rentrer de bonne heure. J'ai une grosse affaire demain, dit Albert qui parlait vite, sans poser les yeux sur Berthe, comme gêné par cette beauté d'étrangère.

Mme Camescasse s'adressait toujours à ses hôtes en confidence. Elle entraîna Albert près du petit salon.

— Il faut que je vous demande un service, dit-elle. Vous connaissez le chef de cabinet de Perchot. J'ai un protégé charmant, intelligent; il vient de passer son doctorat; vous le verrez ce soir, Massip...

Cherchant un motif qui le dispensât de cette démarche, Albert questionnait Mme Camescasse avec soin.

— Je suis content de vous rencontrer, dit Puybéroux serrant la main d'Albert.

— Nous en reparlerons, dit Mme Camescasse qui s'éloigna en se glissant derrière Mme de Puybéroux.

Mme de Puybéroux s'approcha de son mari.

— Monsieur Pacaris, vous êtes parti trop tôt avant-hier. N'est-ce pas, Martine? dit-elle en s'adressant avec vivacité aux hommes qui l'entouraient. D'abord, dites-moi, Martine, êtes-vous rentré tout droit chez vous?

— Madame, je suis rentré chez moi, comme d'habitude, dit Martine dont les prunelles bleues et saillantes bombaient sous des paupières aux cils blancs.

— Non, Martine, vous n'êtes pas rentré comme d'habitude. Vous avez nargué le sort.

— Vous parlez bien mystérieusement, dit Albert.

— Mme de Thèbes est arrivée aussitôt après votre départ. Elle a examiné la main de Martine et lui a dit : « Rentrez chez vous tout de suite, sans vous arrêter. »

— Je connais une histoire semblable, dit Albert jetant les yeux sur les doigts de Martine. Justement Mme de Thèbes y figure. Noguèze, le pianiste, passait une soirée chez Mme de Thèbes; il causait, un bras appuyé sur le piano, la main ouverte, lorsque Mme de Thèbes s'approcha avec son face-à-main et lui dit : « Retournez chez vous tout de suite et ne vous arrêtez nulle part. »

— Vous racontez des choses bien intéressantes, dit

Mme Camescasse prenant le bras de Mme de Puybéroux, comme pour se dissimuler dans ce groupe.

— M. Pacaris nous fait frémir ! dit Mme de Puybéroux.
— Eh bien ! allez dans le bureau de mon mari, Mlle Mongendre va chanter. Vous parlez trop fort.

Albert suivit les Puybéroux et Martine dans une pièce voisine, et s'assit auprès d'une table de jeu.

Berthe s'approchait de la pièce où se tenait Albert, lorsqu'une dame s'avança vers elle en souriant :

— Est-ce que vous me reconnaissez ? dit Mme Rey; je vous ai vue chez Mme de Solanet. Asseyons-nous ici, voulez-vous ? dit-elle en se tournant vers Berthe. Je crois qu'on va chanter... J'ai beaucoup entendu parler de votre mari. Mon mari me disait, fit-elle haussant la voix, les yeux levés vers l'homme qui restait muet à ses côtés, mon mari me disait qu'il avait plaidé admirablement pour notre ami Vignal. Cela doit être très curieux d'entendre plaider son mari.

— Je ne l'ai jamais entendu plaider, dit Berthe avec un mouvement de tête, cherchant à répondre aimablement à la volubilité chaleureuse de Mme Rey.

Puis elle détourna légèrement son regard vers la pièce où se trouvait Albert. Il ne lui semblait pas qu'on parlât de cet homme qu'elle suivait des yeux par la porte ouverte, sans tourner la tête, sans même le regarder, et qu'elle reconnaissait tout de suite parmi les autres.

Un homme dont Berthe venait de remarquer l'habit très ajusté à la taille s'avança vers Mme Rey. Sa petite figure plissée et blanche, à la fois vieillotte et enfantine, et comme pleureuse, semblait sortir de l'eau avec une mèche noire collée à son front. Il porta la main de Mme Rey à ses lèvres, et regarda Berthe avec un air d'hésitation.

— Monsieur Le Couais, dit Mme Rey.

Pendant que Mlle Mongendre chantait, Puybéroux se taisait, la tête baissée, s'appuyant à la table de jeu, puis il dit à Albert :

— Il ne faut plus retourner chez Mme Denis. Ce sont des spectacles pernicieux. J'ai eu le tort d'y conduire ma femme, après mon mariage. Je dois dire que j'y fus témoin d'un incident assez étrange. On avait convié Eusapia..

— Dites-moi, fit Mme de Puybéroux touchant le bras d'Albert, et elle se rapprocha de la cheminée tandis que son mari s'éloignait avec Martine. Je veux vous faire une confidence. Je ne vous reconnais plus. Je vous ai revu cet hiver, pour la première fois depuis quinze ans... quinze ans ! que cela passe vite ! Vous rappelez-vous quand vous jouiez Gringoire ? Vous étiez un jeune homme très triste, d'une tristesse intérieure qui glaçait... J'avais gardé de vous une impression très particulière. A Saïgon, un jeune homme qui vous ressemblait...

Elle se tut avec une expression songeuse.

— Enfin, je peux vous le dire, vous étiez de ces êtres qui ne semblent pas destinés à vivre. Et voilà que je vous retrouve... Je vous assure que j'ai eu beaucoup d'émotion quand Mme de Solanet m'a dit : « Vous verrez Albert ce soir. » Votre femme est gentille.

— Et vous avez trouvé..., dit Albert cherchant la réponse de Mme de Puybéroux dans ses yeux.

Elle regarda les cheveux d'Albert.

— Eh bien ! ce qui m'a surprise chez vous, c'est que je vous ai trouvé presque jovial. Vous avez l'air d'aimer la vie.

— J'ai vieilli probablement.

— Mon mari est absorbé par une grande discussion sur le spiritisme, dit Berthe s'arrêtant devant Le Couais. Est-ce que ces questions vous intéressent ?

— Je crois, madame, que vous connaissez Mme Lamorlette ? dit Le Couais avec lenteur. Elle m'a souvent parlé de vous.

— Vraiment ? vous connaissez Mme Lamorlette ? dit Berthe élevant la voix comme si elle voulait qu'Albert entendît une phrase qui lui déplairait. Je l'aime beaucoup. Malheureusement, je ne la vois pas souvent.

— On la trouve excentrique, dit Le Couais, pour montrer qu'il appartenait à une société plus distinguée, mais elle est charmante. Elle a un gentil petit appartement. Ces mobiliers modernes ont quelquefois de l'harmonie. Je vous avouerai que je suis un amateur d'antiquités. J'habite l'île Saint-Louis; lorsque je longe les quais au crépuscule et que j'aperçois, en face du Louvre, la gare du quai d'Orsay...

Le visage rasé de Le Couais se convulsa de dégoût.

— Avez-vous remarqué ce meuble de marqueterie ? dit Berthe qui s'avança vers le petit salon continuant de s'adresser à Le Couais avec une certaine hardiesse dans le regard et un peu d'agitation. Je crois que c'est un meuble italien.

Elle passa devant le cabinet de Camescasse et tourna les yeux vers Albert. Il parlait à Mme de Puybéroux avec cette animation, ce regard chaud, ces mêmes gestes courts et jetés qu'elle avait tant aimés. Un fantôme d'homme passionné revenait sur son visage parce qu'il causait avec une inconnue, et elle le sentait très loin, hors de ses prises dans cet entretien qui l'absorbait et qu'elle n'entendait pas. La moindre distance, une robe qui passait entre eux, dans cette foule de couples dispersés, effaçaient les liens qui semblaient les unir si fortement. Elle se disait : « S'il avait pour moi un amour plus primitif, plus près de la chair, je le sentirais plus attaché à moi. Mais ces hommes froids dont l'esprit seul est ému, il suffit d'une idée pour les détourner de vous tout entiers. »

— Permettez, disait Albert vivement en regardant Mme de Puybéroux, Martine a raison. Il ne faut pas attendre la justice de la conscience morale. Le méchant qui triomphe connaît le plaisir du succès et celui de la bonne conscience. Et cependant, poursuivait Albert en regardant dans le salon une dame qui l'observait, et qui lui rappelait Odette, le méchant est suffisamment puni. Il ne se juge pas mauvais, mais il est mal conformé. C'est un malheureux... Qui est cette dame assise à côté de Mlle Mongendre ? Elle a de beaux yeux.

— Mme de Boistelle.

— Vous la connaissez ?

— Édouard la connaît je crois, dit Mme de Puybéroux se tournant vers son mari qui entrait dans la pièce.

— Puybéroux, voulez-vous me présenter à Mme de Boistelle ? dit Albert.

— Vous y tenez ? Elle est insignifiante.

— Elle m'intéresse, dit Albert suivant Puybéroux dans le salon.

Il s'inclina devant Mme de Boistelle et remarqua son étrange ressemblance avec Odette. Mais elle sourit, et aussitôt une expression de vulgarité transforma son visage.

— J'ai beaucoup entendu parler de vous, dit-elle avec un accent rude.

Elle se tut et leva vers Albert ses beaux yeux tranquilles où reparut la ressemblance avec Odette.

Albert se retira et s'approchant de Berthe, il dit à voix basse :

— Partons.

— Nous venons d'arriver, dit-elle.

— Je connais leur chocolat. Je n'en veux pas. Partons. On ne trouve jamais de voiture dans ce quartier. Demain, j'ai du travail. Je ne veux pas me coucher tard.

Lorsque Albert fut assis auprès de Berthe dans une sombre voiture oscillante, il dit :

— C'est curieux combien cette Mme de Boistelle ressemble à Odette.

Puis il se tut. Chaque mot de sa conversation avec Mme de Puybéroux repassait dans son esprit.

Berthe savait que d'habitude Albert demeurait longtemps songeur quand il venait de parler. Mais en ce moment, remuée par les impressions de la soirée, elle écartait de sa pensée l'explication du véritable silence d'Albert, et elle considérait son mutisme comme un outrage incompréhensible.

D'un coup d'œil, Albert aperçut des signes de nervosité sur le visage de Berthe. « Elle est toujours bizarre quand nous sortons ! » se dit-il avec une exaspération aiguë. Puis il songea qu'il plaidait le lendemain pour Gentillau. Mais tandis qu'il se répétait : « Il me faut du calme ce soir », il se représentait l'irritante image aperçue dans l'ombre, et ils étaient déjà liés par les tiraillements d'une mutuelle aversion. Il se rapprocha de la portière comme si Berthe occupait trop de place à côté de lui; regardant passer les lumières des réverbères, il se disait : « Surtout pas de scène ce soir. J'ai besoin de dormir. »

Excédée par le silence d'Albert et flairant d'instinct le mot qui le piquerait profondément, Berthe dit :

— Tu penses à Mme de Boistelle ? Tu l'as suffisamment regardée pourtant.

— Ah ! Voilà ce qui te tourmente depuis dix minutes ! Cette jalousie insensée ! cria Albert les poings crispés. Tu boudes, parce que j'ai salué une dame qui m'intéresse à cause de Castagné. Une dame que je ne connaissais pas hier et que je n'ai certes pas envie de revoir !

Il savait que Berthe avait lancé ce nom au hasard sous l'impulsion d'une inquiétude vague, mais il se butait volontairement à ce détail.

— Mme de Boistelle ! criait-il en se soulevant sur son siège. C'est merveilleux ! Je n'ai pas le droit de saluer Mme de Boistelle ! Je ne l'ai vue qu'un instant ! L'ai-je vue seulement ? Mais, alors, restons chez nous ! Il faut me cloîtrer, me cacher à tous les yeux; il m'est interdit de saluer une dame !

— Je ne m'occupe pas de tes saluts, dit Berthe.

— Ah ! le mariage est charmant ! poursuivait Albert d'une voix énergique et mordante. A la maison, ouvrez un livre, on vous reproche votre silence; dehors, si on parle à une dame, c'est une trahison. Et c'est pour la vie ! Pour toute la vie !

« Je sais bien qu'il m'avoue sa vraie pensée. Tout en lui le disait déjà, et je ne voulais pas le comprendre ! songeait Berthe, affolée de douleur, se pressant contre la paroi de la voiture pour s'éloigner d'Albert. Est-ce que j'existe pour lui dans le monde ? Est-ce qu'il m'a seulement regardée ce soir ? A la maison, il ne pense qu'à son travail, à tout ce qui le détourne de moi. Il m'apporte sa fatigue. Et c'est depuis le premier jour de notre mariage qu'il me fuit ! Hier soir encore, quelle dureté ! Quelle haine dans les yeux ! Je ne suis rien dans sa vie. Il appartient à tout ce qui n'est pas moi. Jamais cette tendresse, cet élan, où on sent l'amour. J'ai froid auprès de lui. Tout est décoloré par son esprit sérieux et positif, en réalité : égoïste, grossier, sec. Il veut un ménage de bourgeois ! »

Elle songea à tout ce qu'elle avait rêvé de cette union née d'un long passé de flamme.

« Il l'a détruite ! il a eu plaisir à la détruire parce qu'elle était rare. Au fond, il n'aime que la souffrance. Il ne sait pas goûter la joie. Ce qu'on respire auprès de lui de si étouffant, c'est cet esprit de malheur ! Il m'a attirée dans un piège d'illusions; je n'en sortirai pas; il faudra souffrir toujours ! »

Serrée contre la portière, dont elle tenait la poignée comme pour se jeter dans la rue, elle murmura :

— Le misérable !

— Voilà des mots extravagants, dit Albert sur un ton calme. Tu m'as dit : « Est-ce que tu penses à Mme de Boistelle ? » J'ai répondu exactement ceci : « Quelle jalousie insensée ! » J'ai peut-être manqué de courtoisie, mais je ne suis pas un misérable.

« Il faudra que je m'en souvienne ! se disait Berthe. Maintenant je vois clair. Quand je l'aime, quand je me crois heureuse, c'est alors que je me trompe. »

La voiture s'arrêta. Berthe descendit comme en s'évadant. Elle sonna longuement, pesant sur la porte cochère et disparut dans la maison.

Albert chercha sans hâte une pièce de monnaie tombée sur le trottoir. Il monta l'escalier à pas lents, puis entra dans son cabinet pour laisser Berthe seule un moment dans la chambre.

Le dossier Gentillau se trouvait sur la table. Il l'ouvrit, le referma, et regarda un volume qu'il venait de faire relier. Il se rappela que son père lisait le soir. Ce souvenir arrêta un instant son esprit, puis il passa dans la chambre. Il aperçut Berthe blottie dans un coin du lit, comme si elle dormait. Il s'approcha d'elle, avec un grand désir de terminer ce désaccord pour sauver le repos de sa nuit.

— Voyons ? fit-il doucement. Qu'est-ce que tu as ? Parle-moi... Il ne faut pas s'endormir avec de méchantes pensées.

Elle demeurait immobile, les yeux ouverts et fixes.

« Est-ce qu'il pourrait me comprendre ! » se disait-elle, enroulée dans ses couvertures, fiévreuse, glacée, solitaire.

— Parle-moi, reprit Albert.

Il s'éloigna. « Il vaut mieux la laisser, se dit-il; cela passera. » Il commença à se déshabiller. « Supposons que je sois seul. Je me coucherais. Je dormirais. »

Mais lorsqu'il fut au lit, la lumière éteinte, il sentit à ses côtés, sans le toucher, ce corps éveillé. Il se disait : « Elle ne bouge pas, elle se tait; je peux croire qu'elle dort, et même que je suis seul dans ce grand lit. »

Pour suspendre sa pensée, capter le sommeil par une volonté d'oubli, il se récita plusieurs fois la fable du corbeau et du renard. Mais un frémissement parcourut ses nerfs, comme l'émanation adhérente et fourmillante de cet être immobile auprès de lui.

— Enfin ! est-ce de la folie ! cria-t-il sautant d'un bond hors du lit.

Il alluma l'électricité et marcha à travers la pièce.

— Veux-tu t'expliquer ! Veux-tu en finir ! Veux-tu parler ! Tu m'as dit : « Tu penses à Mme de Boistelle. » Je t'ai répondu : « Voilà bien ta jalousie insensée. » Et pour cette vétille tu restes suffoquée dans une espèce de démence... Ou bien, est-ce moi qui deviens fou !

Berthe entendit comme une divagation ce raisonnement si éloigné de sa douleur.

Albert s'assit dans son fauteuil. Le voisinage de cette femme égarée, inaccessible à ses paroles, répandait sur toutes choses un air d'insécurité et de détresse. « Ma vie est odieuse », se disait Albert. Il sentait la souffrance se marquer dans les contractions de son visage; sa figure devait toucher Berthe. Mais dans la glace, en face de lui, il n'aperçut qu'une silhouette blanche, au creux d'un fauteuil, les cheveux ébouriffés.

Il se leva et regarda le lit. L'idée d'y retrouver la sensation de cette femme figée dans son exaltation lui fit horreur et il se rhabilla lentement.

Il sortit de la chambre, fit de la lumière dans le vestibule, puis dans le salon. Il s'assit sur le canapé; voyant le journal par terre, il se rappela le moment où Berthe était entrée dans le salon avec sa robe de satin. « Qu'il y a longtemps ! » se dit-il. Autour de lui, à cette heure insolite et dans le silence où seule la pendule continuait de battre, les sièges déplacés, le léger désordre des objets, gardaient un aspect familier, mais comme grave, étrange. Il songeait : « Demain, Gentillau !... Elle se soucie bien de mes devoirs ! Elle ne pense qu'à ses extravagances. Quelle misère ! Avec ce pauvre esprit malade, il me semble que je suis moi-même effondré, que tout vacille avec elle, que je n'ai plus d'appui, ni de goût à rien... Ce vieux salon si connu a l'air d'une hallucination. De quoi donc est faite cette communauté de deux êtres pour que ses secousses vous soulèvent le cœur ?

« Mais pourquoi me toucheraient-elles, se dit Albert en se levant. J'ai vécu trop longtemps dans l'orgueil de ma solitude pour m'embarrasser des folies d'une femme nerveuse. »

Il entra dans son cabinet et s'assit devant sa table. « Travaillons, se dit-il prenant le dossier Gentillau. Morin travaille bien la nuit. »

Il relut un passage de ses notes. Sa fatigue avait disparu. « Je trouverai mieux », songeait-il, comme si des perceptions plus subtiles s'éveillaient dans son esprit un peu excité. Il se rappelait un argument de Gentillau. « C'est une idée; comment n'y avais-je pas pensé ? » et il relut le contrat. Feuilletant un répertoire, il conçut soudain son argumentation sous une forme nouvelle qu'il nota rapidement.

Il entendit le frôlement d'une main sur la porte, et se retourna. La porte s'ouvrit. Berthe apparut en peignoir vert, le regard ébloui et froid, puis elle se retira.

« Elle n'a pas changé », se dit-il, et il parcourut de nouveau son répertoire. Il fut satisfait d'avoir montré un air tranquille et méprisant. « Chenonceaux », se dit-il en se rappelant un arrêt récent qui confirmait sa thèse; il feuilleta le carton où il rangeait ses revues. « Vagnièze le retrouvera. Il m'en avait parlé. »

Il lisait un chapitre de son ancien manuel de droit. Il s'efforçait de lire; mais une sensation de bourdonnement, la fraîcheur nocturne, l'ombre autour du cercle de lumière projeté sur la table, le silence de la maison, l'incommodaient, et il se retournait sans cesse vers la porte. Il lui semblait qu'on marchait dans le couloir ou qu'il sentait le frôlement d'une présence obscure, et que le spectre en tunique verte allait reparaître.

Il se leva, passa dans la chambre, se coucha sans lumière et s'endormit.

※

— Je suis en retard, dit Albert, qui entra précipitamment dans son bureau où Vagnièze attendait. J'ai mal dormi cette nuit.

Il jeta les yeux sur une lettre que lui tendait Vagnièze.

— Je ne recevrai personne ce matin, sauf Violet, dit-il, le regard fixé sur sa lettre. Il doit être arrivé. J'ai entendu sonner... Dites-moi, Vagnièze, fit-il en pressant ses yeux du bout des doigts. Vous rappelez-vous la vente du château de Chenonceaux ? Vous m'en aviez parlé. Tâchez donc de me retrouver l'arrêt. J'aurais besoin d'en causer avec vous.

M. Violet s'assit dans un fauteuil de cuir.

— Je vous écoute.

— Il m'arrive une chose singulière, fit M. Violet en se levant et il prit un fauteuil plus rapproché d'Albert.

Il parlait en souriant, d'une voix rapide et gracieuse pour attirer l'attention d'Albert par ce ton dégagé.

En regardant Violet, Albert réfléchissait à l'argumentation nouvelle qu'il avait envisagée cette nuit. Elle lui paraissait maintenant trop subtile. Du moins il faudrait y penser davantage. Il écoutait Violet péniblement, le regard embrumé ; une fatigue engourdissante emportait déjà la sensation d'énergie et de rafraîchissement qu'il avait éprouvée en sortant du bain : « Je pourrais rattacher cette idée à mon ancienne conclusion. Sans la développer. Simple aperçu... Dix heures », songeait-il jetant sans cesse les yeux sur la table vers la petite pendule placée auprès de la photographie de Berthe.

— D'abord, constituons un dossier, dit Albert, interrompant M. Violet. Apportez-moi les lettres, une copie de la comptabilité, et je vous donnerai mon opinion. Voulez-vous revenir me voir, mardi... à six heures ? fit-il en parcourant du bout de sa plume la page d'un carnet.

Il accompagna Violet jusqu'à la porte et entendit la voix de Pernotte dans le cabinet de Vagnièze.

— Un mot, cher ami, dit Pernotte apercevant Albert. Je pars ce soir pour Vienne.

Pernotte resta une heure. Dès qu'il sortit, Albert prit en hâte la vieille serviette si souvent maniée par son père et dont le cuir usé semblait sali d'une poudre terreuse. Il passa dans la salle à manger.

— Servez-moi rapidement, dit-il à Hugot sans regarder Berthe.

Il avait renoncé à modifier sa plaidoirie quoiqu'elle ne le contentât point sous sa forme première. « Il m'aurait fallu une heure de tranquillité », se disait-il. Machinalement, il se répétait une phrase de son discours, mangeant vite, les yeux fixés sur la pendule.

Mais dans l'automobile qui le conduisait au Palais, il regarda les rues par la vitre, l'esprit subitement assoupi et comme vide.

Il gravit d'un pas lourd le grand escalier de pierre. Il se sentait vieux. Il montait avec dégoût, comme vers une cohue de fantômes puérils. « Pourtant je ne l'ai vue qu'un instant aujourd'hui, se disait-il en pensant à Berthe. Pourquoi le souvenir d'un si court moment change-t-il le goût de la journée, et jusqu'à l'aspect du monde ? »

Gentillau attendait Albert auprès de la porte d'entrée,

assis sur un banc à côté d'un homme aux fortes épaules. Un avocat en robe, incliné vers un petit homme plein de recueillement, parlait sur un ton de confidence, le geste large, tout en saluant d'un sourire le collègue reconnu. Gentillau regardait les passants sans les voir, puis ramenait ses yeux sur les souliers jaunes de son voisin ; il triturait le manche de sa canne, le cœur serré d'une appréhension indéfinie et oppressante que réveillaient sans cesse le battement de la porte, le va-et-vient des gens, les rumeurs de l'édifice.

Il aperçut Albert et se leva brusquement.

— Vous allez bien ? dit-il, fixant sur Albert un regard inquiet.

— C'est à deux heures, dit Albert qui se dirigeait vers le vestiaire, suivi de Gentillau dont une joue se plissait nerveusement.

Ils croisèrent maître Lacaze, son ruban rouge sur la poitrine, grimaçant d'un sourire plat, tendu vers les passants où il semblait toujours prêt à saisir une main chaleureuse.

— Je vais à la bibliothèque, dit Albert, je vous rejoindrai tout à l'heure.

Corpulent, drapé, la figure en sueur, maître Guichard parlait d'une voix grasse qui s'enflait d'élans sonores, et tombait soudain en marmottages traînants quand il cherchait un document dans ses papiers. Porté par le discours, une lettre à la main, il s'avançait peu à peu hors de la rangée des bancs, et semblait prendre possession du centre du tribunal et de l'attention de tous.

Assis derrière Albert, Gentillau écoutait maître Guichard, avec des hochements de tête, et se dressait vers Albert pour lui passer une phrase écrite en hâte.

Albert avait remarqué Guichard autrefois, au cours d'Arnozan, et il avait voulu se lier avec ce garçon à grosse tête, un peu rustre, laborieux, et qui semblait le fuir par timidité. Il savait aujourd'hui que cet air réservé cachait de l'aversion pour le fils d'un avocat connu à qui la carrière serait facile. Depuis quelques années, Guichard avait beaucoup engraissé. On l'appréciait au Palais. Il était député.

Tout en notant sans interruption d'une écriture large les arguments de son adversaire, Albert apercevait sa nuque épaisse, le geste dont il s'essuyait le front et tout l'agaçait dans cet homme vigoureux qu'il sentait content de sa force et de ses succès. Il comprenait le pouvoir d'un argument de bon sens répété avec énergie, et il sentit que la véritable objection à cette thèse tenait dans le raisonnement entrevu cette nuit. Quand il se leva, avec l'impression que les mots lui viendraient facilement d'un bouillonnement d'idées, il avait résolu d'abandonner la plaidoirie préparée et d'improviser sa réplique sur cette base nouvelle.

Il commença par son ancien préambule sur un ton très simple, comme pour faire sentir à Guichard la distinction de son débit.

Il voyait sur l'estrade le président Fraudin, un peu penché vers lui, attentif, un crayon à la main, et sans le quitter des yeux, s'adressant toujours au président, il parlait en réalité pour Guichard qui connaissait complètement le litige et pouvait apprécier la valeur de son raisonnement.

Mais, poursuivant son discours, les yeux fixés sur Fraudin, tout en cherchant à tâtons dans son dossier le rapport Choinard qu'il reconnaissait à son épaisseur, il sentit que le président, sans modifier son attitude recueillie, ne l'écoutait plus comme auparavant; et il percevait à mesure qu'il s'obstinait dans son argumentation que ses raisons trop subtiles quoique justes ne touchaient pas son auditoire.

Guichard renouvela ses affirmations. Albert voulut répondre en utilisant les raisons plus grossières et convaincantes qu'il avait consignées tout d'abord, mais une sorte de lassitude le saisit, comme à l'instant où il montait l'escalier en songeant à Berthe, et il renonça à reprendre la parole.

Il sortit avec Gentillau.

— J'ai glissé une note dans le dossier; ils y trouveront les éléments nécessaires à la rédaction de l'arrêt, dit Albert à voix basse se heurtant à ses collègues dans l'étroit passage de la porte.

Il remarqua l'air troublé de Gentillau; aussitôt, il recommença cette argumentation logique, si souvent répétée devant son client qui chaque fois y puisait du réconfort.

— En somme, que disons-nous?

Mais Gentillau, soucieux et distrait, l'écoutait maintenant avec indifférence. Il pensait aux juges, dont l'image lui restait dans l'esprit.

— Est-ce que monsieur est chez lui? fit Castagné à mi-voix.

Hugot ouvrit la porte du salon sans répondre, et Castagné entra.

— Albert va venir tout à l'heure, dit Berthe précipitamment. Il plaide aujourd'hui. Il est parti après le déjeuner. Tenez... Il me semble que j'entends le bruit de sa clef. Non. Ce n'est pas lui.

— Vous allez prendre une tasse de thé avec moi, dit Berthe qui retenait Castagné malgré elle.

Il demeurait immobile, au milieu de la pièce, et dit sans sourire :

— Non, merci.

Berthe se demandait si elle devait s'informer d'Odette. Elle craignait qu'il ne vît dans cette question une allusion au drame conjugal. Est-ce qu'il supposait qu'Albert était averti? Pour dissimuler sa gêne, elle parlait très vite :

— Eh bien! vous assisterez à mon goûter. Voulez-vous que je demande à M. Vagnièze à quelle heure rentrera Albert?... Si vous le manquez, je lui dirai que vous êtes venu. Il vous écrira.

— Il n'a pas besoin de m'écrire. Je reviendrai demain.

— Vous le trouverez sûrement à cinq heures. D'ailleurs, il vous attendra, puisque je l'aurai prévenu... C'est curieux... En vous parlant, il me semble toujours que je l'entends. Souvent, je l'ai remarqué, je crois distinguer le bruit de sa clef, et je me dis : « Le voici. » Eh bien ! non, ce n'est pas encore lui, mais il arrive, et un peu plus tard j'entends réellement le bruit de sa clef.

« Quelle insouciance heureuse dans ce bavardage ! songeait Castagné. Elle peut parler de tout ce qui lui traverse l'esprit. Être tranquille, quelle félicité ! »

— Vous êtes bien, ici, dit-il regardant le salon.

Pour la première fois, depuis trois jours, il respirait plus librement dans cette atmosphère de quiétude.

— Quel calme ! dit-il en touchant la tapisserie. Ces murs sont épais. Ce sont de vrais murs. Il faut habiter les vieilles maisons.

— Laissez-vous tenter ? dit Berthe soulevant la théière.

— Il faut que je parte. Ensénat m'attend à six heures.

Son mince visage se crispa sous une étreinte subite à l'idée de revoir le craintif Ensénat qui allait encore le tourmenter avec ses alarmes et ses avertissements.

— Je reviendrai demain à cinq heures, dit Castagné.

— Voulez-vous venir ce soir, après le dîner ?

— Non, fit Castagné en s'éloignant, l'air fébrile. Je reviendrai demain à cinq heures.

Berthe entra dans sa chambre et s'assit dans un petit fauteuil, près du feu. « Pauvre Odette, je n'ai pas assez pensé à elle. J'irai la voir demain », songeait-elle en se rappelant le visage glacé de Castagné et ce désœuvrement anxieux d'homme ruiné. Dans sa compassion pour Odette, elle reprit conscience de son propre bonheur. « On se laisse bouleverser par de légers ressentiments, mais que ces tourments sont futiles auprès d'un vrai malheur ! Je l'ai irrité hier soir par un vilain soupçon de jalousie que j'ai montré exprès, sans y croire, comme si je voulais le blesser. Je ne sais pas le juger à sa valeur... Je ne sais même plus le voir. C'est de ma faute. Je deviens méchante. »

Elle voulait retrouver son équilibre et ses forces de naguère, et songea à se créer une vie active, se représentant l'emploi de chaque heure, contente comme autrefois lorsqu'elle épinglait sur le mur de sa chambre d'enfant une page bien écrite qui devait fixer pour l'avenir le règlement d'une existence réformée.

Et comme au temps où Marie-Louise était assise à ses pieds devant le feu dans la chambre obscure et pleine du chuchotement sérieux de leurs confidences, elle se penchait vers les flammes qui chauffaient ses bras. Les dernières lueurs du jour coloraient les vitres d'une vapeur verte; la panse vernie d'un bahut brillait sous les reflets du feu.

La porte s'ouvrit et une vive lumière jaillit des lampes. Albert observa Berthe d'un coup d'œil.

— Viens t'asseoir ici, dit Berthe doucement.

Cet air de repentir toucha Albert.

— Il fait chaud dans cette chambre, dit-il. Tu n'as pas trop chaud ?

— Vois-tu, chéri, dit Berthe gravement, lorsque Albert se fut assis, il ne faut plus que ces vilaines choses recommencent. J'étais nerveuse après cette soirée. J'ai dit une parole absurde qui t'a blessé. C'est tout naturel.

— Je me suis emporté. Je t'ai répondu sottement, dit Albert voulant s'accuser à son tour.

— C'est étrange, poursuivit Berthe qui prenait plaisir à démêler ses sentiments avec sévérité pour se rapprocher plus étroitement d'Albert, on prononce des mots horribles et ils font mal et on se croit sincère, et pourtant ils n'ont pas de sens, puisqu'on se déteste ainsi à cause d'un léger froissement d'amour. Tu as raison : je suis trop confinée en moi-même. Je veux vivre différemment. Je me lèverai de bonne heure. Je sortirai davantage. Je reprendrai quelques-unes de mes occupations de jeune fille. Je te demanderai seulement de me donner un peu plus de toi.

— Oui, dit Albert, songeant qu'il ne laissait pas une part suffisante à Berthe dans sa vie. Oui... sûrement.

Comme ils se tenaient les mains, ils s'étreignirent dans un long baiser sur la joue où se soulevait et se pressait leur être remué par ces luttes, baigné de tendresse par toutes ces brisures; un baiser doux et fort qu'ils ne pouvaient épuiser.

Ils passèrent dans la salle à manger; Berthe dit en se mettant à table :

— Castagné est venu te voir. Il reviendra demain à cinq heures.

— Il n'a rien dit ?

— Non. Mais son visage en disait long. Je suis étonnée qu'Odette ne soit pas venue me parler tout de suite. J'irai chez elle demain. Elle doit bien supposer que nous sommes prévenus.

— J'ai cru comprendre que Castagné n'était pas rentré chez lui depuis l'événement, dit Albert.

Il songeait à ce mouvement de lâcheté et de lassitude qui l'avait empêché de répondre à Guichard, et ajouta :

— Je ne suis pas content de ma journée. On prend trop vite l'habitude son de métier. On perd de vue sa responsabilité, la valeur humaine de son travail.

Il regarda Berthe.

— J'ai rencontré Pageot, il s'est informé de toi. Ils vont à Biarritz pour Pâques.

Albert avait décidé de renoncer ce soir à sa lecture habituelle; assis dans son fauteuil, il continuait à s'adresser à Berthe. Sentant qu'il s'efforçait de parler, elle passa dans la chambre, laissa la porte ouverte et commença une lettre à Emma.

Mais elle ne pouvait écrire et retourna dans le salon. Elle s'assit sur les genoux d'Albert, silencieuse, alanguie par les émotions passées, et appuya ses lèvres à la bouche d'Albert. Ouvrant les yeux, elle vit le miroitement de son regard tranquille. Il semblait réfléchir.

Elle se redressa et alla s'asseoir près de la cheminée.

— Tu as raison de penser que les femmes mariées doivent garder quelques relations avec le reste de l'humanité, dit Albert. Il faut sortir, s'intéresser aux choses du dehors. Il n'est pas bon de vivre trop renfermé dans son cœur : les idées se déforment et les sentiments s'aigrissent. En général, l'homme ne peut se passer de communications avec le monde. Je faisais cette remarque en lisant Genévrier. Il a faussé des idées intéressantes à force de les méditer dans sa solitude. Il lui a manqué l'interruption, la parole saine du premier venu.

« Il a peur que je l'aime trop », se disait Berthe reprenant son ouvrage, et elle refoulait, avec un peu de honte, le trouble des chairs qui venait de la surprendre.

❦

— Je peux attendre, si je te dérange, dit Castagné entrant dans le bureau d'Albert.

Albert lui toucha affectueusement le bras.

— Tu arrives à point. Je n'ai pas de rendez-vous avant six heures.

— Tu es très occupé ?

— Cette année je suis vraiment débordé, dit Albert en s'asseyant. Vagnièze est un paresseux. J'hésite à le renvoyer.

Il se tut, passa la main sur ses yeux comme pour en détacher les images importunes, puis, avec une attitude recueillie, il fixa son regard sur Castagné.

— Je crois que je suis à peu près au courant de tes ennuis, dit-il doucement.

— Oui... murmura Castagné, le visage contracté.

— Mais d'abord dis-moi exactement où en sont tes relations avec Odette.

— Je n'en sais rien. Quand je l'ai vue dans cet état épouvantable, je suis parti. C'est absurde. J'ai été si effrayé que je n'ai pas pu revenir.

— Est-ce par toi qu'elle a été avertie ?

— Elle s'en doutait. Cela se voit toujours ce que je pense. Alors je lui ai tout raconté. J'avais besoin d'en parler.

Albert s'allongea dans son fauteuil et se prit le visage dans une main, appuyant les doigts sur ses yeux. Il avait l'esprit dispos, le cœur en paix. Avec du jugement et de l'énergie on domine l'infortune.

— Voyons ! fit-il en saisissant le coupe-papier, il faut arranger ça !

Ce ton de bonhomie vaillante fut un premier soulagement pour Castagné.

— Tu aurais dû m'avertir tout de suite, reprit Albert.

— C'est vrai. J'ai perdu la tête.

— Si tu m'avais prévenu, j'aurais vu Odette et tout serait terminé. L'imagination s'envenime, on se croit un personnage de tragédie, on se laisse éblouir par la situation, et, quoiqu'on sente au fond la réalité plus accommodante, on finirait par soutenir jusqu'au crime un rôle extravagant. Bien entendu que tu ne songes plus à Mme de Boistelle ?

— Oh ! non ! fit Castagné avec un geste accablé, prêt à tous les renoncements pour ôter son souci.

Albert poursuivit :

— Il faut d'abord que je parle à Odette. J'ai un rendez-vous à six heures. Je serai chez toi entre sept heures et sept heures et demie. Je connais Odette. C'est une femme raisonnable. J'ai mon plan.

Il marchait à travers la pièce, parlant sans arrêt. A mesure que le visage de Castagné s'éclairait, il trouvait des arguments plus convaincants et sentait frémir sous sa force de persuasion l'épanouissement d'aise de cette nature malléable.

— Entrez ! fit-il brusquement.

Il fronça les sourcils, suivant d'un regard sévère Hugot qui s'approchait.

— Je ne reçois personne, dit-il en prenant la carte qu'on lui présentait; sauf M. Chavoix, à six heures.

— Eh bien ! mon vieux, fit Albert tout à coup, voyant Castagné ressaisi par son tourment, les choses s'arrangeront ainsi. Tu as pris peur trop vite. Sans doute tu as des torts..., mais avec de la bonne volonté de part et d'autre, ces sortes de torts s'effacent mieux qu'on ne croit. Au moindre choc, la vie semble brisée. Elle a plus de résistance, heureusement. Mais il faut qu'un étranger, une voix du dehors, vous arrache à ces vertiges. Je verrai Odette. Ma tâche sera facile. Elle n'a jamais manqué de jugement. Elle t'aime. Elle adore son fils. C'est entendu, n'est-ce pas ?

dit Albert observant Castagné qu'il avait de nouveau réconforté. Je compte sur toi à sept heures et demie. Si tu veux m'attendre au salon, nous partirons ensemble. Berthe est là.

— Merci, dit Castagné s'approchant de la porte. Je préfère marcher. Je te retrouverai à la maison.

La porte fermée, Albert reprit une physionomie grave. Vagnièze sortit de son bureau et entraîna mystérieusement Albert dans l'antichambre.

— Darole est ici, fit-il à mi-voix.

— Qu'est-ce qu'il veut ? dit Albert, regardant la figure inquiète de Vagnièze.

— Il veut vous parler...

— Retenez-le un moment encore. Je le recevrai tout à l'heure. Je tiens à le voir.

— Je crois que Mme Pacaris vous cherche, dit Vagnièze qui boutonna son veston en apercevant Berthe dans le bureau d'Albert.

— C'est Odette qui est ici, dit Berthe à voix basse en s'approchant d'Albert. Tu devrais la voir. Elle fait pitié.

— Qu'elle entre ! mais je suis pressé.

— Asseyez-vous là, dit Albert doucement, conduisant Odette vers le fauteuil qu'il avait rapproché de sa table. Croyez-moi, ce n'est pas grave.

Il s'interrompit devant l'air accablé d'Odette.

— Vous ne pouvez pas savoir, dit-elle d'une voix sourde. C'est pire que la mort.

Elle étreignait un petit mouchoir dans ses doigts comme pour y pétrir des larmes.

— On ne peut pas pleurer. Le passé même est horrible. Il n'y a pas un jour dont je puisse dire : « A ce moment, nous étions heureux. » Je retrouve partout l'homme qui pouvait mentir, puisqu'il est si habile, si mauvais. On se sent salie, honteuse de tout ce qu'on a donné de soi. On n'a même pas envie de mourir.

Albert l'écoutait, surpris par cet accent de douleur. Il la contemplait, un peu incliné vers elle, murmurant : « Je vous comprends », avec un mouvement de tête pareil à un signe discret de compassion attentive et enveloppante, et il remarquait ses yeux d'un bleu pâle d'ordinaire et que la souffrance colorait de lueurs sombres et brillantes.

Hugot annonça M. Chavoix.

— Faites-le attendre, dit Albert sans se détourner.

— Je vous dérange, pardon ! dit Odette avec une humilité de femme malheureuse. Vous êtes si bon.

— Enfin, que pensez-vous faire ?

— Divorcer, dit-elle avec force.

— Divorcer ? C'est aller bien vite. Est-ce que vos parents sont prévenus ?

— Je voudrais leur cacher ce malheur. Mais avec un mari qui n'est pas rentré chez lui depuis trois jours...

— Il reviendra ce soir.

— Ça ne changera rien !

— C'est moi qui le lui ai demandé. Et maintenant, pour rendre mon rôle un peu plus facile, je vous demande une promesse. Lorsqu'il rentrera, ne lui adressez aucun reproche, parlez-lui sur un ton indifférent, habituel. Bien entendu, vous conservez votre liberté pour plus tard; cette attitude qui n'aura aucune influence sur la décision que vous prendrez ensuite, et dont nous reparlerons, je vous demande de la garder ce soir, seulement ce soir. Je lui ai promis que j'irai chez vous à sept heures. Je m'aperçois qu'il est trop tard. Lorsqu'il arrivera vers sept heures et demie, dites-lui simplement que vous m'avez vu, que je viendrai dans la soirée, et parlez d'autre chose, ou ne dites rien. Cela vous paraît difficile ? Non... Vous verrez... Il était là, à cette place, il y a un moment, et me parlait de vous. Il vous aime plus que vous ne pensez. Cette histoire, nous la connaissons fort mal. Je m'aperçois qu'il m'en a parlé très peu. Tout cela est loin de son esprit. C'est à vous qu'il pense. Vous me direz qu'il a tout avoué ? Mais quoi ? Nous n'en savons rien. Non, Odette, vous n'en savez rien. Il est parti quand il vous a vue en larmes. Ce n'est pas très courageux. Voyez-vous, il est surtout un enfant.

— Non, ce n'est pas un enfant ! L'homme qui peut

faire souffrir, qui peut mentir avec cet air souriant... je dirais... amoureux...

— Justement, un homme léger ne ment pas comme vous croyez. Il ne sait pas qu'il ment. Mais n'importe. Je vous demande d'attendre un peu, d'y voir plus clair, et pour cela il faut que vous preniez une apparence de vie normale, devant les domestiques, devant vos parents, pour quelques jours...

— Mais pour quoi faire ? Vous ne sentez pas combien tout cela est grave. Je verrai toujours dans ce visage une affreuse expression...

— Écoutez-moi, dit Albert; et il prit les mains d'Odette regardant ses yeux d'un bleu ardent, obscurcis de reflets profonds. Écoutez... Vous agirez comme vous l'entendrez, plus tard; je vous demande seulement quelques jours, pour moi, pour me faire plaisir.

— Pourquoi ? Il est trop tard.

— Odette, dit Albert en se levant, vous ne voulez pas me comprendre. Peut-être bien que tout est fini. Mais il faut s'en assurer. Je vous demande...

Il marchait à travers la pièce, parlait d'une voix pressante et chaude, attaché à son idée, sans motifs, parce qu'il avait pris cette décision tout à coup.

Elle dit enfin, vaincue :

— Comme vous voudrez. Je n'ai plus de force. Plus de pensées. On se sent si diminuée, si désorientée par ces souffrances, si seule. On aurait besoin d'être conduite, portée à travers tout cela et on ne peut en parler à personne.

Albert reprit la main d'Odette. Comme pour l'aider à se soulever, il l'entoura de son bras.

— Ce soir, fit-il avec douceur en l'accompagnant vers le salon. Attendez-moi. Soyez raisonnable.

III

Pour se détacher de l'obsession d'elle-même, Berthe décida de se promener, de lire, et même de travailler comme autrefois. Elle étudiait son piano; Alice Bonifas lui donnait des leçons. Un jour elle entra dans cette salle de la Sorbonne où naguère elle suivait le cours d'Hoffé. Elle y retourna plusieurs fois.

Elle arrivait en retard, s'asseyait très vite au bout d'un gradin, les yeux fixés sur le professeur, puis regardait le vaste amphithéâtre à demi vide. Elle observait une jeune fille au visage attentif dont elle avait remarqué le petit chapeau en plume, et, tout à coup, essayait d'écouter sans pouvoir ressaisir le sens des paroles.

Autrefois, elle emplissait des pages de son écriture rapide, l'esprit actif. Elle se sentait capable de tout comprendre, elle étudiait ses leçons, elle se croyait savante, parce qu'Albert l'admirait. Maintenant ils se voient de trop près dans une lumière qui les dénude. Elle ne pourrait rien changer à l'apparence de sa nature. Il la connaît.

Cette salle, ce vieillard à voix morne, encaissé dans sa

tribune, cette jeune fille si studieuse, lui semblaient un spectacle vain où elle s'était égarée par hasard et qui n'était plus de son âge.

Ce jour-là, après le déjeuner, le temps lui parut trop beau pour aller à son cours. Elle voulait mettre une robe neuve. « J'irai voir Odette », se dit-elle.

Devant la fenêtre ouverte, remplie d'air doux et d'une clarté bleue sur un toit d'ardoises, elle goûta un moment ce retour du printemps à quoi on n'est jamais préparé, qui est pour nous toujours une nouveauté, un étonnement.

Son ombrelle et ses gants posés sur le lit, elle défit sa robe, et, songeant à sa jolie toilette, elle marchait dans la chambre, un peu rêveuse, prenant au passage une lime à ongle, un peigne, allant de sa glace à la fenêtre ouverte où un souffle tiède frôlait ses épaules nues. Elle se disait qu'elle verrait Mme Lamorlette ce soir; à cinq heures, elle prenait le thé avec Albert; demain, elle irait chez les Sénégali; et tout ce qui lui venait à l'esprit semblait agréable à penser, coloré d'un reflet brillant; et la sensation de sa jeunesse, le plaisir de sa robe, cet air de printemps, le sentiment que la vie lui réservait encore des choses inconnues et heureuses, gonflaient son cœur d'une joie subite comme une envie de chanter.

— Comment ? madame est sortie ? Quel dommage ! dit Berthe entrant dans le salon d'Odette, pendant que le domestique retirait le plateau du café.

Je vais lui écrire, dit Berthe qui s'assit devant le bureau d'Odette. N'est-ce pas ? dit-elle en regardant le domestique, vous direz à madame que j'ai laissé un mot pour elle sur son buvard.

Il semblait qu'un vent de désordre avait traversé l'appartement; par les portes ouvertes on apercevait une suite de pièces jusqu'au cabinet de Castagné. « C'est étrange, elle est toujours sortie », se disait Berthe qui écrivait rapidement, sans poser les yeux autour d'elle, comme si elle craignait de surprendre le secret de ces chambres désertes.

Le petit Michel sembla surgir d'un meuble.

— Te voilà ! dit-elle passant les mains sur la tête de l'enfant dont on venait de couper les boucles. Tu n'as plus de cheveux ? Qu'est-ce que tu fais ici ? Tu es seul dans le salon ? Ta gouvernante n'est pas là ? tu devrais sortir par ce beau temps.

Michel s'échappa sans répondre et se glissa derrière une tenture. Berthe sonna le domestique pour demander l'heure.

« Trois heures et demie, se dit-elle descendant l'escalier. Albert m'attend à cinq heures. J'irai à pied jusqu'à l'avenue de l'Opéra. » Songeant à ce ménage qu'Albert avait réconcilié, elle se rappela sa dernière visite à Odette et se dit : « Elle n'avait pas un air naturel. Elle parle de son bonheur retrouvé avec une emphase bizarre, un regard changé, fixe, fiévreux. »

« Est-ce qu'il va pleuvoir ? » se dit Berthe remarquant un enfant avec un petit manteau blanc, que sa bonne emmenait vivement par la main. Elle leva les yeux vers un nuage noirâtre comme une goutte boueuse prête à se détacher du ciel bleu; puis son regard suivit la blonde rangée des platanes. Les premiers bourgeons formaient autour des branches un voile grenu et léger qui se prolongeait entre les maisons ainsi qu'une traînante fumée fauve et bleuâtre. Une automobile passa. Berthe regarda l'hôtel des Solanet.

Elle traversa une place, suivit un quai, longea les baraquements d'une exposition de fleurs. Devant l'entrée, elle regarda l'affiche. « Je devrais visiter cette exposition. »

Une voiture s'arrêta contre le trottoir. Un jeune homme en descendit et regarda Berthe. Elle s'approcha de l'affiche qu'elle semblait lire attentivement et sentit que le jeune homme continuait à l'observer. Avant d'entrer dans la salle, il se retourna vers elle.

Berthe poursuivit sa route et songea : « J'aurais l'air étrange, si je regardais ces fleurs toute seule. »

Dans la glace d'une boulangerie, sur un fond miroitant de verdure et de ciel, elle vit sa robe bleue éclairée de garnitures blanches. Elle se souvint qu'autrefois, lorsqu'elle quittait la maison pour retrouver Albert, elle s'arrêtait ainsi devant une glace de boutique et jugeait une dernière fois son costume. Alors, elle sentait sur elle ce regard d'Albert qui allait l'accueillir; elle voyait cette façon qu'il avait de lui prendre les mains, comme avec précaution, la tenant d'abord un peu écartée de lui pour la voir tout entière avec son chapeau, l'arrangement nouveau, les détails de sa toilette où il semblait la respirer, les yeux ravis.

« Quatre heures et demie », se dit Berthe remarquant une pendule dans une bijouterie. Elle aperçut encore sa robe printanière. « Jolie robe; il n'y fera pas attention; tout cela est perdu. C'est dommage. Ce n'est plus moi qu'il regarde, mais je ne sais quoi en moi. »

Elle traversa la place de la Concorde, prit la rue Royale : « Il a cru me faire plaisir quand il m'a dit : « Nous prendrons le thé comme de jeunes amoureux ! » Il se force dans ce rôle; il me traite en petite fille. Est-ce qu'il se figure que je ne le sais pas ? On voit si loin dans la pensée de l'autre quand on vit ensemble. »

Dans le jour encore clair mais obscurci d'ombres orageuses et crépusculaires les vitrines étincelaient de feux jaunes. L'enchevêtrement vibrant et serré des voitures obstruait les rues. Berthe poursuivait sa course comme pour échapper aux regards, aux frôlements de ce cortège qui l'accompagnait de son piétinement pressé. Elle voulut s'arrêter devant une vitrine, mais elle se dit qu'elle serait tout de suite remarquée, surveillée; et elle continua à marcher vite, d'un pas égal, sans rien voir, l'air abstrait, fermé, fuyant l'interrogation furtive partout dardée sur elle.

Elle monta un petit escalier qui menait à une salle silencieuse et vide. Un homme et une femme, assis à la même table, parlaient à voix basse dans un coin de la pièce. L'homme à figure rouge se penchait vers la femme, et tous deux restaient absorbés dans un colloque murmurant, et qui paraissait tendre, pressant, sans fin. Une fois l'homme tourna son visage vers Berthe, mais sans la regarder, sans rien distinguer autour de lui, et il se replongea dans leur chuchotement.

On dominait la rue par des fenêtres cintrées, au ras du sol. Des parapluies s'ouvraient bordant la chaussée d'un long troupeau onduleux et noir; l'ondée, invisible dans le jour sombre, luisait sous la lumière des vitrines.

Albert monta l'escalier.

— C'est charmant ce petit local, dit-il pressant les doigts de Berthe.

Il s'assit auprès d'elle, le regard vif et encore échauffé par l'entretien qu'il venait de terminer. Il posa sur une chaise son chapeau taché de pluie et releva une mèche de cheveux, son visage brouillé, marqué de rides, comme sali par les traces du travail.

— Quel temps affreux ! J'espère que tu ne m'as pas attendu longtemps ?

— Mets donc ton parapluie à l'entrée, dit Berthe à voix basse.

Je n'ai rien commandé. Veux-tu du thé ? dit Berthe lorsque Albert eut regagné sa place.

— C'est cela ! du thé, dit Albert en s'adressant à la demoiselle qui se tenait debout près de lui : Donnez-nous du thé et des toasts.

— Je préfère des gâteaux, murmura Berthe.

— Eh bien ! mademoiselle, apportez-nous du thé, des toasts et des gâteaux. Mais servez-nous vite.

— Ne parle pas si fort.

— Cet endroit me plaît beaucoup, dit Albert, à mi-voix, parcourant la salle de ses yeux souriants et préoccupés. Je ne le connaissais pas. Il n'y a personne. C'est délicieux. J'avais un rendez-vous avec Pernotte, à cinq heures justement; je lui ai fait dire d'attendre. Il peut attendre un moment... Ça n'a aucune importance. Tiens ! tu as une robe que je ne connaissais pas. Elle est très bien.

Il se tourna vers une porte et répéta :

— Ça n'a pas d'importance. Alors tu as manqué ton cours aujourd'hui ? dit Albert avec entrain, ramenant son attention sur Berthe. Les poètes du XVIIIe siècle...

— Les poètes secondaires du xviiie siècle.
— Ah oui ! Parny... Parny. Tu vas devenir pédante. En somme, c'est un excellent prétexte pour sortir. L'essentiel est de se créer d'honnêtes buts de promenade. J'ai eu tort de commander du thé, dit-il en se retournant sur sa chaise avec une expression de malaise.
— Tu ne sais jamais ce que tu veux dans un restaurant.
— J'aimerais mieux du porto. Crois-tu qu'on serve du porto dans un endroit si convenable ? Qu'est-ce qu'ils prennent, ces gens-là ? fit-il à voix basse en se penchant vers Berthe, les yeux fixés sur le couple chuchoteur.
— Mind, they can hear, dit Berthe.
Albert se tourna vers la porte.
— Ici, les jeunes filles accourent pour enregistrer vos désirs, et puis elles ne reviennent plus.
— Oui. C'est toujours long.
— Quel temps ! dit Albert regardant par le vitrage cintré et bas, comme dans un hublot, la rue emplie d'un flot d'ombres hâtives, mêlé de scintillements.
Je crois que cette jeune fille nous a oubliés, dit-il après un silence.
— Tu n'es pas pressé, puisque tu ne prends pas de thé.
— C'est pour le principe; une table vide est irritante. Est-ce que tu rentres à la maison ? Je peux t'emmener dans ma voiture.
— Je vais faire une visite. Si tu étais gentil, tu me laisserais ta voiture.
— Je serai gentil, dit Albert.
Après un silence, il reprit :
— J'ai besoin de me commander un costume. Je crois que je choisirai une étoffe grise. C'est Carrier qui m'a fait ce veston l'année dernière. Il va bien encore, mais la couleur est passée. Tu ne peux pas t'en rendre compte à la lumière, dit-il en regardant sa montre. Je sais ce qui manque ici, poursuivit Albert pendant que Berthe versait son thé. C'est de la musique. Le silence est trop solennel. On n'ose pas parler.

Des cris d'accueil et de gaieté saluèrent Berthe, quand elle entra dans le salon de Mme Lamorlette.

— Ma chérie ! J'ai été vous voir avant-hier ! dit Mme Lamorlette. Comment voulez-vous que je me souvienne de ce troisième mercredi ! Vous voyez, on me trouve tous les jours, c'est beaucoup plus simple... Quel amour, cette robe ! fit-elle; et, l'entourant de ses regards, elle conduisit Berthe par les mains, au milieu du salon. Tenez ! voici Boby ! il sera content de vous voir.

— Ah ! Le Couais ! cher ami. Je vous prenais pour Boby. Je crois que vous connaissez Mme Pacaris. Le Couais ! dit Mme Lamorlette en s'asseyant, cela m'amuse de vous revoir ! Vous étiez si comique !

— Madame, ces folies sont passées, dit Le Couais gravement. Vous n'êtes pas fatiguée ?

— Moi, rien ne me fatigue. Et puis, j'ai dormi très tard, mais ce pauvre Boby s'est levé à sept heures.

Elle se tourna vers Berthe.

— Nous sommes allés hier au bal des Barancy. M. Le Couais était déguisé en Quaker, avec des cheveux plats, des lunettes, une Bible sous le bras, et une dent noire ! Il disait des absurdités follement drôles ! Montrez vos dents, Le Couais, dit-elle en le regardant avec un sourire qui entr'ouvrait sa grande bouche. Il me semble que vous aurez toujours ce trou noir.

Berthe regarda les lèvres de Le Couais; il conservait une attitude sérieuse, comme pour écarter de son visage ce masque ridicule.

— J'étais habillée en Pompadour et Boby en clown, dit Mme Lamorlette. C'était très gai. Vous savez, chez les Barancy, les bals sont un peu extravagants. Ce pauvre Castagné ! Vous souvenez-vous de Castagné ! dit-elle en se penchant vers Le Couais avec un rire jaillissant. Figurez-vous, Berthe, qu'il était tout à fait ivre. Mais si gentiment ! il est monté sur une fenêtre au milieu des plantes, et il est resté là, immobile, avec des yeux ingénus, extasiés, comme diaphanes, et il répétait sans cesse, d'une voix pathétique, quand on s'approchait de lui : « Croyez-vous que ce soit le vin, et puis la lie... » Et puis, je ne sais quoi. Moi j'adore Castagné ! Si vous aviez vu de quel air d'enfant il m'a dit : « Je voudrais inviter Mme de Boistelle pour le souper. » Je lui ai répondu : « Mon petit, si votre femme le permet, ne vous occupez pas des autres. » N'est-ce pas que j'ai raison, Le Couais ? Moi, je dis : « Il faut faire ce qu'on juge bien, et aller droit son chemin, sans se soucier de l'opinion des gens. »

— Sa femme était là ? dit Berthe.

— Que vous m'amusez avec vos airs effarouchés ! dit Mme Lamorlette.

Elle toucha la main de Berthe et s'adressa à Le Couais en regardant Berthe :

— N'est-ce pas qu'elle est exquise ?... Oui, ma chérie, sa femme était là. Elle ne le quitte jamais, mais cette passion lui est venue trop tard. Dieu ! que cette femme est ennuyeuse avec son regard absent.

Mme Lamorlette se tourna vers Le Couais, dont les yeux se posaient discrètement sur Berthe.

— Je suis sûre que Mme Castagné vous plaît, Le Couais ? Vous avez soupé à côté d'elle. Vous aimez à troubler les femmes incorruptibles.

— Je vous en prie, madame, dit Le Couais à Berthe, ne prenez pas garde aux sarcasmes de Mme Lamorlette; nous sommes de vieux ennemis.

Il poursuivit sur un ton lent, avec un air de respect :

— Je crois que je vous ai aperçue, dimanche, madame.

— Avez-vous remarqué que j'ai changé la place du canapé ? dit Mme Lamorlette.

— Oui, fit Le Couais qui se tourna vers le fond du salon avec une certaine raideur dans la nuque, c'est beaucoup mieux.

Puis, s'adressant à Berthe, il reprit :

— Vous étiez au concert Colonne.

— C'est là que je voulais mettre l'estampe que Tirard me promet depuis un an, poursuivit Mme Lamorlette. Il me l'a donnée enfin. Vous ne la connaissez pas ? Je vais vous la montrer. C'est d'une telle indécence que j'ai dû la cacher dans mon armoire.

— J'étais au concert, en effet, dit Berthe lorsque Mme Lamorlette eut quitté le salon.

— Je vous ai regardée. Vous aviez une expression si animée, si réfléchie... Vous avez souvent un visage méditatif. Je me souviens que lorsque je vous ai vue pour la première fois, je me suis dit : « Voilà une jeune femme qui pense trop. » Pendant que Mme Lamorlette bavardait, je vous observais... Tout à coup, votre visage a pris une expression de songerie profonde... C'est très rare un visage qui a de la pensée.

— Je suis quelquefois distraite, dit Berthe.

Dans ce moment, elle était pour cet homme un être indéfini, plein d'inconnu, d'une valeur mystérieuse; et ce regard fixe, incertain, enveloppant, qui cherchait à la comprendre, réveillait en elle une vague impression oubliée.

— N'est-ce pas, dit Mme Lamorlette rentrant dans le salon, je ne peux pas garder cela chez moi ? Castagné connaît un Périgourdin qui me l'achètera. C'est une estampe de Rops. Il paraît qu'elle est admirable.

Le Couais jeta un coup d'œil sur le dessin et le posa sur un guéridon.

— Cette fois, c'est Boby ! dit Mme Lamoriette en se précipitant vers son mari.

Elle versa du thé dans une tasse, et ne songeait plus qu'à M. Lamorlette qui restait assis avec gravité près du guéridon. Il avait une barbe très noire qui semblait absorber l'expression et la couleur de son visage rigide et pâle.

Lorsque Berthe sortit, il pleuvait encore. Elle s'arrêta sous le porche des Lamorlette et aperçut Le Couais qu'elle croyait parti.

— J'ai pensé que vous ne trouveriez pas de voiture, dit-il. Je me suis permis de retenir une automobile pour vous.

Il ouvrit son parapluie et conduisit Berthe jusqu'à la voiture.

— Merci, dit Berthe fermant rapidement la portière. « Je l'ai sûrement froissé, se dit-elle. Je l'ai remercié avec brusquerie. C'était tout naturel qu'il me cherchât une voiture. Qu'il est difficile de se conduire au milieu des hommes ! Il faut se garer, se refermer sur soi, traverser la rue et les salons sans plaisir, avec un air de froideur, un air sage que nous gardons instinctivement parce que nous sommes bien élevées par nos parents et par notre mari. »

⁂

— Les soirées reviennent vite ! et on n'a rien fait, dit Albert prenant un livre sur la table.
La tâche qui remplissait sa journée lui paraissait un peu vaine parce qu'elle devenait habituelle et facile. On eût dit que son devoir principal, le seul qui mît sa conscience à l'aise, consistait à poursuivre cette pénible lecture du soir dont il était constamment détourné.
— Tu as été voir Mme Viguier ? dit-il.
— Oui, j'ai vu Mme Viguier et Mme de Solanet.
— Il me semble que tu as meilleure mine depuis que tu sors davantage.
— Eh bien ! ma mine te trompe. Je suis fatiguée. Ce matin j'ai ressenti un malaise étrange. En me coiffant ma main est restée attachée au peigne, comme par une force électrique. Je ne pouvais plus ouvrir les doigts. Mes paupières me brûlaient.
— C'est vrai. A présent je m'aperçois que tu as un peu changé. Tes joues sont roses mais tu as maigri. Veux-tu consulter Natte ? Tu devrais te promener tous les jours ; il faut marcher sans but dans une avenue aérée.
Berthe s'installa près de la cheminée, étendit ses jambes sur une petite banquette en tapisserie, prit son ouvrage et dit :
— Mme Viguier nous invite à dîner la semaine prochaine. Il y aura les Hériard.
— Nous sortons trop souvent. C'est cela qui te fatigue.

Si Ensénat ne venait pas ce soir, je me coucherais de bonne heure, dit Albert.

Il ouvrit son livre, comme pour se ressaisir dans cet envahissement de futilités, puis il dit :

— Est-ce que tu as rencontré Mme Lamorlette ces jours-ci ?

— J'ai goûté avec elle au Ritz aujourd'hui.

— Je m'en doutais. Quand tu as vu Mme Lamorlette, on sent à ta façon de juger, à ton air, la marque imperceptible de son influence.

Il posa son livre sur la table :

— Tu aimes beaucoup Charlotte Lamorlette ?

— Je la trouve amusante, dit Berthe qui pencha la tête en coupant attentivement un fil de soie.

— Je ne comprends pas que la sottise puisse amuser.

— Charlotte n'est pas plus sotte que Mme de Solanet.

— Vraiment ? fit Albert d'une voix lente, observant Berthe. Vraiment ? tu ne sens pas que cette femme est sotte ?

Il fixait sur Berthe un regard si pénétrant qu'elle se souleva de son fauteuil en posant les ciseaux sur la cheminée et jeta un coup d'œil dans la glace.

— Tu sais reconnaître l'intelligence d'Ensénat, et tu ne vois pas comme une chose éclatante, horrible, la sottise de Charlotte Lamorlette ?

— Tu juges les gens d'un seul point de vue. Elle est un peu frivole, mais son insouciance fait plaisir, et elle est très bonne.

Berthe se pencha sur son ouvrage, les jambes étendues et Albert remarqua les contractions de son pied sous le mince cuir du soulier.

— Elle a un joli rire, dit-il.

Les yeux fixés sur le soulier de Berthe, il poursuivit :

— C'est curieux, les femmes apprécient l'intelligence, mais elles sont désarmées devant la bêtise. Elles ne savent pas la distinguer. Elles s'en accommodent fort bien.

— Charlotte est gaie. Voilà ce que tu ne lui pardonnes pas. Toi, tu raisonnes, tu analyses. Tu vois la vie d'un côté grave — du moins quand il s'agit de moi. On respire ici je ne sais quoi de desséché et de lourd qui fait mal. Si la sagesse est si étouffante, je préfère les fous et les sots qui rient.

Albert marchait à travers la pièce à grands pas en réfléchissant.

— Je te ferai remarquer, d'abord, que si tu étouffes ici ce n'est pas de ma faute. Je t'ai proposé des distractions. Il est mauvais de vivre trop replié sur soi. Je l'ai dit souvent. Quant à Mme Lamorlette, elle peut rire. Il ne s'agit pas de gaieté, ni même de bonheur. Est-ce qu'une personne qui a un peu de cervelle est capable de cette insouciance d'oiseau ? Je réponds : Non.

— Mais qu'est-ce qu'il te donne ton grand esprit critique ? Tu ne veux pas qu'une femme pense à son bonheur ? A quoi penserait-elle donc !

— Évidemment ! On réclame d'abord le bonheur à la vie. Elle nous le doit. Je suppose qu'elle le doit conforme aux rêves de chacun, même stupides. Mais il n'est pas surprenant que l'existence déconcerte quand on l'aborde avec de telles sottises en tête !

— Voilà ! tu t'emportes ! Tu as l'habitude des raisonnements. Tu as la voix forte ! Tu peux me prouver ce que tu voudras. Je ne te convaincrai jamais parce que je suis ta femme ! Tu ne me laisses même pas parler... Ah ! si un de tes amis te répondait à ma place, avec quels ménagements tu l'écouterais ! Il n'y a pas d'homme plus patient que toi avec les autres, plus doux, plus flatteur ! Mais moi, j'ai toujours tort; dès que je ne t'approuve pas, je suis tout de suite écrasée. Tu ne me réponds même pas sincèrement; tu tranches, avec un esprit de tyrannie et d'exaspération.

— Non, dit Albert en baissant la voix, écoute-moi.

Il s'assit à côté de Berthe.

— Je te dis ma pensée sincère. Je le sais, on prend souvent pour des opinions une forme passagère de notre esprit qui veut dominer, ou séduire, ou blesser... Des mobiles de rancune ou de vanité, de lointaines réactions de la sensibilité agissent sur nos jugements. Les tempéraments se heurtent derrière les idées. Souvent, je me suis demandé quelle pensée m'appartenait vraiment parmi des influences si fortes. Eh bien ! lorsque je te parle, ou plutôt lorsque je me parle à moi-même auprès de toi, je sens que mon esprit se dégage de ces reflets troubles ; il s'apaise, il s'éclaire jusqu'au fond de moi, le fond solide. Je me trouve, par toi.

Il regarda Berthe et dit avec douceur :

— Tu peux me croire.

Après un silence, il reprit :

— Nous parlions de Charlotte. Tu penses que je veux t'imposer un chemin aride. Que je te défends... Non, je ne défends rien. Je dis que par une exigence de l'être — exigence qui tient à l'intelligence et au cœur — par une certaine finesse du tact, on repousse la vulgarité, la médiocrité, le mensonge — même le mensonge des illusions. C'est un mouvement naturel à l'âme saine et délicate qui respire à l'aise dans un air pur. Je me souviens que Maurisset nous racontait autrefois ses procédés de travail. Il imposait à son style des restrictions qui étonnaient mes parents et n'employait que les mots d'un vieux dictionnaire. Ma mère lui disait : « Vous étouffez votre talent. » Eh bien ! il avait raison cet homme avec son dictionnaire. Nous regardions comme des entraves futiles l'exigence d'un instinct créateur qu'il contentait avec joie. Par cet effort gêné et redoublé, il imprimait à son œuvre plus de vitalité. Il ne sentait pas l'étroitesse des règles, mais la plénitude d'un ouvrage plus parfait. Il me semble que ce qu'on nomme le bien...

Berthe penchée sur sa broderie songeait : « Il me raconte tout cela parce que ça l'ennuie que je voie Charlotte. »

Albert ouvrit son livre à la place marquée. Il parcourut des yeux plusieurs lignes et s'aperçut qu'il était distrait. Il relut le passage, fixant fortement son attention ; mais, comme il avait oublié depuis deux jours le sens de la page précédente, il reprit sa lecture de plus haut.

— Lorsque tu réfléchis ainsi sur ton livre, pourquoi

ne penses-tu pas à voix haute ? Je pourrais te suivre dans ta lecture.

— Mes réflexions sont très vagues, dit Albert posant le volume sur ses genoux, heureux d'interrompre un passage fastidieux. Elles n'auraient guère de sens hors du livre. Cet ouvrage est assez ardu ; il te manquerait quelques notions de philosophie.

— On a sonné, dit Berthe en retirant ses jambes de la banquette.

Albert regarda sa montre.

— C'est Ensénat, dit-il.

Ensénat s'assit dans un fauteuil, tout près de Berthe, comme distraitement, puis se releva aussitôt et s'assit sur une chaise à côté de la table.

— Vous avez des nouvelles de Castagné ? dit-il.

— De mauvaises nouvelles, dit Albert. Ce n'est pas facile de réconcilier les gens. Elle ne renonce pas à son mari ; lui, me paraît tenir à l'une et à l'autre. Séparation passagère, reprise exaltée, beaucoup de scènes. Je n'aurais jamais supposé tant de passion chez une jeune fille si tranquille.

— C'était mon sentiment, dit Ensénat en touchant un livre sur la table.

Il ouvrit le livre, puis ajouta avec un accent amer et comme de rancune :

— Ils n'étaient pas mauvais l'un et l'autre. Le mariage en a fait deux monstres.

Le regard lointain, il paraissait réfléchir sur tous les objets où se posaient ses yeux. Après un silence, il dit :

— Ce livre-là est bien fatigant et inutile.

— Je sais que tu préfères un ordre d'idées plus consolantes, dit Albert en se levant. Mais moi je les trouve trop consolantes, trop bien conformées à nos besoins, trop utiles, pour les admettre dans un domaine qui justement nous surpasse.

— On a tort de parler des consolations de la religion, dit Ensénat.

Il ajouta, lentement, à voix basse :

— On doit dire : les terribles **vérités chrétiennes**.

Puis, se parlant à lui-même, sur le même ton lent, les yeux fixes, le visage comme émacié tout à coup et creusé d'ombres, il répéta :

— Il faut bien que ce soit la vérité.

Lorsque Albert s'entretenait de ces sujets avec Ensénat, il sentait ses opinions, d'ordinaire très flottantes, se raffermir sur l'argument adverse et s'imposer à lui avec l'éclat de la certitude. Ce soir-là, pressé de terminer la conversation, il dit d'un ton négligent, pendant qu'il regardait sa montre derrière le fauteuil d'Ensénat :

— Tu me dis : la vérité. Est-ce qu'il s'agit réellement de vérité, même pour toi ? C'est plutôt une volonté.

— Tu crois à la vie, dit Ensénat sans tourner la tête vers Albert. Je te donne cinq ou six ans. Un jour, ce qui te plaît encore ne t'amusera plus, et les hommes t'ennuieront. Un autre jour viendra où toutes ces choses passées, et ton pauvre amour de la vie seront comme s'ils n'avaient jamais été. Entre deux néants, tu auras peut-être le loisir de contempler, au moment de mourir, la duperie de ton existence. Eh bien ! s'il y a une idée qui garde alors sa substance, qui ne s'éteigne pas dans ce passage, je dis qu'elle seule compte dans l'homme, et dès maintenant.

Il remarqua Berthe qui prenait doucement un verre sur le plateau, et il sourit en la regardant, pour s'excuser d'un discours si sérieux; mais elle posa le verre auprès de lui avec gravité et comme tout absorbée par cet entretien.

— Ensénat est un homme sympathique, dit Berthe qui s'arrêta d'un air songeur au milieu de la chambre.

Albert ferma la fenêtre et se laissa tomber sur une chaise longue où il demeura étendu, les yeux clos.

Berthe dénouait ses cheveux devant la glace; d'un geste machinal, répété chaque soir, elle avançait la main vers une coupe de métal où les épingles tintaient une à une. Soudain, elle se regarda fixement dans les yeux, et elle se vit, à la fois enfant et vieille dans un tourbillon de vapeurs.

— On pense à la vie tout à coup comme dans un vertige, dit-elle tournant vers Albert son visage encadré de cheveux défaits qui donnaient une étrange expression enfantine à ses traits marqués.

Albert se redressa sur la chaise longue et se mit à délacer ses chaussures.

— Toi, tu ne penses jamais à la vie, dit Berthe. Je veux dire à ses profondeurs, à la mort. Les hommes appellent vie tout ce qui remplit leur journée : les occupations, les paroles; si tu savais combien la journée d'une femme est peu de chose !

Elle se tut, s'assit au bord du lit :

— Quelquefois, j'ai envie d'un livre. Un livre qu'on ouvrirait souvent, qui ne serait pas fini quand il est lu.

— On peut trouver un livre. Je t'en ai apporté plusieurs.

— Non. Je voudrais un livre qui me parle de moi.

— Il faudrait chercher parmi les moralistes, dit Albert.

Il passa au salon; marchant sans bruit dans ses chaussettes, il alluma l'électricité. Devant la bibliothèque, il parcourut des yeux une longue suite de titres qu'il repoussait l'un après l'autre. Enfin, il prit un volume au hasard. Il éteignit la lumière, et chercha le loquet de la porte à tâtons.

— Voilà; je crois que c'est bien.

— Je l'ai lu, dit Berthe jetant les yeux sur le volume.

— Alors, je vais te donner *l'Imitation*.

❦

Auprès de la fenêtre ouverte, assise devant son petit bureau, un rayon de soleil sur son papier, Berthe recommençait une addition, lorsqu'on sonna.

Odette entra dans le salon et regarda Berthe de ses grands yeux un peu inquiets.

— Je passais devant ta maison. Veux-tu sortir avec moi ? J'ai une course à faire aux Champs-Élysées. Le temps est magnifique. Nous pourrions aller jusqu'au Bois. Il est dix heures.

— Je veux bien, dit Berthe. Je mets mon chapeau.

— Tu ne sors jamais, le matin ? dit Odette en se regardant dans la porte de l'armoire à glace que Berthe tenait ouverte pour prendre ses gants. Bientôt on ne pourra plus se promener seule. Les hommes vous suivent. L'as-tu remarqué ?

Berthe s'assit et tendit sa jambe à Élisabeth qui venait d'apporter ses bottines.

— Tu as une cheville que j'admire toujours, dit Odette. Regardant ses pieds, elle ajouta :

— C'est Fourcade qui m'a fait ces souliers. Ils sont bien, n'est-ce pas ? Les chaussures, les bas et les jupons sont une de mes coquetteries. Aimes-tu cette veste ? Elle est un peu étrange. C'est la mode. J'aime beaucoup ces formes ajustées, la taille à sa place, les jupes amples. Ton mari est sorti ?

— Albert est parti de bonne heure ce matin. Il ne revient pas déjeuner. Tu voulais lui parler ?

— Je lui aurais demandé un renseignement.

— Tu es venue hier soir ?

— Non.

Berthe ouvrit la fenêtre et sortit de la chambre, derrière Odette.

— La concierge m'avait dit...

— Ah ! c'est vrai ! fit Odette avec une exclamation forcée. Je n'y songeais plus. Vous étiez sortis.

— Moi, j'étais rentrée. Maintenant je rentre toujours à six heures. Je trouve qu'il vaut mieux se reposer avant le dîner.

Sous les marronniers, des femmes en toilettes fraîches passaient d'une nappe d'ombre à une clarté de soleil. Dans la pénombre des toiles, à la devanture d'une boutique, des chatoiements coulaient sur les cuivres et les vitres. Au mouvement des voitures comme plus facile, joyeux et brillant, aux regards, à une ombrelle vive, on sentait s'épanouir ce printemps de la ville, qui est dans le cœur.

— Tes parents ne savent rien ? dit Berthe.

— Mon frère seul a compris. Je ne croyais pas si facile

de cacher un tel drame à ses parents. J'attends. Il vaut mieux attendre. Philippe n'a jamais été plus charmant. Nous avons l'air d'avoir tout oublié. Nous vivons dans un mensonge qui ne trompe ni l'un ni l'autre.

— Il ne continue plus à... la voir ? dit Berthe à mi-voix, écartant de la main une fillette qui leur offrait des bouquets.

— Vois-tu, répondit Odette avec une exaltation soudaine, les hommes sont abominables ! Tous ! Tu m'entends ! Tous ! On croit les connaître !

— Autrefois, avant de découvrir... Tu n'as rien soupçonné ?... Est-ce qu'il paraissait préoccupé, silencieux ?

— Tu nous as vus ! Étions-nous un ménage assez uni ! pas un désaccord, pas un nuage pendant cinq ans. Il ne pouvait pas me quitter deux jours ! Si tu lisais les lettres qu'il m'a écrites de Valence ! Je sais bien qu'il m'aime ! Au fond, il n'aime que moi. Et pourquoi ne m'aimerait-il pas ? dit-elle tout à coup, détournant vers un passant ses yeux mobiles et un peu hagards. Est-ce que je ne suis pas belle ? Ah ! si j'écoutais les autres !

— Quelles raisons donne-t-il ?

— Il dit que je ne pensais pas assez à lui, à son art, que je le délaissais...

— Ah ! fit Berthe, le visage méditatif, parce qu'elle songeait à Albert. Il dit...

— Ce sont des raisons ridicules ! fit Odette avec emportement. Des raisons inventées. Les hommes sont très habiles pour trouver de belles excuses à leur ignominie. Ils emploient tout leur esprit à dissimuler leur vraie nature. On dirait même qu'ils n'ont d'esprit que pour se cacher.

Berthe aurait voulu ressentir plus de pitié et trouver au moins une parole consolante pour sa cousine qu'elle ne reconnaissait plus avec cette exaltation fantasque, ces accès de désespoir et de haine, soudain interrompus par un air de défi, de hauteur, de contentement; mais auprès de cet être en désarroi, gênée par les vues sombres et incohérentes qu'Odette répandait sur le monde, Berthe éprouvait un sentiment d'insécurité qui la glaçait.

Cette promenade lui pesait mais elle continuait à questionner Odette.

— Est-ce que Philippe sort le matin ?

— Il est sorti ce matin. Il est allé chez Naudin.

Elle répéta, comme se parlant à elle-même :

— Il m'a dit qu'il allait chez Naudin.

Soudain, l'air inquiet et distrait :

— Je crois que je n'irai pas au Bois, dit Odette. Je n'ai pas le temps. Que je suis sotte ! reprit-elle sur un ton subitement simple et enjoué, ce matin Marguerite m'attend. Tu m'excuseras. Crois-tu que je suis étourdie ! dit-elle en levant son ombrelle pour arrêter une voiture. Justement, elle m'a dit hier qu'on opérait sa mère.

Odette expliqua longuement à Berthe par quelle suite de circonstances elle devait voir Marguerite. On sentait qu'elle imaginait tous les détails; et Berthe remarqua cette étrange disposition au mensonge qui se manifestait depuis quelque temps chez sa cousine.

Berthe continua sa promenade jusqu'au Bois de Boulogne.

Elle longeait un chemin de terre molle, et se retourna; un cavalier passa, serré dans une jaquette grise. Elle traversa l'allée des voitures et suivit un sentier parmi les arbres. Un couple de promeneurs la précédait. L'ombrelle rouge de la femme s'élevait dans les feuillages avec un mouvement altier, et l'homme marchait sur le bord du sentier à pas discrets, attentif, la tête un peu inclinée. Berthe s'assit sur un banc. Des taches de soleil brillaient sur les fourrés menus; on apercevait dans les branches une file d'attelages mouvants. Elle reprit sa promenade. Une pièce d'eau miroitait entre des troncs nus. Au détour d'un chemin, elle reconnut la haute ombrelle rouge, dominatrice, et la démarche recueillie des amoureux.

Elle avait vu chez un homme ce visage doux, coquet, ce pas soumis, et elle avait connu cet éclat, cette confiance légère que donne la sensation de charmer. « Maintenant, se dit-elle, je suis appauvrie par un regard impitoyable. Ces mêmes yeux que j'ai vus éblouis de moi, qui m'avaient parée, me scrutent comme pour défaire leur œuvre, chercher ma faiblesse. »

Elle s'assit, songeant .

« Autrefois, il me disait : « Que vous êtes forte ! » Mais c'est lui qui est fort, jusqu'à la cruauté. Sa vie lui suffit. Il n'a pas besoin de moi. Je lui pèse peut-être. C'est moi qui suis faible et qui demande du secours. Comment pourrait-il m'aimer encore, quand je suis si différente ? »

Elle se leva et revint sur ses pas. Mais elle quitta le chemin qui longeait la grande allée, comme si la vue des passants lui était pénible; elle prit un sentier à travers le bois, atteignit une pelouse où jouaient des enfants, et s'arrêta un moment pour contempler les plus petits qui sont dans un autre monde; puis elle retourna à la maison.

Elle déjeuna seule.

Après son repas, elle resta dans le salon, regardant autour d'elle. Elle ôta du doigt un peu de poussière au bord d'un vase, souleva un coussin. Cette pièce lui déplaisait.

Elle sonna Hugot.

— Vous déjeunez ? dit-elle en l'apercevant. Puisque vous êtes là, attendez; voulez-vous simplement porter le canapé dans ce coin... C'est cela, fit-elle, suivant le meuble que le domestique transportait et qu'elle touchait du bout des doigts comme pour aider à le soulever. Voilà, allez déjeuner, merci.

Mais elle fit encore pousser la table contre le mur, déplacer le tapis, rapprocher deux fauteuils de la cheminée.

— Très bien. Merci. Allez déjeuner.

Elle s'assit sur le tabouret du piano et regarda le salon.

Elle remarqua un vide sous le portrait de M. Pacaris et y plaça une petite table avec un vase bleu. « Trop maigre », se dit-elle.

Les meubles avaient plus d'importance dans un endroit nouveau et elle voyait leur laideur. « Et puis ces grandes portes stupides ! Avec ces grandes portes, il n'y a rien à faire ! C'était mieux avant », se dit-elle marchant à travers le salon en désordre et elle passa dans sa chambre.

En ouvrant son armoire elle fit tomber une boîte d'épingles. Elle s'assit sur son lit et versa le contenu de la boîte sur le couvre-pied. Elle prenait les épingles une à une et les plaçait selon leur dimension dans de petites cases, songeant : « Il me faudrait une amie. J'aime beaucoup Alice, mais elle n'est pas mariée. Elle ne me comprendrait pas; elle serait seulement curieuse. Odette ? Elle reconnaîtrait tout de suite son propre malheur, en triomphant. Avec les autres femmes, il faut surveiller ses paroles; il faut taire surtout le grand secret de la maison. Toutes vous épient sans le vouloir avec des airs affectueux. Un mot sincère, un regard un peu triste, est recueilli avidement, presque avec joie, comme un aveu de défaite, une sorte de honte. »

Elle s'assit devant sa table à écrire pour noter les sortes d'épingles qui lui manquaient. En feuilletant un carnet, elle s'aperçut que Mme Roinart recevait ce jour-là. Elle ouvrit son tiroir jusqu'au fond et commença à ramasser des timbres éparpillés.

Il lui semblait qu'elle éprouverait un grand repos à ranger sa chambre tout le jour, mais il fallait rendre visite à Mme Roinart. Elle se leva pour appeler Élisabeth. Quand elle fut debout, elle se sentit lasse, et décida de rester à la maison. Elle ôta sa robe et se couvrit les épaules d'un mantelet de dentelle; puis elle ouvrit son armoire à glace, prit un coffret, en sortit tous ses gants, et tria les meilleures paires.

Une tasse était restée sur la table. Machinalement, elle emporta le plateau dans la cuisine, comme faisait Mme Degouy qui remettait ainsi les objets à leur place. Berthe reconnut le geste maternel inconsciemment reproduit et songea : « Pauvre maman ! Je l'ai souvent tourmentée, et voilà que je lui ressemble. »

Berthe n'avait pas vu sa mère depuis plusieurs jours. « Je vais aller chez maman, aujourd'hui », se dit-elle se promettant de lui faire une longue visite, d'être bonne pour racheter ses duretés d'enfant.

Elle résolut d'aller d'abord chez Mme Roinart et puis

chez Prom. « J'irai aussi chez Viel pour le parfum », se dit-elle consultant un calepin.

Devant la psyché, elle fut surprise par sa pâleur. « Est-ce que je ne suis pas changée, moins jolie ? » se dit-elle approchant son visage de la glace. Elle tâchait de se détacher de son impression coutumière, de se voir comme une étrangère qu'elle apercevrait tout à coup. D'une main, elle abaissa ses cheveux sur son front, imitant la coiffure qu'elle portait l'année dernière, et, les yeux à demi fermés, s'éloignant un peu, comme pour reculer dans le passé, elle cherchait à ressaisir l'image qu'elle voyait autrefois dans ce miroir.

Puis, assise devant sa coiffeuse, avec un air sérieux, elle passa un morceau de ouate humide sur sa figure.

— Vous me donnerez mes bottines beiges, dit-elle à Élisabeth sans se retourner, effaçant la poudre sur ses joues.

Les bras nus, elle mit son chapeau, arrangea une mèche, les yeux toujours fixés sur la glace, et, par ces soins, sous les reflets de la toilette, elle reprenait confiance dans sa beauté.

« Est-ce possible que Mme Roinart ait eu un amant ! songeait-elle. Son mari n'a rien su... Cette vieille dame si vénérable dans son beau salon ! » Et elle se rappelait avec quel accent de respect on disait chez les Quatrefage : « Madame Roinart. »

❧

— Je vois que tu ne penses pas à ce que tu lis, dit Berthe.

— C'est vrai, je pense à la mort de ce pauvre Saviot.

— Tu l'avais connu autrefois ?

— Je l'avais connu au lycée. Tu l'as vu chez les Blanchemin. Ce jour-là, je lui ai dit :. « Prenez garde, ces machines sont dangereuses. » Il se croyait prudent... La vérité, c'est qu'il ne songeait pas à la mort.

Albert se leva et s'approcha de la bibliothèque.

— Je voudrais trouver une phrase de Schopenhauer...

Elle me plaît beaucoup... La voilà, dit-il s'asseyant dans son fauteuil, et, cessant de feuilleter le volume, il lut : « Voyez, votre chien, comme il est là, devant vous, pai- « sible et joyeux ! Des milliers de chiens ont dû mourir « pour que celui-là pût vivre. Mais la mort de ces milliers « n'a entamé en rien l'idée de l'espèce. Voilà pourquoi ce « chien est si vif, si plein de force, qu'il semble que ce soit « son premier jour et qu'il n'en aura jamais un dernier, et « que dans ses yeux brille le principe indestructible qui est « en lui. Ce qui est mort n'est pas le chien; c'est son ombre, « son image, telle que les conçoit notre manière de con- « naître, soumise aux conditions du temps. »

Après un silence, Albert posa le volume sur ses genoux et dit :

— Ceci doit nous suffire. Mourir, qu'est-ce donc ?

Il appuya sa tête au dossier du fauteuil, ferma les yeux, et dit :

— Oublier.

— Tais-toi ! dit Berthe couvrant de ses doigts les yeux d'Albert pour effacer cette image effrayante. Mon Dieu ! si cela arrivait ! Mais je mourrais ! Tu es ma vie !

A demi agenouillée, elle se penchait sur Albert et touchait ses bras, son épaule, comme pour mieux s'assurer de sa présence.

— Nous sommes si unis ! si tu mourais, mais, tout simplement, je ne pourrais plus respirer. Ce n'est pas de chagrin que je mourrais. Je ne penserais plus, je n'existerais pas.

Elle pressait les mains d'Albert, le regardant avec une expression ardente et un peu inquiète.

— C'est étrange... Tu es mêlé à moi si complètement que je ne pourrais plus vivre hors de toi, et pourtant il me semble par moments que je ne t'ai jamais bien tenu dans mes bras. Jamais bien regardé dans les yeux. La journée passe. On songe à une note à payer, à une lettre en retard, on sort. Il faudrait s'arrêter quelquefois... Sentir qu'on s'aime, le dire. Dire une phrase vraiment intime qui contienne tout l'amour, qui donne tout le cœur, qui vous lie par-dessus la vie. Sans cela, on doute. Nous vivons un peu comme des gens qui ne s'aimeraient pas. Je ne suis même pas sûre que tu sois heureux. Non ! tu n'es pas heureux ! Tu n'aurais pas pu me parler ainsi de ta mort ! Vois-tu, si tu mourais, cette pensée me resterait, cette torture. Je me dirais : « Je ne l'ai pas rendu heureux ! »

— Je te parle de ma mort, dit Albert en baissant les yeux, et tu ne penses qu'à toi, à mon amour pour toi.

— Que veux-tu dire ?

— Rien.

— Où vas-tu ? Attends. Nous allons prendre le thé. Tu peux bien rester avec moi le dimanche ?

Albert s'assit ; Berthe approcha un fauteuil et reprit :

— Je pensais... c'est une réflexion d'Odette qui m'est revenue à l'esprit ce matin, il me semble que nous sommes séparés — matériellement séparés — par des intérêts trop différents. Tu as ton travail qui est très captivant ; je ne te le reproche pas, mais pourquoi la femme est-elle tenue éloignée des préoccupations continuelles de l'homme, de tout ce qui remplit sa journée, sa pensée, son regard ? Oui, quand tu me regardes, je sais tes yeux distraits par un souci que je ne connais pas. Raconte-moi tes affaires...

— Mes affaires sont très spéciales, dit Albert avec une grimace. Il faut être un homme, un pauvre homme abruti pour s'y intéresser.

— Ce qui t'intéresse ne m'ennuiera jamais. Tu n'as pas besoin de me parler de tous tes procès, mais il y en a beaucoup que je comprendrais. Je suis sûre que je t'aiderais quelquefois. Les femmes ont souvent plus de jugement que les hommes, plus d'intuition. On dit qu'elles sont frivoles.

Berthe s'interrompit quand Hugot entra dans le salon, apportant un plateau qu'il posa sur la table doucement, avec gravité.

Berthe reprit :

— On confine les femmes dans le ménage, les visites, les toilettes. Chacun vit dans sa propre sphère impénétrable.

— Tu te figures que mon métier m'amuse ! dit Albert; laisse-moi l'oublier. Allons, fit-il en se redressant dans son fauteuil pour prendre la tasse que lui tendait Berthe. Ne gâtons pas ce goûter avec des souvenirs de jurisprudence.

Il porta la tasse à ses lèvres.

— Ce n'est pas le même. Je suis sûr qu'on ne l'a pas acheté au Royal.

— Si, c'est le même.

— Les Quatrefage ont un thé délicieux, dit Albert étalant la confiture d'oranges sur un biscuit beurré qu'il savourait par avance, la bouche entr'ouverte.

Ranimé par cette collation, instinctivement, il se leva et se dirigea vers la porte de son bureau.

— Tu vas travailler ?

— Oui, un moment, avant le dîner...

— L'affaire Panthèse, dit Berthe.

— Comment connais-tu l'affaire Panthèse ?

— Tu en as parlé pendant une heure avec Marion devant moi.

Elle ferma la porte et reprit :

— Eh bien ! raconte-moi l'affaire Panthèse.

— Tu es ridicule, dit Albert en souriant. C'est une histoire compliquée. Il me faudrait deux heures pour t'expliquer cet embrouillamini.

— Raconte-moi cette histoire, tout bonnement, comme si j'étais un homme.

— Eh bien ! voilà ! dit Albert sur un ton rapide et indifférent. Mme Panthèse était orpheline avant son mariage. Ses parents lui avaient laissé une fortune de deux cent mille francs qu'elle apporta en dot à son mari. Panthèse a placé cet argent dans une petite industrie de gravures, que son frère, Paul Panthèse, possède en Russie. J'ai oublié de dire que Mme Panthèse s'était mariée sans contrat.

— Tu disais à Marion qu'il avait emmené sa femme à Vienne.

— C'est un détail, fit Albert avec impatience; laissons cela, veux-tu; j'ai besoin de travailler.

— Je t'assure, l'histoire est très claire jusqu'ici.

— Certainement tu comprendras sans difficulté l'anecdote des fourrures et les malheurs de Mme Panthèse.

— Ne cherche pas ce que je comprends... Raconte, dit Berthe ramenant Albert vers son fauteuil.

Il reprit son récit. Berthe l'écoutait attentivement avec un petit mouvement de tête approbatif. Mais en parlant il se souvint de l'objection de Marion au sujet du privilège. Il savait que si Berthe entendait le sens des mots, elle ne pouvait en percevoir toute la portée. Il fallait connaître la thèse de Catois, le jugement de la sixième chambre, la discussion Vergniol et Quesnel, et considérer la question comme lui à travers une suite de textes et de controverses qui en modifiaient les éléments.

— Nous sommes ridicules.

— Je comprends très bien.

— Non. Tu ne peux pas me comprendre. C'est d'ailleurs tout naturel.

— Je te répéterai mot pour mot ce que tu m'as dit : « M. Panthèse a mis les deux cent mille francs de sa femme dans la Société Paul Panthèse. La Société a été dissoute à l'amiable, avant la demande en divorce de Mme Panthèse. M. Paul Panthèse s'est reconnu débiteur de deux cent mille francs, et il a donné en garantie son fonds de commerce. »

— Tu répètes des paroles qui n'ont aucun sens pour toi.

— Tu es vexé, parce que tu vois que j'ai compris...

— Non, fit Albert d'un ton irrité, tu n'as rien compris parce qu'il te manque des notions indispensables sur le privilège, la vente, les formalités de nantissement. C'est tout naturel. Je te reproche seulement ton air d'assurance. Je vais te dire le point intéressant de toute cette affaire, où tu ne vois que des déboires conjugaux : Peut-on soutenir que le privilège est valable ?

— Oui, le privilège est valable.

— Crois-tu m'impressionner avec ces façons imperturbables ! cria Albert marchant à travers la pièce. Il y a des moments où tu me parais sotte !

Il s'arrêta, les poings crispés, le visage douloureux :

— Je ne peux pas supporter que tu sois sotte !

Il reprit sa marche, puis s'assit au fond du salon. Comme s'il s'adressait à un témoin de cette scène, il se tourna vers une chaise :

— On pardonne une sottise à un ami. Mais on ne pardonne rien à sa femme. On veut qu'elle soit un monde, votre monde ! On veut qu'elle partage même vos idées ! On ferait plutôt éclater sa petite tête !... J'ai connu un professeur de droit constitutionnel qui a rendu sa femme folle, littéralement, en la gavant d'histoire constitutionnelle. Si on épousait une paysanne, on ne lui demanderait rien. On ne lui parlerait pas... On serait moins seul.

Il se leva et poursuivit :

— L'ignorance d'une femme ferait frémir, si on pouvait la concevoir. On n'ose pas soulever le voile. Il faudrait poser une question trop simple. Je n'en vois pas d'assez facile. Voyons. Une question pour un enfant. Que disait M. Jourdain ? « Apprenez-moi quand il y a lune et quand il n'y en a point. »

Albert s'approcha de Berthe qui reculait vers la fenêtre.

— C'est cela, apprends-moi pourquoi la lune n'est pas toujours ronde ?

Berthe haussa les épaules et passa derrière le canapé.

— Je parle sérieusement. Je suis persuadé que tu n'en sais rien.

Il se rapprocha encore de Berthe qui détourna la tête, les yeux baissés.

— C'est une expérience. Je serais curieux de savoir ce que tu peux supposer.

Berthe s'arrêta devant la cheminée. Elle faisait effort pour écouter le bruit de la pendule. « Je serai calme, se disait-elle, fixant sa pensée sur les idées qui lui traversaient la tête pour éviter d'entendre la voix d'Albert. Chez les Quatrefage, c'est un horloger qui règle les pendules tous les quinze jours. Les Bonifas n'ont pas vendu la pendule de leur salon. Ils auraient pu la vendre très cher. »

— Tu as bien remarqué qu'il y a des nuits sans lune ?

— Je ne te connaissais pas tant de goût pour l'astronomie, dit Berthe doucement, touchant la surface froide du marbre.

Elle se dit : « Je serai calme, l'année dernière je n'aurais pas été si patiente, j'aurais déjà lancé ce vase. » Mais aussitôt, comme si cette image eût déterminé une explosion nerveuse, elle cria :

— Tu m'ennuies ! idiot !

Et, se jetant dans un fauteuil, elle cacha son visage dans ses mains.

— Ton procès m'est bien égal ! dit-elle entre ses sanglots. Je t'en parlais pour te faire plaisir.

— Pardon, dit Albert vivement, l'entourant de ses bras. J'ai été brusque, absurde, je plaisantais. Tu avais un petit air qui m'agaçait. Ce n'est rien. J'ai dit n'importe quoi... Vraiment, je ne sais plus du tout ce que j'ai dit.

Étouffée de larmes, elle reprit son souffle pour crier :

— Je ne suis pas savante ! je le sais bien !

— Qu'est-ce que cela fait, dit Albert en la prenant sur ses genoux, ce que tu sais, ce que tu dis, ce que nous disons...

Avec une recrudescence de désespoir, une plainte aiguë d'enfant effrayé par sa blessure, elle s'écriait :

— Moi... je n'avais que mon cœur ! mon amour !

Il la berçait caressant sa tête, sans pouvoir endormir ce chagrin inconsolable.

— Ce que j'aime en toi, dit-il, c'est tout autre chose... c'est bien davantage...

Il voulait expliquer son amour, mais il ne trouvait que ces mots :

— C'est la femme que tu es.

*

Attendant Aimé Chérix, qu'il devait rejoindre à deux heures, Albert entra dans la bibliothèque du Palais et tira de sa serviette les notes qu'il écrivait en lettres bien formées, pour les distinguer de loin, et qu'il gardait devant lui en plaidant, quoiqu'il n'y posât jamais les yeux. Il replia ces papiers et aperçut Guillemot qui s'avançait vers lui.

— Une belle dame vous demande, dit Guillemot à voix basse, essuyant l'intérieur de son faux col avec son mouchoir parfumé.

— Une belle dame ?

— Mᵐᵉ Castagné. Elle vous attend dans le vestibule.

Odette se tenait près d'une fenêtre, droite, l'air tragique, un maintien plein de réserve.

— Est-ce que je peux vous parler ? dit-elle rapidement, sans sourire, jetant autour d'elle un regard préoccupé.

— Nous trouverons un banc dans le couloir, dit Albert qui s'arrêta près de la porte pour laisser passer Odette.

— C'est un monde, ce bâtiment, dit Odette sur un ton subitement gracieux et léger. Je passais par le boulevard Saint-Michel, et j'ai pensé que vous étiez peut-être au Palais. J'ai rencontré M. Guillemot qui m'a proposé très gentiment de me conduire, et nous vous avons cherché dans tous les coins. C'est curieux de voir ces hommes en robe. Il fait frais ici quand on vient du dehors.

Odette s'assit sur un banc auprès d'Albert.

— Je ne vous avais jamais vu dans ce costume, dit-elle, les yeux baissés. Il vous va bien. On ne vous trouve plus chez vous.

— Je suis presque tous les jours chez moi à cinq heures. Hier je suis rentré tard... Je crois que vous êtes venue ?

— Je voulais vous demander un conseil pour mon divorce, dit Odette vivement.

— Vous êtes résolue à divorcer ?

— Je veux me renseigner d'abord. Je n'ai aucune idée des formalités.

— Je crois que vous prenez là un bon parti, dit Albert adressant un sourire à Aimé Chérix qui l'observait de loin.

— Vous trouvez cela juste ! fit Odette agitant son ombrelle d'une main fébrile. Moi, je serai condamnée à la solitude ! à la pauvreté ! Suis-je donc la coupable pour être punie ?

— Est-ce que vous aimez encore votre mari ? dit Albert.

Odette regarda Albert avec une étrange expression fixe et comme souriante.

— Pourquoi me demandez-vous cela ? dit-elle lentement.

Puis elle abaissa les yeux d'un air songeur, et regarda le pantalon d'Albert qui apparaissait entre les pans de sa robe.

Il murmura d'une voix un peu troublée :

— Je vous le demande, parce que c'est un point de vue à considérer.

Il reprit sur un ton dégagé :

— D'abord, il faut obtenir l'autorisation du président du Tribunal civil. Vous présentez votre requête au président.

— Il faut voir le président ? dit Odette, l'air distrait, observant deux avocats qui causaient avec une jeune femme.

Elle ajouta :

— Il y a beaucoup de femmes ici.

— Il y a même des femmes qui plaident.

— Elles ont raison. Il faut apprendre à se passer des hommes. M. Guillemot m'a dit que vous étiez un avocat remarquable. Cela m'amuserait de vous entendre. Où plaidez-vous ?

— Cela dépend des jours. Tout à l'heure, je vais plaider à la troisième chambre. Cette porte, là-bas, où vous apercevez le monsieur qui vient de passer devant nous.

— Il nous regarde. Il a l'air de vous attendre.

— Oui. C'est mon client.

— Je vous retiens, pardon, dit Odette en se levant. Alors ? Je pourrai entrer dans cette salle ? Je vous entendrai ?

— Je vous assure que ce n'est pas intéressant...

— Si, cela me fera plaisir. Je ne suis pas sûre de vous revoir, parce qu'il faut que je reparte à quatre heures. Ah ! dites-moi, fit-elle en retenant la main d'Albert dans la sienne, nous allons à la générale de Nicollier. Il paraît que sa pièce est très bien. Nous avons deux places pour vous dans notre loge. Venez. Je serai contente de vous voir. C'est lundi, à deux heures.

— L'après-midi, chère amie, je suis un captif.

— Pas un jour de répit !

— Quel est le numéro de votre loge ?

— Je ne m'en souviens plus. Écoutez... je passerai chez vous demain soir. Ce n'est pas la peine d'en parler à Berthe. Je préfère le lui demander moi-même. Ne dites pas que je vous ai vu. C'est inutile...

Elle ajouta en souriant :

— Je vous expliquerai, de petites choses...

Et elle s'éloigna rapidement, jetant les yeux vers Aimé Chérix.

Quand il eut achevé sa plaidoirie, debout à son banc, Albert tourna la tête vers le fond de la salle, et s'aperçut qu'Odette venait de partir. Il rangea les pièces de son dossier et retira certains documents qu'il jugeait inutile de remettre au président. Aimé Chérix s'approcha d'Albert et lui serra la main ; sans parler, les deux hommes quittèrent la salle.

— Nous aurons le jugement vendredi, dit Albert lorsque la porte se referma derrière eux. J'ai insisté, lorsque j'ai vu qu'il devenait mordant...

Devant la porte du vestiaire, Aimé Chérix lui dit :

— Est-ce que je peux vous offrir ma voiture ?

— Merci, je préfère rentrer à pied.

En chemin, il songeait à Odette. « On la sent inquiète ; quel singulier regard farouche et fiévreux !... Elle n'avait rien à me dire, en somme... On ne reconnaîtrait jamais la jeune fille, autrefois si timide, si froide même, ni la femme si passionnément maternelle de l'année dernière. »

Il marchait plus vite, et continuait à penser à Odette :

« Elle a été secouée par le désespoir. Les larmes, la jalousie, un remous dans les bas-fonds du tempérament et des sens ont fait surgir une passion tardive pour son mari. Passion trouble, versatile, féroce, aigrie. Elle l'adore et le hait. Elle le tuera peut-être. Elle est comme étourdie par cette révolution de sa nature. Son regard s'est éclairé d'une expression bien captivante. Un homme y verrait facilement de l'amour. Inconsciemment, elle est prête à reporter sur le premier venu un sentiment mal fixé, plein d'ardeur et de sursauts. Ces deux êtres seraient liés par une méprise bizarre. »

Lorsque Albert entra dans le salon, Berthe écrivait une lettre. Elle se tourna vers lui et dit en souriant :

— Je réponds aux Dutrieux que nous n'irons pas chez eux. Je dis que je suis fatiguée, tout simplement.

— Réponds la même chose à Mme de Solanet, dit Albert jetant les yeux sur le buvard de Berthe. J'ai vu Odette aujourd'hui.

— Tu as vu Odette ? dit Berthe avec une légère contraction du visage.

Elle rangea lentement des papiers sur son bureau, la tête un peu penchée.

— Oui, j'ai vu Odette, dit Albert cherchant du regard les yeux de Berthe.

— Où l'as-tu rencontrée ?

Elle toucha le couvercle de l'encrier, les yeux baissés.

— Elle est venue au Palais.

— Elle pourrait te voir ici. Elle vient assez souvent.

Albert s'approcha de Berthe qui détourna la tête pour essuyer sa plume, l'air absorbé, fuyant, et comme honteux.

— Elle a besoin de me parler pour son divorce. C'est tout naturel.

Les yeux fixés sur Berthe et comme pour défier le sentiment qu'il devinait en elle et qui l'irritait, il dit sèchement :

— Elle m'a proposé deux places dans leur loge pour la pièce de Nicollier. La générale est lundi, à deux heures. D'ailleurs, elle viendra demain te les offrir.

— Je n'y tiens pas. Je ne veux pas aller au théâtre sans toi.
— J'irai peut-être, dit Albert.
— Tu es libre dans la journée ? C'est la première fois je crois depuis notre mariage.
— Cet événement n'a pas l'air de te réjouir. La pièce de Nicollier est belle. Lundi, j'ai peu de travail.

Il s'assit dans un fauteuil, l'air sombre.

Il découvrait subitement le caractère équivoque de ses relations avec Odette et il constatait le merveilleux instinct de l'amour inquiet qui le perçait toujours. Mais il considérait seulement l'exaspération que lui causait ce soupçon et le retour de cette susceptibilité qu'il reprochait à Berthe, et qui lui rendait en ce moment toute sa personne déplaisante. « Que cet esprit ombrageux est insupportable ! se disait-il. Je voulais lui parler d'Odette. Je n'ai de plaisir à parler qu'avec elle, et il faut me taire. Un rien éveille ses craintes ridicules. Les mots les plus innocents et les plus confiants sont suspectés. L'entretien est tout de suite tendu, épineux. »

« Il faut me taire ! » se répétait Albert se levant avec un mouvement d'impatience qu'il refréna.

Il regarda Berthe et dit l'air irrité :
— Tu as mauvaise mine.

Elle jeta les yeux vers la glace.

— Il ne s'agit pas de ta beauté; c'est ta santé qui me préoccupe. Je dirai à Natte de venir. Il faut peut-être que tu suives un régime. Le mois de juillet à Paris te fatiguera. Tu pourrais aller à Noizic ? L'air natal est un bon remède.
— Et toi ?
— J'irai te rejoindre au mois d'août.
— Non, j'aime mieux rester à Paris.

Albert entra dans son cabinet. Un lourd véhicule passait dans la rue. Il ferma la fenêtre.

※

Berthe se retourna vers les deux hommes assis au fond de la loge.

— Vous ne sortez pas ? dit-elle.

— Ce n'est pas la peine, dit Castagné, l'entr'acte est fini.

Il avança vers Odette sa petite tête plaquée de cheveux blonds et lui dit avec empressement :

— Reculez-vous si vous êtes trop gênée.

— Je me lève un instant, dit Albert qui heurta de sa jambe engourdie le siège de Castagné.

Il resta debout derrière Berthe et regarda la salle éclairée qui se remplissait de spectateurs.

— C'est Hervieu qui est là-bas, à côté de la dame en bleu, dit-il les yeux levés vers le balcon.

Castagné s'approcha d'Odette; avec le ton qu'il aurait pour distraire un enfant, il dit :

— Voyez-vous Hervieu, là-haut ? Il prend sa lorgnette dans sa main gantée, d'un petit geste sage. On dirait qu'il vous regarde.

Il se souleva pour jeter un coup d'œil dans une loge, mais la lumière s'éteignit et le silence se fit tout à coup.

Albert s'assit avec précaution et allongea la jambe sous la chaise de Castagné. Il se releva et regarda l'acteur dont il ne reconnaissait pas la voix. S'asseyant de nouveau, il appuya la tête contre la paroi qui lui cachait le spectacle et fixa ses yeux sur le visage d'Odette, faiblement éclairé par un reflet de la scène.

Odette écoutait avec attention, puis subitement regardait son programme et remuait comme si elle avait trop chaud.

Le visage tourné vers la scène, immobile, Berthe songeait : « Il n'écoute pas. Il la regarde. Il pense à elle, et elle est tout agitée par lui. J'ai l'air de ne pas m'en apercevoir. Ils ont convenu de se retrouver ici. Je le sais. Je l'ai permis. Je me sens au-dessus de ces enfants. Il me semble que je suis vieille, indulgente et que je ne peux plus souffrir. Cette actrice a l'air de croire à ses larmes. Vraiment, on dirait qu'elle pleure ».

Sitôt le rideau refermé, Berthe se leva; passant derrière Odette, elle regarda le bas de sa robe qu'elle croyait déchiré.

Albert se pencha vers Odette et dit gravement :
— C'est beau.
— Vous ne voyez rien dans votre coin.
— J'entends. On voit très bien en écoutant.

Castagné prit discrètement son chapeau de paille et murmura :

— Je vais saluer les Nicollier.

Berthe jeta les yeux sur Albert et Odette. Soudain, elle eut l'idée de sortir, de les laisser seuls, comme pour se convaincre de son détachement, et aussi comme par une sorte de bravade cruelle.

Elle poussa doucement la porte de la loge.

Dans le couloir, surprise par la clarté du jour, elle se heurta à Castagné. Il regardait une jeune femme qui s'avançait vers lui, à petits pas gracieux, le teint éclatant sous un grand chapeau rose.

La porte d'une loge s'ouvrit. Un homme ventru émergea lentement et s'adossa au mur, les mains dans les poches, balançant sa tête chargée de barbe.

Berthe regardait le chapeau rose, et elle reconnut celui qu'elle avait voulu prendre lorsqu'elle choisit le sien. De nouveau, elle le regretta, quoiqu'il fût un peu étrange.

Elle s'éloigna rapidement de peur qu'Albert ne la rejoignît. Resserrée dans une foule circulaire, elle monta un petit escalier et parvint à un autre couloir encombré de cette même foule où des gens de toutes catégories semblaient se connaître et se déplaçaient continuellement, sans qu'on pût discerner s'ils se fuyaient ou se cherchaient.

Revenant sur ses pas, Berthe s'arrêta en haut de l'escalier; comme elle regardait vers le couloir inférieur, elle aperçut Castagné appuyé sur la rampe. Il parlait à la femme au chapeau rose.

« Qu'il a une sotte expression ! » se dit Berthe.

Elle s'écarta devant un homme vêtu d'un sordide costume marron qui descendait lentement les marches regardant la foule d'un air grognon et fier.

« Quelle vanité dans tous ces hommes ! songeait

Berthe. Une vanité hargneuse et rentrée ou épanouie. Leur figure change seulement quand ils parlent à une femme. Castagné aurait honte s'il savait que je le vois. » Se rappelant la figure d'Albert quand il s'était penché vers Odette : « Est-ce que je le connais mieux que ces passants ?... »

Elle se souvint du temps où, petite fille, elle s'échappait de ses bras avec l'effroi de son baiser.

« Oui, je l'ai connu, se dit-elle descendant l'escalier très vite, comme si elle fuyait encore une image détestée. J'ai vu autrefois le fond de sa nature. Sa froideur aujourd'hui, qu'il me dépeint comme un progrès de l'amour, n'est que satiété et perversité... Pourquoi veut-il m'envoyer à Noizic ? Si j'entrais tout à coup dans la loge je le trouverais là, lui-même, tel qu'il est pour une autre. »

« La porte est fermée ! se dit-elle s'arrêtant devant la loge. Ils ont fermé la porte. C'est fini. Je partirai. J'irai à Noizic. Je ne reviendrai plus... »

Une ouvreuse s'approchait; Berthe frappa à la porte se disant : « Maintenant, je sais. »

— C'est toi ? dit Odette. Tu n'as pas rencontré Albert ? Il te cherche. Nous ne t'avions pas vue sortir. Il est parti tout de suite.

Berthe remarqua l'air empressé, inquiet, un peu humble de sa cousine. Avec un sentiment de pitié pour cette femme, et pour toutes les femmes, et comme si elle voulait revenir à la réalité moins sombre, elle dit très vite en souriant :

— Je ne l'ai pas vu. Mais ce n'est pas surprenant; il y a tant de monde ! Comme ces entr'actes sont longs ! Il y a de drôles de gens dans ces couloirs. Beaucoup d'acteurs, je suis sûre... J'aurais voulu rencontrer Albert. Il m'aurait dit le nom des gens connus.

Albert descendait l'escalier, lorsqu'il aperçut Castagné.

— As-tu rencontré Berthe ?

— Elle est sortie en même temps que moi. Je viens de l'apercevoir; elle retournait vers la loge.

Albert entraîna Castagné dans une galerie déserte.

— Je voulais te parler, dit-il s'approchant d'une fenêtre où apparaissait le fourmillement silencieux et noir d'une large rue. Odette n'a pas l'air satisfaite de toi.

— Ah ! quelle femme ! mon cher. Un jour, elle est charmante comme cette après-midi, et tout à coup elle perd la tête. Nous avons des nuits infernales. Je n'ai pas dormi cette nuit. Je ne me doutais pas qu'une si douce jeune fille pouvait contenir cette furie !

— Tu as un peu excité cette furie. Tu vois encore Mme de Boistelle. Tu n'as pas l'air de songer que tu es marié.

— Oui, je suis marié. Pendant que je parlais à cette adorable petite Rossel — tu as remarqué ce Greuze en chapeau rose — j'apercevais dans ses yeux un effroi candide. Elle voyait en moi un homme marié. Moi, je n'avais pas plus conscience de cet homme que de la couleur de mes yeux. J'avais dix-huit ans.

— Tu devrais au moins songer à ta femme. Elle t'aime. Mais l'amour ne résiste pas toujours à de tels chocs.

— J'aime beaucoup Odette. Je te dirai même que je ne soupçonnais pas combien j'avais d'affection pour elle. Elle n'a pas le plus brûlant de mon cœur, mais elle en a le plus pur et le plus constant. Elle s'en contentait jusqu'ici. Sans cet aveu stupide qui nous a perdus, nous serions très heureux.

— Es-tu bien certain que tes plaisirs valent tant d'ennuis ? dit Albert qui reprochait surtout à Castagné de négliger Odette pour une femme aussi commune que Mme de Boistelle.

— Tu m'amuses, dit Castagné écoutant la sonnerie qui rappelait les spectateurs ; tu me prêches la vertu comme à un enfant.

Il cherchait des yeux un chapeau rose parmi les groupes qui regagnaient leur place, et, se rappelant le regard bleu, étonné et caressant, il reprit :

— Vois-tu, ce qui est vrai, ce qu'on regrette un jour quand on regrette la vie, c'est un joli commencement d'amour... Être jeune, une fois encore ! Je le disais à cette

petite : « Vous êtes peut-être mon dernier printemps ! »
Une femme s'approcha pour leur ouvrir la porte de la loge.

— Tu te fatigues le cœur, dit Albert à voix basse.

Berthe se retourna vers les deux hommes dans la loge obscure.

— Je t'ai cherchée, dit Albert à mi-voix se penchant vers Berthe.

— Oui... je sais, dit Berthe, et elle garda dans sa main, sur ses genoux, la main d'Albert.

※

— Jolie étoffe, dit le coupeur.

— Je la trouve un peu claire, dit Albert en se regardant dans plusieurs glaces.

Il étendit un bras que l'homme examinait de près.

— Vous le mettrez au bord de la mer, dit l'homme qui approcha son crâne du visage d'Albert pour piquer une épingle.

— Trop clair, dit Albert.

Sous cette lumière vive, dans ce costume neuf, maintenu devant ces glaces où il s'étudiait longuement, il se trouvait changé. Il voyait sur son visage blanchâtre cette grimace de fatigue qu'il avait parfois le matin en se réveillant, et qui restait maintenant fixée dans ses traits. « Pourtant, je ne me sens pas fatigué », se dit-il.

Il traversa le magasin, toucha une étoffe en passant, puis sortit et descendit le boulevard dans le jour chaud et poussiéreux. En marchant, il effleurait du regard les gens assis devant les cafés et reconnut Raymond Quatrefage qui se dressa d'une rangée de tables.

— Certes ! mon cher ! Il y a longtemps... Vous allez prendre quelque chose, dit Quatrefage en appelant du geste un garçon. Il est vrai que je suis souvent en voyage. Je pars demain pour Londres.

Quatrefage avait engraissé. Sa nuque épaissie, ses joues gonflées, enveloppaient comme d'une physionomie étrangère son visage ancien qu'on retrouvait dans ses yeux rieurs et sa petite moustache retroussée.

— Berthe va bien ?

Albert buvait, les yeux fixés sur un couple assis en face de lui et dont il croyait reconnaître l'homme à barbe grise coupée en carré.

— Berthe ne va pas bien, dit Albert en posant son verre. J'ai fait venir Natte, aujourd'hui. Rien de grave. J'attendais Natte à quatre heures. J'ai téléphoné chez mon tailleur; il n'est pas arrivé. Il a sûrement manqué son train; il en a un autre à six heures. C'est gênant d'avoir un médecin qui habite hors de Paris. Mais j'ai confiance en Natte. C'était un ami de mon père.

— Je le connais. Je l'ai vu chez mon beau-frère... Ce jeune ménage traverse une crise, reprit Quatrefage de son air souriant. Je sais que vous êtes renseigné. Je vous dirai que je ne suis pas implacable à l'égard de Philippe, bien que ma sœur ait sujet de se plaindre.

Quatrefage qui venait de faire participer Castagné à son huilerie de Médine avait déclaré à sa sœur, quand elle lui avait confié ses malheurs, que le devoir d'une épouse à l'égard de ses parents, de son enfant, de l'humanité en général, l'obligeait à demeurer avec son mari et à pardonner.

— A mon sens, le mariage a pour objet exclusif de fonder une famille, poursuivit Quatrefage qui voulait se convaincre de la sincérité du conseil qu'il avait donné à sa sœur. C'est une association indissoluble qui intéresse surtout la société. Voilà pourquoi on demande aux parents d'approuver les apports des époux : honorabilité, fortune, situation mondaine. C'est ainsi qu'on se marie chez nous. Mais lorsque les époux sont assortis selon ces principes, ils réclament l'amour. Soyons conséquents !

Cette idée lui rappela une conversation avec sa mère qui voulait le marier. La jeune fille lui plaisait, mais il n'avait pas le courage de rompre avec Bétine.

— Quelle singulière institution que le mariage, et

quelle tristesse ! dit-il. On se querelle sans cesse, ou on se sépare, ou bien, ce qui est plus navrant, l'amour se dessèche ; il fait place à la résignation, à l'habitude, et on croit s'aimer encore.

— L'habitude n'a pas l'importance qu'on lui prête dans les relations conjugales, dit Albert. L'homme ne s'habitue jamais à ce qu'il déteste, et, quand il aime, c'est pour un motif puissant. Ce motif est difficile à discerner. Je sais que vous n'appréciez dans l'amour que la passion... J'ai observé cette sorte d'amoureux. J'ai été frappé par les petits mensonges, les artifices, l'inquiétude qui entretenaient leur sentiment, très vif, mais étriqué. Il ne m'a pas semblé que l'objet de tant de flamme fût placé très haut dans le cœur.

Regardez ces vieux époux, reprit Albert à voix basse, désignant le couple qu'il avait remarqué. Ils n'ont pas échangé une parole depuis dix minutes. Ils sont fatigués par la ville. Le bruit les endort. J'imagine que dans leur village, ils sont souvent silencieux quand ils vont à la promenade. Ils n'ont plus rien à se dire, et ce silence vous fait pitié.

Il ajouta, avec l'accent d'une émotion soudaine, songeant à Berthe et à leur amour :

— Je vous dis que cette eau calme et qui vous semble grise contient dans ses profondeurs plus de vie que le caprice des vagues. C'est là que vous trouverez le secret de l'amour.

— Oui... la vie est étrange !... Vous savez que j'ai acheté un château auprès de Paris : Chardeuil. Je vais à la campagne tous les soirs. Mon auto m'attend à partir de six heures, devant mon bureau ; une heure après, je suis transporté dans la paix des champs ; venez nous voir un jour. Bétine vous montrera sa roseraie. Elle a la passion des roses.

Il regardait, les yeux un peu grisés, et comme s'il correspondait à sa propre animation, ce mouvement de la rue qu'il aimait jusque dans ses tumultes, ce rapide passage des figures si individuelles, incessamment effacées et renaissantes dans l'inépuisable écoulement d'humanité.

— Il y a du fantastique dans ma vie, dit Quatrefage sur un ton de confidence rêveuse, et, emporté par son excitation, il chercha son porte-cigarettes, mais, se rappelant qu'il s'interdisait de fumer, il tritura l'intérieur de sa poche de ses doigts fébriles.

— Je vous demande pardon, dit Albert qui regardait fixement Quatrefage, guettant le moment où il pourrait se lever. J'ai peur de manquer Natte.

Il s'éloigna, pressé de revoir Berthe, et monta dans une automobile.

« Que j'ai hâte d'être auprès d'elle ! Comme elle m'attire toujours ! » se dit-il, encore ému par l'idée de cet amour plein de calme félicité qu'il avait représenté à Quatrefage. Puis il songea : « Sans doute que je pensais à nous, lorsque je parlais à Quatrefage, mais ce n'est pas notre amour qui m'inspirait. C'était plutôt un rêve de bonheur, l'union que je voudrais pour nous. »

Tirant de sa poche une poignée de monnaie, il leva les yeux vers la fenêtre de Berthe, et se dit : « Pourquoi ne sommes-nous pas heureux ? »

— Le docteur est là ? fit Albert apercevant un chapeau de paille sur une chaise du vestibule.

Il se dirigea vers la chambre et aperçut Berthe au lit, un ruban dans les cheveux, une matinée de dentelle, l'air un peu animé; elle lui sourit par-dessus l'épaule de Natte.

Natte se retourna sur sa chaise.

— Ne vous dérangez pas, dit Albert. Je reviendrai tout à l'heure.

— Voyons, fit Natte, rapprochant sa chaise du lit. Vous avez eu la fièvre typhoïde en 1902...

Albert passa dans son bureau. Il s'assit devant sa table comme s'il voulait travailler, mais se leva aussitôt. Il s'arrêta dans le vestibule, écoutant du côté de la chambre et entendit du bruit dans le cabinet de toilette.

— Vous avez ce qu'il vous faut ?

— Merci, fit Natte s'essuyant soigneusement les mains.

Suivi d'Albert, Natte traversa la chambre sans parler,

entra dans le salon, ferma la porte, et s'avança jusqu'au milieu de la pièce.

— Eh bien ? dit Albert l'air inquiet, cherchant à deviner la pensée du médecin.

— Je ne vois pas grand'chose. Le foie est un peu gros. L'estomac un peu trop bas... Mais tout le monde a l'estomac trop bas. Elle a une légère anémie.

— Oui, fit Albert précipitamment, elle est fatiguée. Je la trouve impressionnable, nerveuse, très nerveuse. Il me semble que la campagne lui ferait du bien. Je pensais l'envoyer chez sa sœur, en Saintonge, pendant les mois d'été et d'automne. C'est le pays de son enfance, à deux lieues de la mer. L'air est sain, sans être excitant. Un air marin, adouci. Vous ne connaissez pas la Saintonge ? ou plutôt l'Aunis, les environs de Marennes ?

— Oui, dit Natte regardant sa montre. Mais il ne faudrait pas qu'elle s'ennuyât à la campagne.

— Paris est un poison pour une jeune femme.

— Ah ! je connais la campagne ! pendant vingt ans j'ai roulé sur les routes du Cher... Après des heures, j'apercevais une ferme isolée...

Il s'assit, les jambes comme repliées sous sa petite personne, et reprit avec volubilité :

— C'est dans ces coins perdus où la solitude et l'ennui travaillent les femmes qu'on voit de curieuses névroses... J'ai connu une vieille femme qui s'est jetée dans le puits de son voisin pour lui jouer un vilain tour. Elle s'était dit : « Ça le vexera ! »

— Vous habitez Souing depuis dix ans ?

— Oui... dix ans. J'y suis venu pour l'instruction de mes enfants. Ils suivent leurs cours à Paris et rentrent le soir.

— J'ai été une fois à Souing. C'est un joli endroit. On trouve des villas à louer, là-bas ?

— Il en existe sûrement d'habitables. Souing s'est construit en peu d'années. Une quantité de petites maisons, toutes pareilles, ont surgi en même temps. Les employés y logent leur famille. Ils vont à Paris le matin et rentrent le soir.

— Enfin, que décidez-vous pour ma femme ?

— Un changement d'air, un peu de repos, dit Natte qui se leva tout à coup songeant à l'heure de son train. Justement, voici les vacances...

Albert retourna dans la chambre de Berthe.

— Il ne t'a pas trouvée bien malade. Il est certain que tu as une mine charmante ce soir. Tu vas te lever pour dîner.

— Oui, dit Berthe en souriant, je me sens très bien.

— Il m'est venu une idée en écoutant ce brave Natte. Nous pourrions passer l'été à Souing.

— Souing ?

— J'irai à Paris le matin et je rentrerai le soir par le train que va prendre Natte tout à l'heure. Je resterai quelquefois le matin. Les autres jours, je déjeunerai ici. On garderait Élisabeth à Paris. Elle a fait la cuisine autrefois.

— Ce n'est pas une mauvaise idée.

Albert s'assit sur le lit et prit la main de Berthe qu'il caressa. Il était content de ce projet.

— J'ai vu Raymond aujourd'hui. Il a engraissé. Nous avons parlé de l'amour. Ou plutôt, moi, j'ai parlé de l'amour...

— Est-ce que tu peux en parler ? dit Berthe doucement, retirant sa main.

— Oui... très bien... Et je sentais en pensant à nous combien je t'aimais. Non pas de cet amour qui semble profond avant qu'on se connaisse... Tu as l'air effrayée... Je t'aime plus que tu ne crois...

Il la regardait, et contemplant cette femme dont il connaissait si bien la nature, il éprouva une émotion qui le surprit; un afflux de tendresse montait jusqu'à ses yeux un peu mouillés de larmes. Il voulut marquer ce grave moment d'une parole d'abandon et de vérité.

— Oui, fit-il en caressant la main de Berthe, qu'il sentait un peu craintive sous ses doigts, je veux que tu saches... que tu aies mon amour tout pur, sans reflet faux. Je veux écarter de lui, même ce qui lui ressemblait autrefois, avant qu'il n'apparût. N'est-ce pas le signe d'un amour profond que je puisse dire... que j'aie besoin de dire : « Autrefois, je ne t'aimais pas ? »

Berthe retira sa main avec un mouvement d'effroi. Elle se réfugia au milieu du lit et demeura silencieuse, comme abattue de souffrance. Puis elle cria, le visage caché sous ses bras nus :

— Tu ne peux pas me l'ôter ! ton amour d'autrefois m'appartient !

— Tu ne m'as pas compris ! dit Albert cherchant à la consoler avec une voix tendre, des caresses, des mots bredouillés.

— Dieu ! reprit Berthe, cet homme que j'ai vu ! tes lettres ! ton regard quand j'arrivais, quand je partais ! Cet amour si brûlant qu'il me faisait peur quelquefois !

Elle se redressa sur son lit et dit avec un air de défi et de détresse :

— Est-ce que tu prétends que tout cela n'était qu'un mensonge ?

— Tu ne m'as pas compris, dit Albert à mi-voix.

Debout près du lit, la tête basse, il attendit que Berthe fût plus calme pour lui expliquer longuement qu'une parole maladroite avait faussé sa pensée.

IV

Le matin, en peignoir, sur le balcon de bois qui entourait la maison, Berthe s'accoudait à la balustrade et regardait avec bonheur la lumière, les feuillages ensoleillés pleins d'ombres et de cris d'oiseaux. Puis elle descendait au jardin les pieds nus dans ses sandales comme pour toucher le sol de plus près; le soleil et l'air, frôlant son corps sous les vêtements flottants, effaçaient peu à peu la fatigue du réveil.

Elle s'asseyait sous une tente, devant la maison; les yeux fermés, écoutant le faible battement de la toile remuée par un souffle de brise, elle conservait la sensation de ce beau jour éclatant et calme. Paris lui semblait loin. Elle avait éprouvé, en arrivant ici, un apaisement subit, une envie de dormir, comme délivrée d'un esprit mauvais. Maintenant, elle ne voulait plus s'inquiéter d'Odette, ne plus penser, ne plus souffrir, par une sorte de paresse. Elle aimait cette petite ville, ces gens simples qui l'entouraient, et tout ce qui était différent de sa vie passée.

Dans la cuisine, Louise parlait fort, à cause d'un bruit

de friture. Hugot apportait le déjeuner sous la tente. Berthe ne voulait manger que les œufs de Mme Méricant, les légumes de Mme Demierre, du poisson pêché dans le canal, et les fraises du jardin.

Elle s'étendait sur sa chaise longue, lisait quelques pages d'*Anna Karénine*, et s'endormait. Parfois l'automobile de Natte la réveillait. Il cornait sans arrêt en traversant la petite ville. Elle reprenait son livre, mais le posait bientôt écoutant Mme Demierre qui parlait dans le jardin de Mme Méricant.

Puis elle montait dans sa chambre et s'habillait pour aller chercher Albert à la gare.

Lorsqu'elle ouvrait le portail, un chien noir bondissait contre sa grille, et, le long de l'avenue, dans chaque jardinet, elle éveillait en passant d'autres aboiements de rage. Tout à coup, la rue s'emplissait d'hommes qui venaient de la gare en vêtements sombres et en chapeaux de paille. « C'est le train de six heures dix », se disait-elle, ralentissant sa marche. Elle s'arrêtait un moment à la gare, regardant la marchande qui pliait prestement ses journaux. Elle entendait le train, et sortait pour attendre Albert près de la barrière. Elle regardait d'abord la passerelle vide qui traversait la voie, cherchant à l'apercevoir parmi les premières personnes qui surgiraient, et soudain une foule compacte envahissait le petit pont.

※

Un jour, en s'habillant, Berthe s'aperçut qu'il lui manquait une toilette pratique pour la campagne. Elle désirait une robe courte, légère, avec un grand col blanc, sans manches, pareille à celle que portait cette gentille fermière dans la pièce de Nicollier. Elle avait remarqué une enseigne de couturière près de la gare, et, l'après-midi, elle se rendit chez Mme Méricant pour lui demander conseil.

Dans la rue Carnot, sortant de chez Mme Méricant, Berthe suivait des yeux la façade des maisons, et reconnut les contrevents de Mme Pasquier.

Une femme jeune, un peu forte, aux beaux yeux noirs, lui ouvrit la porte.

— Vous êtes couturière, madame, dit Berthe en pénétrant dans une petite salle à manger. Je voudrais voir quelques échantillons pour une robe d'été. Vous avez travaillé à Paris...

— Oui, madame, j'étais couturière à Paris. Je suis venue à Souing pour la santé de mes enfants, dit la jeune femme qui parlait en souriant, les dents très blanches et de jolies fossettes dans les joues grasses.

Elle ôta des étoffes entassées sur une chaise et les posa sur la machine à coudre.

— J'étais chez David, la maison de couture du faubourg Poissonnière. Ah! nous faisions de belles robes! J'habillais Mlle Martini. Vous la connaissez peut-être? Quelle jolie femme! Elle était mince et grande comme vous... Nous lui faisions même ses robes de théâtre. Quand j'ai quitté ma patronne pour m'établir, elle m'a suivie. N'est-ce pas, c'est moi qui lui essayais toujours ses robes; je connaissais ses habitudes. Ah! c'était un plaisir de l'habiller.

— Je voudrais une petite robe d'été... Une robe de campagne facile à mettre, sans manches. Il fait si chaud! Je veux m'asseoir sur l'herbe.

— Ah! madame! vous aimez la campagne! Vous venez d'arriver? Il ne faut pas la voir trop longtemps.

— Il me semble que j'aimerais à vivre dans ce pays.

— Vous ne direz pas cela dans deux ans! Il n'y a rien à faire ici. On voit toujours les mêmes personnes. Les gens ont l'esprit étroit. Ah! Paris! madame. Paris est toujours beau, même l'été... Je suis venue ici pour ces vilains gosses... « Je t'ai défendu d'entrer ici, cria-t-elle s'adressant à un enfant qui poussait la porte. Tu t'es salie encore! Veux-tu sortir d'ici! » C'est épouvantable! Regardez-moi ce tablier! disait-elle secouant la fillette par le bras.

L'enfant se mit à pleurer; aussitôt elle la saisit avec un mouvement de tendresse passionné et l'embrassa de sa grosse bouche sensuelle.

— Allons, va-t'en, ma petite, dit-elle doucement lorsque l'enfant fut consolée.

Puis elle reprit, avec un accent de révolte, où perçait l'appétit de ce corps encore jeune qui voulait vivre :

— Je ne resterai pas ici toute ma vie !

— Pourtant, vous êtes bien à Souing pour vos enfants. C'est préférable aussi pour votre mari.

— Ah ! ce n'est pas de lui que je me soucierai ! Il aura toujours assez de santé pour courir après les gamines ! On ne sait pas ce qui vous attend, quand on se marie ! Ah ! les belles années de l'atelier ! On travaillait dur, mais on était heureuse et gaie, toujours en compagnie. Il y en a qui n'ont pas été si sottes que moi ! Elles ne se sont pas embarrassées d'une famille. Maintenant, il faut que je fasse des robes à vingt francs la façon, devant cette sale rue.

Berthe feuilletait un journal de modes.

— Vous pourriez aussi me faire un peignoir, dit-elle, les yeux fixés sur une gravure. Je voudrais une jolie étoffe. Ce modèle est bien. Je reviendrai lundi. Vous me montrerez des échantillons. Alors, c'est convenu, procurez-vous des échantillons pour la robe et le peignoir.

« Ce sera un joli peignoir », se disait Berthe en se rappelant la gravure pendant qu'elle suivait l'avenue. Elle se voyait sur sa chaise longue : « Il faudrait une couleur rose... orangée... c'est cela... la couleur de ces roses du jardin. Un jaune rosé. »

Puis elle songea à Mme Pasquier, avec cet esprit d'analyse, cette fatigante intensité de pensée que lui donnait l'habitude des longues méditations sur elle-même. « Elle a épousé cet homme et elle s'est installée ici par devoir. La voilà empêtrée dans sa vertu. Elle adore cet enfant et le déteste, parce qu'il la retient. Elle doit avoir trente ans. Elle est encore belle. Comme on sent qu'elle va quitter tout cela ! »

Soudain, Berthe s'aperçut qu'elle s'était trompée d'avenue. Elle avait passé derrière sa maison et ce chemin conduisait au bois de l'Hospice. Elle décida de continuer sa promenade jusqu'à la villa des Fauvettes, sorte de cabane où habitait une femme très pauvre. Berthe voulait connaître cette femme dont on lui avait parlé. On disait qu'elle avait quitté sa famille pour suivre un Italien. L'homme était mort depuis deux ans, et elle travaillait maintenant pour les grands magasins.

Berthe prit un petit chemin plein d'herbe entre de beaux ombrages qu'elle avait déjà remarqués en venant ici avec Albert. Elle entendit le bruit de la machine à coudre et reconnut la cabane dans son bocage.

Assise devant sa fenêtre, la femme leva un instant les yeux d'un air sournois et hargneux, sans que cessât le ronflement de la machine. Berthe ouvrit le petit portail de bois qui se décrocha et qu'elle remit en place, tandis qu'un chien jappait dans la maisonnette.

— C'est bien ici, la villa des Fauvettes ? dit Berthe en souriant, un peu intimidée par la misère de cette chambre. On m'a parlé de vous.

— Une villa ! c'est une baraque, dit la femme d'une voix enrouée.

— On m'a dit que vous pourriez me faire des tabliers. J'ai une cuisinière qui est grosse comme une tour; on ne trouve jamais de tabliers à sa taille, fit Berthe continuant de sourire l'air aimable, comme si elle voulait se faire excuser et décider la femme à sourire.

— Vous avez un modèle ? dit la femme en se levant pour offrir l'unique chaise de la pièce.

— Non, merci, dit Berthe, ne vous dérangez pas. Je vous empêche de travailler. Oui, je vous apporterai un modèle.

— Il ne faut pas que ce soit pressé. J'ai de l'ouvrage à terminer.

— Je peux attendre, dit Berthe qui regardait discrètement le plancher couvert de fils et le lit en désordre. Vous piquez à la machine toute la journée ? Ce sont des blouses ? Vous en faites plusieurs dans la semaine ?

— J'arrive à faire une blouse par jour, quelquefois une manche en plus. Je défie qu'on en fasse davantage, même en travaillant toute la journée et le plus vite possible. Et vous savez, ils n'acceptent pas une différence d'un quart de centimètre dans le col, ou un nœud un peu moins large. Pour un rien, ils vous jettent la blouse à la figure et si vous réclamez on vous répond : « Allez ailleurs, il y en a deux cents comme vous qui attendent de l'ouvrage. »

Son mètre autour du cou, elle s'était assise devant sa machine, comme rappelée par ces paroles à sa tâche fiévreuse ; et elle reprit vivement l'étoffe qu'elle maniait dans ses longs doigts sales, d'une agilité bestiale.

— Combien vous paie-t-on ?

La femme toussa, puis murmura d'un air méfiant :

— C'est à la pièce.

— Ce sont vos sœurs ? dit Berthe regardant des photographies épinglées sur la cloison en planches.

Elle remarqua un portrait d'homme au visage maladif, avec de beaux yeux. Une petite branche de buis fixée sous la photographie.

— Oui, ce sont mes sœurs ; elles sont riches. Moi aussi je serais riche si je l'avais voulu.

— Eh bien ! dit Berthe en se dirigeant vers la porte, tandis que la machine reprenait son bourdonnement trépidant, je vous apporterai un modèle de tablier.

❧

Deux heures sonnaient quand la clochette du jardin tinta. Berthe, étendue sur sa chaise longue, tourna la tête vers le portail et reconnut à ses lunettes la petite apprentie de Mme Pasquier.

— Entrez ! cria-t-elle à la fillette qui portait un grand carton. C'est mon peignoir, n'est-ce pas ? Je l'attendais ce matin.

Berthe ouvrit la boîte dans sa chambre.

— Très joli, fit-elle, soulevant l'étoffe légère et molle, couleur abricot. Vous direz à Mme Pasquier qu'il est très joli. Attendez. Je vais l'essayer.

Drapée dans la fine soie qui éclairait sa gorge d'un

effet chaud et doré, elle se retournait vers la glace s'adressant à la petite fille, transie d'admiration.

— Il va très bien. Je vais le garder sur moi. Vous direz à Mme Pasquier que je suis très contente, dit Berthe glissant une pièce d'argent dans la main de l'enfant qu'elle conduisait vers la porte. Très bien, très joli, disait-elle les yeux baissés sur son peignoir.

Elle rentra dans la chambre, se regarda de nouveau dans la glace et retourna au jardin.

« Que peu de chose me fatigue ! » songeait Berthe poussant sa chaise longue dans l'ombre. Elle s'étendit et prit un ouvrage dans sa corbeille. « C'est vrai, cela repose de broder. » Puis elle relut les dernières pages d'*Anna Karénine* et s'endormit.

Dans son rêve, elle se trouvait sur une plage, et le soleil chauffait ses jambes nues et ses bras...

Elle s'éveilla. Le soleil qui avait gagné la chaise longue pénétrait ses jambes à travers la mince tunique, et, sans bouger, pour prolonger la sensation de son rêve, elle referma les yeux.

Elle entendit un bruit de voix et se redressa brusquement remettant une épingle dans ses cheveux.

— Je vous amène votre voisin, dit Natte. Mon ami, M. Guillaume. Il m'a dit : « Qui est donc cette belle jeune femme que j'aperçois souvent à la gare ? » Je lui ai répondu : « Vous allez la voir. »

— Excusez-moi, monsieur, dit Berthe se tournant vers un gros homme aux cheveux rares et tondus de près. Le docteur exige que je me repose. Je m'habille tard.

— Ne vous excusez pas ; vous êtes belle comme le jour, dit Natte. Les dames ne devraient jamais porter d'autre vêtement. Quelle jolie couleur !

— Vous l'aimez ?

— Et voilà ! fit Natte en s'asseyant, on trouve madame seule jusqu'à six heures. Ces jeunes gens ne redoutent rien ! Mais, mon brave Guillaume, nous ne sommes plus dangereux ! On nous permet des compliments effrontés. C'est notre privilège.

— Votre mari revient à six heures ? dit M. Guillaume à voix basse.

— Voyez-vous, il s'informe ! le larron ! dit Natte, les yeux brillants de malice.

— Il rentre très tard, dit Berthe cherchant à calmer la confusion de M. Guillaume. Déjà les jours diminuent... On ne s'en doute pas; il fait si chaud ! Hier, je suis arrivée beaucoup trop tôt à la gare.

— Sont-ils gâtés ces jeunes gens ! mais ils ne connaissent pas leur bonheur, dit Natte. Aller à Paris quand on a chez soi une femme délicieuse !

— Il est très occupé.

— Occupé ? c'est bon à notre âge ! n'est-ce pas, Guillaume ?

— Il aimerait bien se reposer, je vous assure.

Berthe fit signe à Hugot d'apporter une seconde table, et, soutenant d'une main la longue manche de son peignoir, elle prit une assiette de gâteaux sur le plateau à thé.

— Je ne vous en offre pas; je sais que vous ne goûtez jamais.

— Aujourd'hui, je ne vous refuserai rien. Vous avez un trop beau peignoir.

M. Guillaume regardait d'un air perplexe sa cuillère tombée dans le sable.

— C'est l'œuvre de Mme Pasquier tout simplement, dit Berthe passant une cuillère à M. Guillaume.

Puis s'adressant à M. Guillaume :

— Vous habitez toute l'année à Souing ?

— Oui, madame. Vous voyez le toit de ma maison dans ces arbres.

— Ah ! ce bois vous appartient ? Mon mari se demandait quelle sorte d'arbres nous apercevions là-bas.

— Ce sont des charmes, madame. Si vous désirez vous promener dans ces allées la grille est ouverte et vous ne rencontrerez personne.

— J'accepte votre invitation. J'ai été souvent tentée par ces beaux ombrages.

— Allons, Guillaume ! Je vous emmène. Voilà des rendez-vous maintenant !

— Que vous êtes taquin ! dit Berthe en riant.

— Il faut être gai à mon âge. On m'attend à Bondy depuis ce matin. Au revoir, madame.

— Au revoir, madame, dit M. Guillaume.

— Vous savez ! j'irai me promener dans votre bois ! cria Berthe aux deux hommes qui se retournaient avec des saluts et des sourires.

Berthe se dit qu'il était trop tard pour aller à la gare et elle voulait recevoir Albert dans ce nouveau costume qui lui paraissait plus seyant. Elle se sentait contente ce soir et elle eut tout à coup l'idée de dîner dehors par ce beau temps.

Elle fit porter une table dans le jardin malgré les objections de Hugot; traversant la cuisine avec un air d'entrain, le chat sous son bras, elle regarda si on mettait le melon au frais comme le désirait Albert. Puis elle cueillit des roses et les arrangea sur la table, fit chercher de la glace chez Monerat, monta dans sa chambre en chantant, parfuma son mouchoir et son cou, redevenue soudain ardente et jeune comme autrefois.

Elle aperçut Albert dans le jardin et courut vers lui pour l'empêcher d'approcher.

— Ne regarde pas de ce côté ! dit-elle en lui couvrant tendrement la figure de ses doigts. C'est une surprise.

Il tourna la tête vers l'endroit interdit.

— Nous dînons dehors ? Pourquoi ? Ah ! non. Il faudra allumer la lampe tout à l'heure. Nous serons dévorés par les insectes.

Non ! Hugot ! dit Albert entrant dans la maison. Remettez le couvert dans la salle à manger. Nous dînerons à l'heure habituelle.

Il posa son chapeau, traversa le vestibule, l'air pressé, anxieux, comme s'il cherchait quelque chose dans l'appartement, puis s'assit sur le canapé du salon.

— Tu ne m'as pas dit si cette étoffe te plaisait ? dit Berthe.

— Je la trouve jolie, très jolie. Tu ne crains pas d'avoir froid ? Cette étoffe est si mince... ce décolleté...

Il était mécontent qu'elle conservât jusqu'au soir un vêtement négligé ; mais il se promettait de n'en point faire la remarque de peur de la contrarier, quand soudain il dit avec irritation, presque durement, surpris lui-même de cette parole qui lui échappait :

— Tu vas prendre de mauvaises habitudes à la campagne ; c'est un costume pour la matinée.

Dans le jardin, il s'assit devant la pelouse ; Berthe approcha un fauteuil d'osier.

— Il fait bon ce soir, dit Albert après un silence. La nuit vient vite. Tu vois que nous n'aurions pas eu le temps de dîner.

Il se tut. Berthe pensait : « Il n'a pas d'affaires en ce moment ; personne ne l'appelle comme à Paris ; d'où lui vient ce mutisme soucieux, cet air abattu, songeur, qui met de l'intervalle entre nous ? L'élan qui me portait vers lui, la gaieté, le parfum de bonheur un instant retrouvé, pourquoi ont-ils disparu subitement dans une atmosphère de sécheresse et d'inquiétude ? »

Il prononça une phrase comme avec fatigue, et se tut de nouveau, les yeux mornes.

« Je me demande à quoi il pense ? se dit Berthe ; mais, tout simplement, il ne pense à rien. Il regarde le massif. Il me regarde. C'est cela : il me regarde ! Il est en dehors de tout. En dehors de moi. »

En se mettant à table, Albert dit :

— Je ne prendrai pas de soupe. Donnez-moi le melon tout de suite... Délicieux ! fit-il pressant contre son palais la bouchée froide et sucrée. Il est encore meilleur que le dernier. Méricant fait trimer ses gosses ! Ils sont durs ces gens-là, dit-il prenant une troisième tranche.

Berthe ne répondait pas. Elle songeait, mangeant vite sans lever les yeux vers Albert : « Si j'avais un enfant ! Voilà ce qui troublerait sa paix. Et puis, je mourrais peut-être. Alors, il comprendrait. Il souffrirait. »

Albert remarqua l'air absorbé de Berthe.

— Tu n'es pas bavarde ce soir ?

Après le dîner, il retourna au jardin et s'assit dans un fauteuil devant un rond de gazon. Il observa Berthe d'un coup d'œil méfiant, alluma un cigare.

— Tu es peut-être fatiguée ?

— Non, je ne suis pas fatiguée ; au contraire, je me suis sentie très bien aujourd'hui.

Elle ajouta avec une légère hésitation :

— Ne prendras-tu pas des vacances bientôt ? Tu as besoin d'aller tous les jours à Paris ?

— Je n'y vais pas pour mon plaisir.

Il fit quelques pas vers la maison, puis passa devant Berthe et vit la songerie hostile encore marquée sur son visage. Il s'assit et un léger mouvement nerveux révéla son impatience, quoique sa voix demeurât très calme.

— J'ai rencontré la pauvre femme qui habite la villa des Fauvettes, dit-il. Elle emportait son ouvrage à Paris, et pour quel salaire !

Il ajouta en se levant :

— A côté de ces malheureuses, on voit des dames comblées qui se plaignent !

— Ces malheureuses font pitié. Mais est-ce surtout l'argent qui leur manque ? dit Berthe songeant à la photographie de l'Italien épinglée sur le mur au-dessus d'une branche de buis.

Albert passa devant Berthe et la dévisagea d'un regard furtif.

— Tu n'as pas froid ?

Il s'éloigna, tourna la clef du portail et revint sur ses pas.

— Je n'entends plus le chien depuis quelque temps.

Il regarda Berthe dont la physionomie concentrée demeurait visible pour lui dans l'obscurité.

— Tu devrais monter. Natte veut que tu te couches de bonne heure.

— Oui, dit Berthe d'une voix basse avec un accent un peu tragique. Il vaut mieux que je monte.

Elle gravit l'escalier que de grandes vitres éclairaient encore faiblement et alluma une lampe dans sa chambre.

Elle aperçut les vêtements d'Albert sur une chaise et, s'approchant de l'armoire à glace pour défaire ses cheveux, elle fut frappée de l'expression de haine qui paraissait dans son regard. Elle éteignit la lampe à cause des moustiques, revêtit un peignoir blanc et s'assit devant la fenêtre ouverte.

Au-dessus des arbres noirs, dans un petit carré de lumière jaune, lointain et net, on distinguait des gens qui dînaient. On entendait un son tremblé de flûte, un cri, la vague résonance des nuits chaudes dans les faubourgs.

Soudain, une petite flamme brilla dans le jardin, éclairant le visage d'Albert qui rallumait son cigare.

Berthe se rappelait une nuit d'été où, jeune fille, pleine de fièvre amoureuse, assise devant sa fenêtre, elle regardait ainsi le jardin sombre de Noizic. Il n'était pas dans le jardin celui qu'elle attendait alors, mais partout dans la nuit enivrante. Maintenant, il est ici, à côté d'elle. Mais ce n'est plus le même. Est-ce que l'amour finit toujours par ce froid au cœur ?

— C'est toi, Berthe ? dit Albert qui levait la tête vers la maison ; je me demandais ce que j'apercevais dans la fenêtre.

※

« Que fait-il à Paris ? » se disait-elle soudain. Elle imaginait qu'elle prenait le train de deux heures. Elle entrait brusquement chez eux. Elle voyait Albert, Odette...

« Non, se disait-elle chassant cette image, je ne crains pas qu'il aime une autre femme. Il ne m'aime plus, voilà tout. »

La parole d'Albert qu'elle avait tâché d'oublier lui revenait constamment à l'esprit : « Autrefois, je ne t'aimais pas. » Est-ce qu'il croyait l'aimer aujourd'hui ! Il ne pouvait même pas rester auprès d'elle, toujours en fuite dans le travail ou le silence, plus lointain lorsqu'ils étaient ensemble.

« Voilà ce qu'il a fait de ce que j'apportais ! se disait Berthe avec une rancune exaspérée. Et je n'ai pas le droit de me plaindre ! On me répondrait : « Tu l'as choisi. » Je ne peux pas divorcer : il faut des raisons d'une autre sorte. J'ai l'air d'une femme heureuse. Comment expliquer cette insipidité de tout lorsque l'amour s'est évanoui et que rien ne paraît changé autour de nous ! Je suis prise dans ce dénuement où un homme m'a entraînée avec ses yeux menteurs. Il faut que j'accepte, comme une nécessité de l'existence, comme un noble devoir, ce piège qui me déchire. »

Souvent, elle pensait à Anna Karénine dont elle comprenait si bien le tourment à la fin du livre. Une image surtout l'obsédait : elle se représentait Anna, les yeux fixés sur le wagon, la tête un peu rentrée dans les épaules, tombant à genoux, les mains en avant, entre les roues; et puis Wronski, avec son chapeau à larges bords, marchant fiévreusement sur un quai de gare, ravagé par le chagrin et le remords.

❧

Ce jour-là, regardant le ciel nuageux par la fenêtre, Berthe décida de rester à la maison. Elle se dit : « C'est étrange. Je n'ai même pas envie de le voir. Si je ne l'aimais plus ! Comme tout deviendrait plus simple ! »

— Je t'ai cherchée à la gare, dit Albert en entrant dans la chambre. Tu as cru qu'il pleuvait ?

Il posa sur la cheminée les objets qu'il tenait à la main.

— Je compte faire de la photographie. J'ai acheté ce petit appareil à Vagnièze. Pendant mes vacances, je prendrai des coins du jardin. Je te photographierai sous la tente. Tu as une mine superbe ! dit-il en embrassant Berthe. Veux-tu que nous allions chez Natte ?

— Il va pleuvoir.

— J'aime beaucoup ce brave Natte, dit Albert en s'asseyant. Ces médecins mêlés de près à l'humanité ont un trésor d'observations prises dans la vie et qu'ils n'ont pas le loisir de gâter. Et puis, ce qui me plaît chez Natte, c'est qu'il sait écouter. Le moindre mot qu'on dit le touche, résonne. On se sent plus intelligent quand on lui parle. J'ai remarqué — ce n'est pas un reproche, fit-il en souriant — j'ai remarqué — est-ce habitude ou indifférence, que les femmes, en général, ne sont pas très sensibles à l'intelligence de leur mari. La plus belle pensée, quand elle vient du mari, a peu d'écho. Le pauvre homme finirait par se juger stupide s'il n'était suffisamment vaniteux. La femme pourrait répondre que sa beauté n'est pas appréciée assez longtemps. C'est fort bien ainsi. L'esprit, la beauté, le brillant de l'individu, sont instinctivement écartés. On veut des qualités plus profondes... Tiens !... je te parle depuis cinq minutes et je vois que tu ne penses pas à ce que je dis.

— Je pense à toi, dit Berthe lentement, les yeux fixes.
— Que penses-tu donc de moi ?
— Peu importe.
— Tu me caches tes pensées ? dit-il, cherchant à la regarder dans les yeux.

Elle détourna son visage.
— Il faut bien les cacher.
— Qu'est-ce que tu as ? dit Albert en la ramenant avec douceur vers la chaise. Assieds-toi. Tu as quelque chose à me dire. Je le vois.

Il se figurait qu'elle s'inquiétait parce que les Castagné étaient restés à Paris cet été, et il voulait lui dire qu'il n'avait pas rencontré Odette depuis deux mois.

— Dis-moi ce qui te préoccupe ?
— Non ! tu te fâcherais.
— Puisque je te demande de me parler.
— Non ! fit Berthe avec force. Ces violences ! Ces cris ! Je ne veux pas les entendre encore ! Nous avons eu l'apparence du bonheur dans cette maison, au moins le calme, parce que je me suis tue.

— Je suis sûr que tu te tourmentes pour une bêtise.
— Tu ne m'écouteras pas ! Tu bondiras tout de suite ! Je sais ce que tu répondras. J'en ai peur ! Tu me fais peur maintenant. Tu vois bien que je ne te parle jamais ! C'est ce que tu voulais.

— Mais non, ma chérie, il vaut mieux nous expliquer.
— Ce n'est pas la peine ! dit Berthe avec un air effrayé, serrant le bord de la chaise dans ses doigts. Pas dans cette chambre ! Je n'ai rien à te dire. Il me semble que je vais voir cet horrible visage de haine. Allons-nous recommencer !

— Que tu es agitée ! Je t'écouterai. Je ne répondrai rien.

Berthe se leva, retomba assise comme étourdie, et dit d'un trait à voix basse :

— Chéri, je sais que tu ne m'aimes plus.
— Encore ! dit Albert qui se leva brusquement.
— Tu vois, je ne peux pas te parler !
— Pardon, fit-il en s'asseyant. Je t'écoute. Tu peux me parler. Je ne t'interromprai pas.

Il regarda la frange du fauteuil, songeant : « Il faut que je l'écoute. »

— Tu ne m'aimes plus. Je le sais, poursuivit Berthe d'une voix d'abord faible et calme. J'ai tâché de m'aveugler, mais ce n'est pas possible, car tu m'as aimée un jour, et je m'en souviens. Il fallait me laisser comme les autres... Comme Marie-Louise. Elle sera heureuse, j'en suis sûre. Ce n'est pas si difficile. Presque toutes les femmes sont heureuses. Elles s'imaginent qu'on les aime, on peut leur dire ce qu'on voudra, que l'amour est ainsi, terne et vide, que l'homme a des soucis; elles le croient, elles ne connaissent pas autre chose. On les a prises tout endormies.

Elle s'écria, se tenant les mains qu'elle tendait vers Albert :

— Mais toi ! Tu ne peux pas me tromper ! je t'ai vu amoureux !

D'une voix radoucie :

— Je sais bien que tu essaies d'être tendre. Tu me diras que tu n'as pas changé. Je ne peux pas te prouver que tu es différent. Je ne peux pas t'expliquer. Tu rentres, tu sors, et il me semble que tu n'es pas venu. Je t'ai déçu sans doute. Je vois que je ne t'ai pas rendu heureux. Je l'aurais bien voulu pourtant ! Si tu savais quel bonheur j'avais rêvé pour nous ! Je n'étais pas assez forte... Il m'a manqué des choses... Il te fallait une femme calme, très sensée, un peu indifférente, et qui vive à côté de toi sans te déranger... J'aurais pu être cette femme ! J'étais une petite fille un peu renfermée, fière, énergique. Je n'avais besoin de personne !

Elle passa les mains sur ses yeux, et reprit d'une voix ardente :

— Mais tu m'as brisée ! Tu m'as formée pour l'amour. Tu m'as donné cette grande avidité... Et maintenant il faut que j'oublie, que je m'intéresse à je ne sais quoi, que je me tienne tranquille, hors de ta vie, auprès d'une ombre ! moi qui ai vécu de toi, toute en toi, des années !... Mais je ne peux pas !... Tu comprends bien que ce n'est pas possible.

Albert s'était levé. Il s'approcha de la fenêtre, écarta le rideau et regarda le jardin.

Il se retourna tout à coup :

— Folie ! dit-il. Avoue plutôt que tu es incapable d'aimer ma personne, ma réalité, ma vie comme tu dis, c'est-à-dire moi-même. Tu as aimé un fantôme et, hantée par une chimère, tu viens critiquer et miner notre union.

D'abord remué par les reproches de Berthe, Albert fut rassuré, en lui répondant, par la justesse qu'il trouvait à ses propres paroles. Sans prendre garde à Berthe qui lui criait : « Quelle union ? des querelles.. le silence... » il poursuivit :

— Oui, ce sont de stupides chimères qui te cachent la réalité que tu désires et que tu possèdes. C'est à cause d'un fantôme que tu te crois malheureuse, que tu l'es peut-être, parce que tu m'empêches de t'aimer comme je le voudrais. Auprès de toi, je n'ai jamais de véritable abandon, jamais de sécurité. Il faut que je surveille mes regards, mes paroles, jusqu'à ma pensée, que je ne perde jamais de vue ta susceptibilité maladive... Oui ! quelquefois j'en suis las !

Sans écouter Albert, tassée sur une chaise, concentrée sur elle-même, Berthe murmura comme en gémissant :

— Je souffre !

— Quelle pitié ! dit Albert. Tu es torturée par un chagrin imaginaire au milieu du bonheur. Et il y a tant de femmes qui luttent contre de vraies souffrances. Elles ne manquent pas les souffrances sur terre ! Tu as besoin d'en inventer parce que tu es heureuse. Quand je songe à Odette, abandonnée !... mais tu mériterais de souffrir un jour pour de bonnes raisons !

— Je ne pourrais pas souffrir davantage ! Que veux-tu donc de plus ? Mon Dieu... Il n'y a rien de pire !

Il jeta sur elle un regard froid, se répétant les raisons évidentes qui la condamnaient.

Berthe se redressa, s'approcha d'Albert, et, de toutes ses forces rassemblées, pour toucher son cœur, non plus par des larmes, mais un appel grave, elle lui saisit les mains et dit d'une voix pressante, les yeux sérieux :

— Tu vois bien que je souffre. Tu ne peux donc rien pour moi ?

Ses mains glissèrent sur cet homme insensible. Elle retomba sur sa chaise. Devant la fenêtre, Albert regardait les feuillages éteints par la nuit; les arbres balançaient leurs cimes noires sur un fond gris clair et comme humide.

Il n'avait pas de compassion pour Berthe parce que la cause de sa douleur l'exaspérait, et il ne voyait dans ses larmes que le signe d'une exaltation détestée.

— Que tu es dur ! Ça ne te fait donc rien que je souffre ?

— Tu pleures pour des niaiseries, dit Albert qui tâchait de contenir son impatience.

Elle reprit, suppliante :

— Mais puisque je souffre !

Albert s'assit, regarda fixement le tapis pour détacher son esprit de ces plaintes et rester calme, puis il tourna les yeux vers Berthe d'un air de dédain.

— Voilà ce que tu voulais ! fit Berthe avec un cri de haine. Tu as tout détruit !

Albert se leva et se dirigea vers la porte.

— Ne me laisse pas ! dit Berthe cherchant à le retenir.

Il ferma la porte, descendit l'escalier et entra dans la cuisine. Hugot qui chantonnait dans un bâillement couvrit sa bouche avec la serviette qu'il tenait sous le bras.

— Madame est un peu fatiguée. Nous dînerons plus tard, dit Albert.

Il sortit. On sentait une odeur de pluie dans l'air tiède. Une foule qui venait de la gare longeait les trottoirs, et l'automobile de Natte cornait sans cesse, tantôt rapprochée, tantôt lointaine, selon ses rapides détours.

Albert marchait vite, fuyant au hasard sur une route, le cœur étreint, les dents serrées, les muscles meurtris comme par une lutte. Il trouvait l'air plus léger à sa poitrine oppressée à mesure qu'il s'écartait de la ville. « Quelle existence ! se disait-il. Quelle abjection ! N'importe où, loin de cette femme, seul, je vivrais heureux », et il répétait ce mot qui le soulageait : « Seul. » Il voulait gagner Paris à pied. Il reviendrait dans huit jours. Ce serait une leçon. L'esprit obsédé de ses griefs et fermé à la voix de Berthe, il continuait à se pénétrer de ses propres raisons, se parlant à lui-même comme s'il argumentait avec un interlocuteur à qui il représentait continuellement les torts de Berthe.

Sous un ciel bas, une voûte brumeuse imprégnée d'une sourde lueur, la plaine était sombre; une ligne de points scintillants semblait mêler à la campagne nocturne des filaments de cité.

Albert s'arrêta. Dans la nuit, sur cette route confuse entre des masses noires, il se sentit perdu et retourna en hâte vers la maison.

Il entra dans la chambre, les yeux baissés; il aperçut Berthe étendue sur le lit.

— Je ne te voyais pas, dit-il s'approchant du lit.

Elle ne paraissait pas entendre; il regarda son visage.

— Qu'est-ce que tu as ?

Il prit la main qui semblait sans vie.

— Réponds-moi, dit-il doucement.

Elle demeurait immobile, les yeux clos, comme insensible, exsangue, rigide.

— Voyons ! réponds-moi ? Il prenait la main de Berthe dans ses doigts, caressait ses bras, pressait sous ses baisers le visage inerte, comme pour la réchauffer et ramener la vie en elle par toute la tendresse et l'anxiété de son âme.

— Tu veux m'effrayer !

Soudain, sous les paupières fermées, une larme jaillit comme la seule goutte de vie de ce corps pétrifié.

— Regarde-moi.

Sans que son visage eût bougé, elle murmura :

— Je sais... tu es bon... ce n'est pas ta faute.

— Allons ! n'y pensons plus, dit-il gaiement pour la voir sourire. Il faut que nous descendions dîner. Qu'est-ce qu'ils vont penser en bas ?

— Ce n'est pas ta faute... mais, une autre fois, ne me laisse pas seule.

❦

Le lendemain matin, achevant de s'habiller, Albert prit sa montre qui marquait sept heures dix, et s'approcha du lit de Berthe.

— Il fait très beau.

Se souvenant d'un mot de Berthe, il ajouta :

— Repose-toi...; tu étais nerveuse, hier soir. Tu vois, c'était cela. Ne te lève pas. Il faut que tu restes dans ton lit au moins le premier jour.

Il regarda par la fenêtre, aperçut Bonijol qui se dirigeait vers la gare, embrassa Berthe et sortit.

A Paris, il se fit conduire au bureau de Tessèdre. Quand il entra dans la petite salle réservée au Comité de la ligue, il aperçut Delor qui assistait rarement aux réunions du matin.

— Nous n'attendrons pas les autres, dit Albert s'asseyant à une longue table devant un buvard immaculé. Avant de rédiger notre manifeste, il convient de nous mettre d'accord sur certains principes.

Il ouvrit sa serviette. Tout en parlant, il regardait Guibert qui baissait les yeux en traçant des hachures du bout de sa plume, puis il détourna son regard vers Delor, assis à l'écart sur un canapé. Delor parlait rarement, mais on le savait d'opinion avancée; inconsciemment, Albert ne recherchait que l'approbation de ce jeune homme un peu secret.

Une heure plus tard, Albert entrait à la Bibliothèque nationale pour consulter une collection de journaux, et il commença à rédiger son exposé. En écrivant, il se disait que Delor serait étonné par la hardiesse de ce programme. D'abord, il nota ses idées sans ordre : « L'héritage cause d'injustice. Perpétue un privilège acceptable provisoirement comme ressort de l'activité. Suppression à la seconde génération. Produits affectés aux œuvres sociales. » A côté d'Albert, un homme écrivait, les yeux fixés sur un livre anglais. Albert le connaissait. C'était un ancien éditeur ruiné, qui vivait de traductions peu rétribuées; une maladie de nerfs menaçait de paralyser ses doigts. Ce voisinage incommodait Albert. Comme gêné dans ses conceptions futiles par la présence de la pauvreté, il s'interrompit, jeta les yeux sur un roman qu'une jeune fille avait laissé sur la table, puis s'éloigna.

Il rentra chez lui, traversa une atmosphère de renfermé et de fraîcheur et pénétra dans son cabinet.

Il ouvrit une lettre de Maurestin qui lui écrivait presque chaque jour de Vichy pour lui exposer sa défense. « Nous verrons cela en octobre », se dit Albert plaçant la lettre dans un carton, sans la lire. Puis il prit un ouvrage de philosophie.

Il lisait, lorsque Élisabeth lui annonça le déjeuner. Il pensa subitement qu'il avait songé le mois dernier à se présenter aux élections, et cette idée lui parut étrange. « J'étais donc un autre homme, il y a seulement quelques jours ? » se dit-il dépliant le journal qu'il regardait pendant son repas. Il remarqua le nom de Vigouroux dans la nomenclature des nouveaux préfets. Il avait connu Vigouroux autrefois, étudiant paresseux et déjà chauve. « Le voilà préfet; est-ce possible ? Est-ce sérieux, tout cela ! Quatrefage est déjà une puissance financière. Louise de Puybéroux a une grande fille. »

Il retourna dans son cabinet et reprit son livre.

« Belle idée du monde, si l'on veut... Plus belle qu'une

autre, se dit-il quittant sa chaise pour s'asseoir dans un fauteuil. Mais qu'est-ce que je retire de cette dialectique ? Est-ce que je retiendrai seulement une phrase pour mon usage, un mot qui vive en moi ? Ce livre était bon pour l'auteur; il était son travail, son obsession, sa joie, sa vérité, sa vie. Ma vie... Elle veut aussi son œuvre qui ne vaut que pour moi. »

Il ferma la fenêtre, puis s'assit devant sa table.

« Ma vie ?... se dit-il. Ma vie ! Est-elle dans cette contrariété qui m'a étreint hier soir et qui est déjà effacée ? Dans la sensation d'une jolie matinée qu'on oublie en prenant le train ? Dans cette vague idée de l'univers et de la destinée que me suggère ce livre et qui s'évanouira quand je descendrai l'escalier ? Ou bien dans mon travail, mon métier que je trouve si nécessaire parce qu'il me distrait violemment ?... Ma vie... qu'est-elle donc en ce moment précis où je pense, tout entière ramassée devant moi ? Une bulle vide à peine teintée d'un reflet de passé. »

S'apercevant qu'il raisonnait maintenant à la façon d'Enśenat dont il combattait les idées, il se dit : « Que croyons-nous vraiment, en face de nous-mêmes ? » Il était désemparé dans cet appartement vide parce qu'on ne venait pas à tout instant le déranger, le consulter, l'appeler ailleurs.

Il sortit pour avertir Élisabeth qu'il ne reviendrait pas la semaine prochaine; rentrant dans son cabinet, il dit à voix haute :

— Tu n'es pas juge de la valeur de ta vie.

« Qui donc a écrit cela ?... » Il se rappela que sa mère avait prononcé cette phrase, un soir, en fermant un livre. Il entra dans la bibliothèque obscure; sans ouvrir les volets, il chercha le livre, dont il croyait se souvenir. « Non, c'était un volume relié. » Il voyait sa mère assise auprès de la cheminée, avec son écharpe violette; elle lui apparut si distinctement qu'il se rappela la sensation de sa main sur ses cheveux courts, un jour qu'elle lui disait : « Pourquoi es-tu triste, mon petit garçon ? » Un instant, il se tint immobile, songeant à la mort qui vous regarde doucement avec les yeux des disparus, et il passa dans sa chambre.

Cette pièce inhabitée depuis deux mois, ces objets qu'on ne touchait plus, semblaient prendre plus d'importance, se recueillir, avec un aspect étrange, une vie sourde développée dans l'obscurité et le silence. Il ferma son armoire et retourna dans son cabinet.

Avant son mariage, il vivait ainsi dans un appartement désert, et il se rappela le jour où, pour la première fois, il avait songé à épouser Berthe. « Une femme n'est pas ce qu'on pense », se dit-il. Maintenant, il la sentait mêlée à son corps même, imprimée dans les fibres un peu meurtries de son être où persistait depuis la veille comme une courbature, comme une peine douce, l'étreinte des luttes — non pas irrité contre elle, mais au contraire attendri par le désarroi de cette nature enfiévrée qu'il connaissait si bien, qu'il savait trop clairvoyante, trop sensible, trop aimante; à cause de cela, plus chère, unique, indispensable.

Tout à coup, il se rappela une phrase de Natte : « Quand je pars pour deux jours, je suis pris en revenant d'une frayeur stupide. Je cours chez moi. Il me semble que je ne trouverai plus la maison debout. »

Le souvenir de ces mots lui communiqua une panique enfantine. « Que se passe-t-il là-bas ? » se dit-il. Il voulait revoir Berthe tout de suite. Il regarda la pendule et sortit en hâte pour prendre le train de quatre heures.

Dans la rue, il s'aperçut qu'il arriverait trop tard. Il se dirigea lentement vers les Champs-Élysées pour atteindre la gare à cinq heures vingt. Entre les arbres roussis, le flot pauvre des voitures semblait diminué par le soleil d'août.

Il regardait le gazon très vert autour d'un massif éclatant, lorsqu'un enfant s'approcha de lui. Il reconnut le petit Castagné.

— Tu as grandi; ta maman va bien ? Est-elle chez toi ?
— Oui, monsieur, fit l'enfant qui porta la main à sa tête nue comme pour retirer son béret.

Albert se dit qu'il devait rendre visite à Odette. Il ne l'avait pas vue cet été, et il avait le temps de passer chez elle.

— Bonjour, fit Odette entrant vivement dans le salon. Comment va Berthe ? Je viens justement de lui écrire que j'irai à Souing samedi.

Elle prit le fauteuil à côté d'Albert, se leva aussitôt, les yeux inquiets, abaissa un store, et s'assit sur le canapé un peu plus loin d'Albert.

— Quelle chaleur cette année ! Je vais demander un peu d'eau fraîche, dit-elle, se levant à nouveau. Je suis sûre que vous avez soif.

— Non, merci. Je vois que vous lisez un livre de Sturmer.

— C'est Mme Vidar qui me l'a prêté.

— Oui, dit Albert. Je sais que Mme Vidar est un apôtre. Philippe est sorti ?...

— Il est parti à trois heures, dit Odette touchant l'épingle d'or qui fermait l'échancrure de sa fine blouse blanche. Il est très occupé en ce moment; on va jouer sa pièce en octobre.

Albert fixa les yeux sur Odette, comme pour maintenir en repos son regard agité.

— Du moins, c'est le prétexte qu'il donne pour rester à Paris.

— Vous ne vous ennuyez pas ?

— Je vois souvent Mme Vidar. Elle est très bonne pour moi.

— Pourquoi n'allez-vous pas à Saint-Malo ?

— Je ne veux pas habiter chez mes parents; ils comprendraient. Je n'ai plus la force de dissimuler.

— Ne vous souciez pas tant de vos parents.

— Que voulez-vous que je fasse ? dit Odette, d'un air hagard.

— Je vais vous le dire, fit Albert en rapprochant sa chaise d'Odette. J'ai des torts à réparer. Je suis responsable de votre mariage. Nous ne connaissons pas immédiatement la gravité d'un mot. Je vous ai poussée à ce mariage sans réfléchir. La vie qui se joue des plus constantes volontés donne tout à coup une importance démesurée à un moment de légèreté. Maintenant, j'ai bien pesé mes paroles; écoutez-moi. Vous aimez votre mère. Vous avez été une fille trop docile et trop bonne. Pensez à vous, aujourd'hui. Ne craignez pas d'alarmer vos parents; méfiez-vous un peu de leurs conseils. Ils ont nécessairement leur propre intérêt qu'ils peuvent confondre avec le vôtre. Laissez-moi vous dire toute ma pensée. Cette minute est si sérieuse... Voyez-vous, quand je me rappelle cette Odette si distinguée, si calme, si bien élevée... un peu farouche... mais dont j'avais deviné la noblesse..., car je vous ai devinée de bonne heure... Quand je me rappelle cette jeune fille merveilleuse, et que je vous vois à présent désorientée par ce milieu de libertinage, d'aberration morale, de mensonge, — non pas changée, non pas même atteinte, mais environnée par des choses si basses, je sens que votre devoir envers celle que vous étiez, et que vous êtes encore, vous impose de partir.

Odette l'écoutait, attentive soudain, immobile, et Albert voyait dans ces yeux arrêtés sur lui une expression un peu étonnée, songeuse et charmée.

Il s'interrompit en pensant à l'heure de son train, s'approcha de la cheminée d'un pas hésitant, retourna auprès d'Odette, et s'assit sur la chaise qu'il venait de quitter.

— On voit clair pour diriger les autres, dit-il soudain; mais lorsque votre propre personne est en question, et qu'il faut repousser le bonheur... une tentation toute proche... on est moins résolu... On ne se laisse pas duper par des paroles.

Distrait par les yeux d'Odette et comme absorbé par une autre pensée, il prononçait des paroles qui n'avaient plus de sens.

Il se ressaisit et dit :

— Nous avons un guide, ou plutôt un trésor qu'il faut d'abord sauver. La morale ne tient pas dans un commandement, ni dans huit ou dix. Avez-vous remarqué que certaines personnes très bonnes ne peuvent rester en place ? Je ne veux pas médire de la bonté. Il faut être bon pour être juste. Mais, redoutez votre bonté. Songez à un devoir plus difficile de conservation personnelle. Il n'y a pas que des vertus de dépouillement, d'abdication et de sacrifices. Sauvez ce rayonnement de votre âme qui est un bienfait pour tous ceux qui vous approchent. Ici, je crains des infiltrations empoisonnées. Dans la solitude, avec votre petit garçon, l'existence ne sera pas très gaie. Elle n'était pas gaie non plus, autrefois, chez vos parents. Elle suffisait pourtant, à cause de sa dignité, à vous donner une espèce de bonheur, ce regard franc et pur... ce joli regard... Je me souviens que vous aviez des yeux très bleus. Vos cheveux sont moins blonds. Vos yeux sont devenus plus clairs... Ils ne sont pas exactement bleus. Ils sont comme moins colorés et plus profonds. Ils sont un regard, seulement un beau regard.

Sa voix s'altéra légèrement, et il sentit passer sur eux comme un brouillard où il voyait les yeux d'Odette fixes et vagues.

Il se leva pour se raffermir sur ses jambes engourdies. Odette semblait réfléchir avec un petit froncement de sourcils, comme si les paroles prononcées par Albert avaient un sens profond et difficile qu'elle tâchait de comprendre.

— Il faut que je parte.

— Attendez, dit Odette avec douceur. Vous pouvez rester encore un moment. Vous ne venez jamais.

Ils se turent, et Albert regarda la main d'Odette sur le bord du fauteuil.

— Vous ne jouez plus ? dit-il ouvrant machinalement le piano.

Odette s'approcha de lui, appuya son coude sur le piano et regarda le clavier.

— Allons ! dit-il avec effort, l'air songeur, sans s'éloigner du piano. Au revoir.

Il prit la main d'Odette et la sentit un peu large dans ses doigts ; elle lui communiqua la sensation de ce grand corps debout devant lui, et il leva les yeux sur ses fortes épaules, puis regarda son bras nu sous le voile transparent.

— Soyez courageuse.

Ils demeuraient immobiles tous les deux devant le piano.

— Au revoir, dit Albert avec lenteur, reprenant la main d'Odette; mais il ne bougeait pas, comme si elle le retenait.

Elle ferma les yeux, comme étourdie par une force irrésistible qui la fit trébucher, et se laissa tomber sur Albert, toute droite. Il la retint en ouvrant les bras; baissant la tête vers le visage d'Odette, il sentit sous son baiser ses lèvres un peu froides et petites.

— Je crois que nous sommes fous, dit Albert. Il faut oublier cela tout de suite.

Sans s'apercevoir de ce qu'il faisait, il descendit l'escalier. « La gare du Nord », dit-il en montant dans une automobile, et il ôta son chapeau. Penché en avant, comme pour hâter la marche du véhicule, il regardait l'heure à toutes les horloges du chemin.

Dans la gare, cherchant à dépasser la foule envahissante et pressée qui courait vers les mêmes passages, il gagna le quai et suivit un long train aux wagons déjà remplis, tandis que de nouveaux arrivants affluaient sans cesse; puis il ralentit le pas et regarda dans les compartiments capitonnés de drap gris. Il reconnut M. Guillaume. Plus loin, il ouvrit une portière et sortit un journal de sa poche.

Il revoyait Odette fermant les yeux d'un air vaincu, où il distinguait une imperceptible expression un peu forcée. Ce mouvement gauche et voulu qui la jeta sur lui, cette légère nuance de complicité consciente, ressortaient seuls dans toute cette scène. Comment avait-il cédé à des sentiments si faux ? Il évitait de réfléchir sur lui-même pour effacer ce souvenir; mais la vision de cet automate oscillant revenait sans cesse devant son regard et l'humiliait. Il aperçut les lumières de Souing. Le premier, il gravit en courant l'escalier de la passerelle.

En entrant dans le jardin, il regarda la maison sans lumière. Près de la pelouse, dans l'obscurité, il découvrit sur la chaise longue la forme claire du peignoir de Berthe.

— Tu t'es levée ? cria-t-il.

— Il faisait trop chaud, mais je suis restée étendue.

— J'arrive tard, dit-il en l'embrassant. J'ai manqué le train de six heures. J'ai été retenu. Je te raconterai.

Il s'assit sur le bord de la chaise longue, posa la main sur le pied de Berthe, puis lui caressa le front en relevant ses cheveux.

— Tu n'es pas trop fatiguée ? dit-il regardant dans l'obscurité le visage pâle, les yeux brillants.

— Non.

Elle se releva à demi pour éviter ce regard scrutateur et ramena d'un doigt ses cheveux sur son front.

— Veux-tu que nous dînions dehors ? fit Albert. Je vais dire à Hugot de mettre le couvert sur la petite table. Tu sais que je ne retourne plus à Paris...

— As-tu prévenu Élisabeth ?

— Oui. Elle restera à la maison. Elle a encore de l'argent. Je suis entré dans notre chambre; ce n'est pas gai une chambre inhabitée. Tu n'as pas l'air contente de dîner dehors ?

— Si, dit Berthe déplaçant un coussin derrière son dos; justement je me disais que ce serait bien agréable de rester dans le jardin ce soir.

— Eh bien ! fit-il avec un entrain inaccoutumé. Vous mettrez la table sous l'ormeau, dit-il en s'adressant au domestique. Il y a une lampe de jardin dans le placard de l'office.

Ils se mirent à table. Albert regarda Berthe en souriant.

— C'est charmant ce petit repas, dit-il. Nous aurons du clair de lune plus tard. Je me demande si les Méricant peuvent nous voir ?

Il regarda autour de lui, mais ses yeux se heurtaient à la nuit opaque. La lampe éclairait les visages et la table; on se sentait à l'étroit, comme enfermé entre des parois sombres, des masses denses, un peu oppressantes, dressées au bord du petit cercle de lumière. Le chat des Méricant surgit sous la table et sauta sur les genoux de Berthe.

— Ah ! ce chat ! dit Albert en levant les yeux vers Hugot qui venait d'apparaître dans la clarté de la lampe.

Il remarquait l'appétit un peu vorace de Berthe et sa physionomie changée, légèrement vieillie et fixe. En observant ces indices, il se dit qu'il ne pourrait pas lui parler ce soir, ni se décharger de cette journée pesante.

— Ne mange pas ces beignets, dit Albert; ils sont mal cuits.

— Elle n'a pas laissé reposer sa pâte, dit Berthe, qui se leva pour s'étendre sur sa chaise longue.

— J'ai passé chez les Castagné aujourd'hui. Philippe était sorti. Odette m'a reçu. Elle viendra samedi.

— Elle doit me trouver bien négligente, dit Berthe d'un air indifférent. Je n'ai pas eu le courage de prendre le train.

— Elle est à plaindre.

Il se tut comme pour préparer une phrase qu'il voulait dire; mais Berthe se leva, occupée d'une autre idée qui lui traversait l'esprit. Elle parut réfléchir un instant et dit :

— Les hommes ne pensent jamais à la vie.

Elle s'étendit sur la chaise longue, une joue contre sa main posée sur le coussin, et regarda la nuit avec une expression ardente et songeuse.

— Dans ces moments où nous sommes fatiguées, nerveuses comme vous dites, justement, nous sentons la vie davantage.

Elle se tut, la poitrine gênée, et soupira.

— Aujourd'hui, j'avais le cœur serré, la vie me semblait lourde. Elle est trop exigeante. Elle demande trop d'abnégation, trop de pardon.

— Allons ! dit Albert observant sur les traits de Berthe, avec une légère impatience, les marques de la fatigue qui agissait sur son esprit. Il ne faut pas trop réfléchir en ce moment.

— Tu crois que je me plains ?

Elle s'assit sur une chaise auprès d'Albert.

— Je ne me plains pas. Je suis au contraire très sereine. Il me semble quelquefois que mon cœur a trop battu, que j'ai vécu trop fort. Je me sens vieille, avec une expérience, une indulgence maternelle, au-dessus de toutes les faiblesses que je sais possibles, que je comprends. Tu ne sais pas tout ce que je pardonnerais !

Elle saisit les mains d'Albert et regarda son visage éclairé par la lampe.

— Ton silence seulement me fait peur ! Je me dis quelquefois : « S'il mentait ? Si un être que je ne connais pas se cachait dans cet homme ? »

Elle reprit d'une voix adoucie et un peu épuisée :

— Je ne crains pas ce que tu pourrais me dire. J'ai pitié de tout ce qui est humain. Mais l'idée que dans cette minute...

De nouveau, elle serra les mains d'Albert et l'observa avec une attention passionnée et perçante qui cherchait son âme.

— L'idée que dans cette minute ton regard ne serait pas loyal !

Albert pensait à Odette. Il aurait voulu se délivrer par une confidence de cette image pénible, mais il savait que Berthe ne pouvait pas entendre la vérité, et il se tut, l'air morne et sévère, songeant que Berthe le condamnait au silence.

— Tu ne réponds rien. Est-ce que je sais à quoi tu penses ?

Subitement, elle lâcha les mains d'Albert avec un cri, comme si elle s'était blessée.

— Pourquoi veux-tu me tourmenter ?

Elle se leva et retourna sur la chaise longue.

— Ce sont des idées stupides. N'y fais pas attention; je suis fatiguée.

Elle se releva encore, et, posant la main sur le bras d'Albert, elle dit d'un air grave :

— Est-ce que tu m'aimes ?
— Tu le sais bien.
— Tu ne me le dis jamais.

— Nous avons passé le temps des paroles.
— Pourquoi ? J'aurais besoin que tu me le dises. Je n'en suis pas sûre. Tu m'as ôté le peu de confiance que j'avais en moi. Non ! Ce n'est pas toi ! C'est l'amour, c'est le mariage, qui vous diminue, qui vous dépouille. Quand je vivais seule, je me croyais meilleure. Je comprends que tu te détaches de moi. Si, je le sais. Tu n'es pas heureux. Tu n'as pas besoin de moi... Tiens ! dit-elle pressant les mains d'Albert avec terreur, comme si réellement un froid mortel gagnait ses membres, tu deviens glacé. Tu as le regard dur.

Albert sentait revenir en elle comme une fièvre, le radotage exalté, l'inquiétude excédante, et il ne songeait plus qu'à dominer son impatience, se disant : « Cela passera, soyons calme. Tout ce que je pourrais dire, et que j'ai dit si souvent, elle ne s'en contenterait pas. Il faut que je l'écoute simplement, sans m'émouvoir, sans m'emporter. Plus tard, un jour, beaucoup plus tard, je lui parlerai. »

Berthe se heurtait à cet air fermé et retombait dans son ancienne angoisse qu'elle découvrait chaque fois avec un étonnement désespéré. Par un appel plus profond, des paroles connues, souvent dites, mais remplies de nouvelles larmes, elle essayait d'atteindre cet homme impassible.

« Cela passera, je serai calme », se disait Albert, et il fixait ses yeux sur le sable éclairé par la lune, tâchant de ne pas l'entendre.

— Tu devrais te coucher, dit-il avec douceur. Je reviendrai tout de suite.
— Voilà ! tu me laisses ! c'est toute ta réponse ! Quelle lâcheté ! cruel et lâche !
— Cela vaut mieux, je t'assure, cela vaut mieux ! Je reviendrai tout à l'heure.

Il sortit rapidement du jardin, suivit l'avenue baignée de lune, éveillant sur son passage le hurlement des chiens, et entra chez Natte, qui rangeait des papiers éparpillés sur la table de la salle à manger.

— Je recopie mes notes, dit Natte avec entrain, en apercevant Albert. Je devrais les envoyer plus souvent. Je suis en retard de deux ans. C'est un tort avec cette population flottante. Asseyez-vous. Je suis content de vous voir. Vous allez bien ?

Une fillette étudiait ses leçons au milieu du bruit. Mme Natte paraissait sommeiller.

— Elle attend son fils, dit Natte. Que veux-tu, ma pauvre amie ? C'est de son âge.

Et, s'adressant à Albert :

— Il y a malheureusement un train à une heure du matin. Elle ne se couche jamais avant qu'il ne rentre.

Albert se leva, l'air distrait, et toucha un objet sur la cheminée.

— Vous partez déjà ? Je vous accompagne, dit Natte, suivant Albert dans la rue.

— Quel beau clair de lune !

Il heurta Albert butant dans la demi-obscurité, et reprit :

— Ah ! une nuit pareille, et avoir trente ans ! Moi, je n'ai pas vécu. J'ai travaillé pendant ma jeunesse, et puis j'ai passé vingt ans dans un désert. Là-bas, je ne me sentais pas vieillir. Quand je suis arrivé à Paris, dans cette ville de femmes, tout à coup j'ai compris que j'étais vieux. La vie m'a échappé. La vie, voyez-vous : c'est l'amour. Tenez, fit-il en s'arrêtant tandis qu'Albert continuait à marcher, cette clôture de jardin me rappelle...

Il rejoignit Albert et reprit :

— J'avais vingt-cinq ans. Je passais un mois dans une petite ville comme celle-ci. Un jour, j'ai remarqué une jeune fille, presque une enfant, qui sortait de la gare. Je l'ai suivie. Le même soir, je suis venu autour du jardin. Elle est sortie de la maison. J'ai tenu ses mains par-dessus le buisson qui me piquait la poitrine ; et puis, elle s'est enfuie. Ah ! ces souvenirs-là vous mordent le cœur !

Albert marchait plus vite.

— Je vous ennuie avec mes histoires, dit Natte. Vous êtes pressé de rentrer. Allons ! dépêchez-vous. Au revoir. Ah ! jeune homme !...

En se représentant l'image de cet homme toujours sourd à l'appel le plus poignant, Berthe se dit : « Maintenant, je sais qu'il ne m'aime pas. Ma souffrance venait de mes doutes. »

Cette idée lui apporta un apaisement subit. L'esprit dégagé, comme si elle sortait d'une maladie, elle sentit presque immédiatement ses forces se reconstituer dans le calme intérieur. Elle fut surprise par la facilité de ce revirement. « Il y a longtemps que je ne l'aimais plus », se dit-elle une après-midi dans le petit bois de charmes regardant le feuillage menu, éclairci par l'automne, encore vert dans les branches, tandis que les allées se couvraient d'une cendre blonde.

— Tu ne vas pas voir Natte ? dit-elle à Albert en revenant dans le jardin.

— Non.

— Il t'intéresse moins ? Tu te fatigues vite des gens.

— Il commence à répéter les mêmes choses.

On sonna au portail et ils tournèrent la tête en même temps.

Odette apparut dans le jardin, elle était accompagnée de Mme Vidar.

— Quelle bonne surprise ! dit Berthe en l'embrassant. Justement je pensais aller à Paris demain pour te voir.

Odette admira le jardin, les fleurs, la maison, le bois de charmes.

— Il appartient à notre voisin, M. Guillaume, mais je m'y promène souvent, dit Berthe.

Elle poussa une petite barrière et entra dans la propriété de M. Guillaume en suivant Mme Vidar.

Odette se rapprocha d'Albert comme si elle voulait lui parler.

Il hâta sa marche en s'avançant vers Berthe et montra à Odette un arbre étendu auprès du chemin.

— Ce chêne est tombé hier matin. Il est sûrement très

vieux : regardez ses dimensions. A ce moment, il n'y avait pas un souffle de vent. Il est tombé tout d'un coup, avec un bruit ! Je vous assure cependant qu'il paraissait solide sur sa base. Nous aurions pu nous trouver à cette place; c'est une allée où nous passons souvent.

Il parlait sur un ton aimable en la regardant, mais le souvenir qu'il voulait abolir entre eux par ces façons aisées donnait à ses moindres paroles un accent d'injure.

— Oui, c'est un bel arbre, dit Odette d'un air brusquement froid, et, s'écartant d'Albert qu'elle évita jusqu'à son départ, elle se mit à parler à Berthe avec beaucoup d'animation et de gaîté.

— Je te quitterai avant le thé; nous allons voir Mme de Scheick, dit-elle. Je lui ai promis ma visite. C'est une amie de Mme Vidar. Elle habite tout près d'ici. Veux-tu venir avec nous ? Elle te montrera sa collection de dentelles. N'est-ce pas, madame Vidar, Berthe peut nous accompagner chez Mme de Scheick ?

— Certainement, Mme de Scheick sera très contente, dit Mme Vidar de sa voix nette.

Berthe mit son chapeau et sortit avec Odette.

— Cette dame est une Allemande ?

— Non, dit Odette, elle est Polonaise. Elle a épousé un Autrichien. Elle a eu beaucoup de malheurs. Son mari administre la fortune d'un prince russe. Ils sont séparés. Elle est pauvre. Elle a perdu deux enfants. Eh bien ! elle est toujours heureuse, aimable et si bonne !

— Elle a la foi, dit Mme Vidar.

— Quelle foi ? fit Berthe un peu timidement.

— La foi, répéta Mme Vidar.

Elles s'arrêtèrent devant la grille d'une petite villa. Une bonne encore enfant ouvrit la porte, et Mme de Scheick s'avança en saluant, souriante, gracieuse, habillée de blanc, les cheveux blonds, des lorgnons d'or, et si pâle qu'elle semblait d'abord très poudrée.

— Chère madame Castagné, fit-elle en pressant les mains d'Odette pendant qu'elle la regardait longuement avec tendresse et enthousiasme.

— Je vous amène ma cousine, Mme Pacaris qui est presque votre voisine.

— Je vous connais très bien, dit Mme de Scheick arrangeant des coussins derrière Berthe. Je vous vois passer souvent.

On apporta le thé.

— Je fais mon beurre moi-même dans une bouteille que je secoue, dit Mme de Scheick en disposant de petites assiettes sur la table. J'ai une brave femme qui me donne un lait admirable. Vous allez goûter mon gâteau.

— J'ai parlé à ma cousine de votre collection de dentelles, dit Odette en souriant.

— Vraiment, madame, les dentelles anciennes vous intéressent ? Oui, j'en ai d'assez rares, surtout des dentelles du Portugal.

Elle ouvrit une boîte recouverte d'étoffe.

— Nous allons d'abord voir celle-ci, dit-elle, et, retournant un coussin, elle étendit la dentelle sur la soie jaune où les dessins ressortaient. Regardez ce mouchoir. Tous les coins sont différents. C'est une merveille, n'est-ce pas ? Il me vient de ma grand'mère qui avait entrepris cette collection. Ma grand'mère était dame d'honneur à la cour.

— C'est ravissant, dit Berthe. Quelle patience !... Ces petites feuilles... Vous avez là une véritable fortune...

— Une fois, j'ai montré ces dentelles à une personne que je ne connaissais pas. Quelque temps après, je me suis aperçue qu'il me manquait une pièce. Mais le jour de cette triste découverte, Dieu m'a donné une de mes plus grandes joies (le retour de Julie, fit-elle en se tournant vers Mme Vidar). Dieu compense toujours le mal par un bien.

Mme Vidar avait mis ses lunettes pour regarder une revue.

— Je lis l'article de Mme Arniton, dit-elle lorsque Mme de Scheick s'assit auprès d'elle, et elles continuèrent à voix basse une conversation où revenait souvent le nom de Mme Arniton.

Odette prit le bras de Berthe et s'approcha de la fenêtre.
— On a une jolie vue sur les bois.
— N'est-ce pas ? dit Mme de Scheick avec élan; j'aime tant mon jardin ! Regardez la teinte de ces hortensias ! fit-elle inclinant la tête vers Berthe avec une expression d'extase recueillie et vibrante comme si elle voyait dans toutes choses une beauté extraordinaire.
— Poussy va mieux ? dit Mme Vidar, sans lever les yeux de son livre.
— Votre fils est malade ? dit Odette.
— Oh ! ce n'est rien : un jour de fièvre, une petite erreur d'un instant; il se promène aujourd'hui, dit Mme de Scheick avec entrain.

Berthe remarquait sa façon de dire : « Ce n'est rien. C'est très bien. Cela s'arrangera », certains sourires rêveurs, des mots un peu mystérieux mêlés à ses propos, comme une décisive et brève explication que seule Mme Vidar paraissait entendre.

— C'est une religion, une très belle religion, dit Odette gravement, quand elle eut répondu aux questions de Berthe, pendant qu'elles se dirigeaient vers la gare, derrière Mme de Scheick et Mme Vidar.

Elle essaya d'en formuler les principes d'après le souvenir de ses entretiens avec Mme Vidar, puis elle dit :
— Il vaut mieux que tu lises les ouvrages de Chadwick. Ils sont traduits en français par Mme Arniton.
— Tu y crois ? dit Berthe. Tu crois que la matière...
— C'est très intéressant, dit Odette. Au fond, c'est l'idée de Kant.

Elle s'interrompit pour sourire à Mme de Scheick qui venait de se retourner vers elle montrant le coucher du soleil avec son ombrelle.

V

Tout l'hiver, Berthe ne songea qu'à sa maison, à ses plaisirs, à ses amies. Elle sortait souvent et rentrait sans se préoccuper de l'attente d'Albert, avec un sentiment nouveau de liberté et d'allégement. Toujours calme, elle parlait à Albert de choses précises comme à un homme quelconque rencontré dans la maison à certaines heures.

Elle trouvait le salon trop sombre et fit arranger une pièce qui donnait sur la rue. Elle commanda un mobilier qui absorba toutes ses pensées. On le fabriquait pour elle sur les dessins de M. Ranson, et, quand on posa les tapis, elle fit changer la tenture pour la troisième fois. La pièce parut trop petite pour les meubles; elle décida de l'agrandir du côté de la lingerie qu'on transporta dans un ancien bureau d'Albert où il se tenait rarement, mais qu'elle avait respecté jusqu'ici.

Un moment, elle se passionna pour des laques, puis de vieilles faïences qu'elle payait très cher après beaucoup d'hésitation. Albert qui était content de son air de sérénité ne la contrariait jamais pour ses achats; il se disait qu'il valait mieux dépenser sa fortune pendant la jeunesse.

Ce jour-là, Albert entra dans le salon, salua Odette, tourna un instant dans la pièce, et s'informa de Mme Vidar avec une nuance d'ironie.

— J'ai lu ses articles dans *la Vie nouvelle*, dit-il. Peut-être que l'union de l'homme et de la femme évolue vers une association plus large, qui ne se bornera pas à l'amour. La femme aura son indépendance, un métier. Je crois que c'est dommage.

— Vous pensez aux femmes heureuses, dit Odette, sans regarder Albert. Il n'y en a pas beaucoup.

Il comprenait que l'amitié et les doctrines de Mme Vidar apportaient un réconfort très nécessaire à Odette; il voulait, par charité, l'encourager dans cette voie, mais son aversion pour Mme Vidar dont il savait l'influence sur Odette, le fit parler autrement.

— Je connais des femmes médecins, apôtres, artistes, dit-il. Elles ont de la décision, de l'intelligence, du sang-froid, de l'éloquence, de fortes et belles qualités. Je ne dirai pas qu'elles ont seulement perdu le charme féminin, mais la valeur profonde qui est dans la femme. Chez une femme qui a aimé, qui a vécu avec son mari, qui a élevé son enfant, il y a plus de vrai savoir que dans nos bibliothèques. Les femmes rachètent la sottise de quelques penseurs, parce qu'elles demeurent plus près des sources de vie d'où provient toute vérité. Je vous assure que l'humanité perdra un grand trésor de sagesse quand les femmes deviendront des hommes et qu'elles ne sauront plus aimer.

Berthe écoutait avec impatience la voix un peu chantante d'Albert. « Qu'est-ce qu'il dit ? Un discours pour les étrangers. Il m'a appris la fausseté de toute parole d'homme ! » songeait-elle, pendant qu'Albert marchait sur le tapis, les mains derrière le dos, se regardant dans la glace chaque fois qu'il s'approchait de la cheminée.

— Tu ne lui as rien dit, n'est-ce pas ? fit Odette à voix basse, dès qu'Albert eut quitté le salon. J'ai bien vu qu'il se trompait. Il me prend pour une féministe. Il ne faut jamais divulguer ces choses à ceux qui ne sont pas en état de les comprendre.

— Tu es heureuse ? dit Berthe lentement, avec une expression d'intense curiosité.

— Oui, chère petite Berthe, dit Odette, sur ce ton d'extrême affection qu'elle prenait maintenant pour parler à tout le monde. Je suis heureuse. Autrefois, je ne vivais pas. J'étais dans la nuit, dans une espèce de langueur. Je tâtonnais vers cette lumière. Oh ! ma chérie, c'est un bonheur de naître vraiment à la vie avec une raison d'agir.

Elle reprit sur un ton plus rapide :

— Il faut que tu connaisses Mme Arniton; Isabelle lui a parlé de toi.

— Philippe approuve tes croyances ? dit Berthe.

— Il est encore un peu aveugle. Mais il a été très frappé par une parole d'Isabelle, et il lui a demandé un livre sur l'Égypte qui a été édité à Londres et qu'on ne trouve plus.

Puis elle parla de son mari et de sa vie conjugale. Son air de générosité et de hauteur, cette volonté de tout mêler à la félicité transcendantale, ce sourire, rappelaient à Berthe, qui en éprouvait un peu de gêne, les façons d'Isabelle et de Mme de Scheick.

❧

On fit entrer Berthe dans une pièce qui ressemblait à un salon. Le piano et les meubles étaient poussés contre les murs, et deux grandes tables chargées de livres et de papiers occupaient le milieu de la salle. Une jeune fille cessa de taper sur sa machine à écrire et consulta un atlas, sans détourner la tête. Mme Arniton se leva, fit asseoir Berthe sur un petit fauteuil de tapisserie, prit une cigarette, ajouta une bûche dans la cheminée, puis fixa sur la visiteuse un regard prolongé et un peu dur, que Berthe avait déjà remarqué chez certains médecins qui ont une réputation de psychologues; et tout à coup elle se mit à parler avec beaucoup de simplicité et de bonhomie. Elle était petite et grasse, et ses cheveux, gris mais abondants, laissaient découvert un front admiré. Elle évita de questionner Berthe, et causait avec esprit et bon sens sur des sujets insignifiants.

Berthe prit part aux réunions de la rue Cassette ; elle apprenait l'allemand, lisait la *Revue* d'Elliot, et se lia avec Julie, la fille aînée de Mme Arniton, qui partait en mission pour le Canada. On ne l'instruisait encore qu'avec prudence, mais elle eut la notion d'un peuple répandu sur la terre, mystérieusement organisé, suspendu à la même attente et animé par la même impulsion. Elle enviait ces hommes et ces femmes dont la foi pénétrait vraiment les pensées, l'action, toute l'âme dispersée dans le monde et confondue à l'éternité. Elle aurait voulu partager cet enthousiasme pour oublier son cœur, un peu lourd quelquefois, et trop attaché à la vie de chair et de larmes. Lorsqu'elle quittait Julie Arniton, il lui semblait qu'elle commençait à croire, à se prendre enfin à ces choses radieuses, mais tout à coup, dans sa maison, regardant Albert, il lui venait une amertume qui dissipait cette espérance, et elle se disait : « Tout cela m'est apporté du dehors. Ce n'est pas moi. Que savent-elles ces femmes ? Elles se grisent ensemble de paroles et de visions. »

A cette époque, le petit Michel mourut après une maladie de quelques jours.

Berthe allait souvent demander des nouvelles de l'enfant, et elle causait avec Castagné qui paraissait un étranger chez lui, intimidé devant sa femme, hésitant à prendre des décisions que Berthe jugeait urgentes.

Il avait d'abord facilité, chez Odette, des croyances qu'il trouvait belles et salutaires. Mais, à présent, il voyait sa femme modifiée jusque dans son tempérament et possédée d'un esprit indéfinissable, qu'il considérait avec un mélange d'inquiétude et d'admiration.

— Elle a un courage étonnant, dit-il à Berthe.

Mais dans ce visage d'Odette, un peu rigide, dans ce regard de sombre extase (surtout lorsque Mme Arniton ou Mme Polak entraient dans la chambre de Michel), Berthe discernait une ostentation de sérénité et le souci d'affirmer la foi devant l'épreuve.

« Pauvre petit ! elle n'ose pas te pleurer », se dit Berthe, un matin où l'image de Michel, avec son regard vague, le corps tout secoué dans la couverture de laine, reparaissait devant ses yeux.

Bien qu'attristée par ce souvenir, elle se demandait d'où lui venait une impression de contentement, pendant qu'elle remontait sa petite pendule, qu'elle faisait sonner à chaque heure en tournant les aiguilles, arrêtées depuis plusieurs jours. Subitement, elle se souvint de la lettre de Noizic. Marie-Louise venait à Paris pour commander des objets de trousseau. Berthe était heureuse à l'idée de retrouver son amie d'enfance et de voir des gens simples.

VI

Après son année de service militaire, André Chaurant poursuivit ses études à Paris et logea dans un petit hôtel de la rue Saint-Jacques. Discret et fuyant, il évitait les nouvelles relations et, dans la rue, regardait à la dérobée les cafés, marchant rapidement de crainte d'apercevoir Raoul de Brigueil qui voulait l'entraîner dans une société de Parisiens. Chaque jour, il rendait visite à Fetich, le fils d'un bourrelier de Noizic, son unique camarade qui se présentait à l'agrégation de philosophie et travaillait durement dans sa mansarde.

D'abord, il suivit ponctuellement ses cours, puis cessa de prendre des notes. Il arrivait en retard et sortait avant la fin. Bientôt il ne put rester sur son banc. Aussitôt assis, il se levait, entrait dans la bibliothèque, demandait un roman ou feuilletait une collection de journaux.

Il se plaisait dans les rues; non pas le boulevard, où les femmes sans mystère l'intimidaient, mais les rues qui mènent vers des banlieues, et où il retrouvait le souvenir des jolies filles de Rochefort; il aimait aussi à se mêler au grouillement d'un grand magasin plein d'effervescences féminines. Il avait l'air de chercher quelqu'un, de s'élancer vers une femme enfin reconnue, mais il baissait les yeux et s'écartait dès qu'elle semblait trop complaisante. Tout à coup, il s'en allait à la suite d'une passante, marchant aux alentours, sans jamais l'aborder, exténué mais inlassable, comme s'il voulait user sa fièvre dans la fatigue qui lui montait des jambes. Quelquefois, il décidait de s'asseoir à la terrasse d'un café; aussitôt servi, il vidait son verre et repartait, rivé de loin à un fantôme. Il recommençait le soir, puis rentrait seul, comme s'il n'existait rien qui pût le contenter dans cette ville nouvelle. Il dormait pesamment et restait tard au lit, songeant à Noizic, à Rochefort, à Yvonne, à Nelly Poussin.

Puis il cessa de sortir. Il recommandait au concierge de ne laisser monter personne, et il passait tout le jour dans sa chambre d'hôtel, un peu assoupi, fumant, lisant des vers.

Un jour, il se dit que le temps de l'amour et de la rêverie était passé, et il se mit à préparer son examen. Il travailla pendant six mois autant que Fetich. Il méprisait les cours, et étudiait dans les livres les plus épais.

Il errait ce jour-là sous les ombrages du Luxembourg, attendant l'heure de son examen. La poitrine serrée, une moiteur froide aux doigts, il se posait sans cesse des questions et il trouvait une réponse pour chacune dans les résumés qui lui venaient aussitôt à l'esprit.

Il prit place devant une table recouverte d'un tapis sombre. Le professeur s'assit en face de lui, et, sans le regarder, posa une question très simple. Déconcerté par un sujet si négligeable, et qu'il avait omis d'étudier, André demeura muet. On l'interrogea une seconde fois avec la même douceur sur un sujet plus facile. Il n'essayait pas de réagir contre une atonie subite, considérant d'une pensée vague, et comme s'il répondait pour lui, cet amas de connaissances accumulées et si disproportionnées à ces questions.

Pendant qu'il marchait autour d'une petite cour, sous des galeries en arcades, attendant le résultat certain, il regardait un jet d'eau dans une triste vasque, un coin de ciel d'un bleu trouble, et il songeait qu'il aimerait à connaître l'Italie.

C'est au mois de mars suivant, en revenant d'Allemagne, qu'il traversa Vérone. Il ne cherchait pas des tableaux, mais le printemps, les premières verdures, le soleil, des ruelles, et il se grisait d'un arome oriental qu'il croyait sentir dans les blés naissants, une loque rouge, des oranges.

A Rapallo, il reçut une lettre de Berthe qu'on lui expédiait de son hôtel. Elle lui reprochait son silence. Il se dit : « Je ne lui écrirai pas. J'irai la voir dès mon retour à Paris. » Mais, gêné d'avoir laissé cette lettre sans réponse, il n'osa plus lui rendre visite.

Il se représentait Berthe vieillie et mondaine; il pensait que s'il la revoyait maintenant, après dix ans, elle lui gâterait le souvenir de leur enfance.

※

Marie-Louise se mariait le 12 décembre. André arriva la veille à Noizic. Toutes les chambres de la maison étant occupées par des invités, il coucha chez les Chappuis. On lui donna la chambre préparée pour Berthe. Elle avait télégraphié le matin qu'elle ne pouvait venir.

Emma demeurait constamment auprès de sa dernière fille malade.

— Vous m'excuserez, dit-elle à voix basse, lorsque André entra dans la chambre chaude du bébé. Je vous reçois très mal. Demandez à Rose tout ce qu'il vous faut.

— Est-ce qu'elle va mieux ? dit André, s'approchant du berceau où on entendait une petite respiration courte et rude.

— On ne sait pas encore. Elle est malade depuis sept jours. Nous sommes inquiets.

Elle mit une bûche dans le feu. Le jour et la nuit, entre ce brasier et ce petit lit, elle écoutait dans les rideaux le faible souffle haletant, et ajoutait toujours du bois dans la cheminée où fondait la belle réserve du bûcher, épargnée jusqu'ici malgré l'hiver.

André donnait le bras à Charlotte Ducroquet, jolie et forte fille, qui avait des yeux bleus, comme tous les Ducroquet. Les voitures prêtées par des amis attendaient dans la rue. Le cocher des Grassin tenait son fouet immobile, sans détourner son regard, la figure rougie par l'air glacé. M. Chaurant veillait à tout. Les petites Chaulieu engloutissaient des gâteaux et des sirops, tantôt à une extrémité du buffet, tantôt à l'autre bout pour dissimuler leur gourmandise. M. Ducroquet, comme étranger à cette réunion, causait avec le maire de Montendre, jetant un regard sur les arrivants. Mlle Picat perdait sa dernière élève, mais dans sa robe de soie violette qu'elle mettait depuis trente ans aux grandes cérémonies, elle ne cessait de sourire. Marie-Louise, en robe de mariée, le visage un peu changé par ses frisures, se tenait debout auprès de Laurent, devant la cheminée. Laurent éprouvait un vague bonheur qu'il ne cherchait pas à définir et qui venait surtout de cette foule dont il se croyait le centre.

Lorsque Mme de Brigueil entra avec ses superbes fourrures, M. Chaurant s'élança vers la porte, et il aperçut Chappuis qui retirait son manteau dans le vestibule. Il savait que Chappuis ferait faillite cette année, mais, chaque fois qu'il rencontrait Chappuis, il évitait de paraître soupçonner ses embarras, de peur qu'on ne lui demandât un service. Il s'avança vers Chappuis, la main tendue :

— Vous êtes bien gentil d'être venu ! dit-il en lui serrant affectueusement la main. Et votre bébé ? Nous avons eu des nouvelles ce matin par André. J'espère que mon garçon ne vous dérange pas. Alors ? Elle a la fièvre ? Venez prendre un verre de champagne.

— Non, merci, dit Chappuis qui se dégagea des bras de M. Chaurant pour aller saluer Mme Chaurant; puis il s'approcha de Chalamel, de Ducroquet, d'Ithier, serrant des mains dans ses doigts durs.

Avant de rentrer chez lui, Chappuis se rendit à son comptoir. Il attendit l'heure du courrier. Il retrouvait une sorte de sécurité dans ce bureau, auprès de son employé.

« Ne t'inquiète pas, lui avait dit Emma lorsqu'elle avait connu la vérité. Je m'arrangerai. J'économiserai. » Elle était presque heureuse à l'idée d'intervenir davantage dans leur vie commune et de sauver leur bonheur malgré la détresse. Elle croyait comprendre, mais Édouard savait que la ruine emportait tout, et il sentait la futilité de ce courage. Il avait songé à prendre un emploi chez Peureux, à quitter Noizic, mais tout ce qu'il envisageait pour cet avenir inconcevable apparaissait bientôt impossible.

Dès qu'il fut rentré chez lui, Chappuis monta dans la chambre du bébé et regarda le thermomètre pendu au mur. Il ôta sa redingote et descendit au bûcher. La hotte remplie de bois sur ses fortes épaules, il montait lentement l'escalier, jusqu'au premier étage, et versait sa charge dans le coffre, tout d'un coup, avec un bruit d'écroulement. Puis il appela René et regarda ses devoirs.

— Tu n'es pas soigneux ! Tu n'arriveras à rien ! fit-il d'un ton sévère.

Mais, devant les yeux effrayés de l'enfant, il ajouta avec douceur en lui tapotant le dos :

— Travaille bien, mon petit. Je t'interrogerai encore avant le dîner.

Il remonta dans la chambre du bébé, puis sortit dans le jardin. Stimulé par le froid, il se mit à couper du bois devant l'écurie; il s'échauffait à fendre des bûches à coups de hache. Comme pour une revanche impuissante, il dépensait avec rage la force inutile de son grand corps. Des gouttelettes s'accrochaient en petits glaçons dans sa moustache.

Plus tard, Emma se rappela souvent ce bruit de scie et ces coups dans l'air froid.

VII

Berthe se leva brusquement et passa dans sa chambre quand elle entendit sonner.

— C'est M. André Chaurant, dit Hugot à voix basse; je l'ai fait entrer au salon.

— André ? fit Berthe.

Elle jeta un coup d'œil dans la glace et toucha son corsage noir et ses cheveux.

— Bonjour, André ! dit-elle vivement en ouvrant la porte du salon.

Mais elle s'arrêta, surprise par ce jeune homme, par cette moustache étrange, mal ajustée au visage de l'enfant qui souriait encore dans le regard comme derrière un masque.

— Que vous m'étonnez ! fit Berthe sans le quitter des yeux, avec un air de chercher, de réfléchir, à la fois un peu mélancolique et enchanté. Il y a donc si longtemps !

Ils se regardèrent un instant, songeurs, souriants, sans rien dire.

— J'ai bien changé, n'est-ce pas ? dit-elle tout à coup.

— Vous avez un peu maigri, dit André sans cesser de la regarder.

Il ne retrouvait plus l'éclat de la jeune fille, mais découvrait dans ce visage fatigué un autre charme.

Il ajouta d'un ton grave, pour expliquer sa visite :

— Vous revenez de Noizic ?

— Pauvre Emma ! dit Berthe, détournant les yeux d'un air abattu.

— Il est mort d'une pneumonie ?

— Il a pris froid dans son jardin. A cinq heures, il coupait du bois, il s'est couché. C'est inimaginable, dit Berthe passant un doigt sur son front. Je viens de voir la maison, Emma, cette cérémonie. Et je ne peux pas croire que je vous parle d'Édouard ! Il est si vivant devant mes yeux ! L'idée de la mort n'est pas faite pour notre cerveau. Emma ne comprend pas encore son malheur. Ils s'adoraient ! Que va-t-elle devenir ? La vie est bien étrange ! Elle se soucie peu de notre bonheur et de nos vertus. Peut-être que nos pauvres personnes n'ont aucune importance !

— Je l'ai vu au mariage de Marie-Louise ! Il s'inquiétait de leur bébé. Ah ! je ne me serais jamais douté ! C'était un homme très bien.

— Oui, fit Berthe qui cherchait à retenir ses larmes par un battement des paupières, c'était un homme très bien.

Se tournant vers la table, l'air pensif, elle écarta un livre pour faire une place au thé qu'on apportait.

— Et vous, André ? dit-elle soudain. Parlez-moi de vous ? On se plaint de votre paresse. Vous préoccupez votre famille. Je sais que vous cherchez un appartement...

— Parlez-moi plutôt de Noizic, dit André. J'espérais vous voir au mariage de ma sœur. Cela m'aurait amusé de retrouver ces rues avec vous. Figurez-vous que j'ai rencontré Sambuc. Vous souvenez-vous de Sambuc ?

— Sambuc... oui... je me rappelle... Sambuc... le théâtre Sambuc...

— Il est professeur de gymnastique maintenant. J'ai

été ému, je vous assure, devant ce beau fantôme du passé ! Il ne se doutait pas de sa splendeur; il ignorait ce que je contemplais sur lui. Il me parlait comme un brave imbécile !

— Sambuc ! dit Berthe. Que vous me rappelez un vieux passé ! Vous étiez fou avec ce théâtre. Un jour, vous avez voulu les suivre. Non, je me trompe, vous vouliez seulement partir; aller je ne sais où. Vous souvenez-vous ? Cette fuite me paraissait merveilleuse. D'ailleurs, vous m'étonniez toujours. J'admirais votre exubérance, vos inventions. Votre voix me faisait trembler quand nous jouions un drame. Je savais que vous deviendriez un homme étonnant. Je ne sais quoi, un grand acteur. C'est cela, un grand acteur.

— Oui, fit André gravement. Je m'en souviens.

— A présent, vous pouvez me le dire. Où vouliez-vous aller ?

— Je ne sais pas.

Il reprit avec une animation subite, le visage coloré par une bouffée de chaleur :

— Si, je le sais. Mais vous ne pouvez pas me comprendre. C'était déjà une espèce d'impatience et de fatigue. Vous ne connaissez pas cela. Une envie de tout recommencer, d'être un autre, ailleurs. Oui ! quitter la place à peine foulée, jeter le livre à moitié lu, fuir.

— Je me doute qu'il faudra vous gronder encore, dit Berthe sur le ton sérieux qu'elle prenait autrefois avec André lorsqu'il admirait son expérience. Vous croyez aux belles surprises du destin. Mais la vie suit un chemin plus uni, et vous découvrirez simplement que vous avez perdu quelques années.

Berthe posa une tasse sur un guéridon, auprès de la chaise qu'André venait de quitter. Il s'assit, mais se releva aussitôt, agité par la chaleur de l'appartement, et il poursuivit avec volubilité, les joues rouges :

— Vous êtes raisonnable. Vous avez toujours été raisonnable. Mais il faut garder la sagesse pour les mauvais jours. La vie est un peu extravagante. Elle déçoit ceux qui veulent trop prévoir et trop calculer. Elle récompense au hasard, quelquefois celui qui a couru imprudemment, quelquefois celui qui dormait. On ne sait pas qui est en avance et qui est en retard.

André s'approcha de Berthe et la regarda avec une expression sérieuse dans son visage empourpré :

— Vous croyez que je suis paresseux. Mais quelque chose travaille en moi. Je sens mon avenir qui s'organise sourdement dans des régions où je n'ai pas accès encore. Je connais mon destin à des mouvements secrets. Il vous surprendra. Vous me considérez avec pitié ? Vous attendiez davantage de moi ? Vous pensez : « Voilà un pauvre garçon qui se perd. » Eh bien ! je vous dis : Rappelez-vous ce jour, cette minute. Il est cinq heures. Vous voyez ce coussin bleu : il fixera nos souvenirs. Rappelez-vous que j'ai dit devant ce coussin bleu : « Un jour je vous étonnerai ! »

— Non, André ! Vous ne m'avez pas déçue. Je vous admire ! dit Berthe en le regardant avec un léger sourire un peu ironique et une expression rêveuse qui formait de petites rides nouvelles au coin de ses yeux. Vous êtes jeune ! Je vous assure, c'est merveilleux d'être jeune !... Dînez avec nous ; Albert sera content de vous revoir, fit Berthe lorsque André se leva.

— Je préfère revenir.

— Alors, revenez bientôt, et la prochaine fois vous dînerez. Nous parlerons de votre appartement ; il faut qu'il soit réussi. Je vous donnerai des conseils. J'ai de très bonnes idées.

※

Debout à côté d'André dans le petit ascenseur, Berthe dit :

— Je vous ai trouvé un papier pour le salon. On a dû l'apporter ce matin.

— Il me semble que je dépense trop.

— Votre père vous donne quatre mille francs. Vous

dépenserez le double. Il sera très content. Il veut que vous soyez bien installé. Il vous gâte. On vous a toujours gâté! dit-elle frappant à la porte de l'appartement avec le bout de son parapluie.

Un peintre qu'on entendait siffler à l'intérieur lui ouvrit, et elle s'approcha des fenêtres sans rideaux.

— Il y a trop de vue, dit André. Trop de lumière. On se sent tiré au dehors, dévoré par l'étendue; on n'est pas chez soi.

— Attendez. Il manque les tentures, les meubles, fit Berthe qui marchait dans les pièces sonores, examinant l'appartement comme si elle ne le connaissait pas, quoiqu'elle y vînt chaque jour.

— Voici mon papier, dit-elle relevant sa jupe pour entrer dans la cuisine remplie de plâtras.

André épingla un bout de rouleau sur le mur du salon.

— Joli, n'est-ce pas? dit Berthe.

Elle recula vers le fond de la pièce sans quitter des yeux le papier, puis chercha du regard un siège dans la pièce nue. André trouva un escabeau derrière une échelle, le frappa de ses gants pour ôter la poussière et le posa devant Berthe.

— Dites-moi, André? fit-elle tournant les yeux vers le papier fixé au mur. Êtes-vous un garçon sérieux? Je vous arrange votre appartement; j'espère que vous n'allez pas y mener de petites dames?

— Oh! moi! les femmes...

— Je vous ai toujours vu courir après une jupe.

— Je vous assure que je ne pense pas aux femmes. Je n'ai pas adressé la parole à une Parisienne depuis deux ans que j'habite Paris.

— Il est probable que les femmes que vous rencontrez ne sont pas de votre goût. Vous aimez un genre plus modeste et plus piquant. Il vous faut des jeunes filles à débrouiller.

Berthe cessa de considérer le papier et tourna vers André un regard incisif et souriant:

— Au fond, vous êtes un peu...

— Un peu ?
— Je ne le dirai pas.

Les yeux pétillants, André saisit le poignet de Berthe.
— Je veux le savoir ! Un peu ? Dites !
— Non ! fit Berthe en le repoussant avec son manchon. Vous ne le saurez pas !
— Eh bien ! vous vous trompez, dit André en lui lâchant le poignet. Je vous jure que l'amour ne compte pas dans ma vie.

❧

Le marchand, sans cesser de parler, inclina le fauteuil pour montrer un détail.
— Nous verrons, dit Berthe l'air pensif, et son regard, suivi par le regard du marchand, glissa vers une armoire.
— Je réfléchirai.

Elle jeta un dernier coup d'œil au fauteuil, tandis que la dame aux énormes boucles d'oreilles, et qui se tenait très droite dans cette espèce de salon trop meublé, répondit d'un discret signe de tête au salut d'André.

Berthe se tut jusqu'au tournant de la rue du Bac, puis elle dit à André :
— Ce fauteuil n'est pas cher. Mais attendons. Nous reviendrons cette semaine.
— C'est une bonne occasion que nous pouvons perdre.
— Ne craignez rien. Nous le retrouverons; il est là depuis deux ans.
— Vous n'écoutiez pas le marchand; c'est dommage. Quel beau menteur ! quel luxe de paroles ! Le fauteuil est bien, il n'est pas cher, nous le désirons; mais cela ne suffit pas à cet artiste. Il veut nous enflammer.

Poussé par la foule, André descendit du trottoir; il rejoignit Berthe devant la vitrine étincelante d'un confiseur, et reprit :
— Il veut que cet objet nous plaise par sa forme, son antiquité, par toutes les paroles qu'il ajoute et qui ne sont

pas plus fausses que le reste. Cet homme a un langage vivant, un magnifique instrument d'illusions et de conquête. Que lui importe la vérité ? Sa raison d'être, son devoir, son honneur, c'est de séduire. La nature aussi triomphe par le mensonge.

Ils s'engagèrent dans une rue obscure; la foule qui longeait le trottoir obligeait André à s'écarter de Berthe, et il interrompit cette discussion qu'il reprit devant la maison des Pacaris.

Il continuait à parler dans le salon, élevant la voix pendant que Berthe ôtait son chapeau dans sa chambre. Quand il s'approchait de la porte ouverte pour répondre à Berthe, il apercevait le lit et l'image de Berthe dans la psyché quoiqu'il cherchât à détourner la tête.

Albert entra dans le salon.

— J'avais reconnu votre voix, dit-il en souriant; vous dînez avec nous ?... Mais oui, reprit Albert en s'adressant à Berthe, il dîne avec nous.

Albert passa dans son cabinet, et Vagnièze introduisit M. Jaume.

Albert écoutait M. Jaume sans le regarder, avec un air d'ennui. Ses affaires ne l'intéressaient plus. Il s'en occupait par nécessité. Lorsque M. Jaume eut terminé, Albert répondit en peu de mots, d'un ton nonchalant et froid, les mains croisées sur ses genoux. Cette attitude réservée donnait du poids à ses paroles.

— Allons dîner chez Borda, dit Albert, lorsqu'il retourna au salon.

— Tu veux dîner tous les soirs au restaurant ! dit Berthe.

Elle sourit en voyant les yeux ravis d'André, et ajouta :

— Hugot sera scandalisé !

— Allez mettre votre habit, André, dit Albert; vous nous trouverez à huit heures chez Borda.

Le garçon étendit une seconde nappe sur la table et apporta des tasses.

— Je ne prendrai pas de café, dit Berthe.

Albert ouvrit son étui à cigarettes.
— Une cigarette, André ?
— Une seule. Merci. Vous savez que je fumais beaucoup, dit André qui s'adressait à Berthe, assise à côté de lui avec un grand chapeau de velours noir, la gorge et les bras nus dans la lumière rose des petits abat-jour. C'est une vilaine habitude. Eh bien ! je me suis dompté. Oui, un matin, devant mon miroir, je me suis regardé fixement dans les yeux.

Il se tourna vers le mur, aperçut dans la glace son visage congestionné, et toucha sa cravate blanche.

— Je me suis regardé et j'ai dit d'une voix haute et ferme, le front impérieux : « Tu ne fumeras plus qu'une seule cigarette après le repas ! » Et voilà. Je suis guéri.

— Vous avez de la volonté; c'est très bien, dit Berthe en souriant.

— Non, je me suis hypnotisé. Je ne crois pas à la volonté. Voyez cet homme, cette espèce d'Américain près de l'orchestre. Une face vigoureuse, n'est-ce pas ? Il a eu sûrement la volonté de faire fortune; mais a-t-il assez de volonté pour se reposer une heure ? Avez-vous jamais vu un hanneton blessé se débattre dans une fourmilière ? Quelle énergie !

— Cependant, dit Berthe regardant André d'un air intéressé et sérieux, la volonté...

Albert tourna la tête vers un groupe de dîneurs. Silencieux, un peu engourdi, il entendait la conversation d'André et de Berthe comme un bruit lointain parmi les sons d'une valse, et songeait : « André soutient que la volonté... on pourrait le contredire. Une idée se retourne comme on veut avec un peu d'esprit. Autrefois, j'aimais ce jeu. Il est jeune, ce petit ! »

— C'est vrai, dit André qui écoutait Berthe avec attention, et il étendit lentement le bras vers le cendrier. On se querelle sur le sens des mots. Mais voici un autre exemple : J'ai passé un mois à Tex, en Suisse, l'hiver dernier. Il y a de belles pentes pour le ski; près du village, les prairies sont bordées de clôtures très gênantes...

— Vous êtes allé en Suisse, l'hiver ? dit Albert qui prit part soudain à la conversation.

Mais il montra par sa façon d'interroger André qu'il n'entendait pas intervenir dans le débat. Il désirait seulement certains renseignements sur les hôtels.

— J'ai pensé que nous pourrions aller en Suisse quelques jours, dit-il en regardant Berthe. Chariol m'a envoyé une carte bien séduisante.

❦

Ils atteignirent Samaden à la nuit. Les globes électriques, autour de la station du funiculaire, éclairaient la neige. Albert toucha du pied cette croûte blanche un peu scintillante; puis, avançant d'un pas dans la nuit, il distingua le vague contour des sommets et sentit la paix immense et la pureté de ces hauteurs. Ils montèrent dans un traîneau; les jambes enfermées sous une couverture à longs poils, ils respiraient profondément l'air froid. La voiture glissait sur le chemin d'une allure qui paraissait joyeuse au bruit des grelots.

— Quelle vue ! quel silence ! dit Albert, le lendemain matin, s'approchant de la fenêtre.

Sous le ciel fumeux, autour du lac, les montagnes dressaient leurs masses abruptes, comme en métal sombre, légèrement tintées d'une poudre grise, avec des stries très blanches. Sur les cimes, dans les vallées, sur les toits, reposait la neige unie. Parmi ces choses uniformément blanches ou noirâtres et comme mortes, le lac étendait une eau vivante, mais livide, d'un gris jaune et malade.

— Regarde, dit Albert; j'avais visité ce pays en été. Il est bien différent. Ces petits toits blancs, en bas, c'est Vevey; à côté, c'est Clarens... le pays de Julie. On aperçoit la vallée du Rhône, en face : cette plaine encaissée. Je me suis promené autrefois dans ce Valais où Saint-Preux rêvait à sa Julie : il y a des villages croupissants, une population abrutie depuis des siècles par l'ivrognerie, la crasse et l'inceste. Rousseau a vu dans ces pauvres bêtes un idéal humain. Il ne savait pas regarder; mais ses illusions lui ont inspiré quelques idées qui ont retourné le monde. On distingue le Rhône, à droite.

— Cette vue me fait mal à la tête, dit Berthe en reculant vers le milieu de la chambre. Vraiment, la tête me tourne. Ce grand vide, cette hauteur. J'ai comme un vertige. Une impression de mal de mer.

— En effet, nous sommes à six cents mètres au-dessus du lac, six cents mètres à pic. Eh bien ! fit-il gaiement, allons voir les sports.

Devant l'hôtel, ils croisèrent un jeune homme qui traînait une luge par une petite corde.

— Marchons, dit Berthe. Cela me fera du bien. Le village a l'air joli; tu t'occuperas des sports plus tard.

Ils traversèrent le village aux murs jaunâtres avec ses toits blancs. Dans une cour, sur des troncs d'arbres coupés, la neige formait une couche éclatante. Une fontaine de pierre et d'eau paraissait terne.

Au retour, Berthe monta dans sa chambre. Le lendemain elle resta au lit.

— Quel beau pays ! dit Albert en ouvrant un instant la fenêtre de la chambre, et il respira avec force l'air frais. Tu as bien tort de ne pas sortir.

— J'aime mieux me reposer aujourd'hui. Je crois que le voyage m'a fatiguée. Je me sens mal à l'aise.

Le temps se radoucit subitement. Albert se promenait le long de routes boueuses, sous un ciel bleu. L'herbe apparaissait entre des plaques de neige qui persistaient sur les versants plus froids. Les bois de sapins, les bosquets de chênes reprenaient leur teinte sombre.

Albert mangeait seul observant une vieille Anglaise qui se versait avec précaution une goutte de vin.

Il questionna le maître d'hôtel.

— Est-ce que la neige ne dure pas en hiver ?

— Cela dépend, monsieur. Il y a trois ans, nous en avions beaucoup.

Albert lut un journal dans le fumoir, frappa d'un doigt sur le baromètre, retourna devant le casier des lettres.

— Je sais ! fit-il entrant précipitamment dans la chambre. Tu as le mal des montagnes ! Il paraît que c'est très fréquent. Tu vas te lever. Nous descendrons à Vevey. Tu te sentiras mieux tout de suite.

Il était persuadé que le malaise de Berthe disparaîtrait aussitôt qu'elle se rapprocherait du lac, et il marchait avec impatience devant l'hôtel en l'attendant.

— N'est-ce pas ? Cela passe, dit-il dès que le funiculaire commença de descendre.

— Peut-être... un peu...

— Regarde... C'est très joli de ce côté... Nous prendrons le thé à Vevey.

— Tu es bien, maintenant ? dit-il avec entrain, pendant qu'ils se dirigeaient vers le lac. J'avais raison, c'est très connu.

Berthe s'arrêta devant une vitrine de boulanger.

— J'ai faim.

— Attends, nous allons voir le lac. Nous prendrons le thé tout à l'heure.

— Ce pain a l'air bon !

— Tout à l'heure.

— Je t'en prie ! laisse-moi goûter de ce pain.

Elle entra dans la boulangerie.

— Tu as tort de manger si souvent. Et tu manges trop vite. Je ne serais pas surpris que tes malaises viennent de l'estomac.

A chaque bouchée que Berthe portait timidement à ses lèvres, il fronçait les sourcils, sourdement irrité par cette obstination, comme si le pain causait évidemment tous les troubles de Berthe.

Elle se coucha en rentrant à l'hôtel.

— Il vaut mieux que je demande un médecin, dit Albert.

Le médecin était un homme vigoureux, comme oppressé par une santé trop riche. Il parut attendre avant de parler qu'on lui fît connaître dans quelle langue il devait s'exprimer.

— Ma femme a été prise du mal des montagnes en arrivant ici. Elle a des vertiges, des bourdonnements d'oreilles. Je me demande s'il n'y a pas d'inconvénients à prolonger notre séjour. Nous pourrions descendre à Vevey.

Le médecin s'assit auprès du lit de Berthe et la questionna d'une voix faible tandis qu'Albert s'éloignait vers la fenêtre.

— Vous n'avez pas eu d'enfant ? dit-il à voix haute, se tournant vers Albert.

— Non.

Surpris par cette question, il dit :

— Comment ? Vous croyez...

— C'est probable.

— Qu'est-ce qu'il raconte ? dit Berthe en se redressant sur son lit, lorsque le médecin fut parti. Je suis enceinte ?

— Il dit que c'est probable.

Berthe repoussait cette idée de maternité qu'elle s'était accoutumée à juger impossible, et qui lui apparut tout à coup comme une entrave injuste, insupportable, un lien trop grave qui l'enchaînait à l'homme.

Albert allait et venait dans la chambre d'un pas rapide, l'air soucieux, en se frottant les mains.

※

Berthe referma vivement la porte.

— Otez-lui le masque ! cria-t-elle.

— Madame se trompe, dit Hugot ouvrant la porte. La petite n'a pas de masque. Je l'ai caché dans le coffre à bois.

— Je l'ai vu dans ses mains, dit Berthe qui hésitait à sortir de la salle à manger.

— Madame se trompe. La petite est avec moi dans l'office.

Berthe traversa rapidement le couloir, les yeux baissés et entra dans la cuisine.

— Louise, a-t-on apporté la semoule ?

— Oui, madame, fit la cuisinière. Est-ce que je dois la préparer avant trois heures ?

— Je la prendrai tout de suite ; faites-la cuire bien

doucement. Prenez garde qu'elle ne soit pas trop épaisse.

Berthe sortit de la cuisine; songeant à ce mets qu'elle avait hâte de goûter, elle revint sur ses pas. Elle baissa la flamme du gaz, prit la cuillère et continua à la tourner dans la casserole en ajoutant du lait. Puis elle versa la crème fumante dans une assiette, et, s'asseyant sur une chaise de la cuisine, elle se mit à manger avidement avec une gourmandise d'enfant.

Elle retourna au salon pour écrire à Emma, mais s'étendit sur le divan et s'endormit aussitôt d'un sommeil lourd.

Elle ouvrit les yeux, à demi plongée encore dans un autre âge, avec la sensation de ses boucles de petite fille contre les joues, et elle porta la main à sa tête où ses épingles d'écailles l'avaient blessée durant son sommeil. « Je vais être mère, se dit-elle, moi qui étais si petite dans mon rêve. Et mes enfants ne croiront pas que j'ai été une enfant ! »

Elle respira fortement, comme si elle manquait d'air, et sentit une odeur écœurante de vieille tapisserie. Elle se leva avec lassitude pour ouvrir la fenêtre, passant les doigts sur sa tempe où elle éprouvait une sensation de froid.

On lui apporta son goûter. Quand elle eut mangé, ce malaise se dissipa et elle s'assit dans le fauteuil où elle restait maintenant tout le jour, calme, un peu engourdie, occupée seulement d'idées très simples qui ne l'inquiétaient jamais.

« Voilà maman ! » se dit Berthe en entendant du bruit dans le vestibule, et elle jeta un coup d'œil vers la glace où apparut son visage rose et paisible.

— Tu as des confetti sur ton manteau, dit Berthe touchant l'épaule de Mme Degouy.

— Je suis venue par la Concorde. J'avais oublié que nous étions en carnaval. Il y a une foule ! Une poussière ! Tu as bonne mine, ma fille.

— J'ai pris mon goûter; on va t'apporter du thé.

Dès que Mme Degouy fut assise, elle mit ses lunettes et commença à tricoter une petite couverture de laine.

— Il faut trois couvre-pieds, dit-elle, le visage épanoui, songeant au bébé pendant qu'elle formait prestement les mailles au bout du gros crochet de bois. Une pour la voiture et deux pour le berceau. Vois-tu, c'est léger et chaud, dit-elle caressant l'épaisse laine blanche et duveteuse. Ce chéri ! Hortense lui fera ses petits draps. Il vaut mieux les couper dans des draps un peu usés; c'est plus doux. Tu n'as pas vu la brassière que j'ai terminée ?

Berthe regarda le vêtement de poupée que Mme Degouy sortait de son sac et elle toucha avec étonnement ces manches minuscules. Dans cette petite chose elle ne voyait pas comme sa mère l'enfant attendu. Lorsqu'elle songeait à lui, elle se représentait un grand jeune homme qui marchait à côté d'elle.

— As-tu reçu la réponse de ton propriétaire ? dit Berthe.

— Je ne lui ai pas écrit. Je veux rester à Paris jusqu'à la naissance de cet amour. Je commencerai mon déménagement au mois d'août. Je vous laisserai quelques meubles. J'ai dit à Emma que j'irais habiter avec elle, à condition qu'elle ne changeât rien dans sa maison. J'aurai ma chambre. Je l'aiderai dans son ménage. Je t'avoue que cette idée m'a décidée à revenir à Noizic. Il paraît qu'elle a encore maigri. Elle ne me parle jamais de sa santé, mais Mme Chaurant m'écrit qu'elle a une triste mine.

— Tu as une lettre de Mme Chaurant ?

— Oui, elle me dit que M. Ganivet est mort. Quel âge avait-il ? Au moins quatre-vingt-dix-sept ans. Elle m'annonce le mariage de Fernand. Il épouse la petite Migot. Te souviens-tu de Lydie Migot ?

Mme Degouy parlait à sa fille avec plus d'abandon qu'autrefois, et cependant avec une sorte de déférence, un ton d'amabilité cérémonieuse, comme si Berthe lui paraissait une personne un peu différente dans sa dignité maternelle. La mère et la fille causaient ensemble avec plaisir. Elles disaient souvent les mêmes choses sur les mêmes gens, et d'un mot, en souriant, elles évoquaient un souvenir de Noizic.

Hugot alluma la lampe en venant chercher le plateau; Berthe s'assit sur un fauteuil bas, auprès de sa mère, pour changer de place. Mme Degouy posa son ouvrage, et, se penchant vers Berthe, elle observait attentivement le visage de sa fille à travers ses lunettes. Tout à coup, elle dit :

— Je m'aperçois que je te regarde exactement comme ma chère maman me regardait, avec ses lunettes tout près de ma figure. Je lui ressemble, à présent que je suis vieille. Souvent, lorsque je parle, je reconnais ses phrases et presque le son de sa voix.

A cet instant, Berthe songeait qu'elle ne verrait plus, un jour, ces bons yeux qui la contemplaient si tendrement. Elle détourna vers le tapis son regard ému et posa ses bras sur les genoux de sa mère, sans rien dire.

※

— Eh bien ! ce déjeuner, dit Berthe en souriant sans se lever, lorsque Albert entra dans le salon. Étiez-vous nombreux ?

— Fribourgos... Malangreau...

Albert s'interrompit pour écouter la sonnette du vestibule.

— C'est peut-être ta mère ?

— Non, fit Berthe l'air anxieux. Elle est déjà venue. Je suis sûre que c'est André.

— Ce brave André ! Il nous oubliait.

— Ne bouge pas ! dit Berthe à voix basse avec un geste d'impatience. Je ne veux voir personne. J'ai prévenu Hugot.

Ils se turent, Albert ouvrit la porte du salon.

— C'était André, dit-il revenant auprès de Berthe. Comme tu deviens sauvage ! Je t'assure que tu es très convenable dans ce costume. Il te va bien. Il me rappelle le peignoir de Souing.

Berthe qui ne trouvait plus de repos nulle part, se leva lourdement et s'assit sur les genoux d'Albert; mais tout de suite elle retourna dans le fauteuil.

— Tu as fumé.

Albert approcha un siège de Berthe.

— Je voudrais te parler, dit-il.

Il reprit, la voix hésitante, regardant Berthe avec douceur :

— Je me disais... Oui, il m'est venu une pensée. Une vue sur le monde. C'est un sentiment que je ne tiens pas seulement de l'âge. Il m'est venu d'une expérience vraiment profonde. Il s'est formé en moi, à mon insu, ici, dans cette maison, près de toi. Oui, je suis content que nous attendions un enfant. Voilà un sentiment qui paraît bien naturel. Il me surprend, moi, quand je me rappelle le jeune homme solitaire. Tu me reprochais autrefois de trop m'absorber dans mon travail, loin de toi. Tu avais raison. Je veux vivre mieux. Tu m'as appris où est la vie. Je vais abandonner une partie de mes affaires... Tiens ! demain, je lâcherai Flambart. On se crée des nécessités qui vous dévorent bêtement.

— Ce n'est pas le moment de négliger tes affaires.

— Tu ne me comprends pas...

Après un silence, il reprit d'une voix grave, sans regarder Berthe :

— J'ai été un enfant malheureux... Je n'aime pas à me rappeler ce temps. Mais je crois que la vraie tristesse est une bonne école. On sort de cette maladie un peu desséché, mais robuste, et avec la pudeur des larmes. On regarde la vie d'un œil plus généreux. Non ! la vie ne m'a pas déçu ! A mon âge, où bien des choses ont perdu leur goût, je peux dire que mes douleurs et mes joies, et toutes mes années, ne suffiront pas pour l'épuiser. Mais je n'ai pas su l'aimer. Elle ne se contente pas de cet assentiment un peu dédaigneux.

Il se leva, le regard animé, la voix émue, et dit rapidement, comme s'il saisissait une idée qui contenait le sens de la vie et qui venait de surgir dans son esprit échauffé :

— Cette agitation humaine, cette ardeur à la tâche qui semble aveugle, ces efforts, ce besoin de marquer sur un sol où tout s'écoule, et jusqu'à cette pauvre instabilité des désirs, c'est le mouvement créateur de la vie, son essence divine...

Mais l'idée qu'il avait cru un instant tenir lui échappait à mesure qu'il parlait, et il ne trouvait plus dans sa pensée que des contradictions et l'écho d'un livre.

— Ça ne fait rien, dit-il comme à lui-même. Qu'importe ce que je pense et comment j'ai vécu !

S'arrêtant devant Berthe, il ajouta :

— Ma vie ne compte plus. Mon enfant va naître. Je commence à disparaître... Mais je peux lui apprendre ce que j'ai su trop tard. Je saurai lui parler. Me comprends-tu ?

— Je comprends, dit Berthe.

Elle se tourna du côté d'Albert, et jeta les yeux vers ce visage connu, dont elle ne voyait plus les traits familiers, mais où elle devinait la pensée.

« Je te comprends mieux que tu ne crois ! songeait-elle. Tu m'abandonnes encore. Tu veux fuir dans une illusion de recommencement. »

Elle dit en souriant :

— Ce sera peut-être une fille ?

Elle se tut, et soudain ouvrit la bouche en retenant un cri de douleur et de surprise. Puis elle quitta son fauteuil et s'assit sur une chaise en respirant avec force. Elle glissa la main sous son peignoir et appuya ses doigts contre son ventre, où elle sentait comme un trémoussement d'oiseau.

« Mon petit, se disait-elle, comme si elle caressait son enfant, tu me fais souffrir. Ton père te parlera plus tard. Moi, je te sens déjà vivre dans mon corps. Ton père te parlera, quand il aura le temps. Es-tu une petite fille, toi aussi ? Que viendrais-tu faire dans ce monde où il y a si peu de place pour nous ! Vas-tu me ressembler ? Seras-tu trop passionnée et trop crédule ? Viens-tu encore pour demander à la vie ce qu'elle refuse ? Tu ne m'écouteras pas. Ta tête est déjà pleine de rêves que tu voudras suivre. Tu aimeras un jour, ma pauvre petite ! Et je te verrai pleurer, et je te sentirai souffrir dans mon cœur, dans ma chair, où tu me donneras encore des coups comme à présent ; car nous aimons ainsi, nous autres. »

Albert dormait. Malgré la nuit et la fenêtre ouverte, on respirait dans la chambre un air stagnant où demeurait la chaleur du jour. Berthe s'éventait, étendue sur le dos. Elle ne pouvait se retourner dans son lit, et sa tête lui semblait pendre en arrière, à cause de son corps soulevé par la maternité prochaine. Elle souffrait tant de son immobilité, de sa fatigue, de la chaleur, qu'elle ne prit pas garde tout de suite à une légère douleur qui revenait par moments. Elle toucha l'épaule d'Albert.

— Je souffre.

Il étendit un bras et fit de la lumière. Assis dans son lit, il la regardait avec attention.

— Tiens ! Encore, fit-elle. Crois-tu que ce soit cela ? Attends. Ça passe. On dirait que c'est fini.

Elle reprit son éventail dont le souffle frais séchait la moiteur qui reparaissait constamment sur son visage.

— Voilà ! dit-elle posant l'éventail sur la couverture, le visage un peu contracté. Ça recommence.

— Je vais téléphoner à Rossier, dit Albert en s'habillant précipitamment. J'ai bien fait d'avertir la garde cette après-midi. J'irai la chercher, c'est plus sûr. Elle habite tout près d'ici. Nous serons de retour dans vingt minutes.

En entendant ces paroles, Berthe prenait subitement conscience de cette chose qu'elle avait si souvent considérée de loin, vaguement, et qui était maintenant toute proche et certaine. « Rien n'est pire que la douleur du corps », se disait-elle, pensant à ces souffrances qu'il faudrait subir, éveillée, jusqu'au bout. Elle aurait voulu se préparer à la douleur, attendre l'épreuve dans le recueillement, avec ses forces raffermies, et l'idée qu'elle était surprise et qu'elle ne pourrait plus se ressaisir augmentait ses craintes.

Lorsque Albert eut quitté la chambre, Berthe cessa de souffrir et se dit : « Il a peut-être tort de prévenir Rossier ? » Elle se souleva avec un grand effort de son dos, s'appuyant sur les coudes pour voir la pendule et sortit de son lit.

Elle mit son peignoir, ouvrit la porte du cabinet de toilette, marcha dans la chambre, puis entra dans le salon. Elle allait et venait, regardant autour d'elle, comme pour s'assurer que chaque objet était bien à sa place, et aussi comme pour un adieu. Elle déchira une lettre, ouvrit le tiroir de son bureau et fixa un moment les yeux sur les liasses de papier soigneusement rangées. Songeant qu'Odette et André viendraient demain prendre de ses nouvelles, elle tourna la tête vers un bouquet de fleurs. Elle prit le vase pour l'emporter, mais le posa aussitôt et s'appuya au dossier d'un fauteuil, dont elle serra le rebord dans ses doigts en se retenant de crier, sachant qu'elle souffrirait davantage tout à l'heure.

Elle retourna dans la chambre de l'enfant, ouvrit encore une fois l'armoire remplie de chaussons et de petits vêtements, puis elle s'assit auprès du berceau sur une chaise très basse au long dossier droit; entre les rideaux elle contemplait fixement l'oreiller où bientôt l'enfant serait couché, et, les yeux remplis de larmes, elle sentait avec un peu d'effroi tout l'inconnu de la minute prochaine.

Elle entendit un bruit de pas et de voix étouffées. En entrant dans sa chambre, elle aperçut Élisabeth qui ôtait les objets de la coiffeuse, et elle se tourna vers la garde pour éviter de voir ces préparatifs.

— Est-ce que je peux rester debout ?

— Certainement, madame, dit la garde, dont l'étroit visage déplut à Berthe. Il vaut mieux marcher. Vous ne souffrez pas encore ?

— Si peu.

Elle s'assit brusquement sur le bord du lit, le visage sérieux, frottant lentement ses mains l'une sur l'autre.

— Pauvre madame ! dit la garde qui s'arrêta pour considérer Berthe avec douceur.

Elle ajouta, achevant d'épingler un drap dont elle recouvrait la table :

— Je vais vous coiffer.

Berthe s'assit suivant les instructions de la garde; elle

éprouvait un peu de réconfort à s'abandonner à ces mains expérimentées, qui nattaient ses cheveux avec assurance.

Sa coiffure terminée, Berthe passa dans le salon. Elle alluma toutes les lampes, et s'assit dans un fauteuil près de la cheminée.

Lorsqu'elle était petite, on lui avait arraché une dent sans qu'elle eût crié; au souvenir de ce courage d'enfant, il lui sembla que sa force d'âme d'autrefois lui revenait et qu'elle pourrait endurer de grandes souffrances sans se plaindre. « Je vais peut-être m'accoutumer à cette torture ? » se dit-elle en se contractant contre la douleur.

Albert s'approcha de Berthe, l'air attentif et comme timide.

— Tu souffres ?

Les yeux de Berthe brillaient avec une expression profonde, tandis que ses cheveux tombaient en nattes enfantines autour de son visage rajeuni, un peu engraissé et rose.

— Je vais demander de l'eau et des citrons, dit Albert. Je suis sûr que tu as soif. Tu as si chaud.

— As-tu téléphoné à Rossier ? dit Berthe.

Elle se tut soudain, avec une expression de recueillement énergique, et l'éventail qu'elle agitait devant son visage s'anima d'un battement précipité.

— Il arrive. Il m'a dit d'aller chercher la garde. Ces femmes sont vite habillées. Nous n'avons pas mis une demi-heure.

Albert sortit du salon, revint auprès de Berthe, puis se dirigea vers la chambre.

« Il peut marcher, se dit Berthe. On voit bien qu'il ne souffre pas. »

— La garde dit que nous pouvons rester ici jusqu'à l'arrivée du docteur, fit Albert.

Il s'approcha de Berthe et resta debout près de son fauteuil en la regardant.

Elle ne parlait pas, la tête appuyée au dossier du fauteuil; par moments, une ombre passait sur sa physionomie plus concentrée et la palpitation de l'éventail s'accélérait dans sa main fébrile, avec un mouvement d'aile effarée et captive.

— Tu aurais préféré la garde d'Odette. Rossier prétend que tu seras contente de celle-ci.

Il s'aperçut que Berthe n'écoutait pas; il se tut et continuait à la regarder, plein de pitié, cherchant à découvrir ce qu'elle pouvait désirer, tâchant de pénétrer cette souffrance qui était si loin de lui et qu'il aurait voulu partager.

— Tu es courageuse, dit-il en lui caressant la main.

Il s'agenouilla près d'elle et avança la tête pour l'embrasser.

Mais elle se détourna légèrement de lui, comme si elle ne voulait pas qu'on la touchât, comme si dans cette solitude auguste et terrible où elle était confinée, les liens habituels de la tendresse ne la rattachaient plus à l'homme.

Elle se pencha sur ses genoux, sans une plainte, courbée par la souffrance, comme engagée dans un couloir de douleurs où il fallait avancer seule, sans recul possible, poussée par une force inexorable vers une issue d'épouvante.

— Je t'en prie, dit Berthe d'une voix ferme, mais oppressée, se redressant lorsque la souffrance eut diminué, ne pourrais-tu pas t'asseoir ?

Il s'assit aussitôt et demeura immobile, rivé à son siège, regardant Berthe.

Hugot entra dans le salon, posa doucement le plateau sur la table, et, sans lever les yeux sur Berthe, jeta un regard furtif et grave vers la porte de la chambre.

— Pourquoi n'est-il pas monté ? dit Berthe, lorsque Hugot se fut éloigné. Il n'a pas besoin d'attendre. Est-ce qu'il est tard ?

Elle se sentait étrangement éveillée. Dans ce salon illuminé, ses cheveux défaits, les heures n'appartenaient ni à la nuit, ni au jour.

— Une heure.

Berthe se leva et marcha dans la pièce, selon les recommandations de la garde. Elle ne souffrait plus.

— Il faudrait prévenir maman, demain matin, dit-elle

continuant sa promenade dans le salon. Je voudrais qu'on paie Sunez. Mais il doit m'arranger les dernières bottines.

— Tu vois, dit Albert subitement tranquillisé, ce n'est pas si épouvantable quand on a du courage. Dans une heure, tout sera terminé.

Il cherchait à distraire Berthe par un ton désinvolte.

— Tu sais que Suzanne a joué aux cartes avec son mari et le docteur jusqu'au dernier moment...

— C'est vrai... Suzanne..., fit Berthe arrêtant sa pensée sur cette image d'insouciance.

Aussitôt, elle poussa un cri. Ployée par la souffrance, elle se laissa glisser le long du fauteuil et se coucha sur le tapis en gémissant.

Albert courut chercher la garde comme en s'enfuyant.

— Il faut que madame se couche, dit la garde soutenant Berthe. Le médecin devrait être là.

Albert téléphona de nouveau.

« Comment ! le docteur est encore chez lui », dit-il devant l'appareil. Puis reprenant une voix calme et posée, il articula avec soin pour surmonter l'émotion qui pouvait sembler puérile : « Ah ! c'est vous ? docteur... »

Quand il entra dans la chambre tendue de draps, Albert dit : « Le médecin arrive. » Comme s'il était appelé ailleurs, il retourna très vite dans le couloir, emportant la vision de Berthe gisante, pelotonnée dans le désordre du lit et qui ne connaissait plus rien que la douleur et les cris.

« Pourquoi ne vient-il pas ? » se disait Albert. Il ne trouvait d'apaisement qu'à se suspendre à cette attente. Il regarda la rue par la fenêtre du salon, puis ouvrit la porte d'entrée et retourna vers le téléphone. Dans la cuisine, Louise surveillait une bassine d'eau sur le fourneau. La garde passa rapidement devant Albert : « Elle est habituée à ces soins, se dit-il. Ce n'est pas la première fois pour elle. Pourquoi se tourmenter ? Un accident n'arrive presque jamais : une fois sur mille. » Il se répétait pour se rassurer : une fois sur mille. « Pourquoi serions-nous frappés, nous si heureux, alors que mille... »

Il s'approcha de la chambre. Il avait peur d'entendre et

de voir et cherchait des yeux la figure de la garde. Elle semblait le rassurer machinalement; tout prenait un aspect inquiétant.

« Si elle mourait ! » se disait Albert avec angoisse, marchant à travers des pièces vides, où déjà il sentait son absence. Dans cette atmosphère si chargée d'elle qu'il voyait partout sa souffrance, il imaginait sa disparition; et il éprouvait combien elle était devenue sa propre vie, la couleur, l'attrait, l'âme de toutes choses.

Il se répétait : « une fois sur mille », mais on eût dit maintenant que cette unique chance comptait seule dans le nombre, que seule elle était réelle et certaine, et que justement leur bonheur les désignait au destin.

Le médecin poussa la porte entr'ouverte, posa son chapeau sur une chaise et entra dans la chambre suivi d'Albert.

❦

Devant les persiennes closes, les rideaux étaient remplis d'une sourde clarté blanche. Berthe s'éveilla lorsque la garde entra dans la chambre apportant le bébé.

— Vous l'avez pesée ce matin ?
— Elle engraisse, madame.
— Ce côté, n'est-ce pas ? dit Berthe regardant la petite tête rougeaude et chiffonnée contre sa poitrine lisse.

Le bébé se contractait entre les mains de Berthe, boule froncée et renfrognée, sans sourires, sans regard, et qui avait l'air de peiner et de se débattre dans les liens douloureux où semblait embarrassée sa vie à peine éclose. La garde emporta l'enfant.

Berthe ôta un des coussins sous sa tête et s'allongea dans son lit. Couverte d'un seul drap, les bras nus, elle ne sentit pas la chaleur de cette après-midi torride, et, quoique faible encore, elle goûtait le plaisir de s'étendre librement.

Elle feuilletait des journaux de mode, songeant à certaine robe qu'elle imaginait sur elle, avec l'étoffe de son choix, et elle se voyait de nouveau active, légère, svelte, allant et venant, plus jeune et plus jolie, habillée de ces toilettes du moment qu'elle pourrait enfin porter. Après cette longue claustration, ce temps de malaise et de contrainte, elle avait un grand appétit de vie. Elle pensait à des spectacles, à des fêtes où elle serait contente de retourner, et, en y songeant, elle découvrait bien d'autres amusements qu'elle voulait connaître, surtout cet endroit en vogue dont André lui parlait cet hiver.

A quatre heures, pendant que Berthe buvait une tasse de lait, Albert entra dans la chambre.

— Tu as bonne mine, ma chérie, dit-il prenant un biscuit sur le plateau de Berthe. Tu pourras te lever bientôt. Nous passerons la fin de septembre à Souing.

— Si nous allions au bord de la mer ?

— Nous ne pouvons pas voyager avec un bébé d'un mois. Il te faut beaucoup de calme. Je viens de terminer un livre intéressant, fit-il baissant les yeux sur un volume qu'il tenait à la main. C'est un ouvrage sur l'éducation. Tu peux passer la seconde partie. Tu regardes des images, fit-il ramassant un des journaux de modes tombé sous le lit.

— Ah ! ce n'est rien, des bêtises ! J'avais demandé à la garde de m'apporter des illustrés.

— Cela te distraira. Ne te fatigue pas maintenant. Tu liras cela plus tard, dit-il posant le livre sur la table. Je vais voir la petite.

— Elle dort.

Albert entra dans la chambre voisine, écarta les rideaux, et regarda la petite tête dont les cheveux noirs dépassaient un peu les draps.

VIII

On venait d'ouvrir les portes de la salle à manger et Albert regardait sa montre qui marquait minuit, lorsque Périer s'avança vers lui.

— Vous étiez chez les Roinart, avant-hier ? dit Périer. J'ai cru vous reconnaître au moment où vous partiez.

En l'écoutant, Albert conservait un air morne et ensommeillé, comme s'il avait renoncé à soutenir son rôle d'hôte dans un spectacle qui ne l'intéressait pas.

Une partie des invités se dirigea vers le buffet; Albert s'éloignant de Périer s'assit sur une chaise près d'un meuble qui le dissimulait à l'assistance. De cette place, il apercevait le fond du salon où se tenaient Yvonne Mers et son mari qu'on disait très amoureux; ils causaient avec un jeune homme. Albert remarquait l'assurance et le brillant qu'Yvonne avait pris depuis son mariage. Il se rappela son air effacé de jeune fille qui se croyait laide. Elle lui paraissait exaltée par les flatteries, et il voyait dans son sourire et ses gestes comme les mouvements d'un pantin agité du dehors par un mécanisme trop visible. « Pauvres gens ! pensa Albert appuyant la main sur ses yeux fatigués par les lumières. Mais pourquoi sommes-nous venus ! »

Tous les jours, presque, finissaient pour lui dans cette somnolence et cet ennui parmi la rumeur de voix indifférentes, et, chaque fois, il se disait : « Nous devrions vivre autrement. »

Mme Ségalas qui s'avançait vers les Mers, aperçut Albert et s'assit auprès de lui.

— Je crois que vous avez une petite fille, monsieur ? Je suis sûre qu'elle est délicieuse si j'en juge par la maman.

— C'est un bébé, madame. Un bébé de huit mois.

— Que Mme Pacaris est charmante ! Elle a une beauté ! une vie ! et comme elle est simple !

— Oui, oui, murmurait Albert en souriant, et il inclinait la tête à chaque mot, avec une expression aimable, à la fois condescendante et rêveuse comme s'il répondait au babillage d'un enfant.

Albert se leva, s'adossa au meuble, et tourna ses yeux vers la salle à manger. Près du buffet, au milieu d'un groupe d'hommes, il aperçut Berthe dans une étroite robe noire et pailletée ; ses belles épaules très découvertes émergeaient du fourreau sombre.

Le souvenir d'Yvonne Célerier venait de lui rappeler l'image de Berthe jeune fille ; il fut frappé du contraste avec la vision présente. Il reconnaissait bien cet éclat des chairs aux lumières qu'il avait remarqué chez les Quatrefage la première fois que Berthe lui était apparue en robe de soirée ; à présent il voyait une autre forme plus pleine, une autre stature et presque une personne différente.

« Comment peut-elle se plaire ici ? » se dit-il.

Ce goût des réceptions au début de l'hiver, ce désir un peu enfantin de toilettes et d'amusements, il l'avait excusé d'abord comme la revanche d'une année austère, mais il avait cru qu'elle s'en lasserait tout de suite.

Il s'approcha du buffet, prit une coupe de champagne et, passant tout près de Berthe, dit à voix basse, les yeux arrêtés sur son bras nu, sans manches, où tombaient seulement de l'épaule des perles de jais :

— Il est tard, partons.

— Attends, dit Berthe en se tournant vers lui vivement, mais sans le regarder, encore animée et distraite par la conversation des autres. Tu connais M. Moussous.

Albert tendit la main à Moussous, recula d'un pas derrière Berthe pour poser son verre, puis s'écarta d'elle comme timidement. Il semblait que cette grande femme ne lui appartenait plus comme autrefois. Elle s'affranchissait de lui par la santé, la maturité, l'équilibre et la volonté nouvelle que l'on devinait dans son épanouissement.

Berthe s'éloigna du groupe avec Moussous. Ils traversèrent ensemble le salon et s'arrêtèrent devant Mlle Siriex. La jeune fille se dirigea vers le piano, suivie de Berthe et de Moussous ; elle se mit à jouer doucement.

Il était plus tard encore que de coutume lorsque Albert et Berthe montèrent en voiture. Le froid du dehors était agréable à Albert comme un commencement de repos.

— Quel mauvais dîner ! dit-il.

Berthe se taisait. Il reprit :

— Cette jeune fille joue bien. C'est une chose curieuse que la musique, elle donne un visage extasié à des imbéciles qui n'ont pas un brin de cervelle. Ils ont l'air de réfléchir.

— Pourquoi veux-tu que tous les gens que tu rencontres, et que tu ne connais pas d'ailleurs, soient des imbéciles ?

— Je n'ai qu'à regarder la compagnie où nous venons de passer cinq heures : Moussous...

— Moussous n'a pas ton genre d'intelligence. Mais c'est un homme cultivé, musicien. Il viendra me voir demain.

— Nous allons recevoir Moussous !

— Est-ce extraordinaire ?

— Ce que je trouve extraordinaire, c'est que tu aies plaisir à voir des gens médiocres. Je t'accorde Moussous, puisqu'il est si musicien...

Berthe gardait le silence, jugeant inutile de poursuivre une discussion dont tous les arguments étaient connus.

— Tu as préparé ta monnaie ? dit-elle lorsque la voiture s'arrêta.

Ramenant contre elle la traîne de sa robe, et serrant d'une main son manteau de velours rouge, elle posa sur le trottoir, comme craintivement, son pied chaussé d'un petit soulier brillant, puis s'éloigna très vite.

❧

Il semblait que Berthe choisissait l'heure du déjeuner pour téléphoner à Moussous. Albert marchait dans le salon, s'asseyait à table, se relevait, traversait le vestibule, écoutant avec impatience la voix de Berthe au téléphone, ce colloque interminable, coupé de silences, de brusques éclats de rire, et dont le sens lui échappait.

Lorsque Berthe entrait dans la salle à manger et prononçait un mot au sujet de Moussous, Albert faisait effort pour garder un maintien calme; mais, la voix volontairement tranquille, d'un ton acerbe, il dénigrait Moussous et contestait jusqu'à son goût musical.

Berthe souriait sans s'émouvoir, sans même essayer de répondre parce que l'injustice d'Albert lui apparaissait avec évidence.

« Il n'a même pas l'excuse d'une jalousie raisonnable, se disait-elle. Ce qui l'exaspère, c'est que je puisse admirer une autre intelligence que la sienne. »

Elle croyait deviner sous chaque parole d'Albert les vues étroites et despotiques du mari qui entend borner sa femme à lui-même, l'assujettir à ses goûts, la cacher au monde. Quand Albert vantait le bonheur d'une vie retirée, elle ne voyait dans cette sagesse que la fatigue de l'homme vieilli, revenu des curiosités et des plaisirs d'une existence libre que la femme n'a pas connue.

Le soir, lorsqu'ils sortaient ensemble, l'air lassé d'Albert l'irritait comme une injustice. D'habitude, avant de partir, Albert s'informait du bébé; il reprochait à Berthe son indifférence. Elle se disait que l'homme utilise les sentiments maternels pour sa propre commodité et tenir la femme dans sa dépendance, jusqu'à ce qu'elle atteigne l'âge des renoncements. Un sentiment de révolte, une secrète revendication d'indépendance se mêlaient à son attrait tout récent pour le monde.

Elle ne se demandait pas si elle aimait vraiment à sortir, mais elle ne trouvait pas de motif pour se dérober aux invitations. Elle goûtait comme un repos ces entretiens faciles, cette atmosphère de bienvenue et de sourires. D'ailleurs, dans ce monde décrié par Albert, elle découvrait des hommes intéressants; les opinions changeaient avec les personnes, la vérité paraissait moins rigoureuse, la vie plus ample et légère, et Berthe se sentait un peu dégagée de cette gêne attristante où vous tient la domination d'un esprit exclusif, une seule façon de penser, constamment subie, et qui n'est pas tout à fait la vôtre.

※

Berthe croyait nécessaire de procurer des distractions à André, et elle cherchait à l'entraîner dans les salons où on l'invitait. Elle se mit en tête de le marier. André paraissait charmé par les jeunes filles que Berthe décrivait, et il se prêtait volontiers aux rencontres préparées avec mystère; mais durant l'entrevue il ne s'occupait que de Berthe.

— Je vous assure qu'elle est charmante, dit Berthe, une après-midi, quittant la salle de conférences où elle avait conduit André pour lui montrer Mlle Hugon. Un grand chapeau lui va mieux... Nous serons très bien ici, dit-elle entrant dans un salon de thé.

Ils s'assirent devant une petite table et continuèrent à parler à voix basse avec vivacité.

— Si vous ne vous mariez pas jeune, vous ne vous marierez jamais.

— Pourquoi voulez-vous que je me marie ?

— Parce qu'il faut se marier. Que deviendrez-vous ? Un joli garçon qui aura des aventures et qui finira par un mariage stupide. Cela vous amuse donc, les aventures ?

— Je n'ai pas d'aventures, je n'en cherche pas.

— C'est ce genre de femme qui vous plaît ? dit Berthe remarquant une dame qui regardait André.

— Elle a de beaux yeux.

— De beaux yeux ! c'est tout dire, n'est-ce pas ? Mais je vous surveille, mauvais sujet ! dit-elle en frappant André de son grand manchon.

— Nous oublions de réclamer du thé, dit André en se redressant sur son siège pour faire signe à un garçon. Est-ce que vous patinez toujours ?

— Non, dit Berthe.

Elle appuya ses pieds au barreau d'une chaise et s'allongea dans son fauteuil d'osier; tout à coup silencieuse, distraite, l'air fatigué, elle ôta ses gants.

※

— C'était fatal. Tu n'as pas été prudente après la naissance de la petite. Tu es sortie tous les jours... Tu ne t'es jamais reposée, dit Albert un soir où Berthe, s'habillant pour aller chez les Gravière, se sentit lasse, retira soudain les bas de dentelle qu'elle venait de mettre et se coucha.

Maintenant, elle ressentait la même sorte de fatigue après la moindre course, ou vers le soir. Elle se levait tard, s'étendait l'après-midi, et se reprochait son inaction. Elle était facilement irritable, découragée. Elle n'avait pas envie de sortir, et pourtant elle regrettait de manquer d'entrain pour tout ce qui l'amusait auparavant. Elle se trouvait changée et vieillie. L'idée de recevoir une visite la tourmentait tout un jour. Elle ne vit plus personne, excepté André. Un jour qu'ils causaient ensemble dans le salon, elle se leva pour dissimuler les larmes qui montaient à ses yeux.

Elle se persuada que les gens l'ennuyaient, qu'elle détestait le monde et qu'elle n'aimait que la tranquillité. Elle ne découvrait partout que flatteries et méchancetés. Elle se disait : « C'est Albert qui m'a désenchantée avec ses perpétuelles critiques sur nos relations, son esprit amer qui dénude tout. Il ne pouvait supporter que j'aie quelque agrément par d'autres. Je l'irritais, gaie, vive, entourée, comme autrefois, trop aimante et trop occupée de lui. »

Pendant des heures, elle restait étendue à la même place, avec ce masque de nervosité qu'Albert reconnaissait d'un coup d'œil en traversant le salon.

Des images des mauvais jours d'autrefois, une parole, une attitude d'Albert qu'elle avait cru oubliées, reparaissaient dans son esprit et ramenaient l'ancien tourment. « Il ne m'a jamais aimée, se disait-elle. Tout est venu de là. »

Pour s'arracher à ces visions, elle entrait dans la chambre de sa fille, questionnait la nourrice, prenait l'enfant sur ses genoux, la faisait manger, l'habillait, comme si elle voulait, par les gestes, se pénétrer de cette passion maternelle qu'on disait capable de remplir le cœur. Penchée sur le berceau, elle contemplait le petit être muet et remuant, et elle cherchait à retenir sous son regard les yeux qui se fixaient un instant dans les siens, comme curieusement, déjà remplis d'une douce lumière de pensée, mais qui se détournaient vite. On trouva d'abord que l'enfant ressemblait à Berthe et un peu à Albert. Puis elle eut un air de M. Degouy, d'Emma, de tante Christine, puis elle prit un visage inconnu, venu d'ailleurs, et qui ne ressemblait à personne.

Après ces accès de sollicitude pour son enfant, Berthe retournait plus lasse sur le divan. Lorsque Albert venait la voir, elle se tenait hors de la clarté de la lampe. Elle répondait d'une voix basse aux premières questions d'Albert. Il l'interrogeait doucement. Mais tout de suite excédé par les silences de Berthe et cette mélancolie inadmissible, il s'écriait :

— Tu es malade ! c'est évident. Voilà le beau résultat d'une existence ridicule.

D'un geste brusque, il relevait l'abat-jour pour éclairer en plein le visage de Berthe, et retournait dans son bureau. Il s'enfonçait dans la tâche interrompue, mais sans goût, avec une sensation de solitude et de défaite.

❦

— Je conseille surtout du repos, et à la campagne, dit le médecin, continuant d'écrire sans lever les yeux.

— Plusieurs mois ? dit Berthe.
— Plusieurs mois.
Albert se tenait au fond de la pièce et regardait la bibliothèque qui tapissait les murs. Il se leva, et, touchant les pièces d'or qu'il avait préparées dans la poche de son gilet, il dit à Berthe à mi-voix :
— Tu pourrais aller à Noizic.
— Pas tout de suite.
— Est-ce nécessaire que ma femme parte immédiatement ? dit Albert à voix haute.
— Non, mais qu'elle ne tarde pas trop.
— Vous n'exigez pas la montagne, ni un climat spécial ?
— Non, la campagne.

IX

« Elle est bien courageuse, la pauvre petite ! » se disait Mme Chaurant, quand elle voyait Emma avec son expression immuable et sévère, amaigrie, toujours occupée dans sa maison. Lorsqu'on prononçait le nom d'Édouard, Emma se taisait, puis parlait d'autre chose.

— Qu'il ressemble à son père ! dit Mme Chaurant en relevant sa voilette, pour embrasser René qui s'approchait d'elle en souriant.

« Ce geste, peut-être, songeait Emma. La couleur des yeux. Mais ce n'est pas lui ! Qu'est-ce qu'une ressemblance ou un souvenir, quand on veut la présence, la voix, la pensée vivante ! »

Enfermée dans sa chambre, la tête dans ses mains, elle criait : « Édouard ! » et, mettant dans ce nom tout le passé, elle attendait que le chagrin la tuât. « Que disent-ils ? Plus tard... Le temps... une autre existence par les enfants. Est-ce qu'ils peuvent comprendre ! On ne le connaissait pas ! Personne ne s'aimait comme nous ! »

Cette chambre, ce fauteuil dans le salon où il se tenait

d'ordinaire, et qu'elle venait revoir les premiers jours, parce qu'elle croyait y trouver un peu de lui, la repoussaient maintenant, plus glacés et vides que le dehors, et elle marchait dans la maison, sans arrêt, indifférente aux choses, comme si elle n'avait plus d'abri. Leurs deux êtres unis, ce qui subsistait au fond de tout ce qui change, ce qui était la vie, s'évanouissait, et la vie demeurait. Était-ce bien la vie ? Ou plutôt une sorte de songe, une image inconsistante qui allait s'effacer ? Même le passé avec son bonheur ne lui paraissait plus bien réel. Avait-il duré ? Avait-il existé ?

Pourtant, cette vie l'appelait à tous moments. Il fallait veiller à la propreté, aux enfants, à l'économie. Elle courait à sa tâche, l'esprit ailleurs, avec les gestes de tous les jours, active, à demi vivante.

Mais plus tard, lorsqu'elle apprit que Mme Degouy s'installait chez elle, il lui sembla qu'on allait troubler quelque chose dans la maison; elle craignait d'être moins seule avec celui qui était toujours là. Elle avait pris l'habitude de coudre, le soir, quand les enfants dormaient. Elle veillait avec lui. Il était si mêlé au silence que cette heure restait encore leur moment à tous deux; alors, elle ne sentait plus sa peine si douloureuse.

Quelques mois après l'arrivée de sa mère, Emma remarqua un changement dans le caractère de Mme Degouy. Souvent, Emma surprenait sa mère immobile dans un fauteuil, le visage pâle, les yeux fixés sur la fenêtre. Elle tournait la tête, avec un regard souriant vers la personne qui entrait, sans paraître s'apercevoir de cette inaction, si contraire à ses habitudes. On ne retrouvait plus la façon de sentir, les manies, l'humeur qui constituaient jusqu'ici sa nature même. Elle était une autre femme, issue de la vieillesse, étrangement paisible. Le soir, elle lisait à la petite Juliette les récits de Naudin, puis elle emportait le volume dans sa chambre pour continuer à son aise cette lecture puérile qui la captivait. Le bruit des enfants, les visites, une conversation, la fatiguaient, mais elle poursuivait en silence un ouvrage de dentelle qui exigeait de bons yeux, de bons doigts et une grande attention. Lorsqu'elle apprit que Berthe passerait l'été à Noizic, elle manifesta d'abord peu de joie, parce que Juliette venait d'égarer ses ciseaux. La mort de Mme Boraud, qu'Emma redoutait de lui annoncer, émut à peine son cœur un peu refroidi et détaché de la terre. Diminuée par l'âge, et pourtant comme inconsciemment rapprochée des choses éternelles, une certaine grandeur émanait de sa sérénité un peu atone.

Emma écrivit à Berthe que sa mère lui paraissait bien différente; Berthe lui répondit que les lettres de Mme Degouy (il est vrai plus appliquées et plus brèves) ne montraient pas moins de vie ni d'esprit que dans le passé. Elle annonça son arrivée pour la semaine prochaine, avec sa fille et Céline.

***

On entendait un grand bruit d'enfants dans l'escalier; des visages heureux entouraient les arrivants, et Berthe embrassa sa sœur longuement en pensant à Édouard.

Dans ces vieilles chambres, Berthe respirait le passé, et pourtant, elle cherchait à le ressentir davantage, à le retrouver plus vivant. Elle aurait voulu revenir plus complètement à son enfance, à sa première famille; comme pour ranimer une impression affaiblie, elle allait vers sa mère, avec l'air de dire : « Eh bien ! me voilà ! nous sommes contentes de nous voir... Te souviens-tu ? » Certes Mme Degouy était heureuse, mais Berthe ne trouvait plus le même accent à sa joie : cette physionomie calme, cette vague indifférence, ce n'était plus sa mère.

Pendant plusieurs jours, Berthe évita de sortir, et même de regarder la campagne d'alentour qui lui rappelait sa jeunesse amoureuse. Elle cherchait dans le jardin les coins où elle s'amusait enfant. Elle voulait retrouver la trace de ses premières joies et oublier tout ce qui était arrivé plus tard. Mais partout elle voyait la jeune fille qui errait dans ces chemins, confiante, forte, avec l'espérance de la vie et l'image d'un homme dans le cœur. « Que j'ai changé ! » se disait-elle. Elle cachait sa tristesse devant Emma. Ses souffrances sembleraient puériles. Pourtant, elle enviait la paix de sa sœur, privée de tout. « Elle est seule, se disait Berthe; mais ils se sont quittés tout pleins l'un de l'autre. »

— Mme Ducroquet te réclamera bientôt, dit Emma en s'asseyant auprès de Berthe, sur un des fauteuils du jardin.

— Est-ce qu'il y a beaucoup de monde à Fondebaud ?

— Le fiancé de Marguerite... Elle est fiancée depuis deux mois. On attend Laurent. La grande nouvelle est l'arrivée de Lazare Essener. C'est la première fois qu'il revient à Fondebaud depuis dix ans. Il a dû arriver avant-hier. Je ne serais pas étonnée que nous recevions sa visite cette semaine.

— Il n'est plus jeune, dit Berthe regardant le petit Jean qui traînait une boîte sur le sable avec un halètement de machine à vapeur.

— Chanter... dit Jean.

— Tu veux que je chante ? dit Berthe en faisant sauter le bambin :

A Paris sur un cheval gris.

— Chanter... dame tartine...

— Ah ! toi aussi, tu aimes cette chanson !... Tante Christine me la chantait autrefois, dit Berthe se tournant vers Emma. Je me rappelle que ces mots me gonflaient de gourmandise. Eh bien ! attention, fit-elle en écartant les boucles qui tombaient sur le front de l'enfant.

Lentement, avec mystère, comme convaincue de l'importance et de la merveille de ses paroles, elle chanta en regardant le petit visage épanoui :

Il était une dame tartine
Dans un palais de beurre frais ;
Sa chambre était en pralines...

— Tu surveilles ta fille ! dit Mme Degouy regardant dehors par la fenêtre de sa chambre. J'ai peur des guêpes.

— Allons, il faut dormir ! dit Berthe en arrangeant l'ombrelle contre le berceau.

Elle monta dans sa chambre pour chercher du papier à lettres, et ralentit son pas devant la porte de Mme Degouy qui se reposait après le déjeuner. Songeant qu'Essener viendrait peut-être aujourd'hui, elle jeta en passant devant la glace un coup d'œil sur sa blouse, puis la changea.

Un souvenir très ancien lui revint tout à coup à l'esprit : elle voyait Essener sur les rochers de Médis ; il cachait sous son bras un manteau de femme. Berthe se rappelait encore très exactement ce manteau à carreaux noirs et blancs avec un liséré grenat, et elle songeait, en emportant son buvard dans le jardin : « C'est curieux, je trouvais cela naturel. Beaucoup plus tard seulement, j'ai compris que c'était le manteau de Marie Brun. »

Sous l'épicéa, l'ombre chaude sentait la résine. Avec un bout de branche, Berthe ôta le sable que les enfants avaient laissé sur la table de fer, puis elle s'assit, pressa l'étroit encrier, qui s'ouvrit en sursautant, et commença une lettre pour Albert.

Un peu somnolente, elle se renversa un instant dans son fauteuil, et reprit : « Je t'écris dans le jardin. Le temps est superbe. Il paraît que Lazare Essener est à Fondebaud. »

Elle s'adossa de nouveau au fauteuil et ferma les yeux. Transportée dans un brouillard rose et tiède, elle entendait le son d'un piano, qui semblait venir tantôt de très loin, tantôt de près, et de différents côtés. Elle ouvrit les paupières avec effort, aperçut Céline devant la maison, referma les yeux, puis se leva pour s'étendre sur la chaise longue, et s'endormit.

Dans son sommeil, elle sentit qu'on la regardait. Elle ouvrit les yeux et vit Lazare Essener.

— Excusez-moi, dit-il, madame Pacaris, n'est-ce pas ?

Je croyais reconnaître Emma, et je voulais la surprendre. Je suis entré par le potager. J'ai eu le plaisir de voir votre mari, il y a quelques années, à Paris. Je vous ai rencontrée autrefois...

— A Médis, fit Berthe.

— Oui, à Médis. Vous étiez une enfant. Je m'en souviens très bien.

Il observait Berthe de ses petits yeux fixes, avec un sourire un peu grimaçant et comme figé dans sa courte moustache tombante.

Le piano se tut. Emma s'avança sur le perron. Pour les laisser ensemble, Berthe retourna sous l'épicéa, et emporta ses papiers dans sa chambre.

Lorsqu'elle redescendit au jardin, elle rejoignit les enfants qui couraient par bandes affolées, avec des explosions de cris.

— Tes petits amis ont goûté ? dit-elle à René.

Mercédès s'approcha de Berthe et tendit sa joue en baissant les yeux.

— Pierre ne veut pas jouer, dit Jeannette Frapin. Ce nigaud a peur de la chatte blanche.

Berthe prit la main de Pierre et s'éloigna pour éviter Essener et Emma qui se rapprochaient de la maison.

— Viens ! Nous allons la chercher ensemble.

Les enfants se groupèrent autour de Berthe. Ils avancèrent lentement vers le fond du jardin, scrutant les massifs douteux où la chatte blanche était blottie, prête à bondir dès qu'on l'apercevrait. Ils marchaient avec précaution, attentifs, haletants, si tendus pour la fuite imminente qu'ils demeuraient presque immobiles au détour des bosquets.

— Ces enfants vous adorent, dit Essener lorsque Berthe rejoignit Emma.

— Ils m'ont fait passer une après-midi mouvementée. Je m'aperçois que je ne sais plus courir.

— Mme Ducroquet m'a chargé de vous rappeler qu'elle désirait vous voir. Elle a un programme de réjouissances très complet. Il y a des pique-niques en vue...

— Je vois que Fondebaud est toujours un lieu de fête ? dit Berthe.

— Mme Ducroquet est une femme énergique, puisqu'elle a obtenu que je vienne. Mais je ne m'attendais pas à tant d'oppression. Je suis attaché à une jeunesse très gaie et très fatigante, qu'il faut suivre en voiture, à cheval. Vous permettez, dit-il regardant sa montre, j'ai peur d'arriver en retard.

Emma et Berthe accompagnèrent Essener sur la route.

— Alors j'annoncerai votre visite, dit Essener en se tournant vers Berthe lorsque les dames s'arrêtèrent.

Cessant de sourire, il serra la main d'Emma avec gravité.

— Vous n'avez pas besoin de passer par Noizic, dit-elle. Prenez le chemin de Saint-Hilaire...

— Je l'ai tout de suite reconnu, dit Berthe, après un silence, fermant la grille du jardin. Et pourtant, je me le figurais autrement. Il a vieilli.

Elle écarta du bras un essaim de moucherons suspendu dans l'air comme une grouillante fumée, et reprit :

— Tu le voyais souvent autrefois ?

Elle voulait qu'Emma lui parlât de Marie Brun, et elle se persuadait qu'il fallait distraire sa sœur par des questions. Mais Emma restait silencieuse. Un visage nouveau, le moindre contact de l'extérieur qui interrompait ses habitudes, ravivaient sa douleur.

Elle rentra dans la maison. Berthe resta dehors et s'assit sur un banc. Au crépuscule, une multitude d'oiseaux s'assemblaient en un fouillis sonore dans le grand ormeau.

« Il est bien, songeait Berthe. Mais je n'aime pas son sourire. Qu'il a de petits yeux ! »

Elle revoyait ce regard posé sur elle, cet air un peu troublé et caressant, où d'instinct, dès le premier abord, elle reconnut la faiblesse d'un homme asservi aux femmes ; puis elle se remémorait le personnage intimidant dont elle se souvenait naguère.

Après le dîner, Berthe sortit dans le jardin et revint s'asseoir sur le même banc. Par la fenêtre, à travers le salon obscur, on apercevait la tête de Mme Degouy sous la lampe de la salle à manger.

Tout à coup, un homme surgit hors de la nuit, à côté de Berthe.

— Vous ! dit-elle, reconnaissant André.

— Vous ne m'attendiez pas encore, dit-il. Eh bien ! Voilà ! Ce matin, je passais devant la gare Montparnasse. Il faisait déjà très chaud. Vous connaissez cette chaleur brumeuse dans les rues grises ? Je me disais : « A Noizic, le soleil est joli, les arbres sont verts, Berthe est dans son jardin. » Oui, je me disais : « Si je prenais le train qui est là, à dix heures vingt, je la verrais aujourd'hui. »

— Mais votre examen ! Que vont dire vos parents !

— Nous verrons. J'arrive tout droit de la gare.

— Quel garnement vous êtes !

— C'est une belle chose que le chemin de fer. Ce matin j'étais dans Paris, et maintenant je vous vois. Je pensais, naguère, que les progrès de la science épuiseraient vite notre univers, mais je m'aperçois qu'ils nous apportent d'autres sortes de surprises, et même de beautés. Paris me semble très loin. Plus loin que si j'étais venu en diligence.

— Et votre examen ?

— J'allais le passer, j'étais prêt. Mais une lâcheté. J'ai souvent reculé ainsi au moment de réussir. Enfin ! J'avais assez de Paris.

— J'espère que vous allez reprendre le train demain matin !

— Non, je veux vous surveiller. Ma mère m'a écrit qu'Essener est ici. C'est un homme dangereux. Vous êtes seule.

— Vous me croyez en danger ? dit-elle en riant.

Elle se redressa sur le banc et jeta un regard vers le visage d'André, à peine distinct dans l'obscurité.

— Vous savez bien que je suis une femme raisonnable.

— Vous croyez que vous êtes raisonnable, mais ce n'est pas sûr.

— Que vous êtes ridicule ! Mais, dites-moi, vous qui

avez souvent entendu parler de lui, quel individu est-ce, au juste, cet Essener ?

— Un homme qui aime les femmes.

— Et Marie Brun ?

— Elle a été longtemps sa maîtresse. Il l'a aimée à sa manière, en la faisant souffrir, et il a aimé en même temps, un jour ou deux, toutes les femmes qu'il rencontrait. Vous savez qu'elle s'est tuée. Ce coup l'a beaucoup affecté. Il s'est retiré du monde par dégoût de soi, consacrant à la pauvre femme une fidélité posthume très farouche. On peut se mortifier, mais je doute qu'on change ; le vieil homme est là.

— Soyez tranquille, je ne le réveillerai pas. Vous ne voulez pas voir Emma ? dit Berthe en touchant le bras d'André.

— Non, je vais dîner. Je reviendrai demain. Ne dites pas que vous m'avez vu. Au revoir, belle madame ! fit-il en s'éloignant sans bruit par la pelouse.

※

Mme Ducroquet avait invité les Grandseigne pour septembre ; elle attendait ses deux gendres, et Essener ne semblait pas disposé à partir. Les chambres du premier étaient occupées ; il fallait demander aux Laurent de céder la chambre du pavillon à Mme de Grandseigne.

Levée toujours de très bonne heure, après une nuit sans sommeil, Mme Ducroquet réfléchissait à ses tracas domestiques, nécessaires pourtant à son esprit actif et organisateur. La voix gaie, la taille encore jeune, mais plus agitée et méticuleuse qu'autrefois, elle montait et descendait l'escalier, marchait dans le jardin avec sa jupe courte, un sécateur glissé dans la poche de son petit tablier de soie noire, appelait le jardinier, cueillait des fleurs, tout en méditant sur un compte, puis renouvelait dans les vases du salon les bouquets de la veille, qu'elle jetait encore tout frais par besoin d'occupation.

« Quelle femme remarquable ! » disait Raymond

d'Andouard, le fiancé de Marguerite. Mais il admirait davantage encore son futur beau-père, à cause de sa prestance, et il portait d'amples costumes gris clair, une fleur épinglée au veston, comme M. Ducroquet. Il se levait chaque matin à cinq heures pour suivre M. Ducroquet à la chasse; mais après le déjeuner, pendant qu'il causait avec Marguerite dans la bibliothèque, on voyait son regard s'appesantir et il disparaissait enfin durant quelques heures.

— Je vous assure qu'il va dormir, dit André, un jour qu'il reconduisait Berthe dans sa charrette anglaise. Vous admettez que des parents puissent donner le rustre vidé qui leur plaît, parce qu'il s'appelle le comte d'Andouard, à une fille superbe, qui n'est que sens et jeunesse ? Lorsque j'étais gamin, j'ai embrassé cette fraîche Marguerite. Vous m'avez grondé. Vous aviez tort; au moins elle aura reçu un baiser.

— Le souvenir de votre baiser ne lui était pas si nécessaire, dit Berthe. Si son mari l'ennuie, vous serez peut-être le vrai responsable d'un coup de tête malheureux.

— Voilà bien votre morale ! dit André. C'est la chair qui est coupable, et on excuse ceux qui ensevelissent vivant un beau corps. Si cette femme cède à un coup de tête, comme vous dites, elle trouvera une société parfaitement disciplinée, qui la convaincra de dévergondage, et elle finira ses jours dans la pénitence et les remords — car c'est elle qui aura des remords. Notre conscience est si bien façonnée par la société que ses victimes lui demandent pardon.

— Vous jugez les autres d'après vous-même. Vous croyez qu'il n'existe au monde que les plaisirs de l'amour.

— Ah ! on voit de drôles de choses autour de soi, poursuivit André qui cherchait toujours à entraîner Berthe à la révolte contre un état social dont elle aurait à se plaindre.

— Vous êtes un anarchiste.

— Nous vous prendrons samedi, dit André. Essener m'a demandé si vous seriez du dîner Grandseigne ?

Ce soir-là, vingt personnes dînaient à Fondebaud en l'honneur des Grandseigne. Des orchidées, parmi le chatoiement des cristaux, couvraient la table; les yeux brillaient aux flammes des bougies, et une douce et chaude lumière éclairait les épaules nues. Berthe était assise à côté d'Essener.

— Je vois que vous aimez le champagne, dit Essener. Je croyais que les dames ne buvaient plus que de l'eau ? Il me semble même que vous êtes gourmande.

— Je vous ai dit de savourer les ris de veau. C'est vrai, ce dîner mérite un peu d'attention. Il est parfait. A Paris, on mange très mal.

Berthe souleva sa coupe de champagne et aperçut André, à l'autre extrémité de la table, qui buvait en même temps, les yeux fixés sur elle par-dessus son verre.

Elle sourit de cette rencontre. Tout lui semblait amusant ou agréable dans cet engourdissement léger, plein de rumeurs et de scintillements qui flottaient autour d'elle.

Elle reprit :

— Mais, à Paris, on cause. C'est-à-dire, on n'a jamais l'air de parler de soi...

Soudain, le bruit des voix tomba. Dans le silence, Mme Ducroquet dit avec son air de gaieté inlassable, pour renouer les conversations :

— Eh bien ! Jean, qui a gagné cette partie de tennis ?

Le caquetage bourdonnant reprit aussitôt.

— Vous avez raison de me surveiller, dit Berthe. Ce champagne me ferait perdre la tête.

— Non, madame, vous ne perdez jamais la tête.

— Vous me croyez donc la tête bien solide ?

— Quand on a un peu de tête, on ne la perd pas facilement.

— Il y a des choses... pourtant...

— Très peu, dit Essener. Beaucoup moins qu'on ne le

croit. Lorsque j'habitais Paris, j'allais souvent voir les fous...

— Vous m'effrayez ? dit Berthe en riant.

Elle tourna vers Essener son regard qu'elle sentait fixe et très brillant. « Il me croit un peu grise », se dit-elle, continuant de sourire malgré elle à cette idée. Au contraire, elle se sentait l'esprit aigu et lucide, et remarquait, pendant qu'Essener parlait, ce regard baissé qui par moments frôlait son corsage sans paraître s'y poser.

— Lorsque les fous me racontaient leurs histoires extravagantes, j'ai surpris souvent dans leur physionomie comme un éclair de malice. Ils n'avaient pas l'air d'y croire tout à fait.

Les convives se levèrent dans un bruit de chaises remuées. Berthe versa un peu d'eau dans son verre, ramassa vivement sous ses pieds son mouchoir de dentelle, et prit le bras d'Essener.

— Vous êtes singulier, dit-elle. Avant-hier, vous doutiez du bon sens des femmes; aujourd'hui, vous doutez de leur folie.

Raoul s'était mis au piano dans le petit salon. Mme Landrau prit sa place, tandis qu'il ôtait le tapis; puis il se mit à valser avec Thérèse, regardant par-dessus l'épaule de sa danseuse, de ses gros yeux réjouis, les personnes qui s'approchaient de la porte.

Essener aperçut Berthe dans le vestibule. Il s'avança vers elle avec un sourire de bonheur, mais, comme s'il regrettait ce mouvement trop expansif, il dit aussitôt d'un ton indifférent :

— On danse ?

— Il fait chaud dans le salon, dit Berthe. Yvonne va chanter.

— Il y a beaucoup de monde dans cet escalier, dit Essener, remarquant une superposition de couples assis sur les marches. C'est comme en Angleterre.

— On doit être très bien là-haut, dit Berthe.

Louise Clunet baissa la tête et se rapprocha de Lucien pour faire place à Berthe qui montait l'escalier.

— J'ai peur de marcher sur des mains, dit Berthe relevant sa jupe.

Elle s'assit au tournant de l'escalier, et Essener s'assit un peu plus bas, presque couché aux pieds de Berthe, un bras posé sur la marche où elle était assise.

— Une femme n'est pas nécessairement égarée lorsqu'elle s'abandonne à ce que nous appelons une folie, disait Essener. Elle obéit à une raison. Mais le plus souvent c'est une mauvaise raison.

« Il me juge une femme sage, se disait Berthe en l'écoutant, et il veut me conquérir par un discours vertueux. Mais je devine sous ce ton raisonnable le pauvre homme faible qui cherche à plaire. Si j'abaissais seulement le bras, si je frôlais ses doigts, comme par mégarde, qu'il changerait de langage ! »

Elle dominait la tête d'Essener, et, tandis qu'il parlait d'une façon sermonneuse et désabusée, elle ne pouvait détacher son regard de cette main allongée sur la marche et qui semblait tendue vers elle. Cette main immobile, dans l'ombre, tout près d'elle, l'attirait. Mais ce mouvement si aisé d'un bras qui tombe, elle savait qu'il n'était pas possible pour elle. « Il a raison, se disait-elle. Je suis une femme sage. Je vois trop clair en lui et en moi-même. »

— C'est Chaurant qui passe dans le vestibule, dit Essener ; je suis sûr qu'il vous cherche. Il s'arrête. Il regarde vers nous.

— Il fait sombre ici. On ne peut pas nous voir.

— Ce Chaurant est un gentil garçon ; vous le connaissez depuis longtemps ?

— Nous sommes des amis d'enfance, dit Berthe. Quand j'avais huit ans, il a failli me tuer. Il a voulu lancer une balle avec un maillet de croquet, par-dessus le bassin qui est devant le château. Il m'a frappée au front. Je n'ai pas souffert. Je me rappelle très bien. Je sentais une torpeur, une envie de dormir. Ma gouvernante criait : « Il faut qu'elle marche ! » Il paraît que si je m'étais endormie, j'aurais pu mourir. J'ai une marque sous le sourcil.

Essener se souleva pour remonter une marche et s'assit auprès de Berthe.

— On la voit seulement quand je ferme les yeux, dit Berthe, un doigt appuyé sur sa paupière.

— Montrez.

D'un geste plein de réserve, du bout des doigts, en la touchant à peine, il écarta la main de Berthe, mais elle vit son regard troublé.

Il s'éloigna légèrement de Berthe et reprit sur un ton de conversation naturelle :

— C'est une grande merveille que d'être en vie ! Avez-vous songé à l'existence d'un hareng ? D'abord, il risque d'être dévoré par ses parents...

Berthe s'aperçut que des couples quittaient leurs marches.

— Nous ferions bien de revenir au salon.

— Où étiez-vous donc ? On organise une expédition pour Brouage, dit André en s'avançant vers Berthe. Mme de Grandseigne ne connaît pas Brouage.

Essener regarda Berthe.

— C'est une bonne idée. Qu'en pensez-vous ? dit-il.

— Mais c'est très loin ! disait Mme Ducroquet au milieu d'un groupe agité. Il faudra partir à l'aurore.

Essener se rapprocha de Mme Ducroquet, avec une amabilité subite.

— Je peux prendre deux personnes dans mon automobile ! fit-il.

Essener retourna auprès de Berthe :

— Je crois que la chose s'arrange, dit-il. Je vous garde une place dans ma voiture.

Il ajouta, avec une témérité nouvelle :

— C'est pour vous voir toute une journée.

— Il paraît qu'on décide d'aller à Brouage, dit Berthe en se tournant brusquement vers Marie-Louise, les yeux encore riants du regard de coquetterie qu'elle venait d'adresser à Essener.

On s'informait de son mari et du bébé.

— Albert va bien. Il est très occupé. Il viendra me

chercher à la fin du mois. La petite est très sage. La campagne lui fait beaucoup de bien.

Elle répondait ainsi dans un grand bruit de voix, marchant de l'un à l'autre avec une expression fixe, vague, heureuse, comme dans un rêve confus où rien n'a d'importance : ni cet homme qui la suit des yeux, ni la hardiesse qu'elle montre, ni ce mari dont elle parle sur un ton si naturel, et qui lui semble une réalité lointaine et comme hors de sa vie.

André s'approcha de Berthe, le regard malicieux.

— L'expédition est fixée pour mardi, fit-il.
— C'est pour mardi, dit Laurent.
— Mardi ! dit Essener.

Ce mot de mardi revenait constamment autour de Berthe et résonnait pour elle avec un accent particulier, comme un mot plein de sous-entendus, une date fatale.

— Couvrez-vous bien, dit M. Chaurant, pendant que Berthe nouait un voile derrière sa tête. Nous revenons en voiture découverte.

Il regardait à travers les vitres de la véranda les lanternes brillantes du break des Landrau, et reconnut sa victoria qui s'arrêta devant la maison. Il aida Mme Avril à monter dans la voiture, qui bougeait sans cesse.

Berthe tendit la main à Essener ; il se tenait devant la véranda, en habit, la tête nue.

— A mardi. Vous me l'avez promis, dit-il doucement.
— Je ne sais pas, répondit Berthe en souriant, et, ramenant son manteau blanc sur ses jambes, d'un geste gracieux, la tête un peu inclinée, elle passa devant M. Chaurant.

André grimpa sur le siège. Le domestique poussa la portière. Les chevaux excités s'élancèrent dans l'allée très sombre sous les chênes.

L'air était doux, le ciel plein d'étoiles sur la campagne noire ; on sentit la fraîcheur d'un marais dans un bas-fond, puis l'attelage monta la côte au pas, dans une couche d'air plus sèche et chaude.

Berthe dormait profondément. « Entrez ! » cria-t-elle, lorsqu'on frappa pour la seconde fois à sa porte. Elle ouvrit les yeux, mais sans regarder, et se retourna dans son lit comme pour dormir encore. « Fermez un contrevent », dit-elle à la femme de chambre qui prenait sur le fauteuil sa robe de soirée.

Elle cherchait à se rappeler un rêve agréable. Elle était jeune fille. Soubirant lui prenait la main dans le jardin de Fondebaud, et elle répondait en souriant à son regard amoureux. Elle voyait Albert, mais il lui était indifférent.

Elle se leva, et resta un moment assise au bord du lit, le cœur encore pénétré de cette sensation d'amour frais qu'elle venait de revivre.

Elle se dit : « Quand on est très jeune, on aime ainsi avec un entrain espiègle. On a cette façon de rire. Tout est taquinerie. Il semble que rien n'ait d'importance. »

Puis elle songea à Essener. Les souvenirs de la soirée lui revenaientt à l'esprit. Elle y pensa avec déplaisir.

« J'ai été coquette. Que veut cet homme avec ses yeux qui interrogent et attendent, qui ont l'air de savoir, et qui sont encore curieux ? » se disait Berthe en cherchant sa pantoufle du bout de son pied nu. « Je l'ai laissé approcher de moi, par jeu. Tout cela est trop facile, trop vide, à la fin, trop écœurant. Je suis venue ici pour me reposer. Je n'ai pas besoin de ces gens... » Marchant dans la chambre, elle se répétait avec amertume, mécontente d'elle-même et des autres : « Laissez-moi seule ! »

Après le déjeuner, elle remonta dans sa chambre pour écrire; mais elle restait immobile, le coude appuyé à son petit bureau, sans avoir le courage de commencer sa lettre. Elle regarda par la fenêtre; songeant à la vieille Chollet qui venait de perdre son dernier fils, elle se leva et mit son chapeau pour rendre visite à la paysanne.

Elle prit le chemin qui menait tout droit à la rivière.

Après le court obscurcissement d'une nuée qui passait vite, un rayon de soleil éclairait quelque clocher qu'on voyait poindre dans la plaine. Lorsque Berthe était jeune fille, elle aimait ce pays un peu nu, aux belles lumières marines; et elle venait ici le soir, comme à un rendez-vous solitaire, enivrée par cette étendue, par la pensée de l'amour et l'attente du bonheur.

Aujourd'hui, elle ne regardait plus rien. Elle marchait les yeux baissés sur le bord de la rivière, suivant un enfant qui rentrait de l'école.

Elle arrêta un pêcheur.

— Est-ce que la mère Chollet n'habite plus cette maison ? dit-elle désignant une masure.

— Elle rentre à la nuit, fit l'homme. Elle est à son champ.

— Est-ce loin ?

— A côté du bois de Breteau. Environ trois kilomètres.

Berthe retourna vers Noizic. « Pauvre femme, elle travaille encore », se dit Berthe, qui voyait dans toutes choses la duperie et la dureté de la vie.

René récitait une leçon à sa mère dans la salle à manger. Indifférente à sa santé depuis la mort de son mari, Emma se fatiguait jusqu'à l'énervement et s'impatientait sans cesse contre ses enfants. Malgré les volets clos, on entendait le vent dans les peupliers, pareil à un bruit d'averse sur le gravier. Berthe s'arrêta près de la table, sans s'asseoir, et jeta les yeux sur un cahier ouvert. Ces têtes d'enfants sous la lampe, le son des voix, cette atmosphère de foyer qui n'était pas le sien, lui donnaient envie de partir. Elle regrettait Paris — non pas sa maison, mais la foule dans les rues étincelantes, ce tourbillon humain qui vous ôte la pensée et qui lui paraissait réchauffant.

— Il y a une lettre pour toi dans ta chambre, dit Emma.

C'était Essener qui lui rappelait l'excursion de Brouage, fixée pour demain. Elle avait paru hésiter en le quittant et il la suppliait de venir. « Quelle audace ! se dit Berthe relisant la lettre trop galante. Quelle idée a-t-il de moi ? Ai-je donc paru une femme si légère ? »

Elle écrivit aussitôt à André : « Je n'irai pas à Brouage demain ; ne m'attendez pas. Excusez-moi. » Elle remit la lettre à Emmanuel qui portait chaque soir l'eau dans la maison et qui passait par la rue des Chaurant pour rentrer chez lui.

☙

Le lendemain, Berthe se dit, en regardant le ciel : « Ils auront beau temps. » Puis elle mit ses affaires en ordre avec une grande activité, écrivit des lettres et s'occupa de sa fille.

Mlle Picat vint voir Emma dans l'après-midi. Berthe la raccompagna jusqu'à Noizic et se décida à faire une visite à Mme Chaurant.

Assise sous le store du perron, Mme Chaurant confectionnait pour la famille Personne des édredons bourrés de papier. Elle excellait aux charités ingénieuses.

— C'est très chaud et léger en même temps, dit-elle à Berthe de sa voix rude. Plus chaud que de la laine. Tu n'as pas voulu aller à Brouage ? André est navré. Je l'attends tout à l'heure, poursuivit Mme Chaurant qui continuait son ouvrage et parlait d'un air détaché, discret, mais en tournant par instants vers Berthe ses yeux scrutateurs et un peu durs. Ils reviennent par Fondebaud. Alors, Brouage ne t'a pas tentée ?... Tu étais peut-être fatiguée.

André survint au moment où Berthe se levait pour partir. Il s'assit, ses joues rouges fouettées par le vent, les yeux comme brillants de soleil.

— Un verre d'eau, dit-il. Ce pique-nique m'a donné soif.

— Tu vas dîner, dit Mme Chaurant.

— Je vous en supplie ! boire !

— Essener a fait une vilaine grimace quand il a su que vous ne veniez pas, dit André lorsque Mme Chaurant se fut éloignée. C'est un homme baroque. Nous avons visité le port en arrivant; quand nous sommes revenus à l'endroit où nous devions déjeuner, Essener avait disparu. Il était revenu à Fondebaud. Je viens de l'apprendre. Il part ce soir.

— Où va-t-il?
— Il s'en va.

Il ajouta, remarquant l'expression préoccupée de Berthe :
— Il s'ennuyait à Fondebaud. C'est un original.

Berthe arriva en retard pour le dîner. Silencieuse, elle pensait à ce départ d'Essener avec une sorte de remords. Pendant le repas, seuls les enfants parlaient, et les femmes suivaient la conversation puérile.

Après le dîner, Berthe fit transporter sa chaise longue au milieu de la pelouse. Sa mère la rejoignit, puis Emma s'approcha en traînant son fauteuil.

— Quelle belle soirée! dit Mme Degouy enveloppée dans son châle.

— Oui, fit Emma, les yeux levés vers le ciel clair. Et les trois femmes se turent.

Sous la lune, le jardin paraissait plus spacieux avec ses vagues feuillages amincis et difformes. L'épicéa conservait sa structure d'ombre, mais les branchages plus menus, le tamaris, les peupliers s'effaçaient comme des fumées.

Berthe ressentait une tristesse poignante que semblait accroître la grande paix lumineuse; elle gardait une main sur son visage, et quelquefois passait un doigt au coin de sa paupière pour ôter une larme qui revenait dans ses yeux.

— Voilà André! dit Mme Degouy tout à coup.
— Bonjour Emma, dit André.
— Vous n'avez pas de siège? dit Mme Degouy en se redressant.
— Je n'en ai pas besoin.

Il s'assit sur l'herbe, les jambes croisées, et jeta son chapeau à côté de lui.

Mme Degouy et Emma questionnèrent André sur son excursion. Il répondit par des plaisanteries sur certains invités, mais, tout en parlant, il jeta un regard vers Berthe qui demeurait silencieuse, comme à l'écart, la tête appuyée contre sa main.

— Qu'il fait bon ce soir ! dit Mme Degouy avec un soupir d'extase. On ne sent pas un souffle d'air.

— L'herbe est humide, dit Emma. Vous avez tort de rester assis par terre, André.

On posa un plateau sur une chaise; les verres miroitaient à la clarté de la lune.

Il prit le verre que lui présentait Mme Degouy et l'offrit à Emma.

— Très peu de sirop pour moi, dit Berthe en voyant André s'emparer de la bouteille.

— Je connais vos goûts, dit-il. Comme cela, n'est-ce pas ? Mais attendez. Laissez-moi relever votre dossier, vous serez mieux...

L'empressement d'André auprès de Berthe agaçait Emma; elle se rappelait qu'Édouard n'aimait pas ses façons avec les femmes.

— Vous m'excuserez, je vais monter, dit-elle.

Berthe porta à ses lèvres le verre que lui tendit André; à ce contact froid, une émotion subite lui serra la gorge, et elle sentit des larmes dans ses yeux.

— C'est trop sucré, dit-elle avec lenteur, évitant que sa voix ne tremblât, et elle mit une main sur ses yeux comme pour s'abriter d'une lumière trop vive.

— Mes enfants, je vais rentrer, dit Mme Degouy.

André, qui s'était levé comme pour se retirer, accompagna Mme Degouy jusqu'à la maison. Il s'arrêta devant la porte et la vit entrer dans le salon; elle s'assit auprès de la lampe, ramassa un journal par terre, mit ses lunettes, et bientôt sa tête s'inclina sur sa poitrine par petites secousses. André retourna rapidement auprès de Berthe.

— Vous êtes triste, ce soir ? dit-il. Vous savez... cet Essener...

— Je vous assure que je ne songe guère à lui. Il m'est bien indifférent.

— Berthe ! dit-il en rapprochant son fauteuil de la chaise longue. Parlez-moi. Vous n'avez pas pu me cacher vos larmes ce soir, mais j'avais deviné votre peine, depuis longtemps. La première fois que je vous ai revue, j'ai compris. Vous tâchez d'être gaie. Vous cherchez à vous étourdir avec les autres.

Elle voyait le visage d'André éclairé par la lune, tout près d'elle, et pourtant comme distant, parmi cette lumière confuse où les choses avaient des formes moins réelles.

— Je suis plus seule qu'on ne le croit ! dit-elle, tâchant de sourire.

Elle voulut parler encore, mais sa voix s'éteignit dans sa gorge. Que pouvait-elle expliquer ? Elle ne dissimulait plus ses larmes qui coulaient sur ses joues, et renonçait soudain à l'inutile orgueil de son bonheur.

— Je sais, dit André en lui prenant la main. J'avais compris que vous n'étiez pas heureuse. Mais je n'osais pas vous parler. Comment dire à une femme : « Fiez-vous à moi », quand elle peut vous répondre : « Je suis heureuse. » Il est entendu qu'une femme mariée est heureuse et qu'un homme suffit à tout. Ce n'est pas impossible, une fois, par miracle. Les femmes ne disent rien. Elles gardent une fière dissimulation. A qui donc pourraient-elles se confier ? Un seul être a le droit de les interroger.

Berthe tourna la tête vers la maison et se leva. Ils marchèrent dans le jardin suivant une petite allée blanche, coupée d'ombres nettes et très noires, entre des arbres brouillés de lune. Puis ils pénétrèrent dans les ténèbres de l'épicéa, cherchant à tâtons un banc rustique qui se trouvait près de la table en fer.

André reprit la main de Berthe.

— Vous êtes gentil ! dit-elle serrant un peu les doigts du jeune homme, et elle remarqua le contact inaccoutumé de cette main sèche et maigre qu'elle gardait dans la sienne.

— Il faut rentrer, dit Berthe très doucement.

— Pas encore.

Elle se leva ; il prit sa main, et dit pour la retenir :

— Si vous saviez combien je vous aime !

Berthe retira sa main, à la fois émue et un peu alarmée par cette phrase dont le sens l'intriguait.

Elle dit, sur un ton de reproche indulgent :
— André !
Il s'aperçut qu'elle avait entendu dans ces mots un aveu d'amour. Un sentiment auquel il ne songeait point lorsqu'il prononça cette parole lui apparaissait maintenant comme possible à exprimer, et aussitôt il crut le ressentir.
— Ne le saviez-vous pas ! dit-il avec exaltation. Mais, rappelez-vous ? Un jour, nous montions chez moi; vous portiez une robe de soie noire avec un col en petits tuyaux blancs...

Berthe pensait en l'écoutant : « Quel enfantillage ! » Elle voulait lui dire, en souriant, sans lui faire de peine : « Vous êtes un enfant », mais il la regarda d'une façon si ardente, lui pressant les mains, qu'elle murmura d'une voix très basse et comme effrayée :
— André !
Ils se turent, inclinés l'un vers l'autre, comme alourdis tous deux d'un même silence plein de stupeur.
— Il faut rentrer, dit Berthe sur un ton naturel, pour écarter ce trouble.
— Je vous en prie, restons encore un moment.
D'une voix différente, faible, et qui semblait épuisée par un long colloque intérieur, elle dit :
— Non, partons... Vous reviendrez demain.
Ils retournèrent vers la maison; une froide clarté resplendissait sur la façade blanche, où se découpait la fenêtre du salon remplie d'une lueur jaune.
— Vous partez, André ? fit Mme Degouy en saisissant brusquement le journal sur ses genoux.

Berthe laissa André avec Mme Degouy et monta dans sa chambre. Elle ouvrit la fenêtre, regarda le jardin et s'allongea sur son lit. Elle écouta le bruit des pas de Mme Degouy qui suivait le couloir et retomba dans sa rêverie; elle entendait toujours la phrase d'André : « Si vous saviez combien je vous aime ! » et elle revoyait l'expression si changée, si nouvelle, de ses yeux. De cette longue soirée et de tant de paroles, elle ne retenait que cette image. Elle demeurait absorbée dans cet instant, inerte, comme on regarde fixement une flamme, l'esprit vide, et, dans sa pensée engourdie, la même vision renaissait constamment.

On ferma une fenêtre du côté de la route. Berthe se leva ; commençant à se déshabiller, elle se représenta tout à coup la physionomie habituelle d'André, et sourit du songe puéril dont elle sortait.

Mais pendant qu'elle brossait longuement ses cheveux éparpillés, elle entendit : « Si vous saviez combien je vous aime ! » et, de nouveau, les yeux se fixèrent sur elle avec leur expression de ferveur et d'avidité.

Elle s'approcha de la fenêtre ouverte, s'assit et retomba dans la fascination où toujours se reformaient la même image et la même voix.

Dehors, sous la clarté de lune, dans les feuillages immobiles et cachés, on percevait de courts frôlements, de petits bruits étouffés, semblables à un éveil furtif qui répondrait à l'immense rayonnement nocturne, et soudain retentit l'appel rauque d'un coq qui se trompait d'heure et chantait avant l'aurore.

※

Le lendemain, en se réveillant, Berthe se rappela cette soirée avec un sentiment pénible. Elle avait montré une faiblesse un peu ridicule. L'idée de revoir André la gênait. Elle pouvait l'accueillir comme d'ordinaire et montrer par son attitude qu'elle ne se souvenait même plus de leur conversation, mais elle ne reprendrait jamais le secret échappé dans un mouvement d'abandon irrévocable. « Qu'il faut peu de chose pour qu'une femme dévoile l'intimité de son cœur ! » se dit-elle.

Mais en se remémorant les circonstances de la soirée, elle constatait que seul André avait parlé. Sur la chaise longue, dans l'allée, sous l'épicéa, avait-elle prononcé un mot d'un sens douteux ? Elle écoutait André avec bonté. Il avait remarqué ses larmes, mais cette tristesse pouvait s'expliquer de différentes manières. C'est lui qui avait déclaré son amour.

Tranquillisée, Berthe se répéta la phrase : « Si vous saviez combien je vous aime ! » Elle retrouva la voix, l'expression étrange du regard, et fut ressaisie par la rêverie monotone que remplissait le continuel retour d'une seule image.

Elle sortit de son lit, fit tomber sa chemise, releva ses cheveux sur sa tête, et, se regardant de nouveau dans la glace, elle se dirigea vers le cabinet de toilette.

Puis elle mit un peignoir, s'assit devant la glace et passa une brosse sur ses cheveux épars, la tête un peu rejetée en arrière, suivant le mouvement du bras. Elle ne pensait plus à ses souffrances, ni à l'injustice, ni à son mari. Elle revoyait M. Le Couais, une robe qu'elle avait portée un hiver.

Elle étendit la main vers la table pour prendre, sous une boîte de papier à lettres, un roman oublié à cette place depuis deux mois. Elle se rappela qu'elle voulait écrire à Albert : « Je lui écrirai un autre jour », se dit-elle ouvrant le volume neuf dont elle feuilleta les dernières pages.

Une lime à ongles dans les doigts, elle s'approcha de la fenêtre, et aperçut Emma assise sous le marronnier. « Elle pense toujours à son malheur, se dit Berthe. Qui donc exige un désespoir si prolongé ? On se croit coupable quand on se console ; on se défend contre la vie qui saurait si bien guérir. »

Elle retourna devant la glace, s'assit, reprit sa brosse et peigna ses cheveux d'un geste sans cesse répété et un peu endormant ; posant un coude sur la table, les yeux fixes, elle vit le regard d'André et entendit sa voix.

« C'est un enfant », se dit-elle comme pour éloigner cette vision. Elle se leva et regarda par la fenêtre le ciel bleu sur les arbres. Il lui semblait que l'air agréable à respirer ce matin lui dilatait le cœur d'une vague joie. Elle ouvrit un tiroir en chantonnant, choisit des bas de fil blanc très fins et s'habilla lentement, avec une grande attention aux moindres détails de sa toilette.

— Ces souliers ne sont pas bien faits, Céline, dit-elle à la femme de chambre qui venait chercher le plateau.

— Est-ce que madame aurait un ruban pour le tablier de la petite ? dit Céline ramassant les souliers qu'elle examinait sur tous les côtés.

C'est vrai, elle avait une fille... Elle n'y songeait plus. D'où lui venait, ce matin, cette insouciance, cette sensation de repos et de légèreté, ce rajeunissement du cœur tout ramené à soi comme dans l'âge où on ne tient à personne ? Il lui semblait que pour la première fois depuis son enfance elle ne pensait à rien.

— Mettez-lui son tablier de dentelle, dit Berthe pour se débarrasser de la bonne.

Par la porte entr'ouverte, l'enfant entra dans la chambre, à petits pas trottinants.

— Allons !... Ne reste pas ici, dit Berthe en poussant doucement sa fille par la tête, du bout des doigts. Va trouver Céline.

En sortant de la maison, Berthe eut l'impression qu'André viendrait ce matin à onze heures. Elle traversa la terrasse pour rejoindre Emma. Une bande d'enfants hurlaient : « La chatte blanche ! » et la petite Marie se jeta dans les jupes de Berthe, tourna autour de sa tante et s'enfuit vers la maison, poursuivie par René.

— Je les laisse jouer ce matin, dit Emma, lorsque Berthe se fut assise auprès d'elle sur le banc. Il fait si beau. Ils travailleront cette après-midi. Tiens ! Voilà André.

— On entend les cris de vos enfants sur la route... Je voulais vous dire bonjour en passant... Je ne reste pas, dit André.

Il s'assit auprès d'Emma comme s'il craignait de regarder Berthe.

Le petit Jean lui apporta son canard en étoffe; André gardait le jouet dans ses mains d'un air embarrassé, et souriait à l'enfant.

— Tu ne t'amuses plus avec ton train ?

Berthe apercevait André par instants lorsqu'il se penchait vers l'enfant. Avec ses gestes plus lents, sa voix un peu étouffée, ses silences, son air songeur et comme ébloui, il paraissait tout chargé d'elle.

— N'irez-vous pas à Fondebaud cette semaine ? dit-il regardant Berthe pour la première fois.

— Je leur dois des excuses; j'irai sans doute après-demain.

— Voulez-vous que je vous prenne en voiture ?

— Merci. Non, j'irai seulement s'il fait beau. J'irai à pied.

Avec un bruit de pierre lancée à travers les branches, un marron d'Inde tomba de l'arbre et s'écrasa sur le sol.

— Nous ne sommes pas en sécurité, dit André.

Voyant qu'Emma ne paraissait pas disposée à les laisser seuls, il se leva.

— Retournez-vous bientôt à Paris ? dit-il.

— Vers le milieu d'octobre, dit Berthe.

Lorsque André se fut éloigné, Berthe le rappela et s'avança vers lui. Elle dit, à mi-voix, l'accompagnant jusqu'à la grille :

— Ne revenez pas ici. C'est dangereux. Je vous verrai à Fondebaud.

— Il y a trop de monde à Fondebaud. Je veux vous parler, dit-il d'une voix sourde et haletante.

— Après-demain, dit-elle en souriant.

— Berthe ! fit-il à voix basse en l'étreignant du regard.

Comme Emma quittait le banc, il ouvrit la grille et pressa rapidement la main de Berthe.

※

« Pauvre André ! je tâcherai de le guérir... » se disait Berthe, avec une compassion pleine de tendresse, en se rappelant cet adieu.

Elle se souvenait qu'André lui avait dit : « Depuis longtemps je connaissais votre peine. »

« Que de bonté et de délicatesse dans cette voix ! songeait-elle. Il m'a devinée, avec la merveilleuse intuition de la jeunesse et de l'amour, mieux que l'homme qui vit avec moi. Qu'il aurait su me comprendre ! Ce n'est pas lui qui aurait tâché d'éteindre mon cœur gênant, ma jeunesse trop exigeante. Je l'aurais comblé avec tout ce que j'ai donné au vide. Je suis libre d'accepter son affection... Je suis libre de ma conduite et de mes sentiments. L'homme à qui j'avais apporté mon amour l'a délaissé : il n'en avait pas besoin. Il m'a prise pour me tourmenter. Il m'a changée et humiliée. Il ne me voit même plus. Est-ce que je lui appartiens ! Il peut réclamer sa femme : un pauvre être souffrant. Je ne suis plus cette femme ! Mon cœur est indépendant, comme au premier jour où je me suis donnée en croyant à l'amour. »

Elle se souvenait des heures charmantes qu'elle passait avec André à Paris. Elle le contredisait par taquinerie, mais elle pensait comme lui sur toutes choses, parce qu'ils étaient jeunes tous les deux. Il l'écoutait, l'air un peu étonné, pensif, ravi, indéfiniment curieux de l'entendre. Il l'admirait avec amour. Qu'elle était bavarde et gaie avec lui ! Albert ne la reconnaissait plus dans ces moments, mais c'était bien sa vraie nature qui reparaissait alors, son enjouement, sa grâce, son esprit, tout ce qu'elle avait cru effacé en elle; on ne sent que ses faiblesses, on est comme dépouillée de tout, quand un homme vous regarde toujours avec indifférence.

Elle se rappelait des regards d'André, des paroles d'autrefois dont elle comprenait maintenant tout le sens, et cet amour discret, répandu dans son passé sous des façons de camarades, affluait à son cœur.

« Est-ce que je l'aimerais ? » se dit-elle tout à coup. Non. L'amour s'annonce autrement; il bouleverse l'existence; on n'en doute point. Elle allait comme de coutume de la maison au jardin, veillant sur sa fille, parlant à Emma. Mais les choses n'avaient plus cet aspect de nécessité maussade. Tout paraissait plus riant, plus facile; elle se sentait heureuse comme autrefois, lorsqu'elle regardait cette campagne baignée des premières impressions de l'amour.

« Est-ce que je l'aimerais ? » songeait-elle encore.

Comme pour se rassurer, elle se représentait André avec ses joues rouges, son nez trop court, et elle se disait : « Je sais bien que je n'aime pas cette figure-là. » Mais aussitôt reparaissait dans un vague visage de passion, le regard fixe et tendre.

※

En haut d'une côte où commencent les vignes de Fondebaud, André s'arrêta et posa sa bicyclette sur un tas de cailloux. Il essuya dans l'herbe ses souliers poudreux, ôta sa veste et tendit sa poitrine à un souffle de brise.

Il était resté au lit jusqu'à l'heure du déjeuner, pour que le temps s'écoulât plus vite dans la somnolence. Le moment attendu depuis deux jours arrivait enfin. Il allait revoir Berthe. Il connaissait bien l'impatience du désir, mais aujourd'hui ce n'était pas cet attrait défini qui tient aux sens, comme indépendant de la personne et qu'il avait éprouvé souvent pour les femmes les plus différentes. Une émotion de toute l'âme, l'admiration, un goût justifié et pur l'attachaient à une femme; et l'idée que cette personne était Berthe, une femme mariée, si sérieuse, ajoutait du mystère à un événement qui transformait sa vie.

Tirant une petite glace, il se retourna et aperçut au loin l'ombrelle de Berthe. Comme effrayé tout à coup, ému, intimidé à la pensée de la rencontrer seule, il releva sa bicyclette et entra dans le parc de Fondebaud.

Les hommes jouaient au tennis. Des enfants couraient dans la prairie pour chercher les balles.

André aperçut l'ombrelle de Berthe à travers le feuillage des chênes; il ralentit le pas et se dirigea vers les enfants de Mortureux.

— Où allez-vous ? dit-il.

— Nous allons voir la charrette des vendanges qui passe sur la route.

— Ah !... on vendange aujourd'hui ? fit-il avec un air d'intérêt suivant le petit Marc, sans cesser de regarder l'allée où Berthe arrivait lentement, toute simple et lumineuse dans sa robe de laine blanche.

Aussitôt, Berthe fut environnée d'enfants.

— Bonjour, André, dit-elle en dégageant sa main que la petite Annie couvrait de baisers.

Au premier mot d'André, à son regard, elle sentit entre eux une entente déjà formée, grave, avouée.

Il murmura :

— Je vous attends comme un malheureux !... J'étouffe. Je ne pourrai jamais vous parler ici.

Marie-Louise et Hélène s'approchaient de Berthe, et André, s'avançant vers le tennis, cria :

— Ah ! une partie d'hommes ! c'est sérieux !

Il retourna vers Berthe. Passant tout près d'elle, il murmurait un mot d'exaspération contre ses voisins, s'en allait d'un air décidé et revenait aussitôt, comme tiré par un lien qui le ramenait vers elle dès qu'il s'écartait. Sans lui parler, sans paraître entendre, Berthe lui répondait cependant par un sourire qui s'adressait à tous, un regard brillant, un air de jeunesse, d'aise et de légèreté.

— Tu as quinze ans avec ce joli chapeau, lui dit Mme Ducroquet, tandis que le domestique apportait le thé, qu'on prenait dans le jardin. Tu es venue à pied ! Tu n'as pas eu trop chaud ?... Ces hommes ! on ne peut pas les arracher à leur tennis ! Allons !... Goûter !... cria-t-elle sur un ton aigu et chantant.

Berthe vit le geste distrait d'André qui prit un gâteau sur l'assiette comme s'il était seul; elle remarqua cet air pensif, ce silence dont elle savait la cause.

— Ton institutrice est très bien, dit Berthe tout à coup, se tournant vers Marie-Louise avec une expression enchantée.

Elle voulait dire : « Vous ne comprenez pas. Vous ne pourriez pas comprendre. Vous seriez scandalisés. C'est mon affaire. Pour moi, tout cela est très clair. »

Raoul s'approchait, sa veste sur les épaules, passant un mouchoir sur son crâne et sa face en sueur.

Il alluma une cigarette et présenta l'allumette enflammée à la petite Blanche qui essaya de souffler.

— Une dernière partie ? dit-il.

— Je me retire, fit Godet. Trois parties me suffisent. Vous ne jouez pas au tennis, madame Pacaris ?

— Je n'ai pas joué depuis dix ans.

— Vous jouiez très bien autrefois, dit Raoul. Allons ! vous allez faire une partie avec nous. Viens, Laurent. André, tu es avec Berthe.

— Je vous assure que je ne sais plus tenir une raquette, dit Berthe.

— Vous verrez que nous les battrons, dit André, qui courut chercher la raquette de Marie-Louise.

Berthe ôta son chapeau garni de roses, releva sa jupe avec une épingle, essaya des sandales, puis se dirigea vers le tennis.

— C'est à moi de servir, dit Berthe.

Laissez-la ! je l'ai ! cria Berthe, tandis que Raoul reculait vers le fond du terrain.

Elle retrouvait son adresse passée. Elle courait avec une soudaine force juvénile, frappait comme au hasard poussant un petit cri, sans jamais manquer la balle. Emportée par son excitation, elle empiétait sur le jeu d'André, rattrapait des balles désespérées, et cette sensation d'agilité, cette chaleur d'enfant, lui rendaient la fougue un peu étourdissante d'un autre âge. Quand il s'approchait de Berthe pour lui tendre une balle, André disait, presque à voix haute, un mot plus hardi qui se perdait dans une exclamation, un bondissement vers une autre place du terrain; courant partout à la fois, rouge, attentif à la partie, il racontait son amour exubérant en mots hâtifs et jetés, comme une confidence qu'il pouvait crier. Elle prenait la balle dans ses mains, très vite, sans répondre, et la lançait tout de suite, violemment, avec l'air de s'échapper de lui.

Regardant les gambades d'André, elle pensait : « Il est trop enfant pour sentir la gravité de ce qu'il dit. Il me voit jeune comme lui. Il ne songe pas que je suis coupable. Est-ce que je suis coupable ? Qu'est-ce qui est bien sérieux ? Qu'est-ce qui est vrai ? J'ai cru aux mots sacrés qui n'ont pas de sens. J'ai cru qu'on pouvait se donner à un homme jusqu'à ne plus s'appartenir. On reste deux êtres toujours différents. On reste soi-même. Je suis ce que je suis. »

Mme Ducroquet s'approchait du tennis avec le petit Abel.

— Vous gagnez ? fit-elle.

— Berthe est extraordinaire !... cria André qui ramassait une balle du bout de sa raquette. Nous avons fait cinq jeux de suite.

Les deux hommes qui avaient joué d'abord négligemment devenaient plus attentifs. André et Berthe se heurtaient maintenant à une force tranquille et insurmontable qui les énervait.

— C'est trop bête ! cria Berthe jetant sa raquette par terre.

Elle se laissa tomber sur le banc, essoufflée.

— Il nous manquait un jeu ! C'est de ma faute ! Je n'y voyais plus.

— C'est trop bête ! fit André.

Il s'assit à côté de Berthe.

Passant un bras derrière le dossier, il saisit la main de Berthe. Elle se releva brusquement tournant la tête du côté de Mme Ducroquet, et sentait encore, comme une morsure, l'étreinte rapide de ses doigts maigres et voraces.

— La revanche ? cria Raoul.

— Non ! dit Berthe, une autre fois !

Elle retourna vers le château, l'air pensif. Marie-Louise la rejoignit dans le vestibule. Berthe répondait à Marie-Louise en songeant : « Il faut que je lui parle. Je lui dirai que nous sommes des amis, que j'aurai toujours une grande affection pour lui, une affection très tendre, mais seulement de l'amitié. »

André se tenait près du bassin et regardait les nénuphars. Elle s'approcha de lui; les yeux fixés sur l'eau, elle dit rapidement :

— Je veux vous voir demain. Maman déjeune chez une amie. Emma l'accompagnera. Je serai seule. Ne venez pas à la maison. Allez sur la route, après le chemin de Saint-Hilaire. J'y serai à deux heures.

Mme Degouy et Emma venaient de partir dans la victoria des Calvet. Berthe restait seule avec les enfants.

Après le déjeuner, elle veilla au départ des fillettes pour l'école, puis elle s'assit dans le jardin. Elle se releva et regarda si sa fille dormait. Elle s'assit de nouveau et commença un ouvrage, comme pour se donner un sentiment de tranquillité. Sans cesse elle songeait qu'André allait venir. Cette idée lui apparaissait moins distinctement, comme effacée de son esprit inerte, mais répandue en elle, bourdonnante, pareille à un battement du sang, un poids, une gêne, une impatience, dont elle essayait de se délivrer en changeant de place, en appelant Céline. L'heure approchait, comme une chose résolue hors des volontés et qu'elle acceptait. Elle ne savait plus ce qu'elle voulait dire, ni si elle pourrait parler. Elle ne pensait plus.

Elle regarda sa montre encore une fois et traversa le salon. Marchant doucement sur le carrelage du vestibule, elle entra dans le billard, arrangea son chapeau devant la glace, écouta un instant du côté de l'escalier, puis ouvrit sans bruit la porte du vestibule et sortit sur la route.

Elle aperçut André.

— Allons vers Grave, dit-il.

Et, tout de suite, il reprit :

— Berthe ! il faut me pardonner. Vous avez fait de moi un homme ivre. Ne regrettez rien.

Il parlait rapidement pour l'entraîner dans une argumentation pressée, bouillonnante et confuse. Il aurait préféré une causerie tranquille, goûter cette promenade à loisir, sans efforts, sans but; et cependant, comme s'il devait achever une entreprise ardue, atteindre maintenant un objet bien déterminé, comme s'il redoutait une parole de Berthe ou un silence, il poursuivait son discours sans interruption, cherchant à dire, non pas sa pensée, mais ce qui pouvait étourdir, émouvoir, flatter, et il avait l'air d'un discuteur agité.

Ils longèrent un pré et s'approchèrent d'un petit bois de chênes.

— Vous voyez, nous serons très bien, dit-il écartant les branches devant Berthe. Je suis venu ici ce matin. J'ai arrangé cette place pour vous.

Docile, l'air distrait, Berthe s'assit sur une grosse racine recouverte de mousse. Il s'étendit à ses pieds, prit sa main qu'il appuya avidement contre ses lèvres, et se tut.

Il observa les doigts de Berthe, tout pareils encore à ceux de la petite fille qui lui paraissait si raisonnable. Il se releva comme mordu par un désir plus aigu et la regarda fixement dans les yeux. Ses mains glissèrent le long du bras de Berthe vers l'épaule, et il les arracha d'elle soudain, avec un geste crispé de convoitise impatiente et contenue.

Il s'assit à côté de Berthe, l'entoura de son bras; la tête appuyée contre elle, il semblait dormir. Il reprit sa main qu'il abandonna pour toucher son épaule; puis il s'assit à ses pieds, et se releva aussitôt, comme s'il ne pouvait trouver de place qui le contentât.

Muette, immobile, elle était saisie par ce retour de l'ancienne faiblesse de la chair qu'elle avait oubliée, qu'elle croyait à jamais refroidie en elle, et qui se réveillait plus terrible, en la surprenant comme une vierge dans un corps qui se souvenait tout d'un coup. Elle reconnaissait cette force qui étourdit et triomphe rapidement, contre quoi il n'y a pas de raison ni de paroles, et elle ne repoussait pas André, elle ne cherchait pas à se défendre, comme si le danger ne venait pas de lui; avec une subite inertie, elle s'abandonnait à la sensation de sombrer. Elle revit un instant où elle s'était dit : « Que m'arrivera-t-il plus tard ? Eh bien ! voilà ce qui devait arriver; je suis une femme perdue, et cela m'est égal. »

Subitement, elle recula la tête, le corps tendu comme pour une fuite impuissante, tandis qu'André, pesant sur ses bras, baisait l'étoffe de sa robe, près du cou. Il avançait la bouche vers la figure rejetée et toute brouillée de moiteur; il voyait les lèvres amollies déjà sous le baiser qui approchait, et qu'elle attendait avec un air vaincu et comme heureux.

Mais une timidité l'arrêta. Il craignit d'imposer ce baiser par surprise; il voulait qu'elle y consentît et murmura :

— Berthe, pourquoi réfléchir ?

— Vous êtes effrayant, dit-elle d'une voix faible, les yeux baissés, touchant ses cheveux comme si elle avait couru, et elle ajouta :

— Penser que c'est vous qui êtes là. Que c'est moi.

Cherchant une excuse elle dit :

— C'est par l'amitié seulement que l'on pouvait me prendre; un homme tel que vous.

Il n'entendit que le mot qui le flattait et répondit pour la remercier :

— Je vous admire tant !

— C'est bien étrange tout cela, poursuivait Berthe. Un moment suffit, un peu d'audace, et on ne se reconnaît plus. On est une autre femme. Même moi, la plus calme, la plus fière ! Les hommes, il faut peu de chose pour les troubler... Quand on regarde un homme, même par distraction, un instant, dans les yeux, il reste occupé de vous deux ou trois jours. Pauvre cœur humain ! J'avais tant de mépris pour ses faiblesses. Je me croyais si forte ! qu'il faut de l'indulgence, au contraire ! C'est vrai, un regard un peu tendre intéresse tout de suite. On croit s'aimer dès que les mains se touchent. Nous sommes tous faciles à prendre. La difficulté vient plus tard.

— Toujours sage, toujours raisonneuse.

— Non, mon petit André, dit Berthe en lui prenant la main, vous voyez bien que je ne suis pas sage.

— Vous doutez de moi. Vous croyez à une fantaisie. Je ne peux pas vous montrer que ma vie est changée, que je pense à vous tout le temps. Vous verrez, lorsque nous reviendrons à Paris !

— Tenez ! déjà vous dites : « Quand nous serons à Paris. » Déjà il vous faut de la nouveauté ! La nouveauté ne dure guère. Vous croyez aimer une amie — nous avons beaucoup causé à Paris en bons camarades — mais n'est-ce pas plutôt une étrangère qui vous a plu : cette inconnue, cette femme si surprenante qui a tremblé sous vos paroles et que vous n'attendiez pas en moi ? Elle disparaîtra, cette femme, avec votre surprise, à mesure que vous me verrez davantage. Moi aussi, je pense à demain.

Elle prononçait ces mots d'un ton caressant, comme si elle ne voulait pas y croire.

— Non ! c'est vous qui me plaisez ! Vous-même ! dit André glissant ses doigts le long du poignet de Berthe, sous la manche.

Elle s'adossa contre l'arbre et dit lentement, d'une voix grave :

— Je vous dis cela, parce que je le sais.

Dans un élan de tendresse et de confiance, un abandon suprême du cœur, elle dit :

— Voyez-vous, j'ai aimé un homme, je l'ai aimé... Ah ! mon pauvre André ! je l'ai aimé...

André qui cherchait à passer son bras derrière l'épaule de Berthe ne semblait pas entendre.

Elle le remarqua et se tut.

— Votre mari revient cette semaine ?

— Il revient dimanche soir.

— Ah ! dimanche... Que j'aime ce collier ! dit-il appuyant ses doigts à la gorge de Berthe.

Il cherchait une phrase, une caresse qui ramènerait de l'intimité entre eux; mais un obscur courant de pensées les avait écartés l'un de l'autre.

— Il vaut mieux que vous partiez, dit Berthe. Nous ne pouvons pas revenir ensemble.

— Vous voulez que je parte ! déjà ! Vous n'êtes plus la même ! Berthe ! dit-il en lui prenant les mains. Regardez-moi. Je ne vous retrouve plus.

— Non, mon petit André, fit-elle en se levant, je suis la même, mais je pense au retour.

— Pas encore, je vous en prie !...

— Je vous assure, il faut nous quitter maintenant. Demain, à trois heures, j'irai chez Mme Grassin; je passerai chez vous en revenant et vous m'accompagnerez.

— Une route ! c'est si ennuyeux les routes ! Berthe, fit-il en la regardant avec un léger sourire humble, je voudrais vous embrasser ?

— Allons, soyez gentil, partez... Nous nous verrons demain.

Sans bouger, debout devant Berthe, avec le même sourire, il murmura d'une voix sourde, mais impérieuse :

— Je voudrais vous embrasser tout de suite !

— Partez, dit-elle le repoussant doucement.

Il saisit le bras de Berthe, l'attira brusquement vers lui et lui effleura le visage d'un baiser sans goût.

— Mais partez donc ! fit-elle, sans le regarder.

Et, s'asseyant tout à coup, comme fatiguée, elle pensa : « Voilà tout ce qu'il voulait ! »

Elle ôtait des brins de mousse au bas de sa jupe; levant la tête, elle aperçut une charrette sur la route. André marchait derrière. « Qu'est-il, au fond, ce garçon ? » se dit-elle, se rappelant ses mains maigres, sa face rouge.

Mme Degouy n'était pas arrivée lorsque Berthe entra dans la maison. Elle sonna Céline et ôta son chapeau, qu'elle posa sur la table du salon. Elle se sentait lasse. Elle s'assit devant le guéridon et Céline apporta le thé; elle but à petites gorgées, beurra lentement des tartines, cherchant dans ce goûter solitaire une sorte d'occupation reposante, une détente pour l'esprit.

« Que m'est-il arrivé aujourd'hui ? se dit-elle soudain. Je me suis sentie perdue. J'acceptais ce baiser. Je l'attendais. J'aurais tout accepté. Et puis, j'ai parlé ! Qu'est-ce que j'ai dit ? Ces mots ont mis de l'éloignement entre nous, des mots qui ne signifiaient rien, que je prononçais parce qu'il fallait parler, de simples mots — je m'en souviens maintenant — qui ne venaient même pas de moi. C'est Albert qui disait cela souvent. Mais pourquoi l'ai-je repoussé quand il a voulu m'embrasser en partant ? J'étais assise, je regardais la terre. J'allais parler de moi pour la première fois, et j'étais si émue que je n'osais pas lever les yeux. J'allais raconter ces choses qu'on ne dit jamais.

Et pendant cette minute si grave, j'ai senti qu'il ne pensait qu'à lui, à son plaisir. J'ai vu ce regard affreux et ce qu'il cherchait, tandis que j'offrais le plus précieux de moi sans qu'il s'en doute. »

Elle tâchait de chasser cette impression en se remémorant le jeune homme qui lui plaisait auparavant, et qui avait tant de charme et de délicatesse. Mais se rappelant la sensation des mains d'André sur elle, et comme si elle avait touché alors sous un déguisement trompeur un homme inquiétant qu'elle ne connaissait pas, elle se dit de nouveau : « Qu'est-ce que c'est que ce garçon ? »

On apporta une lampe. Berthe s'assit près de la table, et son regard se porta sur un cadre de photographies décoré de fleurs peintes et dont le verre miroitait sous la lumière de la lampe. On voyait les portraits de tante Christine, des enfants, de Fernand, et une photographie d'Albert à l'époque de son mariage.

« A-t-il jamais ressemblé à ce portrait ? songeait Berthe cherchant à se rappeler ce visage d'autrefois, naguère si obsédant, et maintenant difficile à imaginer. Je n'aime pas cette photographie, se dit Berthe en la regardant de nouveau. La figure est jolie, mais vide, sans âme, sans vie; c'était sa figure de jeune homme. Nous étions jeunes, alors, tous les deux ! Nous n'avions pas vécu ensemble. Vivre ensemble, quelle expérience ! que de larmes, de luttes, de méprises, avant de s'ouvrir un peu l'un à l'autre ! J'ai cru qu'il ne m'avait pas aimée, qu'il me fuyait. Je sais qu'il m'aime autant qu'il peut. C'est lui-même qu'il fuit, partout — pauvre homme qui n'a pas de repos ! »

Elle se leva, et dit, comme s'adressant à l'être sans visage qu'elle portait en elle, mêlé à sa vie : « Est-ce donc seulement pour te connaître un peu qu'il fallait tant aimer et tant souffrir ! »

※

« Je lui parlerai, je me dégagerai doucement, sans le blesser », se disait Berthe en s'habillant pour aller chez

Mme Grassin. « Il m'accompagnera sur la route. Nous causerons en marchant. » Elle ne songeait pas à ce qu'elle dirait, mais elle sentait qu'elle trouverait facilement les mots justes.

Elle chercha dans sa malle une jupe en soie rose et prit une robe un peu trop élégante pour Noizic, mais qui lui semblait convenir pour une visite à Mme Grassin. « Il ne la connaît pas, il l'aimera beaucoup », se dit-elle revenant devant la glace.

En sortant de chez Mme Grassin, elle fit une courte visite à Mme Chaurant, et proposa à André de la raccompagner.

— André, dit-elle tout à coup quand elle eut dépassé le jardin des Clauzy. Il faut oublier ces derniers jours. Il faut que nous restions des amis.

Avant que Berthe eût parlé, André avait senti qu'elle était différente aujourd'hui, et il se dit, avec une expression d'ironie et de rancune :

« C'est une femme fantasque, sans tempérament, incapable d'amour. Ces femmes qui n'ont pas de sens manquent de stabilité. Elles sont capricieuses et décevantes... Que j'ai perdu de temps ! » se disait-il formant de grands projets de travail.

Berthe aurait voulu qu'André conservât pour elle de la tendresse, de l'admiration, même un sentiment un peu amoureux. Elle remarqua son air de froideur, et, par dépit, oubliant qu'elle était venue pour un adieu, elle ne pensait qu'à le retenir avec un visage de feinte mélancolie.

La voix émue, elle dit :

— Il me faut du courage pour vous parler ainsi. C'est mon devoir.

André songeait : « La femme, quelle déception ! » Mais, sentant qu'il fallait répondre, il dit :

— Je vous comprends.

— Vous m'oublierez...

— Non, dit-il avec gravité.

D'une voix douce, les yeux pensifs fixés au sol, comme s'il ne pouvait la regarder, il ajouta :

— Je suis sûr que vous regrettez...

— Je ne regrette rien, dit-elle lentement, comme dominant son émotion.

Ils marchèrent un moment en silence.

— N'est-ce pas ? vous viendrez me voir dès que nous serons à Paris, dit Berthe.

— Oui.

Ils s'arrêtèrent devant la grille.

— Au revoir, dit-elle gardant la main d'André avec un sourire plein de rêverie.

« Quelle horreur ! se disait Berthe marchant très vite vers sa chambre. Par lâcheté, par misérable vanité, j'ai joué ce rôle avec mes yeux, mon silence, ma voix ; j'ai mêlé mon cœur à cet abaissement. »

Elle s'arrêta devant la glace, et, se regardant d'un œil sévère : « Oui, c'est toi ! » dit-elle.

Elle arracha son chapeau, dégrafa sa robe, qu'elle fit tomber à ses pieds comme une chose salie, et, s'asseyant, elle délaça avec nervosité ses hautes et fines bottines ; puis elle marcha dans la chambre parmi les vêtements en désordre, à demi dévêtue, tout à coup comme lasse, inoccupée, sans but.

« Ce n'est pas ma faute ! » dit-elle, en se jetant sur son lit pour éteindre son cri et ses sanglots dans l'oreiller. « Non ! disait-elle, essuyant constamment ses yeux avec un petit mouchoir tout mouillé et tiède ; non ! mon être véritable n'est pas dans ma jeunesse, mes chimères, ma folie, tout ce qui trouble et trompe ! »

Soudain elle pensa qu'Albert revenait bientôt ; songeant à ce retour, il lui semblait qu'elle s'élançait hors d'un réduit étouffant, vers plus d'espace, vers une région d'ellemême plus haute, plus claire, une atmosphère de sincérité et de paix où elle respirait.

❦

Rien ne semblait très différent dans sa vie, mais tout lui apparaissait sous un aspect inaccoutumé. « Pourquoi ? » se disait-elle, étonnée de sentir qu'une simple idée eût comme retourné sa vision du monde et changé son âme; cherchant à préciser sa pensée, tout à coup immobile, avec un petit froncement des sourcils, elle fixait son esprit sur ses derniers souvenirs, et se disait : « Aimer ce que l'on connaît... La sincérité... Être soi, vraiment, l'un pour l'autre... Et d'abord, ce dépouillement, cette pauvreté... » Déjà, lorsqu'elle songeait à Albert, ce n'était plus un passé de tourments et d'erreurs qu'elle retrouvait, mais la profondeur de l'indissoluble intimité.

Elle voyait Emma aller et venir comme autrefois, presque souriante, attachée à ce qu'elle avait toujours aimé, dans un milieu à peine différent où son existence demeurait construite sur le même sentiment et dans la même ligne. Songeant à Emma et à elle-même, à l'amour, à la vie, et pour mieux définir sa pensée, elle tâchait de se remémorer une phrase entendue naguère, et dont elle ne se rappelait que ces mots : « le lit du fleuve ». Lorsqu'elle se répétait : « le lit du fleuve », ce bout de phrase au sens vague lui représentait la consistance d'une vie organisée autour du même axe, cette relation du présent au passé, cette réalité durable d'un sentiment consacré par les épreuves spirituelles.

Ce matin-là, Berthe se dirigeait vers la gare, lentement, pour ne pas arriver trop tôt, comme si elle craignait d'éprouver trop d'impatience dans l'attente; elle vit un nuage de fumée blanche au delà des bois de Saint-Hilaire et pressa le pas. Elle arrivait sur le quai lorsque le train s'arrêta, et elle s'approcha d'une portière ouverte où elle venait d'apercevoir Albert. Debout dans le compartiment, derrière une vieille dame un peu lente à descendre, il souriait à Berthe.

1921

Œuvres de Jacques Chardonne
aux Éditions Albin Michel

tome premier
L'ÉPITHALAME
tome II
LE CHANT DU BIENHEUREUX
LES VARAIS
tome III
ÉVA, CLAIRE
tome IV
LES DESTINÉES SENTIMENTALES
tome V
ROMANESQUES, CHIMÉRIQUES,
VIVRE A MADÈRE
tome VI
L'AMOUR DU PROCHAIN
LE BONHEUR DE BARBEZIEUX
ATTACHEMENTS
LETTRES A ROGER NIMIER

MATINALES
LE CIEL DANS LA FENÊTRE
L'AMOUR
C'EST BEAUCOUP PLUS QUE L'AMOUR
FEMMES
CATHERINE
DEMI-JOUR
DÉTACHEMENTS

«Bibliothèque Albin Michel»

au format de poche :

HENRI BÉRAUD
Le Vitriol de Lune

ERSKINE CALDWELL
Miss Mama Aimée

JACQUES CHARDONNE
L'Épithalame

THOMAS MANN
Les Têtes interverties

GUY DE MAUPASSANT
Contes choisis

OCTAVE MIRBEAU
L'Abbé Jules

en préparation :

RAINER MARIA RILKE
*Correspondance avec
Marie de la Tour et Taxis*

BENJAMIN PÉRET
*Anthologie
de l'Amour sublime*

*La reproduction photomécanique,
l'impresson et le brochage
de cet ouvrage ont été réalisés
par l'imprimerie Pollina à Luçon
pour les Éditions Albin Michel*

N° d'édition 10058. N° d'impression 9680
Dépôt légal décembre 1987

IMPRIMÉ EN FRANCE